U0933030

WHO FEARS DEATH

谁惧死亡

[美] 尼迪·奥科拉弗 ——著
Nnedi Okorafor
艾德琳 ——译

天地出版社 | TIANDI PRESS

图书在版编目（CIP）数据

谁惧死亡 /（美） 尼迪・奥科拉弗著；艾德琳译. — 成都：天地出版社, 2022.10
（狮鹫文学）
ISBN 978-7-5455-5631-5

Ⅰ. ①谁… Ⅱ. ①尼… ②艾… Ⅲ. ①长篇小说—美国—现代 Ⅳ. ①I712.45

中国版本图书馆CIP数据核字（2022）第044491号

Published by agreement with Donald Maass Literary Agency through The Grayhawk Agency Ltd.

SHUI JU SIWANG
谁惧死亡

出 品 人　杨　政
作　　者　［美］尼迪・奥科拉弗
译　　者　艾德琳
责任编辑　王筠竹
责任校对　张思秋
封面设计　挺有文化
内文排版　四川最近文化传播有限公司
责任印制　王学锋

出版发行　天地出版社
（成都市锦江区三色路238号　邮政编码：610023）
（北京市方庄芳群园3区3号　邮政编码：100078）
网　　址　http://www.tiandiph.com
电子邮箱　tianditg@163.com
经　　销　新华文轩出版传媒股份有限公司

印　　刷　北京文昌阁彩色印刷有限责任公司
版　　次　2022年10月第1版
印　　次　2022年10月第1次印刷
开　　本　880mm × 1230mm　1/32
印　　张　14.75
字　　数　397千字
定　　价　58.00元
书　　号　ISBN　978-7-5455-5631-5

咨询电话：（028）86361282（总编室）
购书热线：（010）67693207（营销中心）

如有印装错误，请与本社联系调换。

致慈父，

戈德温·桑德·丹尼尔·奥科拉弗医生

（1940—2004），

医学博士，美国外科医生协会会员。

亲爱的朋友们，你们畏惧死亡吗？

——帕特里斯·卢蒙巴，

刚果（利）第一位也是唯一的民选总理。

目 录

Contents

第一部分

成　长

01. 父亲的脸

十六岁的时候，我的生活一夕崩塌。爸爸去世了。他有颗那么强大的心脏，但他还是离我们而去了。是他那间又热又呛人的铁匠铺害的吗？的确，没有什么能阻止他工作，他视工作为艺术。他喜欢把金属敲弯，让它们向他低头。可他的工作好像只是让他变得更加强壮了——毕竟他在铺子里的时候是那么的开心。那害死他的究竟是什么呢？直到今天我都不能确定。我只希望他的死与我和我当时的所作所为没有关系。

他一过世，我母亲就哭着从他们的卧室里跑出来，整个人朝墙上撞过去。那时我已经知道，我注定是个与众不同的女孩。那一刻，我清楚明白，我将再也无法完全控制我内心的怒火。那天，我变成了不像人类的另外一种东西。我现在知道了，后来发生的一切，都是从那天开始的。

葬礼在小镇郊外靠近沙丘的地方举行。时值正午，热气熏天。遗体躺在一块厚厚的白布上，周围放着棕榈叶编成的花环。我跪在遗体边的沙地上，最后一次向他道别。他的脸会永远铭刻在我的心中。虽然那张脸看起来已经不像爸爸了。爸爸的皮肤是深棕色的，嘴唇是饱满圆润的。但这张脸面颊凹陷，嘴唇干瘪，皮肤就像灰褐色的纸。爸爸的灵魂一定已经去了别处。

我的后颈有些刺痛。我戴着的白色面纱只勉强能遮挡人们无知又恐惧的目光。那时候，大家的目光总是落在我身上。我咬紧了牙关。在我身边，女人们跪在地上号啕痛哭。爸爸仍然深受爱戴，尽管他娶了妈妈，而妈妈还带着我这样一个“伊乌”女儿。不过这一点早已被原谅，因为即使是最伟大的人也会犯下同样的错误。在一片哭号声中，我听到了妈妈的轻声啜泣。她才是失去最多的那个人。

轮到她来向爸爸作最后告别了。在她之后，爸爸的遗体就会被送去火化。我最后一次低头看着他的脸。我再也见不到你了，我想。我还没准备好。我眨着眼睛，碰了碰自己的胸膛。那件事就是那一刻发生的……我碰到胸膛的那一刻。一开始，感觉只像是一阵发痒的刺痛。它很快就鼓胀起来，变成了某种不容忽视的东西。

我越想站起来，这种感觉就变得越发强烈，我的悲伤也蔓延不止。他们不能带走他，我疯狂地想。他的铺子里还有那么多剩下的金属。他的工作还没有完成！这种感觉从我的胸口弥漫开来，遍及我身体的其他部位。我抱住自己的双肩，尽量压抑这种感觉。然后我又开始从旁边的人身上汲取能量。我激动得浑身发抖，咬牙切齿。我感到怒不可遏。不，不能在这儿！我想。不能在爸爸的葬礼上！为什么这种力量就是不肯放过我，连一点哀悼我逝去父亲的时间都不给我？

身后的哭号声戛然而止。我耳畔只剩下了微风轻拂的声音。真是令人毛骨悚然。有什么东西在我脚下，在沙地里，也有可能在别处。突然间，周围所有人为爸爸之死而产生的悲恸情绪都向我猛扑过来。

在本能的驱使下，我把手放在了爸爸的手臂上。人们开始尖叫。但我没有转身。我全神贯注，只做我必须做的事。没人试图拉开我。也没人敢碰我。我朋友露羽的叔叔曾在一场罕见的旱季昂瓦风暴中被雷击中。他活了下来，但逢人就会谈起那种从里到外被剧烈撼动的感觉。而这，就是我现在的感受。

我惊惧喘息。我没办法把手从爸爸的手臂上拿开。它们融在一起了。我手掌处的沙色皮肤融进了他灰褐色的皮肤，变成了一堆混在一起的皮肉。

我想要尖叫。

但尖叫声卡在了喉咙里，我咳嗽起来。接着我再看，爸爸的胸膛开始缓缓起伏了，一上一下，一上一下……他有呼吸了！我觉得无比反感又充满了希望。我深吸一口气，大喊道："活过来吧，爸爸！活过来吧！"

一双手放在了我的手腕上。我很清楚这是谁的手。其中一只手的手指折断了，缠着绷带。要是他再不把手从我身上拿开，我会让他伤得比五天前更严重。

"欧妮桑乌。"阿洛识趣地收回了放在我手腕上的双手，附在我耳边说。天哪，我真的恨死他了。不过我还是听了他的话。"他已经走了。"他说，"放手吧，这样我们就都可以解脱了。"

不知道是怎么回事……但我真的做到了。我放开了爸爸。

一切又都归于沉寂。

就好像这个世界，在那短短的一瞬间，全部淹没在了水下。

然后，那些不断在我体内累积的力量爆发了。我戴在头上的面纱被吹飞，我散开的发辫像鞭子一样抽打回来。所有人和所有东西都被甩了出去——阿洛，我妈妈，我的家人，我的朋友，我的熟人，我不认识的陌生人，放食物的桌子，五十个山药，十三个大猴面包果，五头牛，十只山羊，三十只母鸡，还有漫天飞沙。镇上的电力中断了三十秒；房屋必须要扫过沙才能住，而电脑里都塞满了沙尘，不得不拿去回收。

又是那种水下般的寂静。

我低头看着我的手。当我想把手从爸爸那冰冷不动、不再鲜活的手臂上拿开时，连接处发出了一种剥离的声音，就像不黏的胶水脱落一样。我的手在爸爸手臂上留下了一圈干燥的黏液轮廓。我把手指揉搓在一起。又有些什么东西从手指间碎裂剥落了。我最后再看了爸爸一眼。接着就侧身跌倒，昏了过去。

那是四年前的事了。现在再看看我。这里的人知道一切都是我造成的。他们想见到我流血，想让我受折磨，还想要我的命。至于那之后发生了什么……让我先停一停吧。

今夜，你想知道的是我如何成了现在的这个我。你想知道我是怎么走到这一步的……而这些真是说来话长。不过我还是会告诉你的……我会告诉你的。要是你相信别人口中所说的我，那你就是个傻瓜无疑了。我告诉你我的故事，就是为了避免所有那些谎言。幸好，就算我的故事再长，你的笔记本电脑也能装得下。

我有两天时间。希望时间足够。我很快就会回想起所有事情的。

我母亲给我取名叫欧妮桑乌。意思是“谁惧死亡？”她给我取的这个名字很合适。二十年前，我生逢乱世。讽刺的是，我在一个远离所有杀戮的地方长大……

02. 爸　爸

只要看我一眼，每个人都能看出我是我母亲被人强暴后生下的孩子。但当爸爸第一次看到我的时候，他眼中所见的远不止这些。除了我母亲，我敢说他是唯一的第一眼见到我就喜欢我的人。这也就是他去世后我始终放不下他的原因之一。

是我为妈妈选择了这个爸爸。那时我六岁。

我和妈妈刚到贾瓦黑尔不久。那之前，我们是沙漠里的流浪者。某天，我们正漫无目的地走在沙漠里，她忽然停下脚步，好像听到了别的什么声音。她总是这么奇怪，就好像是在和一个不是我的人交流。然后她说："你是时候该去上学了。"当时我还太小，不知道她这么说真正的原因是什么。我在沙漠里的日子还算开心，不过在我们到了贾瓦黑尔镇之后，市集也很快就成了我的游乐场。

最开始的那几天，为了能尽快赚些钱，妈妈把她的仙人掌糖果卖掉了一大半。在贾瓦黑尔，仙人掌糖果比货币还要值钱。因为它是一道美味佳肴。妈妈自己学会了怎么做这种糖果。她一定一直都怀着回到文明世界的愿望。

几个星期过去，她不但种下了她保存的仙人掌肉片，还支起了一个小摊。我尽全力帮了她的忙。我帮忙搬东西，摆东西，招呼顾客。作为回报，妈妈每天都会给我一个小时的自由时间，让我可以四处乱跑。在沙漠里的时候，只要天气好，我甚至还跑到过离妈妈一英里远的地方去。我从来没有迷过路。所以这个集市对我来说只是小意思。尽管如此，这里还是有很多值得一瞧的东西，潜藏的麻烦也无处不在。

我是个无忧无虑的小孩。每当我经过的时候，人们都会倒吸一口凉气，嘟嘟囔囔，移开眼神。但我一点都不在乎。总有小鸡和宠物狐狸要去追，总有别的小孩要回瞪，总有吵架可以去看热闹。地上的沙子有时候会被洒掉的骆驼奶弄湿；有时候也会有混合了香灰的香油从瓶中满溢出来，把沙子弄得油腻又馥郁，还经常沾在骆驼、牛或者狐狸的粪便上。这里的沙子总会被各种东西沾染，而沙漠里的沙子却能保持原状。

见到爸爸的时候，我们才来到贾瓦黑尔不过几个月。那个命中注定的日子又热又晴。从妈妈身边跑开的时候，我随身带了一杯水。我的第一个想法就是去贾瓦黑尔最奇怪的那栋建筑：阿苏格博之宅。这个巨大的方形建筑一直在冥冥中吸引着我。它是贾瓦黑尔最高的建筑，也是唯一完全用石头建成的建筑，装饰着古怪的图形和符号。

“总有一天我会进去的。”我站在那里盯着它看，“虽然不是今天。”

我大着胆子，远离了集市，去到了还没有探索过的地方。有家电器店正在出售丑陋的翻新电脑。它们是一些灰黑色的小东西，有着裸露的主板和破裂的机箱。我想知道它们摸起来是不是也像看起来一样丑。我还没摸过电脑呢。我伸出手，想碰碰其中一个。

“喂！”柜台后面的店主说，“别碰！”

我吞了口唾沫，继续前进。

我的双腿最终把我带到了一个满是火焰和噪音的洞穴前面。这间白色土坯房大门是敞开的。房间里一片漆黑，时不时有火光迸裂。里面的温度比吹出来的风还热，就像怪兽张开的嘴里喷出的呼吸一样。这建筑前面有个大招牌，上面写着：

欧刚迪姆的铁匠铺——

蚁不食铜，虫不吃铁。

我眯起眼睛，看到里面有一个肌肉发达的高个子男人。他黝黑发亮的皮肤上熏满了烟尘。他就像《圣典》里面的一个英雄，我想。他戴着金属细线织成的手套，黑色护目镜紧紧地绑在他的脸上。他用一把重锤在火上敲打，鼻孔张得很宽。他的巨臂随着每一击屈伸。他说不定真的是欧刚——金属女神的儿子。他打铁的动作里满是喜悦。不过他看起来很渴，我想。我猜他的喉咙里应该塞满了烟尘，都快要烧起来了。我手里还拿着我那杯水。里面还有半杯。我走进了他的铺子。

里面还要更热些。但我可是在沙漠里长大的，早就习惯了极冷和极热。我小心翼翼地看着他敲打金属时迸出的火花，然后拿出我所有的尊敬对他说："先生，我有水给您。"

我的声音让他吓了一跳。见到这么一个人称伊乌的瘦高小女孩站在他的铺子里，更是把他吓得不轻。他把护目镜推到头顶。他眼睛周围没有落灰的地方跟我母亲深棕色的肤色很像。作为一个整天盯着火焰看的人，他的眼白真的很白，我想。

"小姑娘，你不该来这儿的。"他说。我后退了一步。他的声音真洪亮，又饱满。要是这个人在沙漠里说话，几英里之外的动物都能听到他的声音。

"这里面也不算太热。"我说。我举起那杯水。"给您。"我走近一点，心里很清楚自己是个不受待见的人。我穿着妈妈给我做的绿裙子。面料很轻薄，但可以遮盖住我的每一寸皮肤，一直到我的脚踝和手腕。她本来还可以让我戴上面纱遮住脸的，但她不忍心。

很奇怪。大多数人都会躲着我，因为我是个伊乌。只是有时候女人们会围着我看。“看她的皮肤，”她们会对彼此说，从不直接对我说，“又光滑又细腻。看起来简直像骆驼奶。”

“而且她的头发浓密得出奇，就像一团干草。”

“她的眼睛像只沙漠猫。”

“阿妮女神真是能化腐朽为神奇。”

“等她完成十一岁仪式之后，可能就会变漂亮了。”

“十一岁仪式对她来说又有什么用？反正又没人会娶她。”然后是一阵笑声。

集市上会有些男人想猥亵我，但我的动作总是更快，而且我知道怎么挠人。我是跟沙漠猫学的。所有这些事真是把我六岁大的小脑瓜给搞糊涂了。而现在，当我站在这个铁匠面前的时候，我真的很担心他也会觉得我丑陋的容貌中有些奇怪的讨喜之处。

我把杯子递给他。他接过去，喝了足足的一大口，饮尽了每一滴。我在同龄人里算是个子高的，不过他也一样。我不得不仰起头，才能看清他脸上的笑容。他长舒了一口气，把杯子递还给我。

“好喝。”他说。他回到了铁砧旁边。“你个子这么高，又这么胆大，肯定不是个小水精吧。”

我笑了，告诉他：“我叫欧妮桑乌·乌贝德。您叫什么，先生？”

“法迪尔·欧刚迪姆。”他说。他看了看他戴着手套的手，“我真该跟你握握手的，欧妮桑乌，可惜我的手套太烫了。”

“没事的，先生。”我说，“您是位铁匠！”

他点点头：“我的父亲，我的祖父，我的曾祖父，我们几代人都是铁匠。”

“我妈妈和我几个月前刚来这里。”我脱口而出。我记得那时候天色已晚。“噢，我该走了，欧刚迪姆先生！”

“谢谢你给我水。”他说，“你真有眼力。我确实渴了。”

那之后，我常常去找他。他成了我最好的也是唯一的朋友。要是被妈妈知道了我和一个陌生男人一起玩，她肯定会揍我，然后夺走我好几个星期的自由时间。而铁匠的学徒，那个叫季的男人很讨厌我，我知道这个是因为他每次看见我都会充满厌恶地哼一声，就好像我是只染病的野兽。

“别理他。”铁匠说，“他的铁匠活儿不错，但是缺乏想象力。原谅他吧。他就是个原始人。”

“你也觉得我的样子很邪恶吗？”我问他。

“你的样子很可爱。”他笑着说，“你的出身不是你的过错，也别把它当成负担。”

我不知道“出身”是什么意思，我也没问。他都说我可爱了，我不想让他收回他的话。好在季是个爱迟到的人，要到一天中比较凉快的时候才会现身。

不久，我开始给这位铁匠讲起我在沙漠里的生活了。我那时候还太小，不知道这些事是不该提的。我不知道我的过去，就连我这个人的存在，都是不该提的。作为回报，他教给了我一些关于金属的知识，比如哪种金属遇热最易弯曲，哪种最不易弯曲。

“你的妻子是个什么样的人呢？”有一天我问他。但我真的只是多嘴而已。我其实对他给我买的那一小堆面包更感兴趣。

“她叫娜杰莉，黑皮肤。”他说。他用两只大手环住自己的腿。“有很强壮的双腿，是个骆驼骑手。”

我吞下了正在嘴里嚼的那块面包。“真的吗？”我叫道。

“人们都说她强壮的双腿就是让她能在骆驼背上屹立不倒的秘诀。不过我知道得更清楚些。她还有种特殊的天赋。”

“什么天赋？”我倾身向前，问道，“她能穿墙吗？能飞吗？能吃玻璃吗？能变成甲虫吗？”

铁匠大笑起来。“你读了不少书啊。”他说。

“我都把《圣典》读了两遍了！”我夸口说。

“很厉害。”他说，“嗯，我的娜杰莉可以跟骆驼对话。骆驼语者是男人的职业，所以她就选择了成为骆驼骑手。她可不仅仅是参加骑骆驼比赛，她还在比赛中获奖无数。我们是十几岁的时候认识的，二十岁就结婚了。”

“她的声音听起来是什么样的？”我问。

“噢，她的声音有些刺耳，但又实在动听。”他说。

我皱起了眉头，不知道这是什么意思。

“她大嗓门，”铁匠解释道，拿起一片我的面包，“高兴的时候很爱笑，生气的时候很爱闹。明白了吗？”

我点点头。

“那阵子我们很幸福。”他说。他停下了。

我等他继续说。我知道接下来就到不好的部分了。但他只是盯着手里的面包看，我就开口问道：“怎么了？后来发生了什么事？她做了什么对不起你的事吗？”

他轻声笑了，我也高兴起来，虽然这个问题我是认真问的。“不，不是的。”他说，“那天她在比赛中跑出了她一生最快的速度，可怕的坏事也接踵而至。你也该去看看的，欧妮桑乌。那是雨季比赛的决赛。她以前就赢过这场比赛，不过那天她准备打破有史以来最快的半英里纪录。”

他顿了顿。“我在终点线等她。我们所有人都是。前一天晚上下过大雨，地上依旧湿滑。比赛本来应该改期的。她的骆驼迈着膝外翻的步子接近了终点，跑得比任何骆驼都要更快。”他闭上了眼睛，“但它踏错了一步，然后……跌倒了。”他的声音哽咽了，

“没想到最后，娜杰莉强壮的双腿反而成了她的催命符。她稳稳地骑着骆驼，所以当骆驼跌倒的时候，她也被压在了骆驼的身下。”

我倒抽一口气，用手捂住了嘴。

“如果她从骆驼上掉下来，那她就可以活命了。我们结婚才三个月。”他叹了口气，“她骑的那头骆驼一直守在她身边。她的尸体被搬去哪儿，那头骆驼就跟到哪儿。在她火化之后的几天，骆驼也悲痛而死。那几个星期，四处的骆驼都又喷唾沫又嘶叫。”说完，他戴上了手套，回到铁砧旁边。这场对话结束了。

时间又过去了几个月。我继续每隔几天都去找他一次。我知道这只是碰运气而已，因为迟早会被妈妈发现。但我相信这个风险是值得冒的。有一天，他问我这一天过得怎么样。“还好吧。”我说，“昨天有位女士谈到你了。她说你是有史以来最棒的铁匠，还说有个叫阿苏格博的人给了你很高的报酬。那个人就是阿苏格博之宅的主人吗？我一直都很想去那间宅子里看看。”

“阿苏格博不是一个人的名字，”他一边检查一块熟铁一边回答道，“它是贾瓦黑尔镇负责维持秩序的长老会的名字，也就是我们的政府首脑。”

“哦。”我说，我不知道“政府”这个词是什么意思，也不关心。

“你母亲怎么样？”他问。

“还好。”

“我想要见见她。”

我屏住呼吸，皱起眉头。要是我妈妈发现他的事，我肯定会招来人生中最惨烈的一顿毒打，还会失去我唯一的朋友。再说，他为什么想见我妈妈呢？我不知道是怎么回事，突然间，我心里就充满了对妈妈无比强烈的占有欲。但我又怎么能阻止他见她呢？我咬了咬嘴唇，很不情愿地说：“好吧。”

让我惊讶的是，当天晚上他就造访了我们的帐篷。不过他穿着飘逸的白色长裤和长袍，看起来还是挺帅的。他头上还戴了一块白色面纱。穿全白的衣服是为了表达自己的万分谦逊。一般女人才会这样穿。要是一个男人这样穿了，那一定有非常特殊的意义。他知道想要接近我妈妈，一定要谨言慎行。

一开始，我妈妈对他又怕又怒。他把我们之间的友谊告诉我妈妈之后，我妈妈狠狠地打了我的屁股，害我跑出去哭了好几个小时。不过，不到一个月的时间，爸爸和妈妈就结婚了。婚礼的第二天，我和妈妈就搬进了爸爸的屋子。那之后的一切本应该都是完美无缺的。至少有五年都算是幸福美满。然后，怪事就开始发生了。

03. 被中断的对话

是爸爸帮我和妈妈在贾瓦黑尔扎了根。不过就算他还活着，我也难免会走到今天这个地步。我注定不会留在贾瓦黑尔。我的状况很不稳定，更何况还有别的原因在驱使着我。从妈妈怀上我的那一刻起，我就是一个麻烦，一个污点，一剂毒药。我是在十一岁的时候明白这一点的。那时候我身上发生了一件奇怪的事情。就是这件事，让妈妈最终不得不把我那丑恶的来历讲给我听。

那是一个傍晚，雷雨很快就要来了。我正站在后门口等下雨，就在这时，我母亲的花园里飞来一只巨鹰，就在我眼前袭击了一只麻雀。老鹰猛地把麻雀摔在地上，然后带着它飞走了。三根染血的棕色羽毛从麻雀身上落下，落在我母亲的番茄地里。我走过去，捡起其中一根羽毛，一时间雷声大作。我用指尖揉搓着那些血。我也不知道我为什么会这样做。

血黏黏的。我的鼻孔里充满了刺鼻的血腥味，我就好像被这气味淹没了一样。不知道为什么，我歪起了头，开始静心聆听，感应。这里有什么事快发生了，我想。天色变暗了。风势渐起。风带来了……另一种气味。这种奇怪的气味我以后会再次分辨出来，却永远都描述不了。

越是吸进这种气味，我的脑子里就越觉得有什么事就要发生了。我本来是想跑进屋里的，但我又不想把那东西给带进去。然后就算我想动也动不了了。先是一阵嗡鸣声，然后我感觉到了疼痛。我闭上了眼睛。

我的脑子里出现了很多扇门，钢门、木门、石门。疼痛就是来源于那些咔嚓一声打开的门。热风从门里吹出来。我的身体感觉很奇怪，就好像每个动作都会弄坏我身体的一部分。我跪倒在地上，干呕起来。我身上的每一块肌肉都僵住了，动弹不得。然后，我忽然感觉到自己不存在了。我什么都不记得了。就连黑暗都不记得。

那感觉糟透了。

等我恢复知觉的时候，我发现我被困在了镇中心一棵高大的伊罗科树上面。我身上什么也没穿。天在下雨。耻辱和困惑简直贯穿了我的整个童年，所以愤怒也从来没有远离过我，这不算奇怪吧？

我屏住呼吸，免得我又惊又怕，忍不住哭出声来。我抓着的那根大树枝很滑。我觉得我刚刚是自然死亡然后又重生了，而且这种感觉一直在我脑海里萦绕不去。但这并不是我现在该考虑的事情。现在的问题是，我到底要怎么从树上下去？

“你必须跳下来！”有人喊道。

我父亲和一个头上顶着篮子的男孩站在下面。我咬紧牙关，把树枝抓得更紧了，感觉又气又难为情。

爸爸伸出双臂。“跳啊！”他喊道。

我犹豫了，思前想后，觉得*不想再死一次*。我呜呜哭了。为了避免再冒出来什么想法，我就跳了下去。爸爸和我一起摔倒在覆满伊罗科树果实的湿漉漉的地面上。我爬起来，紧紧贴在他身上，想尽量掩藏自己，他把他的衬衫脱下来给了我。我赶紧穿上了。地上的碎果实在雨里散发出又浓又苦的气味。看来我们必须要好好洗个澡才能把皮肤上的气味和紫色污渍给洗掉。爸爸的衣服也都弄脏了。我四处看看。那个男孩已经走了。

爸爸拉着我的手向家里走去，我们都吓坏了，一句话也没说。在雨中艰难跋涉的时候，我连眼睛都快睁不开了。我真的好累。回家的路似乎永远都走不到尽头。*原来我走了这么远吗？*我也不知道。*什么……怎么可能呢？*一到家，我就把爸爸拦在了门口。“发生了什么？”我终于问出口了，“你怎么知道要去那里找我？”

“现在先把你擦干吧。”他安慰道。

我们打开门，妈妈跑了过来。我坚持说我没事，但我并不是真的没事。我又一次进入了无知无觉的状态。我朝我的房间走去。

“让她去吧。”爸爸对妈妈说。

我爬上床，这一次，我陷入了一场再正常不过的沉睡。

“起来吧。”妈妈轻声说。已经过去好几个小时了。我的眼睛黏糊糊的，身上也很痛。我慢慢坐起身来，揉揉我的脸。妈妈把椅子挪过来，离我的床更近了。“我不知道今天你是怎么回事。”她说。但她没有看我。就算在那时，我也忍不住怀疑她说的不是真话。

“我也不知道，妈妈。”我说。我叹了口气，按了按我酸疼的胳膊和腿。我仍然能闻到伊罗科树果实沾在我身上的味道。

她握住了我的手。“这是我唯一一次把这件事讲给你听。”她犹豫了一下，摇了摇头，对自己说，“唉，阿妮在上，她才十一岁啊。”然后她仰起头来，露出了那副我再熟悉不过的样子——那副倾听不知名声音的样子。她咂了咂嘴，点了点头。

“妈妈，什么……”

“太阳高挂在天上。”她柔声说，“它照亮一切。就在这时候，他们来了。当时我们这些年过十五岁的女人，大部分都在沙漠里和阿妮女神进行神圣对话。我快满二十岁了……”

* * *

努鲁族的武装分子们虎视眈眈，等待着清修日的到来，而奥克克族的女人们恰在此时走进了沙漠，要在那里待上七天七夜，向阿妮女神表示敬意。“奥克克”意为“神创之族”。奥克克族人拥有夜色般的皮肤，因为他们是在白昼之前被创造出来的。他们是神的首创。那之后，又发生了很多事情之后，努鲁族也诞生了。他们来自星辰，这也就是为什么他们的皮肤是太阳的颜色。

这些族名一定是在和平时期商定的，因为众所周知，奥克克族生来就是努鲁族的奴隶。很久以前，在古时候，他们做了一些坏事，于是阿妮女神让他们背负了这一责任。《圣典》里就是这么写的。

娜吉芭和她的丈夫一起生活在奥克克族的一个小村庄里，村里没有一个人是奴隶，但她却对自己的地位心知肚明。就像村子里其他人一样，要是她生活在往东十五英里以外的七河王国，虽然在那里能得到的更多，但她这一生都要为努鲁族做牛做马。

大多数族人都遵循着那句古话：“如果蛇的梦想是变成蜥蜴，那就太愚蠢了。”但是三十年前的某一天，这句话被辛城一群奥克克族男女拒绝了，他们受够了。他们发起了暴动，要求更多权利，拒绝努鲁族的奴役。他们的暴动扩散到了邻近的七河城镇和村庄。这些奥克克族人为他们抱有的远大志向付出了沉重的代价。每个人都一样，因为灭顶之灾接踵而至。从那以后，这种事就时有发生。那些未被消灭的奥克克族反叛者都被赶到了东边。

娜吉芭把头埋在沙里，闭着眼睛，注意力转向内心。她一边与阿妮女神对话，一边露出微笑。十岁时，她和父兄一起踏上了贩盐的盐路之旅，从此她就爱上了广阔的沙漠。她也一直都很喜欢旅行。她的笑容更灿烂了，把头埋进更深的沙里，忽略了周围女人们的祈祷声。

娜吉芭告诉阿妮，几天前的晚上，她和丈夫坐在外面，看到有五颗星星从天上掉下来。听人家说，一对夫妻一起看到几颗星星坠落，以后就会有几个孩子。她自顾自地笑了起来。那时她还不知道，这将是她今后很长一段时间里最后一次开怀大笑。

“我们一贫如洗，但我爸爸还是会为我们骄傲的。”娜吉芭用她那圆润的嗓音说道，“我们有一间总会进沙的屋子。我们的电脑是买回来的旧电脑。我们的蓄水装置只能收集它容量的一半的雨水。就在不远处，杀戮又开始了。我们膝下还没有孩子。不过我们还是很幸福。所以我要谢谢您……”

一阵摩托车的轰鸣声。她抬起头来看了看。来了一队人，每个人的后座上都插着一面橙色的旗帜。看上去他们至少有四十个人。而娜吉芭和其他女人离村子有几英里远。她们是四天前离开村子的，在沙漠里只靠水和面包维持生存。所以她们不仅孤立无援，而且势单力薄。她很清楚这些是什么人。*他们怎么知道能在这儿找到我们呢？她不明白。*沙漠早该在几天前就抹去了她们的足迹。

仇恨的火焰终于蔓延到了她的家乡。她的村庄是个宁静的小地方，房子不大但建得结实，市场不大但货物齐全，在这里，有人结婚就算是头等大事。这是个恬然无害的地方，躲在棕榈树徐徐飘动的树叶下与世无争。直到现在。

当摩托车开始绕着女人们转圈的时候，娜吉芭回头看了看她的小村庄。她就像被人一拳打中腹部一样痛呼一声。滚滚黑烟涌向天空。阿妮女神没有费心告诉这些女人她们的处境已经岌岌可危。也没有告诉她们当她们把头埋在沙子里的时候，她们家中的孩子、丈夫与亲人都已经惨遭杀害，她们的家园也已经被付之一炬。

每辆摩托上都载着一个男人，有几辆上面还有女人陪伴。他们笑容灿烂的脸上戴着橙色的面纱。他们身穿昂贵的军装——沙色裤子、上衣，还有皮靴——可能是用天气凝胶处理过的，能让他们在烈日下也保持凉爽。娜吉芭站在那儿，望着升腾的黑烟，愣愣地张着嘴，她想起她丈夫在棕榈树上工作的时候，总是希望能在他的衣服上用些天气凝胶。但他买不起。她想，*他永远不可能买得起*。

奥克克族的女人们尖叫着四散奔逃。娜吉芭惊声尖叫，用尽了肺里的空气，她感觉有什么东西离开了她的喉咙深处。之后她才知道，那是她原本的声音永远地离开了她。她朝远离村子的方向跑去。但是努鲁族人把她们围成了一个大圈，又像赶野骆驼一样把她们赶了回来。奥克克族的女人们恐惧畏缩着，她们的淡紫蓝色长袍在微风中飘动。努鲁族男人们下了摩托车，后面跟着努鲁族女人。他们围了过来。然后那场暴行就开始了。

所有的奥克克族女人，不管年轻还是年老，全都被强暴了。而且不止一次。那些男人就像着了魔一样不知疲倦。他们强暴了一个女人，又继续下一个和下下一个。他们一边施暴，还一边唱起了歌来。跟着来的努鲁族女人也笑了，她们指指点点，也一起唱了起来。他们唱歌时用的是西波的通用语，这样奥克克族的女人们就能听懂了。

奥克克族之血如水流动，
我们抢走他们的财宝，
羞辱他们的祖宗。
揍他们的手挥得用力，
再夺走他们以为是属于自己的土地。
阿妮的神力属于我们，
所以我们要将你们斩落灰尘。

丑陋肮脏的奴隶们啊，
阿妮终于狠下杀手！

娜吉芭的遭遇是最悲惨的。别的奥克克族女人遭到殴打和强奸之后，虐待她们的人就会离开，留给她们一点喘息的时间。然而那个抓住娜吉芭的男人却一直守着她，也没有努鲁族女人过来取笑或者站着看热闹。那人又高又壮，像头公牛。更像头野兽。他的面纱遮得住他的脸，却掩盖不住他的怒火。

他抓住娜吉芭粗黑的辫子，把她拖到了离其他人几英尺远的地方。她想要起身逃跑，但是他马上就压在了她身上。她看到了他的刀，于是停止了挣扎……那把刀闪着寒光，锋利无比。那人笑了，用刀割开了她的衣服。她盯着他的眼睛看，这是他脸上唯一露出来的部分。那双眼睛是金褐色的，眼里满是愤怒，眼角略微抽搐。

他把她按在地上，从口袋里掏出了一个硬币形状的设备，放在她旁边。这是一种人们用来看时间、了解天气状况和随身携带一本《圣典》的设备。这一个还有录像功能。它那只小小的黑色摄像头眼睛升了起来，开始录像的时候发出咔嗒声和嗡嗡声。男人开始唱歌，把刀插进娜吉芭头旁边的沙地里。两只黑色的大甲虫落在刀柄上。

他拉开她的腿，一边进入她的身体一边唱个不停。几首歌之间，他说了些她听不懂的努鲁语。一些愤怒、尖厉、咆哮出来的话。听着听着，娜吉芭觉得越来越怒不可遏，她朝他吐了一口唾沫，向他吼了回去。他就捏住她的脖子，用刀尖指着她的左眼，直到她又一次安静下来。然后他唱得更大声了，继续着他的暴行。

不知从什么时候起，娜吉芭只觉得冷，然后是麻木，最后是平静。她好像变成了注视着这一切的两只眼睛。从某种意义上来说，她一直都是这样的。小时候，她从树上掉下来，摔断了一只胳膊。尽管疼痛难忍，她还是平静地站起来，留下她惊慌失措的朋友们，回到家里找她妈妈，让妈妈带她去找了一个知道怎么正骨的朋友。每次娜吉芭犯错挨打的时候，她这种独特的行为习惯都会惹怒她父亲——不管打她打得多用力，她都一声不吭。

“这孩子的阿路西连一点尊重都没有！”她爸爸总是这样对她妈妈说。但他平时心情好的时候，又会表扬娜吉芭的这个特点，常常说：“让你的阿路西多走走看看，女儿。看看你能看到些什么！”

此刻，她的阿路西，她最缥缈超凡的那一部分，能够帮她解除痛苦和静心观察的那一部分，逐渐浮现出来了。她的大脑也开始记录一些事，就像那男人的设备一样。记录每一个细节。她的大脑注意到，当那个男人唱歌的时候，尽管歌词粗俗不堪，他的声音却很动听。

这场折磨持续了大约两个小时，但对于娜吉芭来说，感觉就像过了一天半。在她的记忆之中，她见到太阳划过天际，西沉，又再次升起。很长一段时间过去了，就是这么回事。努鲁族人又唱又笑，继续着暴行，还杀死了几个人。然后他们就走了。娜吉芭躺在那里，她的衣服敞开着，惨遭殴打的青肿腰腹暴露在阳光下。她静听着呼吸、呻吟与哭泣声，有那么一会儿，她什么都听不到了。她很庆幸。

接着她听到阿玛卡大喊道：“站起来！”阿玛卡比娜吉芭大二十岁。她是个强壮的女人，总是替村里的女人们发声。“站起来，你们所有人！”阿玛卡磕磕巴巴地说，“起来！”她走到每个女人前面，挨个踢了一脚，“我们就算死也不能死在这里，还在喘气的就赶紧走。”

娜吉芭一动不动地听完了她的话，阿玛卡踢女人们的腿，拽她们的胳膊。她真希望她装死装得够像，能骗过阿玛卡的眼睛。她知道她的丈夫已经死了，而且就算他没死，他也永远都不会再碰她了。

努鲁族男女的所作所为并不仅仅是为了折磨和羞辱她们。他们是想让更多的伊乌小孩来到这个世界上。这样的孩子并不是努鲁族人与奥克克族人之间禁忌之恋的结果，也不是奥克克族生来就不带颜色的那些“诺亚”孩子。伊乌是因暴力而降生的孩子。

一个奥克克族的女人永远不会杀死一个在她身体里长大的孩子。她宁愿违背丈夫的意愿，也要让她子宫里的孩子活下来。然而习俗却规定孩子是属于他父亲的。这就是努鲁族人的恶毒之处。如果一个奥克克族的女人生下了伊乌孩子，那她就会因为这个孩子而与努鲁族联系在一起。努鲁族人苦心经营，想从根本上摧毁奥克克族家庭。但娜吉芭并不在乎他们的残忍计划。她身体里并没有什么孩子。她只是一心求死。当阿玛卡找到她的时候，只踢了一脚就让娜吉芭咳嗽不已。

“你骗不了我，娜吉芭。起来！”阿玛卡说。阿玛卡的左脸一片青紫。她的左眼肿得睁不开。

“为什么要起来？”娜吉芭用她喑哑的新声音说。

“因为我们必须要起来。”阿玛卡伸出一只手。

娜吉芭转过身去。“让我死了吧。我也没有孩子。这样是最好的。”娜吉芭感觉到她子宫里的重量。如果她站起来，所有注入她体内的精液就都会飞溅出来。她一想到这件事就噎住了，然后把头转向一边，开始干呕起来。等到她的胃没事了，阿玛卡还在那里。她朝娜吉芭旁边的地上吐了口唾沫。里面带着血。她想把娜吉芭拉起来。娜吉芭的腹痛加剧了，但她的身体却还是无力下坠。最后，气馁的阿玛卡放下了娜吉芭的胳膊，又吐了口唾沫，走了。

那些选择活下去的女人们强撑着站起来，朝村子走去。娜吉芭闭上双眼，感觉额头上的一处伤口渗出了血。很快，一切又归于寂静。想离开这具躯壳会很容易的，她想。她一直都喜欢远行。

她躺在那儿，直到太阳晒伤了她的脸。死亡比她想象的来得更慢。她睁开眼睛，坐了起来。她的眼睛花了一分钟来适应明晃晃的太阳。等眼睛能看清了，她看到了满地的尸体和血泊。沙地吸干了血，这些女人就像是被献祭给了沙漠。她慢慢站起来，走到她的背包前面，拿起了包。

“别管我。”特卡在娜吉芭摇醒她之后几分钟才说。特卡是五具尸体里唯一还活着的。娜吉芭重重地跌坐在她身边。她揉着自己疼痛的头皮，袭击她的人粗暴地拉拽了她的头发。她看了看特卡。她的玉米穗编发上沾满了沙子，每呼吸一次，脸上的表情都跟着扭曲起来。娜吉芭慢慢地站起来，想把特卡也拉起来。

“别管我。”特卡重复了一遍，怒视着她。于是娜吉芭放开了她。

她拖着沉重的脚步回到了村里，朝这个方向走仅仅是习惯使然。她恳求阿妮派点什么来杀死她，一头狮子或者更多的努鲁族人都可以。但阿妮并没有遂她心愿。

她的村子还在火海中。房屋燃烧，花园被毁，摩托车着火。尸体横陈街头。有很多都烧焦了，认不出谁是谁。在这种突袭中，努鲁族士兵会把最强壮的奥克克族男人抓起来，捆起来，浇上煤油，然后放火烧死他们。

娜吉芭没有见到任何一个努鲁族男女，是死是活都没有。这个村子真是个容易征服的地方，毫无防备，脆弱无助，无知无觉，而且还不肯承认事实。*真蠢啊*，她想。女人们在街上呜咽。男人们在家门口哭泣。孩子们满脸懵懂地走来走去。日头毒辣，房屋燃烧，摩托轰鸣，人们挤在一起，热得就快要窒息了。到了日落时分，他们就会再一次大举向东迁移。

走到家门口，娜吉芭轻声唤出丈夫的名字。然后她尿湿了自己。灼烧一般的尿液顺着她伤痕累累的腿流了下来。半间屋子都着火了。花园被付之一炬。他们的摩托车也烧着了。但伊德里斯，她的丈夫，还好好地坐在地上，正用手捂着脸。

“伊德里斯。”娜吉芭又轻唤了一声。我看见的一定是个鬼魂吧，她想。风一吹，他就会被吹走的。他脸上没有流血。虽然他的蓝裤子膝盖上沾满了沙子，他的蓝长袍腋窝下也变成了汗湿的深色，但他这个人还是完好无缺的。这就是他，不是他的鬼魂。娜吉芭想说“阿妮慈悲”，但她并不慈悲。一点都不。因为，虽然她的丈夫幸免于难，阿妮却杀死了娜吉芭，空留她的躯壳。

看到她的时候，伊德里斯高兴地叫出了声来。他们扑进对方的怀里，拥抱了好几分钟。伊德里斯身上的味道闻起来就像汗水、焦虑、恐惧和大祸临头。她不敢想象自己身上的味道是什么样的。“我是个男子汉，但我只能像个孩子似的躲起来。”他在她耳边说。他吻了她的脖子。她闭上了眼睛，只希望阿妮能在这一刻赐她一死。

“那样做再好不过了。”娜吉芭喃喃说。

然后他拉开了她，娜吉芭知道是怎么了。“老婆，”他说，低头看向她敞开的衣服。她的阴毛裸露，大腿和腹部都是瘀伤。“遮起来！”他说着，一把拉下了她裙子的下半部分。他的眼眶湿润了。“遮……遮起来，你！”他脸上的表情越来越痛苦，站向了一边。他后退一步。他又看了娜吉芭一眼，眯着眼睛，然后摇了摇头，就好像要躲避些什么似的。“不。”

娜吉芭只是站在那里，看着她丈夫退开，他的双手挡在他面前。“不。”他重复了一遍。他的眼中溢出泪水，他的脸色却沉了下来。

眼看着娜吉芭走进着火的房子里，他的脸上也没有任何表情。在屋里，娜吉芭无视了灼人的热度和房子噼啪爆裂即将坍塌的危险。她有条不紊地收拾了几样东西，她的一些私房钱，一个壶，他们的蓄水装置，好多年前她姐妹送她的一个手牌游戏，一张她丈夫微笑的照片，还有一布袋盐。要进沙漠，最好多带些盐。她仅有的一张去世父母的照片已经毁于火中。

娜吉芭并不打算再活多久。对她而言，她已然成了她父亲所说的那个一直活在她心中的阿路西，那个喜欢游走四方去往遥远之地的沙漠精灵。回到村里的时候，她是那么希望她丈夫能活下来。当她找到她丈夫的时候，又是那么希望他能和别人不一样。但她是个奥克克族女人。她能有什么希望呢？

她可以在沙漠里生存。她每年都会和女人们一起去沙漠里敬神，曾经和父兄一起的盐路旅行也教会了她生存的办法。她知道要怎么用她的蓄水装置从降水中提取出凝结水来喝。她知道该怎么诱捕狐狸和野兔。她知道在哪里能找到乌龟、蜥蜴和蛇蛋。她也知道哪些仙人掌可以食用。而且因为她已经死过一次了，所以她毫不畏惧。

娜吉芭走啊走，想找一个地方任由她这具躯壳死去。再走一个星期，她边扎营边想。再一天，她边跋涉边想。当她第一次发觉自己怀孕了的时候，死亡就不再是一种选择。但在她心里，她仍然是个阿路西，对她自己的身体只有控制和维修的责任，就像别人操作一台电脑那样。她向东而行，远离了努鲁族人的城市，去向流亡奥克克族人所居住的废土。晚上她躺在帐篷里，总能听到努鲁族女人们在外面又唱又笑的声音。而她会无声地朝她们尖叫，让她们现在就赶紧进来杀死她。“我会把你们的乳房都扯下来！”她说，“我会喝掉你们的血，拿它去滋养长在我身体里的这个孩子！”

入睡之后，她总能见到她丈夫伊德里斯站在那儿，心烦意乱，悲伤不已。伊德里斯深爱了她两年。她会惊醒过来，不得不去看一眼他的照片，这样才能记起他以前的样子。过了一段时间之后，看照片也没用了。

几个月来，娜吉芭一直栖身于地狱边缘，她的肚子越来越大，距离孩子出生的日子也越来越近。每当她无事可做的时候，她就会坐下来仰望天空。有时候她会玩她的黑暗阴影手牌游戏，一次又一次地取胜，每次都得到更高的分数。有时候她会跟肚子里的孩子说说话。“人类的世界太残酷了，”她会说，“不过沙漠是个很可爱的地方。在这里，阿路西、穆莫和其他精灵都可以和平共处。等你出生了，你也会爱上这个地方的。”

她是个流浪者，每天较凉爽的时候起行，避开城镇和村庄。怀孕四个月的时候，一只蝎子趁她走路的时候叮了她的脚后跟。她的脚又疼又肿，不得不躺了两天。但她最后还是站了起来，继续前行。

等她终于到了要分娩的时候，她只能被迫承认这几个月以来她一直安慰自己的话都是错的。她并不是个将要生下阿路西孩子的阿路西。她只是一个在沙漠里孤身一人的女人。她吓坏了，躺在帐篷里一张薄席子上，穿着被风沙磨破的睡衣，这是唯一一件她鼓起的肚子能穿下的衣服。

这具她最终只能承认是属于她的身体正在密谋着对抗她。又推又拉，动作凶猛，就像是在和一个看不见的怪物搏斗。她咒骂，尖叫，精疲力竭。*要是我死在这儿了，这孩子就得孤零零地咽气了*，她绝望地想。没有一个孩子应该独自面对死亡。她撑住了。她集中了注意力。

经过了一个小时痛苦的宫缩，她的阿路西又浮现出来。她放松了，躺了下来，静静注视着，让她的身体可以完成这个自然的过程。又过了几个小时，孩子的头出来了。娜吉芭敢发誓这孩子还没生出来就开始尖叫了。一个满怀怒气的孩子。从孩子出生的那一刻起，娜吉芭就明白，这孩子不会喜欢惊喜，也没有什么耐心。她剪断脐带，系上肚脐，把孩子抱在胸前。是个女孩。

娜吉芭抱着她，惊恐地看着自己血流不止。她的脑海中又浮现出了自己躺在沙地上，精液从身体里流出来的画面。现在她不再是行尸走肉了，所以对那些记忆也不再免疫了。她强忍着不去回忆那些事，专注于怀里这个愤怒的孩子。

一个小时之后，当她虚弱地坐着，怀疑自己是否会失血而死时，血又渐渐流得慢了，终于不再流了。她抱着孩子，陷入了沉睡。等她醒过来的时候，她又能站起来了。她觉得自己的内脏可能会从两腿之间掉出来，但站起来不再是不可能的事。她仔细看看自己的孩子。她拥有娜吉芭的厚嘴唇和高颧骨，但她也有窄直的鼻子，来自娜吉芭不认识的那个人。

而她的眼睛，哦，她的眼睛。她的眼睛是金褐色的，跟那个人的眼睛一模一样。就好像那个人正透过这孩子的眼睛窥视她。这小婴儿的皮肤和发色是奇怪的沙阴色。娜吉芭知道会有这种现象出现，尤其是在因暴力降生的孩子身上。《圣典》里有没有提到过呢？她也不确定，这本书她读得不太多。

努鲁族人黄棕色皮肤，窄鼻子，薄嘴唇，有或棕或黑的头发，像精心梳理的马鬃毛。奥克克族人则是深棕色皮肤，宽鼻孔，厚嘴唇，粗黑的头发就像羊的毛。没人知道为什么伊乌小孩都会长成他们自己那副样子。他们长得既不像奥克克族人，也不像努鲁族人，更像沙漠精灵一些。还要再过几个月，这孩子的脸上才会长出标志性的雀斑。娜吉芭凝视着孩子的双眼。然后她把嘴唇贴在宝宝耳边，说出了孩子的名字。

“欧妮桑乌。”娜吉芭又说了一遍。没错。她就是想朝天空大喊出这个问题：“谁惧死亡？”但是，唉，娜吉芭发不出声音来，只能喃喃低语。*总有一天，欧妮桑乌会大声说出她这个名字的*，她想。

娜吉芭缓步走向她的蓄水装置，把它连到大水袋上。她打开蓄水装置。它发出响亮的“呼”声，像往常一样带来一阵清凉。欧妮桑乌被震醒了，哭了起来。娜吉芭笑了笑。给欧妮桑乌洗完澡之后，她自己也洗了洗。然后她喝了些水，吃了点东西，有些费劲地照顾着欧妮桑乌。这孩子还不太懂对周遭事物该作何反应。已经是时候该走了。生孩子流的血会招来野兽。

几个月以来，娜吉芭心无旁骛地照顾着欧妮桑乌。这样做也能逼迫她照顾自己。但也并不止这个原因。这孩子像颗星星似的闪闪发光。她是我的希望，娜吉芭看着自己的女儿心想。欧妮桑乌醒的时候爱吵爱闹，但她睡得也很香，娜吉芭有足够多的时间做事和休息。母女俩相安无事，平静度日。

但是当欧妮桑乌生病发烧了，娜吉芭的疗法又都不管用，她们就不得不去找个治疗师了。那时欧妮桑乌四个月大。她们最近路过了一个叫迪利扎的奥克克族人聚居小镇，现在必须折返回去。这是娜吉芭一年多以来第一次跟别人交流。小镇的集市在镇子边缘。她背上的欧妮桑乌吵吵闹闹，浑身滚烫。“别担心。”娜吉芭边走下沙丘边说。

娜吉芭努力不让自己被每一个声音吓到，也不因为有人碰到她的胳膊就惊起。每当有人向她打招呼的时候，她就低下头去。市场上有层层垒起的西红柿、大桶的海枣、成堆的旧蓄水装置、一瓶瓶的食用油、一盒盒的钉子，这些东西都来自她和她女儿不属于的那个世界。离开家时带着的钱还在她身上，这里的货币是相同的。她不敢问路，所以花了一个小时才找到治疗师。

那人是个矮个子，皮肤光滑。他小小的帐篷下面摆着棕色、黑色、黄色和红色的小瓶子，里面装着液体和粉末，还有各种捆扎在一起的植物茎条和一篮篮的叶子。帐篷里面点着一根香，空气里弥漫着甜味。她背后的欧妮桑乌有气无力地偷看了一眼。

“下午好。”治疗师向娜吉芭鞠了一躬。

“我……我的孩子生病了。”娜吉芭小心地说。

治疗师皱起眉头：“请说大声点。”

她拍了拍喉咙。治疗师点点头，凑近了一些。

“你是怎么哑……”

“不是治我的病。”她说，“是治我孩子的病。”

她放下欧妮桑乌，在治疗师的注视下把她紧紧搂在怀里。他后退了一步，娜吉芭差点哭出来了。他对她女儿的反应就跟她丈夫对她的反应差不多。

“她是不是……”

“是。”娜吉芭说。

“你们在沙漠里流浪？”

“没错。”

“就你们母女俩？”

娜吉芭抿起嘴唇。

他看了看她身后，然后说：“快点，让我看看她。”他检查了一下欧妮桑乌的病情，问了娜吉芭她女儿都吃了些什么，因为她和她女儿看起来都没有营养不良。他递给她一个装着粉色药液的软木塞小瓶。“每八小时给她喝三滴。她是很强壮，但如果你不给她喝这个，她就会死的。”

娜吉芭打开塞子闻了闻。闻起来是甜的。不管它是什么，里面肯定掺杂了新鲜的棕榈树树汁。这药花掉了她所有钱的三分之一。她给了欧妮桑乌三滴药。小婴儿咂掉了药液，又睡着了。

她把剩下的钱花在了买补给品上。村里说着不一样的方言，不过她还是能用西波语和奥克克语来交谈。她正疯狂购物的时候，身边开始多出了一个观众。唯一阻止她买完药之后就直接跑回沙漠的，就只有她的决心。孩子需要奶瓶和衣服。娜吉芭需要一个指南针、一张地图，还有新的切肉刀。买了一小袋海枣之后，她转过身来，发现一堵人墙挡在了自己面前。他们大多是男人，有老有少。不少都是她丈夫的同龄人。她又一次陷入了危险的处境中。只不过这一次，她孤身一人，而且威胁她的是奥克克族人。

“怎么了？”她静静地问。她能感觉到背上的欧妮桑乌不安地动来动去。

“那是谁的孩子，妈妈？”一个十七八岁的年轻人问道。

她又能感觉到欧妮桑乌的不安，忽然间，怒气涌上她的心头。“我不是你的妈妈！”娜吉芭厉声说，真希望她的声音能正常起来。

“那是你的孩子吗，女人？”一个老人问，那声音听起来就像是几十年没喝到过凉水了。

“是。”她说，“她是我的女儿！不是别人的。”

“你不会说话吗？”一个男人问。他看了一眼站在旁边的人。“她只动嘴，没声音。肯定是阿妮把她肮脏的舌头给拿走了。”

“那是个努鲁族人的孩子！”有人说。

“她是我的孩子。”娜吉芭尽可能大声了，但话说出来还是变成了低语。她的声带绷紧了，嘴里一股血味。

“努鲁族人的小妾！滚吧！去找你的丈夫吧！”

“奴隶！”

“你的孩子是个伊乌！”

对于这些人来说，西边奥克克族人惨遭杀害的事情更像是故事，而不是事实。她比她想象中还要走得更远。这些人并不想知道事实。所以他们只是冷眼看着这对母女在市场里走动。他们边看边停下来跟朋友交谈，难听的话在口耳相传中变得更加难听。他们变得更愤怒，更激动。他们终于走上前来跟娜吉芭和她的伊乌孩子搭话了。他们胆子大了起来，自以为是替天行道。最后，他们出手打人了。

第一块石头砸中娜吉芭的胸口时，她吓得都忘记要逃跑了。很疼。那块石头并不是想警告她。第二块石头打中了她的大腿，她想起了一年前她濒死时候的情景。那次不是石头，而是男人的身体撞向她。第三块石头扔到了她脸上，让她明白了她要是还不跑，她的女儿也会死在这儿。

她落荒而逃。那天努鲁族人袭击的时候，她本该像这样逃跑的。石头砸中了她的肩胛骨、脖子和两条腿。她听到欧妮桑乌尖叫哭泣的声音。她一直跑，从集市里冲出来，跑向了沙漠里的安全地带。爬上了第三座沙丘之后，她才放慢了速度。他们可能以为他们把她赶向死亡了。就好像女人和孩子在沙漠里绝不可能独自生存似的。

一等到安全地远离了迪利扎，娜吉芭就把欧妮桑乌放了下来。她气喘吁吁，忍不住哭了起来。一块石头砸中了孩子眉毛的正上方，血从那儿流了出来。小婴儿无力地用手擦着脸，把血抹了满脸。娜吉芭把她的小手拿下来的时候，她还在继续反抗。好在伤口很浅。那天夜里，虽然欧妮桑乌睡得很好，药也帮她退烧了，但娜吉芭却泪流不止。

六年来，她在沙漠里独自将欧妮桑乌抚养长大。欧妮桑乌长成了一个健壮又活泼的孩子。她喜欢沙子、风和沙漠里的各种生灵。尽管娜吉芭只能轻声低语，但每次欧妮桑乌大喊出声的时候，她都会笑了又笑。每当欧妮桑乌喊出娜吉芭教给她的话，娜吉芭都会亲吻拥抱她。欧妮桑乌就是这样学会了使用自己的声音，就算她从没听过别人的声音。

欧妮桑乌的声音很好听。只靠听呼啸的风声，她就学会了唱歌。她常常站在一片旷野面前对它唱歌。有时候，如果她在晚上唱歌，就能引来远处的猫头鹰。猫头鹰会落在沙地上听她唱歌。这是娜吉芭第一次意识到，她的女儿不仅仅是个*伊乌*，而且还是个非常特别、与众不同的孩子。

在第六个年头里，娜吉芭突然意识到：她的女儿需要和其他人交流。娜吉芭心里明白，无论这个孩子将来会变成什么样，她都需要文明世界的熏陶。于是她靠着地图、指南针和观星把女儿带到了这里。对于她这个沙色皮肤的女儿来说，还有什么地方比贾瓦黑尔更有希望呢？毕竟这地名的意思就是“金夫人之家”。

贾瓦黑尔有个传说：

七百年前，有一个身材巨硕的奥克克族女人，浑身由纯金打造而成。她父亲把她带去了育肥小屋，几周后，她就变得又胖又漂亮。她嫁给了一个有钱的年轻人，他们决定搬去大城市居住。然而在路上，由于她的体重太重（她很胖，还是纯金打造的），越来越累，所以她不得不躺下来歇歇。

可是这位“金夫人”站不起来了，这对夫妇就不得不在这里落了脚。就这样，她压平的这块地方就被称作贾瓦黑尔，住在这里的人都很富裕。这座城镇是很久以前由一些首批逃离西部的奥克克族人所建立的。贾瓦黑尔人的先祖也的确是一支特殊的血脉。

娜吉芭曾经祈祷过，希望自己永远都不必把她怀孕的经历告诉自己这个奇特的女儿。但娜吉芭也是个相当现实的人。生活不易。

妈妈告诉我这个故事之后，我气得能亲手杀掉一个人。

“对不起，”妈妈说，“你还太小了。但我向自己保证过，一旦你出了什么事，我就会把这些事告诉你。知道这些也许对你会有帮助。今天你究竟是怎么回事……怎么会在那棵树上……这只是个开始，我想。”

我浑身发抖，汗流不止。开口说话的时候，我的嗓子干涩无比。“我……我记得我们来这儿的第一天，”我说，擦了擦额头上的汗水，“你在市场里找了个地方，想卖点仙人掌糖果。”我停了下来，皱起眉头，回忆着这件事，“那个卖面包的人要赶我们走。他还朝你大喊大叫。他看我的眼神就像……”我摸了摸我额头上的小伤疤，又按了按。*我一定会烧掉我的那本《圣典》*，我想。*这一切都是它害的*。我真想跪下来，求阿妮把西边夷为平地。

我对性有那么一点点了解。我甚至有点好奇……好吧，也许比起好奇来说，怀疑会更多一点。但我不知道还会有这种暴力的性事，有会生出孩子的暴力行径……发生在了我妈妈身上，让她生出了我。我强忍住呕吐的冲动，又强忍住撕破自己皮肤的冲动。我想抱抱我妈妈，但与此同时，我又不想碰她。我就是一剂毒药。我没有权利去拥抱她。我还没办法完全理解那个……人，那头野兽，对她做过的事。我才十一岁。

而照片里的那个男人，那个我生命的前六年里唯一见过的男人，原来并不是我的父亲。他甚至不是个好人。他就是个叛徒混蛋，我想，泪刺痛了我的双眼。要是我真的找到了你，我会把你阉掉。然后我发着抖，想象我要怎样才能把强奸我母亲的那个禽兽折磨得更惨。

直到目前为止，我都以为自己是个诺亚。诺亚小孩的父母都是奥克克族人，但他们却是沙色皮肤。我一直忽略了一个事实，那就是我没有诺亚小孩常有的红眼睛，也不像他们一样对阳光敏感。而且除了肤色，他们基本上还是长着一副奥克克族人的样子。我也没有注意到其他诺亚孩子能毫无困难地和“长相正常”的孩子们交朋友。他们不像我这样被排斥。诺亚孩子们看我的眼神和黑皮肤的奥克克族人一样，都充满了恐惧和厌恶。就算对他们来说，我也是异类。我妈妈为什么不烧掉她丈夫伊德里斯的照片呢？他明明就为了他那愚蠢的名声背弃了她。妈妈告诉我他死了……他真该死——他真该被**杀掉！**

“爸爸知道吗？”我恨我的声音。每当我唱歌的时候，我都会想，她听到的是谁的声音？我的生父唱歌声音也很动听。

“他知道。”

从爸爸看到我的那一刻起，他就已经知道了，我意识到。每个人都知道，除了我自己。

“伊乌，”我慢慢说，“是什么意思？”我还从没问过。

“痛苦降生的孩子。”她说，“大家相信生来就是伊乌的孩子最终会变得凶暴。他们认为暴行只会引发更多的暴行。但我知道这不是真的，你也该知道。”

我看着妈妈。她似乎真的知道很多事情。

“妈妈，”我问，“像我出现在树上的那种情况，也在你身上发生过吗？”

“宝贝，你想得太多了。”她只说了这样一句，“过来吧。”她站起来，把我搂进怀里。我们哭泣，抽噎，呜咽，垂泪。但等我们流干了眼泪，又只能继续面对生活。

04. 十一岁仪式

没错，我人生的第十一年可真够艰难的。

我的身体发育得早，所以到这个时候，我已经有了隆起的乳房，来了月经，也长出了女人身体的窈窕曲线。那些愚蠢的男人和男孩们会色眯眯地盯着我看，或者想猥亵我，我还不得不想办法对付他们。然后就来到了那个下雨天，我莫名其妙地光着身子爬到了那棵伊罗科树上，我妈妈吓得不轻，她觉得是时候告诉我我究竟是从哪儿来的那个令人恶心的真相了。一周之后，到了我该去参加十一岁仪式的日子。生活就是不肯高抬贵手放过我。

十一岁仪式会在雨季的第一天举行，这个传统已经流传了两千年。每年所有年满十一岁的女孩都要参加。我妈妈觉得这种做法很原始，又毫无必要。她不希望我和这件事扯上任何关系。在她的村子里，十一岁仪式这种习俗早在她出生前很多年就已经废止了。所以我在长大过程中一直都很确信，只有别的出生在贾瓦黑尔的女孩才需要受割礼。

女孩在经历过十一岁仪式之后，就有资格被称为一个成年人了。而男孩们要满十三岁才能拥有这种特权。所以对一个女孩来说，十一岁到十六岁的年纪是最幸福的，因为她既是个孩子，又是个大人。有关这个仪式的信息并没有被藏着掖着。学校书屋里有不少讲述这个过程的书。虽然并没有人要求或者鼓励我们去读这些书。

所以我们这些女孩都知道割礼就是从我们腿间切掉一块肉，它不会真的把我们变成别的什么样子，也不会让我们成为更好的人。但我们不明白那块肉到底做了什么才要被切掉。因为这是一项流传已久的习俗，也没人真正记得为什么要这么做。所以大家都接受了这一传统，期待这一传统，并且严格执行这一传统。

我不想去。他们连麻醉药都不给你用。不用麻醉就是仪式的一部分。去年我见过两个刚刚受完割礼的女孩，我都还记得她们是怎么走路的。我也不想切掉我身体的一部分。我连剪头发都不愿意，所以我留了长长的辫子。我当然更不是那种为了传统什么都肯做的人。我就不是在那种家庭里长大的。

但是当我坐在地上凝望天空的时候，我知道自从上周我出现在树上之后，我内心有些东西已经变得不再一样了。不管那是怎么回事，都在我心里激起了波澜，只有我一个人注意到了。从妈妈那里听来的故事比我自己设想的还要复杂得多。她对她寄托在我身上的希望只字不提。那也是我能为她的苦难复仇的希望。她也没有细说过她遭到的强暴。这一切都是她话语间透露出来的。

我有很多问题得不到解答。但是到了我该参加十一岁仪式的时候，我很清楚什么是我必须做的。那一年只有我们四个十一岁女孩。男孩有十五个。我这一组的另外三个女孩肯定会告诉大家我没有出席仪式。在贾瓦黑尔，要是十一岁之后还没受割礼，就会给你的家人带来厄运和耻辱。大家根本不在意你是不是在贾瓦黑尔出生的。只要你是一个在贾瓦黑尔长大的女孩，你就一定要受割礼。

我的存在给我母亲带来了耻辱。进入爸爸的生活，又给爸爸带来了丑闻。他以前是个备受尊重、讨人喜欢的鳏夫，现在人们都嘲笑他，说他被一个从该死的西边来的奥克克族女人给迷得神魂颠倒，更别说这女人还是被努鲁族人用过的破鞋。我的父母已经受够羞辱了。

尽管经历了所有这些，到了十一岁的时候，我仍然心怀希望。我相信我还是可以成为正常人。我可以努力把自己变成正常人。十一岁仪式是个古老而又受人尊敬的仪式。它的威力是很强大的，说不定可以让我身上的怪事不再发生。隔天，上学之前，我去了艾达的家，她就是执行十一岁仪式的女祭司。

“早上好，女士。”她打开门，我恭敬地说。

她皱起眉头看着我的眼睛。她可能比我妈妈大十岁，也可能只大两岁。我站着差不多跟她一样高。她的绿色长裙优雅十足，浓密的爆炸头鬈发也梳得一丝不苟。她身上有股熏香的味道。“干什么，伊乌？”

这个词让我瑟缩了一下。“对不起，”我退后一步说，“我打扰到您了吗？”

“打不打扰是我说了算。”她说，双臂交叉在她瘦小的胸前，“进来。”

我走了进去，略微提了一下我上学快迟到了的事。我真的要这么做了，我想。

从外面看，她的房子是一间砂砖铸成的小屋，走进里面再看，也还是很小。然而不知何故，它还是容纳下了一幅视觉冲击力巨大的艺术作品。泼洒在墙上的壁画还没有完成，但房间看起来已经像是浸没在了七河中的某一条河里。门边画着一条真人大小的鱼人，有张栩栩如生的脸庞。他那古老的双眼中充满了原始的智慧。

书里提到过巨大的水体。但我从没在画里见过，更别说是这么大的一幅彩画了。它不可能真的存在，我想。哪里会有那么多水？水里不仅有银色的昆虫，有长着绿色扁足和背壳的乌龟，有水生植物，还有红色的……鱼。我东看看，西看看。房间里弥漫着颜料未干的味道。艾达的手上也沾着颜料。看来我真的打断她了。

“你喜欢吗？”她问。

“从来没见过这样的画。”我静静地说，仍然挪不开眼。

“我最喜欢的就是你这种反应了。”她说，看起来是真的很高兴。

我坐了下来，她坐在我对面，等我开口。

“我……我想把我的名字加进名单里，女士。”我说。我咬了咬嘴唇。这个请求说出来就变成真的了，尤其是当着这个女人的面说。

她点了点头。“我就在想你什么时候会来。”

艾达对贾瓦黑尔镇每个人身上发生的每件事都了如指掌。她会确保每项正统的传统都执行到位，包括死祭、生礼、月经庆典、男孩的变声派对、十一岁仪式、十三岁典礼，所有这些都是人生大事。她还筹办了我父母的婚礼，每次她来我都会躲着她。我真希望她不记得我这个人。

“我会加上你的名字。名单会上交给阿苏格博。”她说。

“谢谢您。”我说。

“从今天起一周后的那天，凌晨两点到这里来。穿件旧衣服。一个人来。”她打量了我一番，“你的头发——要把辫子解开，头发梳顺，再松松地编回去。”

一周后，离凌晨两点还差二十分钟的时候，我从窗户溜出了我的卧室。

我到的时候，艾达家的门是敞开的。我缓步走了进去。客厅里摆上了装饰用的蜡烛，所有的家具都被搬走了。艾达的壁画大部分都完成了，在烛光的照耀下显得比以往更加栩栩如生。

另外三个女孩已经等在那儿了。我赶紧加入进去。她们惊讶地看着我，又都松了口气。我来了，就是多了一个人和她们一起分担恐惧。我们没有说话，甚至连招呼都没打，不过我们都靠得很近。

除了艾达，还有五个女人在场。其中一个是我姑婆，阿贝奥·欧刚迪姆。她一直都不喜欢我。要是她发觉我来这儿没有经过我爸爸，也就是她侄子的同意，那我就倒大霉了。另外四个女人我不认识，不过其中一个年纪很大了，她的出席需要得到我们的万分尊重。我感觉自己做错了事，忍不住发起抖来，突然不知道自己是不是该来这儿。

我瞥了一眼房间中央的一张小桌子。上面放着纱布、酒精瓶、碘酒、四把手术刀，还有几样我不认识的东西。我肠胃里翻江倒海，感觉恶心想吐。一分钟之后，艾达就开始讲话了。她们肯定都在等我。

“我们是施行十一岁仪式的女人们。”艾达说，“我们六个人守护着女人和女孩之间的十字路口。只有通过我们，你们才能在这两者之间来去自如。我是艾达。”

“我是阿巴迪夫人，镇上的治疗师。”她旁边的矮个子女人说。她的手紧贴在她飘逸的黄色连衣裙上。

“我叫奥奇·纳卡。”另一个说。她的皮肤很黑，一身时髦的紫色连衣裙衬得她的身材性感十足，“市场裁缝。”

“我叫祖尼·万。”又一个说。她那件宽松的蓝色中长连衣裙下面穿着一条裤子，贾瓦黑尔的女人很少这样穿，“建筑师。”

“我叫阿贝奥·欧刚迪姆。”我的姑婆笑着说，“十五个孩子的母亲。”

女人们都笑了。我们也都笑了。十五个孩子的母亲确实是个忙碌的职业了。

“我是智者娜娜。”威严的老妇人说。她用还能看的那只眼睛挨个儿打量了我们一番，她的驼背总把她往前推。我姑婆年纪也不小了，但和这位老人相比，她还是要年轻得多。智者娜娜的声音既清脆又干涩。她的眼神停留在我身上的时间比别的女孩都长。“你们都说说自己的名字吧，这样我们就算认识了。”她说。

“我叫露羽·琪姬。”我身边的女孩说。

“蒂缇·戈伊塞米迪。”

“宾塔·凯塔。”

“欧妮桑乌·乌贝德-欧刚迪姆。”

“这一个。”智者娜娜指着我说。我屏住呼吸。

“走上前来。”艾达说。

我已经花了太多时间为今天做足心理准备。整个星期，我都吃不下，睡不着，我害怕疼，又害怕血。到了这一刻，我终于都全盘接受了。这个老太太肯定会把我拦下来的。

智者娜娜上下打量着我。她绕着我慢慢走了一圈，用她那一只眼睛盯着我，就像爬出龟壳的乌龟一样。她咕哝了一声。“把辫子解开。”她说。我是我们中唯一的头发长到能编成辫子的。贾瓦黑尔的女人们爱时髦，都把头发剪得很短，这又是我母亲的村庄和贾瓦黑尔之间的一处不同。“今天是她的大日子。别让头发碍了她的事。”

我如释重负。正当我解开我松松垮垮的发辫时，艾达开口了。“你们中间有谁是没被人碰过的？”

只有我一个人举手了。我听到那个叫露羽的女孩偷偷笑了。艾达又一次开口，她就赶紧闭上了嘴。“是谁，蒂缇？”

蒂缇不太自然地笑了一下。“一个……同学。”她平静地说。

“他叫什么名字？”

“法纳西。”

“你们发生性行为了吗？”

我暗吸一口气。我没办法想象。我们都还这么小。

蒂缇摇了摇头说：“没有。”艾达就继续了。

“是谁，露羽？”她又问。

但露羽只是回以挑衅的目光，艾达飞快地向前迈了一大步，快到我几乎敢肯定她会扇露羽一巴掌。露羽没有躲闪。她抬高了下巴，对艾达毫不畏惧。我惊呆了。我注意到露羽的衣服都是用最好的布料裁制而成的。它们都还是崭新的，肯定都没下水洗过。露羽是个富家女，她显然连艾达都不放在眼里。

“我不知道他的名字。”露羽最后说。

“不会有人传出去的。”艾达说。但我感觉到她声音里有一丝威胁。露羽肯定也感觉到了。

“他叫沃基克。”

“你们发生性行为了吗？”

露羽没开口，然后她看着墙上的鱼人，说：“是的。”

我下巴都惊掉了。

“多久一次？”

“很多次。”

“为什么？”

露羽怒视着她。“我不知道。”

艾达也狠狠地瞪了她一眼。“今晚之后，你就要一直克制自己，直到婚后。过了今晚，你会更明白事理的。”她转向了宾塔，宾塔一直在哭。“是谁？”

宾塔的肩膀蜷得更厉害了。她哭得更凶了。

“宾塔，是谁？”艾达又问了一遍。然后她看了一眼另外五个女人，她们都围到了宾塔身边。她们围得太近，露羽、蒂缇和我不得不歪着头才能看见她。她的个子是我们四个人中最小的。“你在这儿很安全。”艾达说。

另外几个女人也都碰碰宾塔的肩膀、脸颊和脖子，轻声重复道：“你很安全，你很安全，你在这儿很安全。”

智者娜娜把一只手放在宾塔脸上。“今晚过后，这间屋子里的所有人就都要同心同德，”她用她干涩的声音说，“你，蒂缇，欧妮桑乌，还有露羽，你们要彼此守护秘密，即使婚后也一样。而我们长老会也会保护你们所有人。但只有真相才能让今晚的这一约定坚如磐石。”

“是谁？”艾达第三次问。

宾塔跌坐在地上，把头靠在其中一个女人的大腿上。“是我父亲。”

露羽、蒂缇和我都倒吸一口气。其他女人似乎一点也不惊讶。

“有没有发生性行为？”智者娜娜问。她脸上的表情严肃了起来。

“有。”宾塔低声说。

几个女人咒骂着，啧啧咂嘴，愤怒地低声抱怨。我闭上眼睛，揉了揉我的太阳穴。宾塔遭受的痛苦跟我妈妈不相上下。

“多久一次？”智者娜娜问。

“很多次。”宾塔说。她的声音里逐渐有了力气。

接着她冲口而出：“我——我——我真想杀了他。”然后她捂住了嘴，“对不起！”她说，她的话被手蒙住了。

智者娜娜拿开了宾塔的手。“你在这里很安全。”她说。她满脸厌恶，摇了摇头：“现在我们终于可以做点什么了。”

实际上，这些女人知道宾塔父亲的恶行已经有一段时间了。但她们无权干涉，要等到宾塔完成十一岁仪式之后才行。

宾塔使劲摇了摇头。“不要。他们会把他给抓走的……”

女人们唏嘘几声，又咂了咂嘴。“别担心，”智者娜娜说，“我们会保护你，确保你能幸福地生活下去。”

“我妈妈受不了……”

“嘘，”智者娜娜说，“虽然你现在还是个孩子，但今晚之后你就是个大人了。你说的话也会有人听的。”

艾达和智者娜娜都没怎么看我。也没有问我问题。

“今天，”艾达对我们几个说，“你们将成为大人，同时也是孩子。你们会变得既无能为力，又强大无比；既会受人无视，又会引人倾听。你们接受吗？”

“接受。”我们都说。

“你们不能尖叫。”治疗师说。

“你们不能乱踢。”裁缝说。

“你们将会流血。”建筑师说。

“伟大的阿妮。”我的姑婆说。

“从你们离开家，独自进入危险黑夜里的那一刻起，你们就已经踏出了成年的第一步。”艾达说，“你们每个人都会拿到一小包草药、纱布、碘酒和浴盐。你们都要独自回家。三天之后，你们都要好好洗个澡。”

我们都按指示脱掉了衣服，用一块红布裹住自己。我们的上衣会被带到屋后去烧掉。每个人都会得到一件崭新的白衬衫和面纱，这是我们成年的象征。我们可以穿着我们的拉帕裙回家，那是我们童年的象征。

宾塔是第一个，她是最迫切需要完成仪式的。接着就是露羽，蒂缇，然后是我。地板上铺了一块红布。宾塔躺了上去，头枕在红枕头上，她又哭了起来。灯点亮了，接下来要发生的事就更加恐怖了。*我到底在做什么呢？*我看着宾塔想。*这也太疯狂了！我没必要来的！我应该夺门而逃，跑回家，钻进我的被窝里，假装这一切都没有发生过。*我朝门边走了一步。我知道门没锁。这仪式是女孩自己的选择。只有在过去，才会有女孩被强迫这么做。我又走了一步。没人看我。所有的目光都落在宾塔身上。

屋里很暖和，屋外跟任何一个夜晚都差不多。我的父母早已入睡，好像这就是一个再普通不过的夜晚。但是宾塔就躺在那块红布上，她的两腿被治疗师和建筑师分开。艾达给手术刀消了毒，然后把它放在火焰上面加热，又等它冷却下来。治疗师一般会用激光刀来做手术。激光刀能切出最干净的切口，有需要的时候又能立刻烧灼止血。有那么短短的一瞬间，我好奇为什么艾达要用这么原始的一把手术刀。

“吸口气。”艾达说，“别尖叫。”

宾塔一口气还没吸完，艾达就拿过了手术刀。她要找的是宾塔私处顶部附近一小块令人心烦的深玫瑰色的肉。手起刀落，血喷了出来。我的胃突然猛地一跳。宾塔没有尖叫，但她狠狠地咬住嘴唇，血从她嘴角流了下来。她的身体抽搐着，但是女人们按住了她。

治疗师用裹着纱布的冰帮伤口止血。有那么一阵子，除了呼吸沉重的宾塔，所有人都一动不动。然后另一个女人扶着她站起来，挪到了房间的另一边。宾塔坐了下来，两腿分开，纱布按在伤口上，脸上一副震惊不已的表情。下一个就轮到露羽了。

“我不行。”露羽开始喃喃自语，“我做不到！”但她还是让治疗师和建筑师按住了她。裁缝和我姑婆也加入进来，按住了她的手臂。艾达取出另一把手术刀，消了毒。露羽没有尖叫，但她的眼神锐利。痛苦挣扎中，泪水从她的眼里落下。接下来就轮到蒂缇了。

蒂缇慢慢躺下来，深吸了一口气。然后她说了句什么，声音太小，我没听清。艾达的又一把手术刀切进肉里的时候，蒂缇跳了起来，血顺着她的大腿淌下来。她一言不发，只是手忙脚乱地想逃走，脸上满是惊恐。女人们一定是见惯了这种反应，因为她们一句话也没说，只是抓住了她，立刻就把她按了下来。艾达干净利落地完成了切割。

轮到我了。我几乎睁不开眼睛。另外几个女孩的痛苦就像黄蜂和会咬人的苍蝇一样朝我蜂拥而来，又像仙人掌的刺一样撕扯着我。

“来吧，欧妮桑乌。”艾达说。

我成了一头困兽。不是被这几个女人、这间屋子或者这种传统给困住了，而是被我自己的人生给困住了。就好像我几千年来都是个自由自在的精灵，有一天却被某个暴力、愤怒、一心复仇的东西一把抓住，然后就把我塞进了我现在的这具身体里。我只能听凭它的摆布，遵循它的规矩。然后我又想起了我妈妈。她是为了我才能保持理智。为了我才能活下去。就算为了她，我也一定要做到。

我躺在了那块布上，尽量忽视另外三个女孩的眼神，因为她们都在盯着我的伊乌身体看。我真想给她们每个人来上一巴掌。在这么一个令人毛骨悚然的时刻，她们真的没必要拿这样审视的目光来看我。治疗师和建筑师拉开了我的腿。裁缝和我姑婆按住了我的胳膊。艾达拿起手术刀。

“冷静点。”智者娜娜在我耳边说。

我感觉艾达拨开了我的阴唇。“吸口气，”她说，“别尖叫。”

我刚吸到一半，她就切了下来。疼痛炸开了。我身体的每一处都疼得要命，我几乎都疼昏过去了。下一秒，我开始尖叫了。我都不知道我还能发出这种声音。我隐隐感觉到其他几个女人正按住我。她们竟然还没放我逃走，我很是惊讶。当我意识到周围一切都消散了的时候，我还是没有停止尖叫。但我已经身处一个遍布着淡紫蓝色、黄色与大片绿色的地方。

要是我还有嘴喘气的话，我一定会吓得喘不过气来。我会继续尖叫，我会拼命挣扎，又抓又挠，还会吐口水。我唯一能想到的就只有我是不是死了……又死一次。但我还在这儿没错，所以我冷静了下来。我看了看我自己。我成了一团蓝色的雾，就像一场来去匆匆的暴雨过后徘徊不散的雾气。我现在能看到我身边的其他人了。她们有些是红色的，有些是绿色的，还有些是金色的。事物又聚焦了，我能看清房间了。女孩们和女人们也能看清了。她们每个人都有自己的一团彩雾。我不想看我自己躺在那里的身体。

然后我就注意到了那东西。它是一个红色的椭圆形，中心有个白色椭圆形，就像精灵的大眼睛一样。它发出刺刺声和嘶嘶声，白色部分膨胀开来，朝我靠近。我胆战心惊。一定要逃出去！我想。现在就逃！它看到我了！但我不知道怎么逃。用什么来动呢？我都没有身体了。它的红色是味苦的毒药。它的白色就像太阳最毒辣的炙烤。我又开始尖叫哭泣了。接着我睁开眼，眼前是一杯水。每个人的脸上都露出了笑容。

“哦，赞美阿妮。”艾达说。

我感觉到了疼，惊得一跳，差点就站起来跑了。我必须得逃掉。不让那只眼睛抓住我。有那么一会儿，我的脑子里就是一团糨糊，我很肯定我刚刚看到的那幅景象就是引起疼痛的原因。

“别动。”治疗师说。她用一块裹着纱布的冰按在我两腿之间，我都不知道是伤口更痛还是冰块太冷刺痛了我。我的目光扫过房间，寻找着那只眼睛。每当我的目光落在白色或者红色的东西上面，我的心跳就会漏掉一拍，我的手也会抽搐发抖。

几分钟之后，我开始放松下来。我告诉自己这只是一个疼晕过去的噩梦。我任由自己的嘴巴张开，让风吹干我的下唇。我现在是完成仪式的“安娜姆-波比”了。我的父母再也不用背负任何耻辱。至少不是因为我十一岁了还没受过割礼。我的解脱大概持续了一分钟。割礼根本算不上什么噩梦。我就知道。还有，虽然我不明白到底是怎么回事，但我很清楚刚刚发生的是一件非常坏的坏事。

“她割你的时候，你直接就睡着了。”露羽躺下来说。她看我的眼神里满是尊敬。我皱起了眉头。

“是啊，你变得完全透明了！”蒂缇立刻说。她好像从自己的震惊中缓过来了。

“什——什么？”我说。

“嘘！”露羽怒气冲冲地对蒂缇嘘了一声。

“她本来就是嘛！”蒂缇低声说。

我想用我的指甲挖过地面。这一切是怎么回事？我不知道。我能闻到我皮肤上压力的味道。我发现我也能闻到其他的气味。就是我意外上树那天第一次闻到的那种气味。

“她应该去找阿洛谈谈。”艾达对智者娜娜说。

智者娜娜只是嘟囔了几句，朝她皱眉。艾达有些害怕地回避了眼神接触。

“那是谁？”我问。

没人回答我。其他几个女人也不看我。

“那个什么洛是谁？”我转去问蒂缇、露羽和宾塔。

她们三个耸了耸肩。“不知道。”露羽说。

她们没一个愿意跟我解释一下这个什么洛是谁，所以我就把她们的话抛之脑后了。我还有别的事要担心呢。比如那个充满光和色彩的地方。比如那只椭圆的眼睛。比如我两腿之间的流血和刺痛。比如要怎么告诉我父母我受了割礼。

我们四个人并排躺着，在疼痛中度过了半个小时。我们每个人都得到了一条脐链，是用上好金材制成的细金链，我们可以戴一辈子。年长的女人们把衬衫掀过肚皮，给我们看她们的金链。“它们都是在七河中的第七条河流受过祝福的，”艾达说，“就算我们身埋黄土，它们也会长存不朽。”

我们每个人都得到了一块石头，用来放在舌头下面。这个叫作“塔伦比·埃塔努”。我妈妈不反对这项传统，虽然它的目的早已被遗忘。她的石头是一块很小很光滑的橙色小石。奥克克族人因为进行仪式时所在组别的不同，得到的石头也会有所不同。我们的石头是钻石，我从来没有听说过这种石头。它们看起来像是光滑的椭圆形冰块。我轻而易举地把它放到了舌头下面。只有吃饭或者睡觉的时候才能把它取出来。一开始一定要小心别吞下去，那样是不吉利的。我疑惑了一下为什么妈妈怀上我的时候也没有把它给吞下去。

“你们的嘴巴最终会和它和睦相处的。”智者娜娜说。

我们四个穿上了衣服，拉起了内裤，把纱布压在伤处，头上裹起了白色面纱。四个人一起离开了。

“我们做得很好。”我们一边走，宾塔一边说。她说的话有点含混不清，因为她咬坏的下唇肿起来了。我们走得很慢，每走一步都很痛。

“对啊。我们都没有尖叫。”露羽说。我皱起眉头。我肯定尖叫了。“我妈妈说她那组女孩里面，八个有五个都叫了。”

“欧妮桑乌感觉不错，所以她都睡着了。”蒂缇笑着说。

“我——我以为我尖叫了。”我说。我揉了揉额头。

“不，你昏死过去了。”蒂缇说，“然后你就……”

“蒂缇，闭嘴。我们不该讨论那种事！”露羽凶她。

我们有一会儿都没说话，走向大路的速度也变得更慢了。一只猫头鹰从旁边呼啸而过，一个男人骑着骆驼从我们身边快步经过。

“我们永远不会泄露秘密，对吧？”露羽看着宾塔和蒂缇说。她们俩都点了点头。她转向我，眼里满是好奇。“所以……你到底是怎么回事？”

我跟她们几个都不太熟。不过我能看得出来蒂缇喜欢说闲话。露羽也一样，虽然她故意装出一副不喜欢的样子。宾塔很安静，不过我怀疑她也免不了俗。我不相信她们。“我就跟睡着了差不多，”我撒谎了，“你们……你们看到什么了？”

“你确实睡着了。”露羽说。

“你就像块玻璃似的。”蒂缇睁大了眼睛，“我都能看穿你的身体。”

“只发生了几秒钟。每个人都惊呆了，但她们没有放开你。”宾塔说。她碰了碰嘴唇，瑟缩了一下。

我把面纱拉得离我的脸更近了。

“是不是有人诅咒过你？”露羽问，“也有可能是因为你是个……”

“我不知道。”我飞快地说。

走到大路上，我们就各回各家了。

溜回我的房间简直易如反掌。等到我躺到了床上，却还是无法摆脱那种有什么东西一直在注视我的感觉。

第二天早上，我掀开腿上盖的被子，发现血透过纱布流到床上了。一年前我就来月经了，所以这一幕对我来说也没什么影响。但失血让我有点头晕目眩。我用拉帕裙裹住自己，慢慢走进厨房里。爸爸说了些什么，他们正在发笑。

“早上好，欧妮桑乌。”爸爸还在笑。

当妈妈看到我的脸时，她的笑容消失了。“怎么了？”她用她低微的声音问。

“我——我没事。”我说，我站在那里不想动，“我只是……”

我能感觉到血从腿上流下来。我需要新的纱布。还要一些柳叶茶来止痛。还要一些能止吐的东西，我刚想到这个，就吐了一地。我爸妈冲过来，把我扶到了椅子上。我坐下来，他们看到了我流的血。妈妈一言不发，离开了房间。爸爸用手帮我擦掉了嘴唇上的呕吐物。妈妈拿着一条毛巾回来了。

“欧妮桑乌，你是来月经了吗？”她问，帮我擦掉腿上的血。擦到我大腿上面的时候，我挡住了她的手。

“不是的，妈妈，”我看着她的眼睛说，“不是那样。”

爸爸皱起了眉。妈妈紧盯着我。我准备好接受惩罚了。妈妈慢慢站起来。她狠狠地扇了我一耳光，我一动也不敢动，我的钻石差点从嘴里飞了出来。

“哎哎，老婆！”爸爸大喊道，抓住了她的手，“别打了！孩子都被打痛了。”

“为什么？”她问我。然后她看了一眼爸爸，爸爸还抓着她的手不让她再打我。“她是昨晚去的。她去受割礼了。”她说。

爸爸震惊地看了我一眼，不过我也从他的眼神里看到了敬畏。就跟他看到我在树上面的眼神一样。

“我是为了你才去的，妈妈！”我叫道。

她想抽回被爸爸攥着的手，这样就能再扇我一巴掌。“你还敢怪我！你这个没脑子的蠢丫头！”她发现她抽不回来自己的手，就对我说。

“我没有怪你……”我能感觉到血从我身体里渗出来，而且现在流得更快了。“妈妈，爸爸，我给你们带来了耻辱。”我说着就哭了起来，“我的存在就是种耻辱！妈妈，我还给你带来了痛苦……从你怀上我的那天就开始了。”

“不，不是的，”妈妈说，她拼命摇着头，“我不是因为这个才把那件事告诉你的。”她看向爸爸，“看到了吗，法迪尔！你明白我为什么一直都不肯告诉她了吗？”

爸爸仍然攥着她的手，但现在他看起来更像是为了支撑自己。

“这里的每个女孩都要受割礼。”我说，“爸爸，你是个深受人们喜爱的铁匠。妈妈，你是他的妻子。你们两个都该受人尊敬。而我是个伊乌。”我停了停，“要是我不去的话，只会招来更多耻辱。”

“欧妮桑乌！”爸爸说，“我不在意别人是怎么想的！你到现在还没学会这么做吗？嗯？你应该来找我们。缺乏安全感并不是你那么做的理由！”

我的心痛极了，但我仍然相信我做出了正确的选择。他也许是能接受我和我母亲的状况，但我们又不是生活在一片真空里的。

“在我的村子里，没有哪个女人会去像这样受割礼的。”妈妈满怀怒气地低声说道，“什么样的野蛮人才会……”她转过身不看我。但事已至此。她猛地合上手说，“我的亲女儿！”她揉着自己的额头，就好像这么做能抚平她皱起的眉头。她抓住我的胳膊。“起来。”

那天我没去上学。妈妈帮我清洗了伤口，又用新纱布帮我包扎起来。她用柳叶茶和甜仙人掌果肉给我泡了一杯止痛茶。一整天我都躺在床上看书。妈妈也请了一天假坐在我床边，这让我有一点点不自在。我不想让她看到我在读什么。妈妈告诉我她是怎么怀上我的第二天，我就去了书店，意外地找到了我想找的那本讲努鲁族语言的书，那是我生父的语言。我正在自学基础部分。我妈妈看到了肯定会出离愤怒。所以当她坐在我身边的时候，我就把这本书藏在另一本书里来读。

她一整天都坐在椅子上，一动不动，起身只是为了吃点便饭，或者活动一下筋骨。还有一次，她走进了花园，去跟阿妮进行神圣对话。我想知道她是怎么跟全知全能的阿妮女神交流的。在她经历了那么多事之后，我真不知道她和阿妮之间还维持着一种什么样的关系。

我一边读着我的努鲁族语言书，一边在嘴里把小石头转来转去。妈妈回来了，她坐在那里盯着墙看，我不知道她的心里在想些什么。

05. 呼唤之人

她们谁都没有告诉别人。这是我们十一岁仪式上的约定成真的第一个征兆。也就是因为这个，一周后我回到学校的时候，没有人再来骚扰我。所有人都知道我现在既是大人又是孩子了。我是“安娜姆–波比”了。他们至少得给我像样的尊重才行。当然了，我们对于宾塔被性虐的事也只字未提。后来她告诉我们，仪式过后那天，她爸爸就被叫去跟阿苏格博的长老们见面了。

“那之后他回到家里，他看起来……失魂落魄的。”宾塔说，“我觉得他们是抽了他一顿鞭子。”他们真该再狠点。即使那时候，我也是这么想的。宾塔的妈妈也被带到了长老会面前。长老会要求她父母接下来三年都要去艾达那里接受疏导，宾塔和她的兄弟姐妹也一样。

随着我和宾塔、露羽与蒂缇友谊的逐渐萌发，还有另一件事也开始了。我回到学校的第二天，它就间接地开始了。我周围的学生都在踢足球和说笑，而我站在一旁靠着学校建筑。我还是能感到酸痛，但正在飞快地恢复。

“欧妮桑乌！”有人叫我。我吓了一跳，紧张地转过身，脑袋里跳出了那只红色眼睛的画面。露羽笑了，和宾塔一起慢慢走到我身边。有那么短短的一瞬间，我们目光相接。那一刻充斥了太多东西：评判、恐惧、不确定。

“早上好。”我终于说。

“早上好。”宾塔说。她走上前来拉住我的手，摇了摇又放开，我们的手指间发出啪的一声，“你今天才回来？我们也是。”

“不是的。”我说，“我昨天就回校了。”

“你看起来还不错。”露羽说，也和我握了握手以示友谊。

“你也是。”我说。

我们都停了下来，有点尴尬。然后宾塔说：“大家都知道了。”

“嗯？”我的声音有点太大了，“知道了？知道什么了？”

“我们都是‘安娜姆–波比’了。”露羽骄傲地说，“而且我们都没有尖叫。”

“哦。”我松了口气，“蒂缇在哪儿呢？”

“她从那天晚上起就没下过床。”露羽笑着说，“她可真是弱不禁风。”

“不是的，她是想趁机不上学。”宾塔说，“反正蒂缇也觉得她自己太美了，根本用不着上学。”

“那肯定很爽。”我咕哝道，虽然我不喜欢旷课。

“噢！”露羽睁大眼睛说，“你听说那个新来的男孩了吗？”

我摇了摇头。露羽和蒂缇看了看彼此，都笑了。

“什么啊？”我说，“你们两个不是今天才回校的吗？”

“消息传得很快。”蒂缇说。

“至少对我们中的某些人来说是这样。”露羽得意扬扬地说。

“你们想告诉我什么，直接告诉我就行了。”我生气了。

“他的名字叫姆维塔。”露羽兴奋地说，“是我们不在的那几天里转来的。没人知道他住哪里，就连他到底有没有父母都不知道。看他那样子是真的很聪明，但他不肯来上学。四天之前，他来上了一天学，还嘲笑了老师，说他都能教他们！要给人留下个好的第一印象，这可不是个好办法。”

我耸了耸肩。“关我什么事？”

露羽嬉笑起来，仰起头说：“因为我听说他是个伊乌！”

那天剩下的时间，我是在一片恍惚中度过的。课堂上，我一直在寻找着那张肤色像骆驼皮，有着棕胡椒色雀斑，眼睛不像诺亚孩子的脸。午间休息的时候，我又去操场上找他。放学之后，我和宾塔、露羽一起走回家，目光却还在四处搜寻。我想回到家里就把这件事告诉我妈妈，不过我还是决定算了。她难道真想知道另一个暴力诞生的结果吗？

第二天也一样。我一直在找他。两天过后，蒂缇回到了学校。“我妈妈终于还是把我从床上拉起来了。”蒂缇承认。她故意让自己的声音听起来很严肃。“‘你又不是第一个受割礼的人！’再说她也知道你们全都回校了。”她匆匆瞥了我一眼，然后又移开了眼神，我立刻就明白了她父母并不喜欢我在他们女儿的仪式小组里。就好像我真的在意他们怎么想似的。

不管怎么样吧，我们四个人现在聚齐了。露羽、宾塔和蒂缇以前的所有朋友都不重要了。而我正好也没朋友可以甩掉。很多女孩在一起经历了十一岁仪式之后，虽然她们之间也有所“约定”，但不会持续很久。不过这种变化对于我们来说是自然而然的。我们已经有秘密了。这只是一个开始而已。

我们四个人当中没有“领袖”，不过露羽是个很爱牵头的人。她行动迅速，而且毫无忌惮。我们发现她原来还和另外两个男孩上过床。“艾达算什么东西？”露羽吐了口唾沫，“我才不用把所有事都告诉她呢。”

宾塔总是垂着眼睛，跟别人在一起的时候也很少说话。她父亲的虐待伤她至深。但只和我们几个在一起的时候，她就变得很爱说也很爱笑。要不是宾塔生来就这么充满生命力的话，我真怀疑她能不能从她那个变态父亲手里活下来。

蒂缇是个小公主，她喜欢整天躺在床上，由仆人给她送餐。她丰满，漂亮，而且好运常常会直接落到她头上。只要有她在身边，就会有好事发生。一个卖面包的商人会把面包半价卖给我们，因为他着急回家。又或者我们走着走着，一棵椰子树就会掉一个椰子在蒂缇脚下。阿妮女神对蒂缇青眼有加。被阿妮钟爱会是什么感觉呢？我还没机会了解。

放学之后，我们就会坐在伊罗科树下学习。一开始我还有点紧张。我害怕我看到的那个有红有白的东西跟伊罗科树上发生的意外有关系。坐在树下感觉就跟邀请那只眼睛再来找我差不多。随着时间的推移，什么事都没有发生，我也就放松了一点。有时候我甚至会一个人去那儿，就只是为了思考。

我有点跑到我自己前面去了。我得往后退一点才行。

那是我十一岁仪式完成后的第十一天，回校第四天，我发觉我和另外三个同龄女孩已经绑定在一起了之后第三天，蒂缇返校的第二天，另一件事发生了。我正慢慢往家走。我的伤口一阵抽痛。身体深处这种莫名其妙的疼痛好像每天都会来两次。

“他们还是会认为你是邪恶的。”我身后有个人说。

“嗯？什么？”我慢慢转过头。我僵住了。

就像你从没见过自己的倒影，又突然见到一面镜子一样。我第一次明白了为什么人们见到我的时候会停住脚步，吓得连手里的东西都掉了，还会盯着我看。他有着和我一样的肤色，一样的雀斑，他粗糙的金发剃得很短，就像是头上覆盖了一层沙。他可能比我高一点点，没准儿比我大几岁。我的眼睛是金褐色的，就像沙漠猫，而他的眼睛是灰色的，就像胡狼。

我立刻就知道他是谁了，尽管我只在没穿衣服的情况下见过他一面。和露羽告诉我的相反，他在贾瓦黑尔的时间可不只几天。他就是那个看到我光着身子在树上的男孩。是他让我跳下来。当时雨下得很大，他头上又顶了个篮子，但我知道就是他。

“你是……”

“你也一样。”他说。

“没错。我还没有……我是说，我听说过还有别的伊乌。”

“我也见过别的伊乌。”他不假思索地说。

“你是从哪儿来的？”我们不约而同地问。

我们异口同声地说：“西边。”然后我们都点了点头。所有伊乌都是从西边来的。

“你没事吧？”他问。

“嗯？”

“你走路的样子很奇怪。”他说。我感觉我的脸有些发热。他又微微一笑，摇了摇头。“我不该这么冒昧的。”他顿了顿，“但你相信我，在他们眼中我们永远都是邪恶的。就算你……受了割礼。”

我皱了皱眉。

“你干吗那么做？”他问，“你又不是这儿的人。”

“但我住在这儿。”我说，起了戒心。

“那又怎样？”

“你到底是谁？”我生气了。

“你叫欧妮桑乌·乌贝德-欧刚迪姆。你是那个铁匠的女儿。”

我咬了咬嘴唇，想尽量压抑怒火。不过他说我是铁匠的女儿，不是继女，这句话又让我忍不住想笑。他弯起了嘴角。

“而且你是那个光身上树的人。”

“你到底是谁？”我又问了一遍。我们就这样站在路边的样子一定很奇怪。

“姆维塔。”他说。

“你姓什么？”

“我没有姓。”他说，他的声音冷了下来。

“哦……好吧。”我看了看他的衣服。他穿着一套典型的男装，褪色的蓝裤子和绿衬衫。他的凉鞋是皮革做的，不过磨破了。他背着一书包的旧课本。“呃……你住哪儿呢？”我问。

他声音中的寒意消散了。“你就别担心啦。”

“你怎么不来学校上学呢？”

“我在上学。”他说。“在一个比你们学校更好的地方上学。”他把手伸进口袋，拿出一个信封。“这是给你爸爸的。我本来要去你家的，不过你也可以把信带给他。”是个棕榈纤维信封，上面盖着阿苏格博的章纹，这章纹是只跨出半步的蜥蜴。它的每一条腿都代表着一位长者。

“你住在黑檀树后面那条路，是吧？”他看看我身后问。

我心不在焉地点了点头，还看着那个信封。

“好吧。”他说。然后他就走了。我站在那里看着他走开，几乎都没意识到我两腿之间的抽痛加剧了。

06. 埃　舒

那天之后，我好像在哪儿都能看到姆维塔。他经常带着消息到我们家来。有几次我还撞见他正在去我爸爸铺子的路上。

“怎么你们以前都没告诉过我关于他的事呢？”有天晚上吃饭的时候我问我爸爸妈妈。爸爸正用右手舀起一勺五香米饭往嘴里送。他向后靠去，嘴里嚼着，右手放在他的食物上面。妈妈又往他的盘子里放了块山羊肉。

“我还以为你知道呢。”他开口的同时我妈妈也开口了，“我不想让你不高兴。”那会儿我爸妈真的知道很多事。他们也该明白他们不能永远为我遮风挡雨。该来的总是要来的。

姆维塔和我每次见面都会聊聊天。随口聊聊。他总是来去匆匆的。“你要去哪儿？”他又给爸爸送来一封长老的信，我就趁机问他。爸爸正在帮阿苏格博之宅做一张大桌子，上面雕刻的符号必须完美无缺才行。姆维塔带来的信封里有更多的符号图案。

“去别的地方。”姆维塔勾起嘴角说。

“你怎么老是这么匆忙呢？”我说，“来吧。只聊一件事？”

他转身准备离开，然后又转了回来。“好吧。”他说。我们在房前的台阶上坐下来。过了一会儿他说："如果你在沙漠里待的时间够长，你就能听到沙漠在说话。"

"当然了。"我说，"刮风的时候，它的声音最大。"

"没错。"姆维塔说，"蝴蝶很了解沙漠。所以它们飞来飞去的。它们一直都和大地保持着神圣对话。它们既诉说，又倾听。蝴蝶是沙漠之语的一部分。"

他抬起下巴，深吸一口气，又呼出来。我知道他唱的这首歌。风和日丽的时候，沙漠就会唱这首歌。在我们流浪的日子里，每当沙漠唱起这首歌，妈妈和我都能抓住缓慢飞过的金龟子。把它们的硬壳和翅膀去掉，肉在太阳底下晒干，再加上香料——真是十足的美味。姆维塔的歌声引来了三只蝴蝶—— 一只小小的白色蝴蝶和两只黑黄相间的大蝴蝶。

"我也试试。"我兴奋地说。我想到了我的第一个家。然后我张开嘴，唱起了沙漠的平静之歌。我引来了两只蜂鸟，它们绕着我们的头飞了几圈，然后飞走了。姆维塔身子一歪，满脸惊讶。

"你唱得就像……你的声音真好听。"他说。

我移开目光，抿紧双唇。我的声音是那个坏人给我的。

"再唱点，"他说，"再唱点吧！"

我又给他唱了一首歌，是我五岁大正无忧无虑的时候自己编的。我对那个时候的记忆已经模糊了，不过我还清楚记得我唱的歌。

每次和姆维塔在一起都是这样。他会教我一点简单的巫术，然后被我上手的轻松程度给惊讶到。他是第三个在我身上看到不寻常之处的人（妈妈爸爸分别是第一个和第二个），也许是因为他自己也有。我想知道他是从哪儿学来了他知道的这些东西。他的父母是谁？他住在哪里？姆维塔是那么的神秘……又非常英俊。

宾塔、蒂缇和露羽第一次在学校里见到了他。他站在操场上等我，他还没这么做过呢。看着我和宾塔、蒂缇、露羽一起走出学校，他一点也不惊讶。我跟他讲过不少关于她们的事了。每个人都在盯着我们看。我敢打赌那天肯定会流传出去很多我和姆维塔的故事。

“下午好。”他礼貌地点点头说。

露羽脸上的笑容都收不住。

“姆维塔，”我赶紧说，“这是露羽、蒂缇和宾塔，我的朋友们。”

蒂缇窃笑一声。

“所以有了欧妮桑乌这个好理由，你终于肯来学校了？”露羽问。

“她可是唯一的原因。”他说。

四双眼睛都转向我，我的脸发烫了。

“给你。”他说着，递给我一本书，“我以为我弄丢了，不过没有。”是一本讲人体解剖学的小册子。上次我们说话的时候，我对人体肌肉那少得可怜的一丁点理解惹恼了他。

“谢谢。”我说，我的朋友们都在场让我有点恼火。我真想再告诉她们一次，我和姆维塔只是朋友。露羽和蒂缇跟男孩之间唯一的互动方式就只有性或者调情。

姆维塔看了我一眼，我也回以一个心照不宣的眼神。在那之后，他只有在觉得我是一个人的时候才会接近我。大多数时候他都能成功避开别人，不过有时候他也不得不和我的朋友们打交道。他倒是挺擅长的。

只要能见到姆维塔，我就很高兴。但几个月后的那一天，我见到他时的心情简直是欣喜若狂加上如释重负。当我看到他手里拿着一个信封沿路走来时，我跳了起来。我一直都坐在屋前的台阶上，茫然又愤怒地望着天空，等着他来。又有怪事发生了。

“姆维塔！”我尖叫着跑了起来。但是当我跑到他身边的时候，我却一句话都说不出了，只能站在那里一动不动。

他握住我的手。我们在台阶上坐下。

“我——我——我不知道怎么了。”我含混不清地说。我顿了顿，一阵哭号从我胸口涌上来。“这是不可能发生的，姆维塔。然后我也不知道这是不是之前就发生过。我身上有些怪事发生了。有东西在追我！我得去治疗师那里看看才行。我……”

“直接告诉我你怎么了，欧妮桑乌。”他不耐烦地说。

“我正努力呢！”

“好啊，那你就再努力点。”

我怒视着他，他也瞪着我，摆摆手让我继续讲下去。

“当时我在屋后，看着我妈妈的花园，”我说，“本来一切都好好的……然后所有东西都变红了。它有上千道阴影……”

我停了下来。我没办法告诉他那条拥有红色眼睛的巨型棕色眼镜蛇是如何爬到我面前，再直起身来与我面对面的。接着我就突然被一种极其深远又深刻的自我仇恨给击中了，我忍不住想抬起手来挖出自己的眼睛！然后我又想用指甲撕开自己的喉咙。我太惹人厌了。我太邪恶了。我太肮脏了。我就不该活着！我惊恐地看着那只椭圆形的眼睛，在我脑海中，这个恶灵是红白兼有的。我也没告诉他过了一会儿，有只皮毛油光水滑的黑色秃鹫从空中飞了下来，尖啸着啄那条蛇，直到那条蛇滑走。我就这样及时脱困了。所有这些我都跳过了没讲。

“有只秃鹫。”我说，“它直勾勾地盯着我。它靠得很近，我都能看到它的眼睛。我朝它扔了块石头，它飞走时掉了一根羽毛。一根长长的黑色羽毛。我……走过去捡了起来。我站在那儿，希望自己也能像它那样飞走。然后……我没有撒谎……”

“你变成它了。”姆维塔说。他非常仔细地看着我。

“是的！我变成那只秃鹫了。我向你发誓！我不是编……”

“我相信你。”姆维塔说，“就这样。”

“我……我不得不从衣服下面跳出来。”我说着伸出了胳膊，“我能听到万事万物的声音。我也能看到……就好像这个世界对我敞开了心扉一样。我吓坏了。然后我就又躺在那里，变回我自己了，我没穿衣服，衣服在我旁边。我的钻石不在我嘴里了，我是在几英尺之外找到的，而且……”我叹了口气。

“你是个埃舒。”他说。

“一个什么？”这个词听起来像打了个喷嚏。

“埃舒。你可以变身，还有其他能力。从你变成一只麻雀飞到树上那天起，我就知道了。”

“什么？”我尖叫道，倾身远离他。

“该知道的总会知道的，欧妮桑乌。”他不动声色地说。

“你为什么不告诉我？”我握紧了颤抖的拳头。

“埃舒们绝不会相信他们是埃舒，除非他们自己意识到这一点。”

“那我该怎么办？怎么……你是怎么知道这些的？”

“跟我知道其他事用的是同样的方法。”他说。

“什么方法？”

“说来话长。”他说，“听着，你别把这件事告诉你的朋友们。”

“我也没打算告诉她们。”

“前几次变身是很重要的。麻雀是生存专家。秃鹫是高贵的鸟。”

“吃死尸和从砧板上偷肉有什么高贵的？”

“鸟为食亡嘛。”

“姆维塔，”我说，“你得多教我点东西才行。我必须学会保护我自己。”

“你怕什么？”

我的眼泪唰地流了下来："我觉得有东西想杀我。"

他停了停，看着我的眼睛，然后说："我绝对不会让那种事情发生的。"

据我妈妈所说，所有事情都是注定的。于她而言，从西边的大屠杀到她在东边觅得所爱，一切都是因果循环。但在背后操纵一切的那只手，我称之为命运，却是残酷又冷漠的。要是一个人向命运低头，那就没人能说他或者她是个更好的人，这很合乎逻辑。命运固定不变，就像黑暗中易碎的水晶。然而，当命运把姆维塔带给了我，我便愿意向它低下头来，并且对它说声谢谢。

我们一周见两次面，都在放学之后。姆维塔教我的正是我要在那只红眼面前压抑恐惧所需要的。我天生就是个战士，只要有工具让我去战斗，不管准备得有多么不充分，都已经足够把我从焦虑的危险悬崖边拉回来了。至少在那些日子里是这样的。

姆维塔本身就能很好地帮我转移注意力。他说话得体，衣着得体，举止也得体。而且他不像我一样有被放逐者的名声。露羽和蒂缇都很羡慕我和他在一起的时光。她们乐于告诉我有传言说姆维塔喜欢青春期快结束时才结婚的大女孩。那种完成学业而且才智出挑的女孩。

没人能搞清楚姆维塔。有人说他是自学成才的，而且跟一个老太太住在一起，他给老太太读书，以此换取可以住的房间和可以花的钱。有人说他自己有房子住。我没问过。我知道他是不会告诉我的。就算是这样，他也仍然是个伊乌，所以我经常都能听到人们说起他"不健康"的肤色和"臭烘烘"的气味，而且不管他读了多少书，他也只会成为别人口中的坏人坏事。

07. 教　训

我把钻石从嘴里拿出来，交给了姆维塔，我的心跳得很快。如果一个男人碰了我的石头，他就有能力对我造成极大的伤害或者给我带来极大的益处。虽然姆维塔并不尊重贾瓦黑尔的传统，但他知道我尊重。所以他小心翼翼地接了过去。

那是一个周末的早晨。太阳刚刚升起。我父母还在熟睡。我们已经在花园里了。我就站在我想站的地方。

"据我所知，不管你变成什么动物，你都会永远保留变成它的知识。"他说，"你觉得是我说的这个样子吗？"

我点了点头。当我把注意力集中在这个想法上，我能感觉到秃鹫和麻雀就在我皮肤下面涌动。

"就在那里，就在你内心里。"他缓慢地说，"用你的手指去感受一下羽毛。揉一揉，捏一捏。闭上眼睛。回想。汲取。然后成为它。"

我手中的羽毛光滑细腻。我知道它将去往哪里。在我的羽翼上方有一道空荡的天井。这一次我足够清醒，而且一切都在我掌握之中。这个过程并不像是先融化成一摊无形的东西，再变成另一个形状。我是一直都有形状的。我的骨头轻轻地弯曲、断裂和缩小了。一点也不疼。我的身体组织正起伏和变换着。我关注的焦点也改变了。我还是我，不过换了个不同的角度来看。我听到了轻柔的爆裂声和吸吮声，还闻到一股浓郁的气味，只有在怪事发生的瞬间我才会注意到的那种气味。

我高高飞起。我的触觉少了，因为我周身覆满羽毛。但是一切都在我眼前铺展开来。我的听觉敏锐到能听到大地的呼吸声。等我飞回来的时候，我筋疲力尽，激动落泪。我所有的感官都在嗡嗡作响，即使我已经变回了人形。虽然我赤身裸体，但我也不介意了。我扑到姆维塔的肩上痛哭，他不得不用我的拉帕裙把我给裹起来。有生以来第一次，我可以逃离了。要是琐事逼得太紧太近，我就可以退一步海阔天空。在天上，我可以轻易看见沙漠延伸到了贾瓦黑尔以外很远的地方。我可以高飞入云，就连那只椭圆形的眼睛也看不到我。

那天下午，我们坐在我妈妈的花园前面，我对姆维塔倾诉了很多关于我自己的事情。我把我妈妈的故事告诉了他。我把沙漠里的事也告诉了他。我告诉了他我在受割礼的时候灵魂出窍的事。最后我告诉了他有关那只红色眼睛的细节。就算听到这里，姆维塔也毫不惊讶。我本应该及时打住的，不过我被他迷得神魂颠倒，所以也就不在乎了。

去沙漠里是我的主意。而那天晚上去是他的主意。这是我第二次溜出家门了。我们在沙漠里徒步走了几英里。停下来之后，我们生了一堆火。周围都是黑暗。自从我六年前离开，这片沙漠就没有变过。在这片凉爽宁静的环境中，我们与世无争，接下来的十分钟里谁都没说一句话。然后姆维塔戳了戳火堆，开口道："我不像你。不完全像。"

"嗯？"我说，"什么意思？"

"我一般会放任人们的想法，他们爱怎么想就怎么想。"他说，“你对我来说也是这样的。就算我认识你之后也一样。从我看到你在那棵树上开始，都过了一年了。”

“你有话就直说吧。”我不耐烦地说。

“我就不。”他厉声说，“我爱怎么说就怎么说，欧妮桑乌。”他移开目光，有些气恼，“有时候你真得学会安静才行。”

“我就不。”

“你就要。”

我咬住下唇，尽量保持安静。

“我跟你不完全一样，”他最终说，“你听着就行了，好吗？”

“好吧。”

“你妈妈……她是被人袭击了。我妈妈不是。人们相信伊乌小孩都跟你一样，妈妈是被努鲁族男人袭击了，她才会怀上孩子。而我妈妈是跟一个努鲁族男人相爱了。”

我嗤笑一声：“你可别拿这种事开玩笑。”

“是真的。”他坚持说，“而且，没错，我们生下来也跟你们这种……强奸怀孕的孩子生下来一个样。你不该相信那些你在书上读到的或者道听途说来的东西。”

“好吧，”我轻声说，“继续……继续说吧。”

“我姑姑说我妈妈曾经为一个努鲁族人家庭打工，那家人的儿子经常偷偷去找她说话。后来他们相爱了，一年后，我妈妈怀孕了。我一出生，我是个伊乌的消息就传出去了。那地方没有遭受过袭击，所以人们都很疑惑我是怎么来的。很快我父母之间的恋情就被发现了。我姑姑说有人看到我一出生，我父母就见面了，我父亲是偷偷溜进她帐篷里的。我永远都不会知道背叛我们一家的到底是个努鲁族人还是个奥克克族人。

“有群暴徒找上门来，我还是不知道他们是努鲁族人还是奥克克族人。他们带了石头要来砸死我妈妈。他们带着拳头要来打死我爸爸。他们忘记还有我这个人了。我姑姑是我爸爸的姐妹，她把我带到了安全的地方。她和她丈夫留下了我。我父亲的死让我得以逃过一劫。

“如果一个孩子的父亲是努鲁族人，那这个孩子也就是努鲁族人。所以我就在我姑姑姑父的家里被当成一个努鲁族人养大了。我六岁的时候，我姑父带我去给一个叫戴布的巫师当学徒。我猜我是该挺感激的吧。戴布出名是因为他经常出去表演。我姑父说他以前是个当兵的。他不仅识字，还有很多书……然而所有这些最后都逃不过毁灭的命运。”

姆维塔停了停，皱起了眉。我等着他继续。

“我姑父不得不又恳求又塞钱，戴布才愿意收我为徒……就因为我是个伊乌。我姑父求他的时候，我就在那儿看着。”姆维塔看上去很难受，“我姑父四肢着地跪倒在地上。戴布朝他吐口水，说他肯收我为徒只是因为他认识我祖母。我对戴布的仇恨激励了我好好学习。我还很小，但我的恨意就像个盛年将尽的中年人一样。”

“我姑父像那样恳求，像那样忍受羞辱，都是因为一个原因。他希望我能保护自己。他知道我的一生会举步维艰。生活还在继续，日子倒也没有那么难过。直到我十一岁的时候。就是四年以前。城里的大屠杀又开始了，很快就蔓延到了我们村。

“奥克克族人反击了。结果再一次陷入寡不敌众、强弱悬殊的境地，就像以前一样。但是在我的村子里，奥克克族人群情激奋，怒火中烧。他们袭击了我家，杀死了我的姑姑和姑父。我后来才知道，他们要追杀的其实是戴布和一切跟他有关系的人。我说过戴布在军队里待过——好吧，看来不止那样。他显然还有个残忍无情的名声。我姑姑和姑父被杀都是因为他，都是因为我在他那里当学徒。

“戴布曾经教过我如何让自己‘隐身’。我就是这么逃走的。我跑进沙漠里，在那里躲藏了一整天。暴乱最终平息了下来。村里所有的奥克克族人都被杀死了。我去了戴布家，本来希望能见到他的尸首，结果只看见了别的东西。在他那间烧毁一半的房子里，我最后一次见他穿的那件衣服散落在地板上，就好像他融进了稀薄的空气里。窗户开着。

“我收拾了所有我能收拾的东西，向东边出发。我知道我会遭到别人怎样的对待。我希望能找到红族人，他们是一个既不属于奥克克族也不属于努鲁族的部落，生活在沙漠里某个巨型沙尘暴的中心地带。传说红族人有着不可思议的魔法。当时我真是又小又绝望。红族人根本就只是个传说而已。

“我一路上就靠着表演些愚蠢的巫术来赚钱，比如让娃娃跳舞，让小孩飘浮。不管是努鲁族人还是奥克克族人，看到伊乌们扮小丑、跳舞或者变魔术都能让他们心情舒畅，只要你不跟他们进行眼神接触，在把戏耍完之后离开就行了。我会来到这儿只是个偶然而已。”

姆维塔没有再讲下去，我也只是静静地坐在那里。不知道姆维塔的村子离我妈妈村子的遗迹有多远。“很抱歉，”我说，“很抱歉我们身上都发生了那种事情。”

他摇了摇头。“用不着。你这样就好像在为自己的存在道歉一样。”

“我就是这个意思。”

“别小看了你妈妈的磨难和成功。”姆维塔阴沉地说。

我咂了咂嘴，看向别处，双臂环在了胸前。

“所以你的意思就是你宁愿现在不在这里啰？”他问。

我没回答。至少他爸爸不是头野兽，我想。

“生活可不简单。”他说，而后笑了笑，“尤其是对于埃舒来说。”

“你又不是埃舒。”

“好吧，对于我们任何一个人来说，生活都是同样的艰难。”

08. 谎　言

一年半过去了，有一次我偶然间听到两个男孩在边走边聊。他们都是十七岁左右的样子。其中一个脸上有瘀青，胳膊上也缠着绷带。那时我正坐在伊罗科树下读一本书。

“你这样子看起来就像有人踩了你的头。”没受伤的那个男孩说。

“我知道，”受伤的男孩说，“我差点连路都走不了了。”

“我跟你说过了，那人就是个恶棍，不是个真巫师。”

“哎，阿洛的确是个真巫师，”受伤的男孩说，“他是挺恶毒的，不过不掺假。”

我十一岁仪式的那天晚上，这名字曾被略略提起过。我竖起了耳朵。

“我猜那个伊乌男孩是唯一有能力学习圣秘法点的人。”受伤的男孩说，他睁大的眼睛里满是泪水，“真没道理。应该要血脉纯净的人才能……”

我一听到这里就来了气，站起来走了。我怒气冲冲地找遍了集市、书屋，甚至连自己家都找过了。就是没见到姆维塔的身影。我又不知道他住哪里。这下我更是气坏了。我正要离开家，忽然看见他沿着路走过来了。我大步走向他，强忍住照他脸上来一拳的冲动。

“你为什么不告诉我？”我大喊道。

“别冲我嚷嚷。”我走到他跟前，他嘟哝道，“你很清楚你不该那样。”

我苦涩地笑了：“对你这个人，我真是一点都不清楚。”

“我是认真的，欧妮桑乌。”他警告道。

“我根本不在意你是不是认真的。”我吼道。

“你是被鬼附身了吗，女人？”

“你是不是知道圣秘法点是怎么回事？嗯？我不知道这些什么法点是什么东西，不过你一直藏着掖着不让我知道，所以我现在很想搞清楚，还有……还有阿洛是怎么回事？为什么你不……”我气疯了，甚至连气都喘不上来了。我只能站在那里先喘几口气。“你……你就是个骗子！”我尖叫道，“我怎么会相信你呢？”

姆维塔闻言后退了一步。我真是过分了。但我还在不停地吼他。“我还得从两个男孩那里听来这些事！两个愚蠢无能的普通男孩！我再也不会相信你了！”

“他是不会教你的。”姆维塔摊开双臂，苦涩地说。

“什么？”我的声音发抖，“为什么？”

“你想知道为什么吗？好吧，那我就告诉你好了。真希望这样你就能开心了。他不会教你，就因为你是个女孩，你是个女人！”他朝我吼道。他眼中满是愤怒的泪水。他用手拍打我的肚子。“就是因为你这里的这个东西！你能把生命带来这个世界，而且随着你年龄的增长，这种能力还会变得更强大，更危险，更不稳定！”

“什么意思啊？”我又问了一遍。

他气得发笑，准备走开。“你把我逼得没办法了。”他说，“唉，你真是害得我身心受损。”

“你不准像那样走开！”我说。

他停下了。“不然你想怎么样？”他转过身，“你还想威胁我吗？”

“有可能。”我说。我们就那样站着。我都忘记我们身边有没有人围着了。一定有吧。大家都喜欢看别人大吵一架。尤其是两个伊乌少年吵架，还是一男一女，简直就是无价之宝。

“欧妮桑乌，”他说，“他不会教你的。你错生了女儿身。”

“行啊，好吧，我可以变形的。”我说。

“不，你永远都改变不了这个。”

不管我能变成什么动物，我都只能变成雌性。这是我能力的一条准则，对我来说一直都是微不足道的。“但他教了你。”我说。

他点了点头。“而我一直都在把我学到的教给你。”

我仰起头。“但是……但是他没教过你这些……这些什么点，是吗？”

姆维塔没有回答。

“因为你是个伊乌，对吧？”我问。

他还是什么都没说。

“姆维塔……”

“我教给你的已经够多了。”他说。

“要是不够呢？”

姆维塔看向了别处。

我摇了摇头：“掩饰就是撒谎。”

“就算我对你撒谎，也只是为了保护你。你是我……你对我来说很特别，欧妮桑乌。”他脱口而出，擦去了他脸上愤怒的泪水，“任何人，任何人，都不可以伤害你！”

“就是有人想伤害我！”我说，“那个……那个恐怖的有红有白的眼睛似的东西！它是个邪魔！……我觉得它有时候会在睡梦中注视着我……”

“我问过他，好吗？”他说，“我问过他。我看着你，我就知道……我就知道。我跟他说过你的事了。你上树那次之后我就跟他说过了。你发觉你是埃舒之后我又问过他一次。他就是不肯教你。”

“你告诉他那只红眼睛的事了吗？”

“告诉了。”

沉默。

“那我自己去问他。”我直截了当地说。

“别。”他说。

“他要拒绝就当着我的面拒绝吧。”我说。

姆维塔的眼里闪烁着怒火，他从我身边退开了。“我真不该爱上一个像你这样的女孩。”他咬紧牙关，静静地说。然后他就转身离开了。

一直等到姆维塔走远了，我才走到路边去整理思绪。我身上没带羽毛，所以我必须得先冷静下来才行。和姆维塔的争吵害我激动得浑身发抖，花了几分钟才让自己平静下来。这会儿姆维塔已经走得没影了。但就像我说过的那样，变成一只秃鹫的时候，整个世界都对我敞开了胸怀。我很容易就找到了他。

我从我家开始，跟着他一直向南走，穿过了贾瓦黑尔南部边界的棕榈园。他来到了一间坚固朴素的小屋前。屋旁有四只山羊在散步。姆维塔走进了这间主屋旁边一间更小的木屋里。两间小屋背后都直接通向沙漠。

第二天，我走着去了那里，我敞开了卧室的窗户，免得到时候我会变成秃鹫回来。阿洛的小屋前面长着一扇仙人掌门。我大胆地穿过了两侧长着两个高大仙人掌的洞口。我试着避开仙人掌的尖刺，不过其中一根刺还是划破了我的胳膊。别管了，我想。

主屋很大，是用砂砖和土坯层层垒起筑成的，上面有个茅草屋顶。我能看见姆维塔就在附近，坐在那棵唯一敢生长在这间小屋旁边的树上。我暗自一笑。如果这真是阿洛的小屋，我可以在姆维塔看见我之前就溜进去。

我还没走近小屋门口，一个男人就走了出来。我首先注意到的是他身上围绕着一团蓝雾。他一走近，雾就消失了。他比我爸爸大二十多岁，头发剃得很短，深棕色皮肤在干燥炎热的空气中闪闪发亮，白色卡夫坦长衫上面挂着几只玻璃和石英做成的护身符。他缓步走过来，上下打量着我。我一丁点都不喜欢他。

“干什么？”他说。

“噢，呃……”我结巴了，“你是不是阿洛，就是那个巫师？”

他瞪着我。

我埋头继续。“我的名字叫欧妮桑乌·乌贝德-欧刚迪姆，我是法迪尔·欧刚迪姆的女儿……继女，娜吉芭·乌贝德-欧刚迪姆的女儿……”

“我知道你是谁。”他冷冷地说，他从口袋里拿出一支咀嚼棒，塞进嘴里，“你就是艾达说会变透明、姆维塔说会变麻雀的那个小女孩。”

我发现他没提到我可以变成秃鹫的事。

“没错，我身上是有些怪事发生。”我说，“而且我觉得我有危险。大概在一年前，有个东西曾经想杀我。就是一个巨大的椭圆形眼睛。我觉得它一直都在注视着我。我得保护自己才行。阿洛先生，我可以成为你收过的最好最厉害的学生！我知道我可以。我感觉得到。我都……能触摸到那个未来了。”

我不再说了，眼中溢满了泪水。直到现在我才意识到原来我的决心是这么的坚定。他十分惊讶地看着我，我都怀疑自己是不是说错话了。他不像是那种很容易被感动的人。他的脸很快又恢复到了我觉得是他惯常的那副样子。在他身后，我看到姆维塔过来了，他走得很快。

“你内心充满了怒火，”他说，“不过我是不会教你的。”他的手上下移动着，示意我的身体，“你的父亲是努鲁族人，一个肮脏龌龊的人。圣秘法点是一门奥克克族的艺术，只有灵魂最纯洁的人才能学。”

“但是……但是你教了姆维塔。”我说，我努力地控制着自己的绝望。

“我没教过他圣秘法点。我教给他的只是一些很有限的东西。他是男孩。你是女孩。你不可能达标。就算……再温和点的技法也不行。”

“你怎么能说这种话呢？”我叫道，我的钻石几乎都要从我嘴里飞出来了。

“再说了，我们谈话的时候你身上竟然还沾满了女人的鲜血。”他说，“你怎么敢在这种情况下来这里！”

我只是眨了眨眼，不明白他在说什么。之后我才发觉他指的是我正在来月经。我大概还有一天就完了，只流了几滴血而已。他那话说得就好像我浑身浴血一样。

他厌恶地指着我的腰说：“那是只该给你丈夫一个人看的。”

我又一次迷惑了。然后我往下看了看，才看到我的脐链正挂在我的拉帕裙外面闪闪发光。我立刻就把它塞进了衣服里面。

“不如就让那个一直在缠着你的东西杀死你吧，这样会更好些。”他说。

“求您了，”姆维塔走上来说，“别侮辱她，先生。她是我最爱的人。”

“是啊，你们就是一伙的，我知道。”阿洛说。

“我没让她来这儿！”姆维塔坚定地对阿洛说，“她谁的话都不听。”

我瞪着姆维塔，又惊讶又感觉受到了冒犯。

“我才不管她是谁派来的。”阿洛挥了挥他的大手。

姆维塔低下了头，我真想尖叫起来。*他就跟阿洛的奴隶差不多*，我想。*就好像给努鲁族人当奴隶的奥克克族人。但他从小就是被当成努鲁族人养大的。真是种倒退！*

阿洛走了。我也立刻转身朝仙人掌门走过去。

“这是你自找的，”姆维塔跟在我身后怒吼道，“我告诉过你别来……”

“你什么都没告诉过我。”我说。我走得更快了，“原来你就是跟他住在一起！他对我们这些伊乌有那种看法，而你居然还**住在他家里**！我敢打赌你还给他做饭，帮他打扫卫生！他还肯屈尊吃你准备的东西，我真是惊讶透顶！”

“不是那样的。”姆维塔说。

“就是那样的！”我喊道。我们穿过了仙人掌门。“我既是个伊乌，而且还被那个鬼东西追杀，就好像这样还不够坏似的！我还要倒霉到生下来就是个女孩的地步。和你住一起的那个疯子对你又爱又恨，但他对我就只有恨！每个人都恨我！”

“你的父母和我都不恨你。”他说，“你的朋友们也不恨你。”

我根本没听他都说了些什么。我只是跑了起来，我一直跑，直到我确信他没有跟上来。我回想起那些油光水滑的黑色羽毛，覆满羽毛的巨大双翅，强大有力的喙，头里装着一个聪明绝顶的大脑，大概只有我和那个该死的蠢蛋阿洛才能理解。我飞得又高又远，我想了又想。等我终于回到家里，我跳进卧室窗户，变回了我这个满了十三岁快到十四岁的女孩本来的样子。我光着身子爬到床上，又流了几滴血，然后把被子盖在了身上。

09. 梦　魇

我没再和姆维塔说过话，他也不来看我了。三个星期就这样过去了。我很想他，但是我对他的愤恨也日益加深。宾塔、露羽和蒂缇填满了我空闲的时间。一天早上，我正在学校操场上闷闷不乐地等她们，露羽突然与我擦身而过。一开始我还以为她只是没看见我。然后我才发现她看起来很不高兴。她的眼睛又红又肿，就好像一直在哭，或者整夜没睡。我追了上去。

“露羽？”我说，“你还好吗？”

她转过来看着我，脸上没有什么表情。然后她笑了笑，看起来总算是更像她自己了。

“你看上去……好累。”我说。

她笑了起来。“你说得对。我是没睡好。”露羽就爱滔滔不绝，这绝对是她的特点之一。但我了解她。如果她想告诉你什么事的话，她会挑自己合适的时间告诉你。宾塔和蒂缇也来了，露羽从我身边挪开，我们四个坐了下来。

“今天天气真好。”蒂缇说。

“你说好就好吧。”露羽咕哝道。

“真希望我也能像你一样永远都那么开心，蒂缇。”我说。

“你只是在怄气而已，因为你跟姆维塔吵架了。”蒂缇说。

“什么？你——你是怎么知道的？”我坐直了身子，感觉自己快疯了。要是她们真的听说了我们吵架的事，那她们肯定也听说了我们是为什么吵起来的。

“我们了解你。”蒂缇说。露羽和宾塔都发出了赞同的声音，“过去的两周里，我们见到你的次数翻了一番。”

“我们又不傻。”宾塔说着，咬了一口她从书包里拿出来的鸡蛋三明治。三明治被她的书压来挤去，看起来只剩薄薄的一点了。

“所以到底是怎么回事啊？”露羽一边揉着额头一边说。

我耸耸肩。

“你父母不赞成吗？”宾塔问。她们全都凑了过来。

“我们别讨论这个了。”我不耐烦地说。

“你是不是把第一次给他了？”露羽问。

“露羽！”我吼道。

“问问而已嘛。”

“你的脐链是不是变成绿色了？”宾塔问，她的声音听起来很绝望，“我听说要是你在十一岁仪式之后跟别人发生性关系，脐链就会变绿。”

“我才不相信他们俩发生性关系了呢。”蒂缇冷静地说。

睡觉之前，我坐在地板上冥想。我费了很大劲才让自己平静下来。等到冥想完了，我脸上已经沾满了汗水和泪水。每当我冥想的时候，不仅会出很多汗（很奇怪，因为我平时很少出汗），而且还总是会哭。姆维塔说过这是因为我已经习惯了承受持续不断的压力，所以我一旦放松下来，如释重负的泪水也就自然而然地涌出了。我洗了个澡，跟爸妈道了晚安。

一躺上床，我就睡着了，梦里见到了舒缓平静的沙子。干燥，柔软，未受沾染，而且暖洋洋的。我乘着风翻越过沙丘。接着风又吹过了拥挤龟裂的大地。当我的脚步经过，树木上的叶子和干枯的灌木丛全都唱起歌来。然后我见到了一条泥泞的道路，更多的道路，平整的道路上扑满了沙土，到处都是满载的旅人，他们骑着摩托车、骆驼或者马匹。这些道路又黑又平坦，还发着光，就像在冒汗一样。那些走在路上的人只带了很少的行李。他们不是旅人。他们的家就在附近。沿路还有商店和大型建筑。

在贾瓦黑尔，大家都不会在路边或者市集里面进行神圣对话。而且贾瓦黑尔只有一小部分人是浅肤色的——他们都不是努鲁族人。看来风把我带到了很远的地方。

这里大多数人都是努鲁族人。我想靠近点再看看。但我越是努力靠近，他们的身影就变得越来越模糊。所有人都是，只有一个人例外。他背对着我。隔着几英里远我都能听到他的笑声。他个子非常高大，站在一群努鲁族人中间。他正激情洋溢地说着些我听不清的话。他的笑声在我脑海中回荡。他穿着一件蓝色的卡夫坦长衫。他转向了我……我能看到的只有他的双眼。那双眼睛是红色的，中心是起伏灼人的白色。它们合而为一，变成了一只巨眼。恐惧像毒药一样扎穿了我的脑海。我完完全全听懂了接下来他说的那句话。

停止呼吸，他咆哮道，**停止呼吸！**

我惊醒了，无法呼吸。我气喘吁吁地掀开了被子，坐起身来，握住了发痛的脖子。我只要一眨眼，就能看到我双眼后面那只红色眼睛。我喘得更用力了，向前弓起了身子。我眼前全都是黑点。我得承认，一部分的我还真的松了口气。就算死也比活在对那东西的恐惧里好。随着时间的流逝，我的胸口放松了，喉咙里也灌进了空气。我咳嗽起来。我又等了一会儿，揉着我疼痛的喉咙。已经是早上了。有人在厨房里做早餐。

然后我又回想起了这个梦境，每个细节都清晰可见。我跳了起来，双腿发软。沿着走廊走了一半，我又停了下来。我径直回到房间，站在镜子前，凝视着我脖子上那愤怒的瘀伤。我跌坐在地上，双手捂住脸。那只红色的椭圆眼睛是属于一个强奸犯的，他就是我的生父。而刚刚那个想在睡梦中掐死我的人就是他。

10. 纳迪奇

要不是那个疯子摄影师来了，我可能会一整天都躺在床上，不敢出门。那天下午妈妈回来说起了他。她看上去真是如坐针毡。“他浑身脏兮兮的，被风给吹得乱七八糟。”她说，“他直接从沙漠里来到了集市上。甚至都没想过要先把自己弄干净！”

她说他可能二十多岁，不过也说不清楚，因为一头乱发遮盖了他的脸。他大部分牙齿都掉了，眼睛发黄，被太阳晒黑的皮肤因为营养不良和浑身污垢而显得灰白。真不知道他这种精神状况是怎么在长途跋涉中活下来的。

但他带来的东西足以引起所有贾瓦黑尔人的恐慌。那就是他的数码照片相册。他的相机早就不知道丢哪儿去了，不过他把他的照片都存在了一个巴掌大小的小设备里。照片是在西边拍的，里面全都是惨死、烧焦、肢体残缺的奥克克族人。还有被强奸的奥克克族女人。四肢不全、腹部肿胀的奥克克族小孩。吊死在建筑物上或者躺在沙漠旁边的沙地上静静腐烂的奥克克族男人。被敲碎的婴儿头颅。被剖开的肚腹。被阉割的男人。被切掉双乳的女人。

“他快来了，”摄影师一边给人们看他的相册，一边大喊大叫，干裂的嘴唇讲得唾沫横飞，“他会带来一万个人。你们全都不安全。收拾东西快跑吧，逃啊，快逃啊你们这些傻瓜！”

一个接一个，一群接一群，摄影师让人们点击观看他的相册。我妈妈把照片看了两遍。她一直哭个不停。人们呕吐，痛哭，尖叫；没人对他们看到的提出异议。最终摄影师被捕了。我听说他饱餐了一顿，洗了个澡，剪了头发，还带上了补给品，然后才被礼貌地请出贾瓦黑尔。不管怎样吧，人人都在谈论这件事，消息一传十十传百。他给镇子带来了太多困扰，所以“纳迪奇会议”这个贾瓦黑尔镇最紧急的公共会议也只好于那天晚上仓促召开。

爸爸一回家，我们三个就一起出门了。

“你还好吗？”他问。他牵起我妈妈的手，吻了吻她。

“我没事。”她说。

“好吧。我们走。抓紧点。”他加快了脚步，“纳迪奇会议很少会持续超过五分钟。”

镇广场已经挤满了人。广场上搭了个台子，上面放了四把椅子。几分钟后，有四个人登上了台阶。人群安静了下来。听众中只有小孩们还在继续交谈。我踮起脚，终于能看到百闻不如一见的阿苏格博长老们了，我激动不已。当我看到他们的时候，我才发现我已经跟他们中的两个见过面了。其中一个穿着一条蓝色的拉帕裙和一件配套的上衣。

“那位是智者娜娜。”爸爸在我耳边说。我只是点了点头。我不想提起我的十一岁仪式。

她慢慢走上舞台，坐在自己的位子上。她身后是一位拄着木拐杖的盲眼老人。得有人扶着他才能走上台。他一坐下，就向人群中张望，仿佛他能看透我们所有人的本来面目。爸爸告诉我他是先知迪卡。然后是劳者阿洛。我的眉毛皱成了一团。我恨死这个拒绝我的人了，他居然会拒绝我。看来知道他是个巫师的人并不多，因为在爸爸口中他是那个组建政府的人。

“那个人创建了贾瓦黑尔有史以来最公平的制度。”他低声说道。

第四个是沉思者奥约。他又矮又瘦，头的两侧长着蓬松的白发。他嘴上的小胡子很浓密，长长的大胡子是盐和胡椒色的。爸爸说他以怀疑论著称。要是一个想法能从奥约那里通过，那它就一定行得通。

“贾瓦黑尔，万岁！”长老们一起说，向着天空挥动拳头。

“呀！”人群回应道。爸爸用手肘碰了碰我和妈妈，让我们也照做。

“贾瓦黑尔，万岁！”

“呀！”

“贾瓦黑尔，万岁！”

“呀！”

“晚上好，贾瓦黑尔镇的人们。”智者娜娜站起来说，“那个摄影师名叫阿巴杜。他来自迦迪，七河城市之一。他不懈工作，长途跋涉才给我们带来了消息。我们对他表示欢迎与赞扬。”

她坐了下来。沉思者奥约站起来说：“我考虑过了概率、误差范围和不可能性。虽然西边我族人的困境十分悲惨，却也不太可能影响到我们。让我们向阿妮祈祷，希望事情能变好吧。不过也确实没必要收拾东西逃跑。”他坐了下来。我看看人群。大家好像都被他的话说服了。我不太肯定自己是怎么想的。我们的安全真的就是最要紧的事吗？我不知道。阿洛站起来讲话了。他是唯一的没那么老的阿苏格博长老。不过我还是对他的年龄和他的外表感到好奇。他可能比看上去要年长些。

“阿巴杜带来的是事实。我们要接受，但不必恐慌。难道我们都是女流之辈吗？”他问。我嗤笑一声，翻了个白眼。

“恐慌不会给你们带来任何好处。”他继续说，“如果你们想学怎么使刀，这位老师名叫欧比，他可以教你们。”他示意站在台边的那个壮汉，“他还可以训练你们，让你们跑很远都不会累。我们一族是坚不可摧的。只有弱者才会害怕。所以振作起来。好好过日子吧。”

他坐了下来。先知迪卡拄着拐杖颤颤巍巍地站了起来。我要竭尽全力才能听清他说的话。“据我所见……没错，这位记者展示的是事实，尽管这事实使他发狂了。”先知说，“但是信心！我们必须都怀有信心！”

他坐下了。一阵沉默。

“会议到此为止。”智者娜娜说。

长老们一离开台上和广场，人群就沸腾了。大家纷纷开始讨论那个摄影师和他的精神状况，还有他的照片和他的旅途，时不时点头称是。然而纳迪奇会议生效了——大家都不再恐慌了。大家心情沉重，又精力充沛。爸爸也加入了讨论，妈妈只是静静听着。

“我先回家了。”我跟他们说。

“回去吧。”妈妈轻轻拍了拍我的脸。我费尽力气才在广场上挤出一条路来。我真讨厌拥挤的地方。刚从人群中冒出头来，我就看到了姆维塔。他先看到了我。

“嗨。”我说。

“晚上好，欧妮桑乌。”他说。

就这样，我们之间的联系又建立起来了。我们曾经是朋友，争吵过，互相学习过，一起说笑过，但就在这一刻，我们都意识到了我们已经坠入爱河。这种感觉就像忽然开了灯一样。但我对他的怒火还是没有熄灭。我把重心从一只脚换到另一只脚，不太在意有不少人正看着我们。我开始往家走，发现他跟上来的时候暗自松了口气。

“你还好吗？”他试探着问。

“你怎么能那样对我？”我问。

“我叫你别去了。”

“你叫我别去，我难道就真的不去吗！”

“我真该想办法让你通不过他的仙人掌门。”他嘟囔道。

“那我就自己找路进去，”我说，“那是我自己的选择，你应该尊重我才对。结果你只是站在那里，跟阿洛解释说我会来不是你的错，想替你自己打掩护。我气得都想打死你。”

“这就是他为什么不肯教你的原因啰！你一举一动都太女性化了。全凭情绪行事。真的是很危险。”

我得努力不让自己进一步证明姆维塔的看法。“你还真的相信他那套说法？”我问。

他看向别处。

我擦去将夺眶而出的泪水：“那我们就没办法再……”

“不，我不相信。”姆维塔说，“你有时候是挺不可理喻的，比任何女人或者男人都更不可理喻。但这跟你两腿之间长着什么并没有关系。”他笑着讽刺道，“再说了，你不是完成了十一岁仪式吗？就连努鲁族人都知道，经历过那个仪式之后，女人的智力就跟她的情绪画等号了。”

“我没在开玩笑。”我说。

“你与众不同。你的激情比大多数人都要更炽烈。”他短暂地停顿了一下，然后说。

“那为什么……”

“阿洛必须知道你是自愿来的才行。那些被别人找来的人……信我吧，他是绝对不会收那些人为徒的。来，我们得好好谈谈这事。”

一回到我家，我们就坐在了我妈妈花园的后台阶上面。

“我爸爸知道阿洛的真实身份吗？”

“某种程度上知道吧，”他说，“了解他的人挺多的，那些愿意去了解他的人。”

“只不过大多数人都不愿意。”

“没错。”

“那些愿意了解他的人大多是男人吧？”我说。

“也有些是年轻小伙。”

“他是不是肯教别人？”我生气地问，“就是不肯教你。”

“他试过了。你要通过一个测试才能学习圣秘法点。而且这个测试你只能参加一次。失败是很惨痛的。你越接近成功，失败就越痛苦。你不小心听到他们说话的那两个男孩就试过了。他们都挨了打，鼻青脸肿地回家了。他们的父亲还以为他们已经通过了测试，可以当阿洛的学徒了。实际上他们失败了。阿洛只会教给他们一些小花招，让他们可以学会点什么。”

“那到底什么是圣秘法点啊？”

他靠近我，近到我能听清他轻柔的耳语。“我也不知道。”他笑了，“但我知道一个人要是想学，那必须得是命中注定的。一定要有人祈求过这种命运，要祈求你拥有这种命运。”

“姆维塔，我真的必须得学才行。”我说，“那只眼睛是我生父的！我不知道我要怎么才能……”

就在那时，他倾身吻了我。我忘记了我生父的事。我也忘记了沙漠。我把我所有的问题都抛到脑后了。那不是一个纯洁无辜的吻。那是个深吻，也是个湿吻。我快十四岁了，而他大概十七岁。我们早已失去了童年的纯真。我总以为有朝一日我跟一个男孩亲热的时候会想起我妈妈和那个强奸她的男人，然而我并没有。

他的手毫不犹豫地伸进了我的衬衫里。我没有阻止他对我的亲热。他也没有阻止我亲吻他的脖子，解开他的衬衫。然而我双腿之间突然痛了起来，一阵极度剧痛。痛到我的身体弹了起来。姆维塔放开了我。他赶紧站了起来。“我要走了。”他说。

“不！”我站起来说。剧痛现在已经蔓延到我全身，我甚至都直不起身子了。“但要是我不走的话……”他向我伸出手，碰到了我的脐链，那是他在我上衣里摸索时掉出来的。阿洛的话掠过我的脑海。“那是给你丈夫看的。”他说。我颤抖了。姆维塔把手伸进嘴里，把我的钻石还给我。我虚弱地笑了笑，把它放回我舌头下面。

“看来我在不知情的情况下跟你订婚了。”我说。

“谁会相信那种鬼话啊？”他问，“要真是那样，也太简单了吧。两天之后我会再来看你的。”

“姆维塔。”我喘息道。

“你现在最好还是……别让别人碰你吧。”

我叹了口气。

“你父母很快就要回家了。”他说。他掀开我的衬衫，温柔地吻了吻我。我发抖了，两腿之间的疼痛也加剧了。我把双腿挤在一起，他悲伤地看着我。

“很痛吧？”他带着歉意说。

我点了点头，嘴唇紧抿在一起。那个地方实在痛得太厉害了，痛得我眼前都发黑了。泪水顺着我的脸流了下来。

“过几分钟就会好了。我真希望能在你完成割礼之前就认识你。”他说，“她们用的手术刀是阿洛施过法的。刀上的法术是为了让一个女人每次情欲撩动的时候都感到剧痛……直到她结婚以后才会解除。”

11. 露羽的决心

他走以后，我回到房间里哭了。我只有这么做才能压抑自己的怒火。现在我明白为什么她们不用激光刀而用普通手术刀了。一把设计简单的手术刀更容易施法。阿洛，又是阿洛搞的鬼。那晚的大部分时间里，我都在思考我有些什么办法能伤害那个人。

我想把金链从我腰上扯下来，把嘴里的石头扔进垃圾桶，但我做不到。一路走来，这两样东西已经成了我身份的一部分。要是没有了它们，我只会感到无比羞愧。那晚我连眼睛都没合上过。我对阿洛怒气冲天，又太害怕我的生父又会在我梦中造访。

第二天晚上，我纯粹是因为累得不行才睡着了。还好，梦里没有那只红眼睛。等到第二天放学之后，见到了宾塔和蒂缇，我总算感觉好点了。

“你们知道那个摄影师的事吗？我听说他所有指甲都掉下来了。”蒂缇一边说，一边顽皮地把钻石在她嘴里转来转去。

“那又怎么样？”我靠在学校的墙上说。

“那就很恶心啊！”宾塔大声说，“那算是个什么人啊？”

“露羽呢？”我问，换了个话题。

蒂缇咯咯笑了。“她可能跟凯西在一起呢。要不然就是格万。”

“我敢发誓，露羽绝对能成为身价最高的新娘。”宾塔说。

“这些男孩里有没有想碰露羽的？卡克勒斯呢？”我问。

卡克勒斯是露羽的最爱。他也是数学课能拿最高分的男孩。我的三个朋友都有不少追求者，露羽的追求者最多，其次是蒂缇。宾塔不肯跟她的任何一个追求者说话。露羽走过转角的时候，我们还在聊天。她眼睛下面乌了一圈，走路的时候还弓着身子。

“露羽！”蒂缇尖叫道，“你怎么了?！”

宾塔开始哭了，她抓住露羽的手。

“帮她坐下！”我喊道。露羽的双手发颤，想捏成拳头又松开。然后她的脸拧成一团，疼得尖叫起来。

“我去找人帮忙。”宾塔跳起来说。

“别！”露羽好不容易才挤出这句话，“别去！”

“怎么了？”我问。

我们三个蹲在她身边。露羽睁大她空洞的眼睛望着我。“你……你可能知道吧，”她对我说，“我身上出了点问题。我觉得我被诅咒了。”

“你怎么了……？”

“我正跟卡克勒斯在一起。”她停了停，“……在那棵周围都是树丛的树上。”

我们都点了点头。要是学生们想找个隐秘的地方，就会去那里。

露羽忍不住笑了。“我又不像你们三个。好吧，蒂缇可能还能理解。”宾塔从包里拿出一瓶水，递给了露羽。露羽喝了一小口，然后愤怒不已地开口了，我都不知道她还能气成那样。“我试过不去想它了，但我真的很享受，”她说，“我一直都很享受！为什么我要压抑自己呢？”

“露羽你说什么呢……”蒂缇开口说道。

“接吻，爱抚，做爱。”露羽看着蒂缇说，“你知道的。那样很棒啊。我们以前就知道了。”她看了看宾塔，“如果是跟对的人一起，那就真的很美妙。我知道现在没人能再碰我们了，但我还是很努力地尝试过了！”我握住她的手。她把手抽了回去。

“三年来我已经尝试过不少次了。然后某天格万出现了，我让他吻了我。本来还挺不错的，然后就变糟了。那个吻……居然让我痛到不行！是谁把我害成这样的？没人能就这样……”她喘气喘得太厉害了，“马上我们就要满十八岁了，都是完全成熟的成年人了！为什么要等到婚后才能享受阿妮给我的乐趣呢！不管这个诅咒是怎么回事，我都要打破它。我还在努力……今天我感觉简直都要死过去了。卡克勒斯不肯再继续……”她看向我身后，然后大叫起来，“看他那样！”

我们都转过身来，看到卡克勒斯站在校园围墙后面。他很快就迈步走开了。“我可不想害死你！”他喊道。

“阿妮会动手把你废掉的！”露羽大吼。

“露羽！”蒂缇尖叫道。

“我才不在意呢。”露羽看着别处说。

“会过去的。”我说，“几分钟之后你就会好点了。”这不是我第一次看到她这样。那天她也这样和我擦身而过，看起来很难受，我想。

“我永远都好不起来了。”她说。

“这是个诅咒吗？”宾塔问我。

“我不这么认为。”我说。她们觉得我对诅咒之术了如指掌，搞得我很恼火。

“就是诅咒。”蒂缇说，“两年之前，我让法纳西……碰了我。我们在接吻，结果……我痛得好厉害，忍不住哭了起来。他被我惹怒了，到现在都还是不肯跟我说话。”

“不是诅咒，”宾塔突然说，“是阿妮在保护我们。”

“保护我们什么？”露羽厉声说，“保护我们好让我们不能享受男孩的陪伴吗？我根本就不想要那种保护！”

“但我想要！”宾塔反驳道，“你根本就不知道什么才是对你好。你真该庆幸你没怀孕！阿妮在保护你。她也在保护我。我爸爸……”她突然用手捂住嘴。

“你爸爸怎么了？”露羽皱着眉头问。

我喉咙里发出一声低吼。“宾塔，说啊，”我说，“喂，喂，宾塔，到底是怎么回事？”

“他是不是又想碰你？”宾塔还是不肯开口，蒂缇就问她，“他就是，对不对！”

“他下不了手，因为你痛得滚来滚去？”我问。

“阿妮会保护我。”宾塔坚持说，泪水从她脸上落下。

我们都沉默了。

“他——他现在知道了，”宾塔说，“他再也不会碰我了。”

“我不管，”露羽说，“他就该像其他强奸犯那样被阉掉。”

“嘘，别那么说。”宾塔低声说。

“我爱说什么就说什么，爱做什么就做什么！”露羽喊道。

“不行，你不能那样。”我说，用手臂搂住宾塔。我字斟句酌地说出了接下来的话，“我觉得这个法术是在我们的十一岁仪式上对我们生效的。它……可能婚后就会破除的。”我直直地看着露羽，“我觉得如果你非要跟别人上床，你是真的会死掉的。”

“婚后会破除。”蒂缇点了点头说，“我表姐总说，只有一个纯洁的女人才可以吸引一个足够纯洁的男人，能把欢乐带到他们的婚床上去。她说她丈夫是附近最纯洁的男人……有可能是因为他是第一个没给她带来疼痛的人吧。”

“真恶心，”露羽生气地说，“我们都被骗了，还以为我们的丈夫就是救我们于水火的神明。”

回家的路上，我遇上了姆维塔。他正坐在一棵伊罗科树下读书。我坐在他身边，大声叹了口气。他合上了书。

“你知道艾达和阿洛曾经相爱过吗？”他问我。

我扬起眉毛：“怎么回事？”

姆维塔往后靠了靠。“几年前他第一次来到这里，阿苏格博协会就立刻把他叫过去开会了。先知一定是看到了阿洛是个巫师。不久之后，他就被邀请去跟阿苏格博长老们共事。在他和平解决了贾瓦黑尔镇势力最大的两个商人之间的争端之后，长老们就让他成了正式成员。他是贾瓦黑尔镇第一个没那么年长的长老。阿洛看上去都不超过四十岁。没人在意他的年纪不够大，因为他给贾瓦黑尔镇带来了好处。你知道阿苏格博之宅吗？”

我点了点头。

“是用法术修建的。”姆维塔说，“在贾瓦黑尔镇还没建起来时，那座宅子就在这儿了。不管怎么说，那座宅子总有办法能让事情……就那么发生。有一天，智者娜娜叫耶尔——艾达还是个年轻女人的时候，她的原名叫耶尔——在那座宅子那边等她。谁知道阿洛那天也碰巧去了那里。他们两个都拐错了弯，结果面对面地撞上了。从他们相遇的那一刻起，他们就对对方毫无好感。”

“爱常常会被误会成是恨。但有时候，人们也会像他们俩一样，很快就认识到自己的错误。智者娜娜有心想让耶尔成为下一任艾达。所以耶尔常常被叫来这座宅子，理由各种各样。而阿洛整天都待在那儿。你看，就是阿苏格博之宅一直把他们凑在一起。

“阿洛会提出来，而耶尔会接受。他会说话，而她会倾听。她会等待，而他会来找她。他们都觉得自己知道事情会发展成什么样子。上一任艾达去世的时候，耶尔最终被任命为新的艾达。那时阿洛已经成了劳者阿洛。他们两个天造地设，相得益彰。”

姆维塔顿了顿。“是阿洛提出要在刀上施法，不过是艾达接受的。他们觉得他们是为姑娘们做了一件好事。”

我苦笑着摇了摇头：“智者娜娜知道这事吗？”

“她知道。对她来说，这也是很有道理的。毕竟她上了年纪。”

“那为什么阿洛和艾达不结婚呢？”

姆维塔笑了：“我说过他们没有吗？”

12. 秃鹫的高傲

太阳刚刚升起。我栖在树上，俯首向前。

十五分钟之前，我醒来就看到它在我床前。它在盯着我看。一层无实体的红色，中心是一个冒着白色蒸汽的椭圆。那只眼睛发出愤怒的嘶嘶声，然后消失了。

就在那时，我发现一只闪烁着棕色和黑色光芒的蝎子爬上了我的床单。是那种毒刺会蜇死人的蝎子。要是我没醒的话，它只需要几秒钟就会爬到我脸上了。我猛地一掀被子，蝎子飞了出去。它落地时的声音简直就像块金属"砰"地掉在地上！我抓起身边离得最近的一本书把它给压扁了。我一遍又一遍地踩那本书，直到我停下来，浑身发抖。我脱掉衣服飞出窗，气得都快冒烟了。

秃鹫天生就一副怒容，跟我现在的感觉差不多。站在树上，我看到两个男孩穿过了仙人掌门。我飞回我的卧室，变回了自己的样子，变成秃鹫形态太久，我就会觉得自己与只能定义为人性的那部分脱离开了。作为一只秃鹫，我俯瞰贾瓦黑尔的时候总会有种优越感，就好像我已经见识过了更宏大的世界。我只想乘风而行，寻找腐肉，不想回家。变化总是有代价的。

我也变成过一些别的生物。我试着去抓一只小蜥蜴，结果只抓到了它的尾巴。我用它的尾巴变成了一只蜥蜴。出乎我意料的是，变成蜥蜴跟变成鸟一样容易。后来我才在一本旧书里读到，原来爬行动物和鸟类之间的关系很密切。几百万年前，鸟身上还长鳞片呢。不过我还是变了回来，因为接连几天我都发现变成蜥蜴的时候夜里极难保暖。

我又用一只苍蝇的翅膀变成了苍蝇。这个过程很糟糕——我觉得我的身体都要从里面爆开了。而且因为我身体的变化太过剧烈，我甚至都没来得及感到恶心。想象一下想吐又吐不出来的那种感觉吧。变成苍蝇之后，我满脑子想的都是食物，我能飞得很快，也很警惕。我没有了秃鹫那种复杂的情绪。几天过后，变成苍蝇最让我担忧的那种生命短暂的感觉消失了。对于一只苍蝇来说，那些日子肯定就像过了一辈子。而对于我来说，一个人变成了一只苍蝇，就更能体会到时间的缓慢与飞逝了。等到我变回来的时候，我长舒了一口气，因为我看起来和感觉起来都还是我自己的年纪。

变成一只小老鼠的时候，我最主要的情绪就是恐惧。害怕被踩扁，被吃掉，被发现，被饿死。变回来之后，我心中留存的疑惧感仍然无比强烈，害得我几个小时都不敢离开我的房间。

这一天，我当了半个多小时的秃鹫，当我变回自己来到阿洛的小屋前时，那种力量感还伴随着我。我认识在阿洛那里的两个男孩。那两个愚蠢、烦人、有特权的男孩。变成秃鹫的时候，我还听到其中一个说他宁愿待在床上睡过这个早晨。另一个还笑着表示同意。我咬牙切齿地走向那道仙人掌门，这是我这辈子第二次来这儿。我穿过去的时候，又一根仙人掌刺划伤了我。*你就这点能耐吗*，我想。我继续往前走。

我绕过阿洛的小屋，他正坐在两个男孩面前的地上。在他们身后，沙漠延伸开来，广阔而迷人。我的眼里溢满沮丧的泪水。我需要阿洛能教给我的东西。眼泪掉下来的时候，阿洛抬头看到了我。我真该扇自己一巴掌。他不该看到我软弱的样子。那两个男孩转过头来，他们脸上茫然、迟钝、傻子似的表情更加激怒了我。阿洛和我对望着。我真想朝他扑过去，撕扯他的喉咙，咬烂他的灵魂。

“滚出去。”他平静地低声说。

他语气中的笃定掐灭了我所有的希望。我转身跑了。我落荒而逃。不过不是逃离贾瓦黑尔镇。暂时还不会。

13. 阿妮的阳光

那天下午，我敲了她的门，用的劲比我预想的要大多了。我还是心绪不宁。在学校里，我一直安静地生着闷气。宾塔、露羽和蒂缇都识趣地给我留了空间。那天早上去了阿洛的小屋之后，我本来想逃学的。但我父母都在工作，我一个人待着又觉得不安全。放学之后，我就直接去了艾达的家。

她慢慢打开了门，皱着眉头。她像往常一样衣着优雅。绿色拉帕裙紧紧地裹在她的臀部和腿上，而她配套的上衣肩膀处也鼓起不小，要是她想向前一步的话，她的衣服就挤不过来了。

“你又去找阿洛了，是不是？”她问。

我激动过头，都没空去想她是怎么知道的。“那人就是个大混蛋。”我狠狠地说。她抓住我的胳膊，把我拉了进去。

“我早就注意到你了。”她递给我一杯热茶，坐在了我对面，“毕竟我筹办了你父母的婚礼。”

“所以呢？”

“你为什么来我这儿？”

“你要帮我才行。阿洛必须教我。你能说服他吗？他怎么说也是你丈夫。”我嘲笑一声，“还是说这也是个谎言，就像十一岁仪式一样？”

她跳起来，张开手狠狠扇了我一耳光。我的侧脸一阵灼痛，嘴里也尝到了血的味道。她站着怒视了我一会儿。然后坐了回去。“喝你的茶吧。”她说，“这样可以把血冲下去。”

我喝了一小口，我的手几乎拿不住杯子。“我——我道歉。”我喃喃说。

“你现在多大了？”

“十五岁。”

她点了点头。“你觉得你去他那儿能得到些什么？”

我在那儿坐了一会儿，不敢说话。我瞥了一眼已完成的壁画。

“你大胆说。”她说。

“我——我其实没想过这个，”我静静地说，“我只是……”我该怎么解释呢？我转而问了那个我来找她就是想问她的问题。“他是你丈夫，”我说，“你肯定知道他知道的事。夫妻之间的关系不就是这样的吗？求你了，你能教我圣秘法点吗？”我摆出了我最谦卑的表情。我看起来一定半疯了。

“你怎么知道我们的事？”

“姆维塔告诉我的。”

她点点头，大声地咂了咂嘴。“那小子。我该把他画到我的壁画里。我会把他画成鱼人中的一个。他强壮，聪明，又不可信。”

“我们关系很好，”我冷冷地说，“关系好的人会分享秘密。”

“我和阿洛的婚姻又不是秘密。”她说，“老人家都知道。我们结婚的时候他们都在场。”

“女士，究竟发生了什么事？你和阿洛怎么了？”

“阿洛比他看上去要老很多。他很聪明，而且只有少数几个同龄人。欧妮桑乌，要是他想的话，他就能拿走你的命，还能让包括你母亲在内的所有人都忘记你的存在。你要小心点。”她顿了顿，“从我遇到他的那一刻起，我就知道这些了。这就是为什么我们第一次见面的时候我就对他毫无好感。他那种力量是任何人都不该有的。但他好像一直都会找上门来。每次我们争吵的时候都会建立起某种联系。”

“我认识他的时候就发现他并不在乎权力。他早就过了争权夺利的年纪。或者至少我是这么认为的。我们结婚是为了爱。他爱我是因为我能让他平静下来，帮他理清思绪。我爱他是因为只有我能看穿他傲慢的外表，他对我还是很好的，而且……好吧，我想学他能教给我的一切。我母亲教导我，要嫁就要嫁个不仅能供养你而且还能帮你增长知识的男人。我们的婚姻本应该是无比稳固的。有阵子也确实是这样……”她停了停，“只要有必要，我们就会合作。十一岁仪式上所施的魔法是为了帮助姑娘们守护自己的名誉。我自己也知道想守贞有多难。”

她停了下来，不自觉地看了看前门，前门是关上的。“为了让你能感觉好点，欧妮桑乌……我要告诉你一个连阿洛都不知道的秘密。”

“好。”我说。但我也不敢肯定我到底想不想听她这个秘密。

“我十五岁的时候爱上了一个男孩，而他想利用这层关系跟我上床。我不太想，但他要求我这么做，不然他就再也不跟我讲话了。我们就这样过了一个月。然后他厌倦了我，最终还是不肯再跟我讲话了。我心碎了，但这还不是我最担心的事。因为我怀孕了。我告诉了我父母，我妈妈尖叫说我真是丢脸，我爸爸大喊大叫，揪紧他的胸口。他们把我送去跟我姨妈和姨父住在一起。我在骆驼背上走了一个月才到。那个城镇叫班扎。

“直到我生产之前，我都不能出门。那时我还是个瘦小的孩子，就算怀孕期间也还是那样，只有肚子鼓了起来。我叔叔觉得很有趣。他说我怀的这个男孩一定是贾瓦黑尔那位巨型金夫人的后代。那段日子里要是我笑过，那就是被他逗笑的。

“不过大部分时间，我都愁眉不展。我整天在房子里踱步，想到外面去。我身体的重量让我觉得很陌生。我姨妈为我感到难过，有一天她从市场上买了些颜料回来，还有一支画笔和五片漂白的干棕榈叶。我以前从没有试过画画。我学会了画太阳和树木，画外面的景色。我姨妈和姨父甚至还在市场上卖出去了我的几幅画！欧妮桑乌，我是一对双胞胎的母亲。”

我倒吸一口气，说：“阿妮对你真好！”

“可我十五岁就怀上了双胞胎，所以我很怀疑阿妮是不是真的对我好。”她说。不过她还是笑了笑。双胞胎强烈昭示了阿妮之爱。人们都肯付钱让双胞胎们来镇上生活。哪怕发生了什么坏事，人们也总说要是双胞胎不在的话，情况只会更糟。贾瓦黑尔镇上还没有哪对双胞胎是我认识的。

“我给女孩取名叫努姆，男孩取名叫芬塔。”艾达说，“他们差不多一岁大的时候，我回到了这里。一双儿女跟着我的姨妈和姨父生活。班扎离得够远，这样我就不会一时冲动跑过去了。我的孩子们现在应该都有三十多岁了。他们从没有来看过我。芬塔和努姆。”她停顿了一下，“所以你明白了吗？女孩们必须要被保护起来，免被自己的愚蠢所害，也免被男孩们的愚蠢所害。那个法术是为了强迫女孩们当断就断，免受其乱。”

但有时候有的女孩还是会被强迫的，我想。我想起了宾塔。

“阿洛什么也不肯教我。”她说，“我问过圣秘法点的事，但他只是嘲笑了我。对此我并没有什么意见，但是每当我让他去做一些小事情，比如帮助植物生长，让蚂蚁不要靠近我们的厨房，或者让我们的电脑别进沙子之类的，他都忙得不可开交，对此不屑一顾。他还挑我不在的时候给十一岁仪式用的手术刀施了法！这种感觉……很不对。”

“你说得对，欧妮桑乌。夫妻之间确实不该有秘密。阿洛是个满腹秘密的人，他也没有任何借口保守他那些秘密。所以我告诉他我要离开他了。他要我留下。他又吼叫又威胁。他说我是个女人而他是个男人。这话是没错。离开他，我背弃了所有我受过的教诲。这比离开我的一双儿女还要更难。

“他买了这间屋子给我。他还经常会来找我。他仍然是我的丈夫。是他向我描述了七河之湖的景象。”

“哦。”我说。

“他总能给我的绘画带来灵感。但每当谈到那些更深层次的事情，他就都会闭口不言。”

“因为你是个女人？”我绝望地问，肩膀垮了下来。

“没错。”

“求你了，女士。”我说。我想过要跪下来求她，但我又想起了姆维塔的姑父跪下来求巫师戴布的事。“求你让他改变主意吧。在我的十一岁仪式上，是你自己说我应该去找他的。”

她看起来很生气。“我是蠢，你的要求也一样蠢。”她说，“别再去那里作践你自己了。他那个人就是喜欢说不。”

我喝了一口茶。“噢，”我突然意识到，“门口那个鱼人。那个年纪很大，眼神犀利的鱼人。就是阿洛，对不对？”

“那当然了。”她说。

14. 说书人

这人用一只手就能把几块蓝色的大石头抛来抛去。他那么轻松就能做到，我真怀疑他是不是用了法术。他是个男人，所以可能真的学过法术，我愤愤不平地想。距阿洛第二次拒绝我已经过去三个月了。我都不知道自己是怎么度过的那些日子。谁又知道我的生父什么时候会再度出手袭击我呢？

露羽、宾塔和蒂缇并不觉得这个耍把戏的有什么好奇怪的。今天是安息日。她们对闲聊更感兴趣。

“我听说希瑚订婚了。”蒂缇说。

“她爸妈想拿她的婚事来卖个好价钱，这样就有钱投资他们的生意了。”露羽说，“你能想象你十二岁就结婚吗？”

“也许吧。”宾塔静静地说，看向了别的地方。

“我可以。”蒂缇说，“我也不介意找个比我大很多的丈夫。他会好好照顾我的。”

“你以后的丈夫肯定是法纳西。”露羽说。

蒂缇翻了个白眼，很生气。因为法纳西还是不肯跟她讲话。

露羽笑了，说：“你就等着瞧我说得对不对吧。”

“瞧什么瞧，我可不会瞧。”蒂缇咕哝说。

“我倒是想尽快结婚。”露羽狡黠一笑。

“那可不是结婚的理由。”蒂缇说。

“谁说不是了？”露羽问，“就算理由再少，大家还不是一样会结婚。”

“我根本就不想结婚。”宾塔嘟囔道。

结婚是我最没考虑过的事情。再说了，也没人会跟伊乌小孩结婚。我无论嫁去哪一家，对他们来说都是种侮辱。而姆维塔又没有家人给我们主婚。最关键的是，就算我们结婚了，我也怀疑我们的性生活会是什么样子。在学校里我们学过女性生理学。我们学到最多的是如何在治疗师来不了的情况下接生孩子。我们还学了不少避孕的方法，虽然我们谁也不明白为什么有人会想要避孕。我们都了解了男人的性器官是怎么回事，却跳过了女性自己要怎么唤起情欲的这部分。

我自己读了这一章，发现十一岁仪式从我身上取走的并不止与别人真正亲密的能力。奥克克族人的语言里没有词能用来描述这块从我身上切下来的肉。源自英语的医学术语说它叫阴蒂。性生活中女性的大部分快感都由它带来。到底为什么要切掉它呢？我大惑不解。我能问谁呢？问治疗师吗？我受割礼的那天她就在场！我想起了姆维塔常常用一个吻唤起我身体里的那种感觉，那种丰富又兴奋的感觉，那种在疼痛到来之前的感觉。我真想知道我是不是已经没机会了。我甚至都没必要去完成那个仪式的。

我无视了露羽和蒂缇关于结婚的讨论，专心看这个变戏法的人把球抛向空中，翻个跟斗，然后再接住球。我鼓起掌来，变戏法的就朝我笑了笑。我也朝他笑了笑。他第一眼看到我的时候，先是愣了愣，然后才缓过神来，接着就转开了视线。现在我倒成了他最珍贵的观众了。

“奥克克族人和努鲁族人们！”有人大喊道。我吓了一跳。说话的这个女人个子非常高大，体格十分健壮。她穿了一条白色长裙，上身很紧，突出了她丰满的胸部。她的声音很容易就穿透了市场的嘈杂。

“我带来了西边的消息和故事。”她眨眨眼，“你们要是有谁想知道，就等日落之后再回到这里来。”然后她故作姿态地转了一圈，离开了集市广场。她可能每半个小时就会来宣布一次。

“算了吧，谁还想听更多的坏消息啊？”露羽抱怨道，“那个摄影师的故事我们都已经听够了。”

“我同意，”蒂缇说，“我的老天啊，这可是安息日。”

“再说，西边发生的事我们又帮得上什么忙呢？”宾塔说。

关于这件事，我的朋友们就只说了这么多。她们可能忘记或者只是忽略了我，忽略了我是从哪里来的。我还是跟姆维塔一起去吧，我想。

据传言说，这个说书人跟摄影师一样，是从西边来的。我妈妈不想过去听。我能理解。她正在沙发上，躺在爸爸的怀抱里休息。他们一起玩着瓦里游戏。我准备出门的时候，忽然感觉到一阵孤单。

“姆维塔是不是也去？”妈妈问。

“希望他会去吧，”我说，“他说好今晚要来的。”

“听完就马上回家。”爸爸说。

镇广场上点着棕榈油灯。伊罗科树前面放着鼓。只有寥寥几个人来了。大部分还是老年人。其中一个年轻一点的人就是姆维塔。就算光线昏暗，我也一眼就看到了他。他坐在最左边，靠在酒椰叶编成的篱笆上，就是这道篱笆把市场摊位和人行道给分隔开来。没人愿意坐在他旁边。我就走到他身边坐下，他用胳膊搂住了我的腰。

“你应该去我家找我的。”我说。

“我还要去赴别的约。”他微微一笑。

我停了下来，有些惊讶。然后我说：“我才不在意呢。”

“你可在意了。”

“我才没有。”

“你以为我是去见另外一个姑娘去了。”

“我才不管你。”

我当然很在意了。

一个光头锃亮的男人坐在了鼓前面。他双手轻拍了一下，大家就都不说话了。“晚上好。”说书人走到油灯下。大家鼓起掌来。我的眼睛睁圆了。她脖子上挂着一条螃蟹壳串成的项链。它小巧又精致，在油灯的光芒下闪耀着白光。这项链一定来自七条河流中的一条。在贾瓦黑尔，它恐怕是无价之宝。

“我是个穷人，”她看着她这一小群听众说，指了指一个点缀着橙色玻璃珠的葫芦瓢，“这是我在迦迪靠说故事换来的，那是个坐落于第四条河流旁边的奥克克族人聚居地。我连那么遥远的地方都去过了，听众们。但我越往东走，我就变得越穷。因为想听我讲那些最震撼人心故事的人越来越少，但那些故事才是我真正想讲的。”

她一屁股坐下来，两条粗腿交叉了起来。她调整了一下她那条宽大的裙子，让它可以盖住膝盖。“钱财对我来说是身外之物，不过还是请你们在离开的时候把可以留下的东西都放进葫芦瓢里，金、铁、银、椒盐脆片，只要是比沙子更值钱的东西都行。”她说，“一样换一样。我说得够清楚了吗？”

我们大声回答道：“清楚了。”“很乐意。”“你想要什么都行，女人。”

她咧嘴笑了，向鼓手示意了一下。他开始用一种更大声但又更缓慢的节拍打起鼓来，吸引我们的注意。姆维塔的手臂把我搂得更紧了。

“你们这些人离冲突的中心实在太远了。”她说，诡秘地抬起头来，“从你们今天来的人数上就能看得出来。但你们这个小镇有了你们这群人也就够了。”鼓手的速度加快了，“今天我要把过去、现在和未来的一部分讲给你们听。我希望你们能再讲给你们的家人和朋友听。要是孩子够大了，也别忘了告诉他们。还记得《圣典》教给我们的第一个故事吗？当这个世界不按套路出牌的时候，我们就会一遍又一遍地把它复述给自己听。”

“几千年前，当这片土地仍然满布风沙，到处长着干枯树木的时候，阿妮环顾了她的土地。她揉了揉自己干渴的喉咙。于是她创造了七条河流，让它们汇聚在一起，形成了一个深湖。她从湖里掬起一捧水，喝了一大口。‘总有一天，’她说，‘我也会创造出阳光来。不过现在，我可没这个心情。’她翻了个身，睡着了。她休息的时候，在她背后，奥克克族人从水甜如蜜的河里跃了出来。

“他们就像激荡的河流一样，气势汹汹，永不止步。几个世纪过去，他们已经遍布了阿妮的土地，他们制造、使用、改变、改进、传播、消耗、繁殖。他们无处不在。他们建起了座座高塔，希望能建得够高，碰到阿妮，引起她的注意。他们还造了靠魔法运行的机器。他们之间爆发过争斗，也发明过新事物。他们把阿妮的沙土、水源、天空与空气都拿来摆弄于股掌之间，带走阿妮的造物并且改变了它们的样子。

“当阿妮休息够了，可以创造阳光的时候，她又翻了个身。结果她被眼前的景象吓坏了。她站起身来，满怀愤怒，又高又大，不可思议。然后她将手伸入星空之中，把太阳拉到了地面上。奥克克族人畏缩了。从太阳底下，阿妮摘出了努鲁族人。她把他们安放在了她的土地上。也就是那一天，花儿发现自己能够绽放，树木明白了自己可以生长。而阿妮诅咒了奥克克族人。

“‘奴隶’。阿妮说。

“在新的太阳照耀之下，奥克克族人所造的东西大多都毁于一旦。但我们现在还留有一些，比如电脑、小设备、小物件，还有天空中时常会对我们说话的那些东西。而努鲁族人直到今天都还会指着奥克克族人叫奴隶，奥克克族人还必须得低头同意。这部分就是我要讲的过去。”

击鼓的速度变慢了，有好几个人，包括姆维塔在内，都把钱放进了葫芦瓢里。我待在原地没有动。《圣典》这本书我读过很多次。就是通过看这个故事，我学会了阅读。等到我能轻松读完这个故事之后，我又恨起了它。

“我从西边带来了相当新近的消息。”她说，“我的父母把我训练成了一个说书人，不仅他们是说书人，我的祖辈也都是说书人。我的记忆里存着成千上万的故事。我可以告诉你们当年发生在我的村子迦迪的那场屠杀最开始的时候是什么样子，我自己就是亲历者。没人知道它会就那样爆发。我当时八岁，只能眼睁睁看着我的家人死去。然后我只身逃走了。”

“他们用弯刀杀死了我爸爸和我的兄弟们。我在衣柜里藏了整整三天。”她说，声音低了下来。“我藏起来的时候，努鲁族男人们轮奸了我妈妈。他们想生个伊乌孩子出来。”她瞥了我和姆维塔一眼，“那件事发生的时候，我妈妈的精神崩溃了，存在她记忆里的故事全都涌了出来。我躲在衣柜里，听着她讲遍了所有那些我小时候她用来安慰我的故事。那些和强行进入她身体的男人们节奏相应的故事。”

“结束后，他们带走了我妈妈。我再也没有见过她。我不记得我是怎么收拾东西自己逃走的，不过我确实逃走了。最后，我遇到了其他族人。他们带上我跟他们一起走了。那是很多年前的事了。我没有孩子。所以我们这个说书世家在我这儿就要断了。我受不了男人的手碰我。”

她顿了顿："杀戮还在继续。但是以前为数众多的奥克克族人已经所剩无几了。只需要几十年的时间，他们就会把我们从他们的土地上完全抹去。但这也是我们的土地。所以告诉我，你们真的能坐视不理吗？你们在这儿是很安全。有可能很安全。也有可能某天他们改变了主意，要来东边彻底解决掉他们在西边挑起的事端。你们可以逃跑，可以不听我的故事，可以无视我的话，但你们也可以……"

"也可以怎么样？"有个男人问，"那可是写在《圣典》上的。我们就是我们的这副样子。我们从一开始就不应该起义！那些敢这么做的人就该以死谢罪！"

"那又是谁写上去的呢？"她问，"而且我的父母并没有参与那场起义。我也没有。"

我觉得脸颊发烫，又很生气。她只不过是讲了个所谓的创世故事而已。她自己又不相信。这个男人到底是怎么看我和姆维塔的？我们生下来就是这副样子，难道是我们活该？难道姆维塔的父母就活该被杀？我妈妈就活该被强暴？姆维塔捏了捏我的肩膀。要是他不在那儿，我肯定会冲那个男人大吼大叫，包括敢帮他说话的人。我满怀怒火——还充满了破坏欲——我很快就会明白这一点了。

"我还没说完。"说书人说。鼓手用不快不慢的节拍打起鼓来。他冒汗了，不过眼神还是落在她身上。很容易就能看出他爱上了她。因为她的那段过去，他的爱又是注定无望的。也许他打鼓的节拍就是他最接近于触碰她的方式吧。

"虽然我们的过去已然毁灭，现在也行将毁灭，在未来我们却可以得到拯救。"她说，"住在无名湖中一座小岛上的一位努鲁族先知曾经做出过一则预言。他说一个努鲁族男人将会到来，迫使《圣典》重写。他个子很高，留着很长的胡子。他的言谈举止很温和，他这个人却又很狡猾，充满了活力与怒火。他是个巫师。当他到来的时候，努鲁族和奥克克族都会产生巨变。当我离开的时候，他们都还在搜捕这个人。他们杀死了所有留着胡须和举止文雅的高个子努鲁族男人。结果所有这些人都是治疗师，而不是反叛者。所以一定要怀有信心，我们还有希望。”

没人鼓掌，不过说书匠的葫芦很快就装满了。也没人留下来跟她说话。甚至没人敢看她一眼。人们沉思着，无声地融入了夜色，他们都行色匆匆。我也想回家了。她的故事让我觉得恶心想吐，又心怀歉疚。

姆维塔想先上去跟她谈谈。我们朝她走过去，她露出了一个大大的笑容。我盯着她的螃蟹壳项链看。它看起来好像硬面团串成的螺旋。

“晚上好，伊乌孩子们。给你们我的爱和尊重。”她和善地说。

“谢谢您。”姆维塔说，“我叫姆维塔，这是我的同伴，她叫欧妮桑乌。您讲的故事让我们感触很深。”

同伴？我就像被这个说法挠了一下痒。

“您是从哪儿听来那则预言的？”姆维塔问。

“这在西边都传遍了，姆维塔。”她严肃地说，“说出这则预言的先知对奥克克族人极度憎恨。这预言能从他嘴里说出来，肯定就是真的。”

“那他又为什么要把这消息给传出来呢？”他问。

“他是个先知。先知是不能撒谎的。隐瞒真相就是撒谎。”

我想知道那个先知是不是也想趁机煽动别人去追捕预言中人。姆维塔陪我走回了家，他看上去心烦意乱。

“怎么了？”我终于开口问了。

“我只是在想阿洛的事，”他说，“他一定得教你才行。”

“你现在想这事干什么？”我有点生气地问。

“我最近一直都在考虑这件事。这感觉真的不对，欧妮桑乌。”他说，“你太过……真的不对。我今天就会去求他的。就算要我苦苦哀求我也会去。”

第二天我见到了姆维塔。他没提他去“苦苦哀求”阿洛的结果怎样，我就知道我再一次被拒绝了。

15. 阿苏格博之宅

三天后，我去了阿苏格博之宅找智者娜娜。要么我就跟着她学习，要么我就离开贾瓦黑尔。做什么都比坐在那儿干等着我生父再来杀我强。这座大宅是用法术建造的，所以总有办法让怪事发生。贾瓦黑尔镇的管理者们都在这里碰头，在这里上班，包括智者娜娜。值得我去试试。

我一早就去了，选择了直接从学校前面走过，没有进去。我只感到了一点点内疚。阿苏格博之宅是用沉重的黄色石头建起来的，也是贾瓦黑尔镇最高最宽的建筑。即使在烈日下，石壁摸起来也凉爽宜人。每块厚重石板上都装饰着各种符号，我现在知道了，那是刻上去的纳西比迪语。姆维塔告诉过我，纳西比迪语不仅仅是一种古老的文字，它还是一种古老的魔法文字。

“要是你懂纳西比迪语，你只需要在沙地上写一行字，就能抹去一个人的祖辈。”他说。不过有关这个问题，他所知的也就只有这么多了。因此，我能读懂的就只有写在四个入口上面的字：

阿苏格博之宅

我越走越近，而人们都从这座宅子旁边走过绕过，连看也不看一眼。没有一个人走进去。就好像它是透明的一样。真奇怪，我想。每个入口的小路上都种着两排会开花的小仙人掌，让我想起了阿洛的小屋。入口处没有门。我踏上四条小路中的一条，径直朝前走去。我很确信会有人上前来阻止我，问我来干什么，然后把我赶走。谁知道我顺利进去了，走上了一条长长的走廊，走廊上点着玫瑰色的灯。

里面很凉快。不知何处传来了演奏的音乐声，是有趣的吉他和鼓。我的拖鞋走在石头路面上发出嘎吱嘎吱的响声，因为我带进来了沙子。这声音在光秃秃的墙面上回荡着。我摸了摸我左边的墙，这面墙朝向建筑内侧。

“我真的进来了。”我喃喃自语道，把手放在了凹凸不平的棕色墙面上。阿苏格博之宅建在一棵非常粗壮的猴面包树附近。它的树龄一定够老了，我想。我颤抖了。我正站在那里，抚摸着它巨大的树干的时候，突然听到一阵笑声。我吓了一跳，就赶紧往前走去。在我面前，有两个非常老的老人转过了拐角。他们都穿着卡夫坦长袍，一个穿着深红色的，另一个穿着棕褐色的。见到我的时候，他们的笑容消失了。

“早上好，先生。早上好，先生。”我说。

“你知道你在哪儿吗，伊乌丫头？”那个穿红衫的问。

人们老是喜欢提醒我我的身份。

“我的名字叫欧妮桑乌。”

“这里不许你进。”他说，“这地方仅供长老使用。除非你是学徒，不过你永远都不可能成为这里的学徒。”

我努力让自己不吭声。

“你来这儿是做什么的，欧妮桑乌？”那个穿褐衫的人更客气地问，“你要知道，埃夫说得没错。他的话不是想侮辱你，是为你的安全着想。”

“我只是想跟智者娜娜谈谈。”

“我们可以帮你带信给她。”褐衫老人说。

我考虑了一下。空气里有股猴面包树果实的坚果味道，我觉得这宅子好像在观察着我。真可怕。

“好吧，”我说，“您能不能……”

“实际上，”名叫埃夫的红衫老人笑了，“今天早上她应该也和往常一样在她自己的房间里。你要想直接去找她也是可以的。”

两个人简短地交换了一下眼神。褐衫老人看上去不太自在。他看向了别处：“你自己决定吧。”

我不安地看向走廊：“我该走那条路？”

转过弯后，我还要走到大厅的半中央，向右转，然后向左转，再上几层楼梯。埃夫就是这么跟我说的。他边指路还边笑了。在阿苏格博之宅里，没人会刻意选择去哪儿或者去那边做什么。这间宅子也是这样的。不过我还要再等几分钟之后才会知道。

我沿着他们指的路走过去，不过没见到楼梯。从外面看，这座宅子很大，然而还是比不上里面这么大。我走过了一个又一个的大厅和房间。我还不知道贾瓦黑尔有这么多老者。我听到了好几种奥克克族方言。有些房间里装满了书，不过大多数房间里都有铁椅子，老者们坐在上面。

我在找几年前我爸爸为这座宅子打造的特制铜桌。一想到爸爸在做这个项目的时候可能大多都是跟阿洛沟通的，我就皱起了眉。我找遍了都没看到那张桌子。不过我怀疑所有这些椅子都是我爸爸做的。只有他能把铁做成蕾丝花边的样子。我经过的时候，人们都注意到了我。其中有几个冷笑一声，也有些露出了很生气的样子。

我发现了一条由树根形成的隧道。我懊恼地靠在其中一块树根上。我一边拍打着那块树根，一边咒骂不已。“这地方真是个奇怪的迷宫。”我嘟囔道。我正在思考我要怎么才能找到出口的时候，有两个把黑胡子编成辫子的年轻人向我走来。

“她在这儿，科纳。”其中一个说。他拿着一袋枣子，扔了一个到嘴里。另一个笑了，靠在我旁边的树根上。他们两个大概都二十出头的样子，不过他们的胡子挺显老。

“你在这儿干什么呢，欧妮桑乌？”拿着枣子的那个人问。他递给我一颗，我接了过来。我饿坏了。

“你怎么知道我的名字？”我问。

“只有科纳会用问题来回答问题。”他说，“我是提提。先知迪卡的学徒。科纳是沉思者奥约的学徒。你迷路了。”他递给我另一颗枣。他们站在那儿看我把枣吃了。

“他说得对。”提提对科纳说。科纳点点头。

“你觉得要多久？”科纳问。

“我学艺不精，还看不出来。”提提说，“我会问问迪卡先生的。”

“姆维塔不会生她的气吗？”科纳笑着问。

我猛地抬头，注意力被他吸引过去了。“嗯？”

“你真是万事通。”提提说。

“姆维塔也在这儿吗？”我问。

“你见他在这儿吗？”科纳问我。

“不，”提提说，“今天他不在。你去找智者娜娜吧。”他又给了我一个枣。

“你能告诉我她在哪儿吗？”我问。

“不行。”提提说。

“你确定这就是你来这里的目的吗？”科纳问。

“我们得走了。”提提说，“别担心了，你不会永远迷失在这儿的，美丽的伊乌姑娘。”他把那袋枣递给了我。

“你在这儿会受到欢迎的。”科纳说。这是他跟我说的第一句不是疑问句的话。

紧接着，他们就跟来时一样，沿着树根隧道飞快地离开了。我又吃了几颗枣子，继续往前走。但是一个小时过去，我还是没找到路。我费尽力气地穿过大厅，大厅的窗户太高，我看不到外面。我都不记得我有没有在外面看到窗户了。我面前出现了一个楼梯。它是个螺旋石梯。

“终于找到了！”我大声说。楼梯很窄，我一路往上，希望不会碰到其他人。我都数到第五十二级阶梯了，可还是没看到第二层。这里又闷又热。墙上的灯光暗淡，都变成了橙色。又走了十级楼梯，我听到了脚步声和人声。我往下看了一眼。想回去是没可能的。

声音越来越大。我看到了他们的影子，屏住了呼吸。然后我就面对面撞上了阿洛。我倒吸一口凉气，赶紧低下头来，紧紧地贴在墙上。他挤了过去，什么也没对我说。他的身体不得不压在我身上。他身上有股烟味和花香混合起来的味道。他走过时还踩到了我的脚。跟着他的有三个人。他们都没跟我说“借过”。等他们走了之后，我坐在台阶上哭了。科纳说的是假话。我在这儿一点都不受欢迎，除非受欢迎是被当成个傻瓜来对待的意思。我用裙子擦了擦手，站起来，继续前进。

楼梯终于走完了，前面又是一个走廊。我偷偷一看，第一个房间就是智者娜娜的房间。“早上，哦不，下午好。”我说。

“下午好。”她说，靠在了她的柳条椅上，手里端着一杯茶。

我小心翼翼地往后退了一步，可我的背却碰到了一扇关上的门。我困惑地转过头来。我是什么时候走进这个房间的？

“这座大宅里就是这样的。”她说，用她那只好眼睛盯着我。

“我觉得我不太喜欢这地方。”我咕哝着说。

“人们都讨厌他们不能理解的东西。”她说，“我本来是要去集市上吃午饭的，不过我的学徒给我拿来了这个。”她端过一碗胡椒汤，撇去上面一层，把汤放在了旁边的柳条桌上。“所以我就等在这儿了。我早该料到会有客人来。”

她示意我在地板上坐一会儿，我看着她喝那碗汤。汤闻起来好香。我的肚子咕咕叫了。

“你父母怎么样？”她问。

“他们都好。”我说。

“你为什么来这儿？”

“我——我想问……”我的声音越来越小。

她一边等一边继续喝汤。

“我想问……圣秘法点的事。”我终于说出口了。“求您了……您还记得我十一岁仪式上发生的事吧，女士。”我想知道她会露出什么表情，但她只是看着我，等我说完。“您是智者。”我继续说，“就算不比阿洛强，也跟他不相上下。”

“别拿我们作比较。”她严肃地说，“我们都是老人家了。”

“对不起。”我马上说，“但是您知道那么多。您一定很清楚我有多么需要学习圣秘法点。”

“就那个一群疯子男女搞出来的东西。”她吐了一口唾沫。

“嗯？”

她用勺子从汤里舀了一大块肉出来吃了。“不，欧妮桑乌，这是你和阿洛之间的事。”

“但您不能……”

“不行。”

“求您了？”我恳求道，“求您了！”

“就算我懂圣秘法点，我也不会介入像你们这样的两个人之间。”

我瘫倒在地上。

“听着，伊乌丫头。”她说。

我抬起头来。“求您了，女士，别那么叫我。”

“为什么不呢？你不就是个伊乌丫头吗？”

“我讨厌那个词。”

“你讨厌‘伊乌’还是讨厌‘丫头’？”

“‘伊乌’，当然了。”

“你不就是个伊乌吗？”

“不，”我说，“不是讨厌这个词的意思。”

她看了看自己的空碗，把双手叠在一起。她的指甲又短又薄，食指尖和拇指尖都泛黄了。看来智者娜娜是个吸烟者。“给你点建议：别去找阿洛麻烦了，算我求求你。他不在你的能力范围内，而且谁劝他都不听。”

我的嘴瘪了下来。阿洛不是唯一的不听劝的人。

“要学到你想学的东西，也许还有别的办法。”她说，“这座大宅里的藏书汗牛充栋。没人把它们全部读完过，所以谁又知道这些书里写了些什么呢？”

“但是这里的人都不……”

“我们确实上了年纪，又充满智慧。不过我们也会有盲目之处。要记住提提的话。”她说，我惊讶地扬起了眉毛。“这里的墙壁很薄。过来吧。”

大厅对面的那个房间很小，不过墙上堆满了发臭破裂的旧书。“你可以在这里或者别的房间里自由阅览。只有阿苏格博长老们有私人房间。这座大宅里剩下的房间是属于所有人的。要是你准备离开了，也可以随时走。”

她拍了拍我的头，把我留在了那里。我又找了两个小时，一间屋一间屋地找过去。这里的书有些写的是生活在不存在之地的鸟儿，有些写的是怎样和两个互相憎恨的妻子一起过上幸福的婚姻生活，有些写的是雌性白蚁的生活习性，有些写的是传说中名为“科邦农戈”的飞行巨蜥的生理学知识，还有些写的是女人应该吃些什么草药才能丰胸，以及棕榈油的使用方法。咕咕叫的肚子让我的愤怒似火上浇油，每拿出一本没用的书我都会更加生气。那些老者有时恼怒有时也害怕的表情一点也帮不上我的忙。

这座宅子又开始嘲笑我了。它把一本又一本愚蠢的书送到我面前，我几乎都能听到它在笑。当我拿出一本书，发现里面满是摆出挑逗姿势的裸女图片时，我直接把它扔到了地上，转头去找出口了。我花了一小时才找到。通往外面的门又简单又狭窄，一点也不像我在外面看到的那种精雕细琢的入口大门。我跌跌撞撞地走进傍晚的阳光里，又转头看看。这个入口大门就是我从六岁起一直都看在眼里的大门。

我朝阿苏格博之宅吐了口唾沫，挥了挥拳头，不在意会不会有人看见。“又蠢又坏又没脑子又白痴的破地方！”我吼道，“我永远都不会再踏进去一步了！”

16. 伊乌

拒绝。

这种事会静悄悄地发生在一个人身上。然后就到了某一天，她发现自己已经准备好了要毁灭一切。整整五年，我都生活在生父的威胁下。整整三年，阿洛一直都拒绝我，不肯帮我。有两次他当面拒绝了我，还有无数次他拒绝了姆维塔，说不定他还拒绝过艾达和智者娜娜。但我知道阿洛是唯一能解答我问题的人。这就是为什么在去过阿苏格博之宅后，我仍然没有离开贾瓦黑尔镇。我还能到哪儿去呢?

昨天，爸爸被他兄弟的骆驼送了回来，他一直都在抱怨他的胸痛。我们找来了一个治疗师。那真是一个漫长的夜晚。我因此而整夜痛哭不已。我一直在想，要是阿洛肯教我的话，我就能让爸爸好起来了。爸爸还那么年轻，那么健康，不可能会得心脏病的。

我的头像被挤过了一样。所有声音听起来都闷闷的。我穿好衣服溜出了家门。我只有一个计划：想干什么就干什么。我离开了主路，走上了通往阿洛小屋的小路。我听到了翅膀拍打的声音。我头顶那棵棕榈树上，有只黑色秃鹫正用咄咄逼人的探寻目光注视着我。我皱起眉头，然后突然意识到了什么，立刻就浑身僵硬。我移开了目光，希望能藏起我的思绪。那只秃鹫根本就不是一只秃鹫，五年前我见到它的时候它就不是一只秃鹫。我了解我所变成的每种生物的方方面面，既然我变成过秃鹫，我自然也就了解它的方方面面，这一点阿洛又怎么会不知道呢。那片从他身上掉下来的羽毛真是他犯下的大错。

这就是为什么每当变成秃鹫的时候我都能感觉到一种奔涌的力量感了。原来我变成的是秃鹫形态的阿洛。这就是为什么我能轻松学会姆维塔教给我的东西吗？但我早就有埃舒的天赋了。我在脑海里使劲搜寻着圣秘法点。但什么也没找到。不管了。秃鹫飞走了。我也跟着来了，我想。

终于，我来到了阿洛的小屋前。我感到一阵饥饿，周围的一切又都恢复了生机。一束束明亮的光线在屋顶和空中起舞。走到仙人掌门前，一个怪物忽然朝我冲过来。那是一个帮阿洛看门的面具鬼魂，一个真正的面具鬼魂。大概是阿洛觉得他今天需要保护吧。面具鬼魂一般只会在庆典上出现。而在那种情况下，所谓面具鬼魂也只不过是穿着精致的酒椰叶纤维装和布制戏服跟着鼓点跳舞的人。

那个真正的面具鬼魂冲向我，喷出一道沙来，足足有我家那么高，有三头骆驼那么宽，我咚咚咚的平稳心跳变成了一阵鼓点。它抖了抖自己身上沾满沙尘的彩色布衣和酒椰叶纤维裙子。它那用木头做成的脸上弯起一丝冷笑。它狂跳乱舞着，整个身子朝我猛地刺过来，然后又退了回去。我站定不动，即使它长着细针般手指的双手已经挥到了我面前一英寸的地方。

见我没有逃跑，鬼魂就停了下来，一动不动地站住了。我们互相看着，我抬起头，它低下头。我满是怒火的眼睛盯着它的木头眼睛。它发出的咔嗒声在我骨骼深处不断回响。我瑟缩了一下，但还是没有动。它总共发出了三次这样的声音。第三次的时候，我感觉我内心深处有什么东西松动了，就像一个关节碎裂了一样。面具鬼魂转身带我去了阿洛的小屋。它一边走，一边慢慢消失不见了。

阿洛站在他屋前的门槛上，看我的眼神就像一个男人不小心走进厕所发现一个怀孕的女人正在排便一样。

“阿洛先生，”我说，“我来是想请您收我为徒。”

他的鼻孔张开，像是闻到了什么令人恶心的腐臭味。

“求您了。我已经十六岁了。收我为徒您不会后悔的。”

但他还是一句话也没说。我的脸涨红了，眼睛感觉好像被人用手指戳痛了一样。“阿洛，”我低声说，“你一定要教我。”他仍然什么也没说。“你**必须**教……”我的钻石从嘴里飞了出来。我用我最大的声音喊道，**“教我！为什么你就是不肯教我！你到底是有什么毛病？大家到底是有什么毛病？”**

沙漠很快就吞噬了我的叫喊声，仅此而已。我支撑不住跪了下来。与此同时，我掉进了那个我受割礼晕倒时曾经掉入过的地方。我想也没想就来到了这里。我听到自己的尖叫声从远处传来，但这已然与我无关。在这个魂灵之地，我是捕食者。凭着本能，我向阿洛飞去。我很清楚我该怎么攻击他，攻击他哪里，因为我了解他。我是一道灼人的光束，决心要从内到外烧尽他的灵魂。我感觉到了他的震惊。

我忘记了来这里的目的。我撕咬、抓挠和烧毁。一阵头发冒烟的味道。听到阿洛痛苦呻吟的满足感，接着我感觉胸口被狠狠踢了一下。我睁开了眼睛。我回到了我现实世界的身体里，而我的身体正向后飞去。我重重地摔在地上，又往后滑了几英尺。沙子磨破了我的手掌和脚踝后面的皮肤。我的拉帕裙松开了，腿露了出来。

我仰面望向天空。有那么一瞬间，我出现在了一段我不可能出现的幻想里。我变成了我妈妈，在西边一百英里外的地方，时间是十七年前。仰面躺着，等待死亡降临。我的身体，她的身体，因痛苦而扭结。被注满精液。不过还活着。

然后我就又回到了沙地上。我身边，阿洛的一只羊在咩咩叫，一只鸡在咯咯叫。我还活着。自保只是无用之举，我忽然冒出了这个念头。我必须要找到那个伤害了我妈妈，还对我穷追不舍的男人。我必须反过来去追猎他。要是让我找到他，我想，我一定会杀了他。我坐起身来。阿洛躺在小屋前的地上。

“我现在明白了。”我大声说。不知怎么，我看到了我的钻石。我把它捡了起来，毫不犹豫地擦去了上面的沙子，又把它塞到了我的舌头下面。“你……你不肯教女孩或者女人们是因为你怕我们！你——你——你害怕我们强烈的感情。”我歇斯底里地狂笑着，然后又恢复了严肃，“这个理由可不够好！”

我站了起来。阿洛只是呻吟着。都半死不活了，他还是不肯跟我说话。

“去你妈的！去你八辈祖宗！”我说。我转向一边吐了口口水。里面带血。“我不会再让你教我了，除非我死了！”突然间，我感觉喉咙里一阵剧痛。我痛得龇牙咧嘴。内疚感随之而来。我来不是想杀他的。我来是想让他教我的。现在我们之间的沟通之桥彻底烧毁了。我重新绑好我的拉帕裙，走回了家。

一小时之后，姆维塔发现他还躺在我扔下他的那个地方。于是姆维塔就跑到阿苏格博之宅去找来了长者们。因为这座大宅的“墙壁很薄”，所以几个小时之内，我对阿洛做的事就传遍了贾瓦黑尔。当我听到敲门声的时候，我父母还在他们的房间里。我知道来的是姆维塔。我犹豫着打开了门。他一进来，就抓住我的手把我拽到了房子后面。“你干了什么，女人？”他带着怒气低声问我。

我还没来得及回答，他就用力把我推到了墙上，按住我不许动。“你闭嘴吧，”他恶狠狠地低声说，“阿洛可能要死了。”我倒吸一口气，他点点头。“是啊，你是该好好反省。你怎么就那么蠢呢？你到底有什么毛病？你不仅威胁到了你自己，还威胁到了我们所有人！有时候我真不知道你是不是自杀了会更好！”他放开手，后退了。“你怎么能那么做呢？”

我只是站在那里，揉着我额头上的那块小伤疤。

“我没有父亲，他就跟我父亲差不多。”他说。

“你怎么能认贼作父呢？”我反驳道。

“你又怎么会知道什么是真正的父亲呢？”他啐了一口，“你就没有过一个真爸爸！最多也就是有个看护人而已。”他转身要走，“你知道要是阿洛死了的话，他们会对我们做什么吗？”他转过头来问，“他们是不会放过我们的。我们只会走上我父母的老路。”

那天夜里，十一点钟的时候，那只红色眼睛出现了。我挑衅地看着它，跃跃欲斗。它在我头上盘旋了一分钟，凝视着我。然后它就消失了。第二天晚上也发生了同样的事。第三天晚上也是。谣言传得沸沸扬扬。露羽告诉我，姆维塔和我都有殴打阿洛的嫌疑。“有人说他们看见你那天早上去了那里，”她说，“而且你看起来很生气，像要杀人。”

为了从他的病里恢复过来，爸爸休息了几天没去工作，妈妈并没有告诉他我做了什么。我妈妈有不少秘密。她很擅长保守秘密。因此爸爸对谣言一无所知，谢天谢地。但妈妈确实问过我那些谣言里是不是也有真相。

“我不是不讲道理的人。”我对她说，“阿洛也不是大家以为的那个样子。”

人们把这话反复地传来传去：伊乌孩子是由暴力降生的，所以他们也会不可避免地变得暴力。几天过去了。阿洛还是没好起来。我已经准备好了被当成女巫抓起来。等阿洛死的那天，我肯定会被抓起来，我想。我装上了一小包东西，都是逃跑时便于携带的。也就是这样，五天后，当爸爸去世的时候，大家都已经开始用无比怀疑的眼光注视我了。

17. 回到原点

我们又回到了原点。当我在爸爸的葬礼上让他的遗体重新呼吸之后，我的名声下降到了新低点。妈妈把我带回了家，而姆维塔隐身偷听了我其他家人说的话。

“她想杀阿洛，我们早就该拿石头把她砸死。”

“我女儿已经每天晚上都做噩梦了。现在你们还要说这种话！”

“她越早化成灰越好。”

我在家里这一觉睡得比几年来我睡的任何一觉都要更安稳。醒来时我浑身疼痛难忍。我明白了：爸爸已经变成一抔骨灰了。我蜷成一团哭了起来。我感觉自己又一次濒临崩溃。悲痛把我带进了一片黑暗寂地，几个小时都出不来。最终，它还是把我带回了床上。我用床单擦了擦鼻子，看了看我的衣服。妈妈帮我把白裙子换掉，穿上了一件蓝色的拉帕裙。我抬起了左手，和爸爸的遗体相融合的那只手。我的食指和中指之间有点发硬。

“我现在就可以变成秃鹫飞走。”我喃喃自语。但我要是变成动物身太久，我就会发疯的。那样算坏事吗？我想知道。姆维塔说得对，我是个危险人物。我决定在今晚人们上门抓我之前就溜出门。尤其是为了我妈妈好。她现在是个寡妇了。她的名声比以往任何时刻都要更重要。忽然有人敲我的门。

“你想怎么样？”我说。门一下子打开了，重重地撞在墙上。我急忙下了床，准备面对一群愤怒的暴徒。结果来者竟然是阿洛。我妈妈站在他身后。她和我目光相接了一下，然后她就走了。阿洛砰地关上身后的门。他眼睛上面有块看起来很新的瘀伤。我知道他的白色丧服后面还藏着更多的瘀痕和伤疤，都是五天前受的伤。

“你知道你都干了些什么吗？”

“跟你有关系吗？”我大声说。

“你真是没脑子！又不受教，又不会控制自己，就像只动物似的。”他咂了咂嘴，“让我看看你的手。”

他走上前来，我屏住呼吸。我不想让他碰我。他是个埃舒，我也一样。一个有他这样能力的人只需要我皮肤上的一个细胞就能报复我。然而不知为何，我还是坐下来，让他拉住了我的手。可能是因为内疚，也可能是因为悲伤，或者疲惫，你随便挑个理由吧。他把我的手翻过来翻过去，捏了捏，轻轻把我的指关节摩擦在一起。他放开了我的手，自顾自地笑了笑，摇了摇头。

“好吧，吵，”他自言自语道，“欧妮桑乌，我会教你的。”

“什么？”

“我会把圣秘法点教给你，只要你愿意。”他说，“要是我不教的话，你对我们所有人都是种威胁。不过就算我教了，你对我们所有人也还是种威胁，但至少我算是你的师父了。”

我忍不住笑了。但笑容又没了。“他们可能今晚就会来抓我。”

“我会保证这种事不会发生，”他轻描淡写地说，“我没死，所以要劝服他们应该也不难。你该担心的是你生父。要是你现在还没猜出来的话，我就告诉你吧：他和我一样是个巫师。要是你没蠢到去参加十一岁仪式的话，他也不会知道还有你这么个人。幸好这些年来我一直都在保护你，不然你早就死了。”

我皱了皱眉。阿洛一直在保护我？这可真是个难以接受的事实。我本来想问问他是怎么保护我的，不过我还是问了另一个问题：“为什么他想杀了我？”

“因为你是个失误，”阿洛自鸣得意地笑道，“你应该是个男孩才对。”

我皱起脸。

“我这次来本来是想让你搬去我的小屋住，但你那神秘的母亲又说她需要你。”他说，“还有你和姆维塔的问题。训练过程中，性接触只会给你带来阻碍。”

我的脸发烫了，只能看向别处。

“再说了，要是抛下你妈妈自己跑掉也是种自私的行为。”他说。他说完等了一会儿，我真怀疑他是不是能读懂我的心思。

“我可不会读心，”他说，“我只不过很清楚你是哪种人。”

“我为什么要相信你？”

“要不然你能保护自己吗？”他说，“你难道不了解我，也不知道摧毁我需要付出什么代价吗？”

“我是了解你，不过你现在也了解我了，”我说，“你碰了我的手。”

他咧嘴一笑。“那我们现在都对彼此知根知底了。真是个好的开始。”

“但你是师父。”

“你难道不想自己有一天也成为大师吗？为了你自己着想？”

“除非你真能让我成为一个大师，那样我才会相信你。”

“是啊，信任是要赢来的，不是吗？”他说。

我想了想：“那好吧。”

“你信阿妮吗？”

“不信。”我实事求是地说。阿妮女神本应该是慈悲而博爱的。她都不应该允许我存在在这个世界上。我从来没有信过阿妮。她只是我惊讶或者生气时会用的一个语气词。

“那你信别的造物主？”他问。

我点点头：“肯定是个冷酷无情、逻辑至上的造物主。”

“那你认为别人可以拥有同样的信仰权吗？”

“只要他们的信仰没有伤害到别人，而且我在感觉有必要的时候可以在心里说他们蠢，那答案就是可以。”

“你相信把这个世界变得比你来时更好是你该负起的责任吗？”

“是的。”

他停了一下，用更犀利的目光看着我：“给予和接受，哪一种更好？”

“这两者是一样的，”我说，“谁没有了对方都不能存在。但你要是只给予不接受，那你就是个傻子。”

听到这话，他笑了。然后他问：“你闻到了吗？”

我立刻就知道他说的是什么了。“闻到了，”我说，“很强烈。”

火、冰、铁、肉，木头和花朵。生命的汗味。大多数时候我会忘记这种气味，但每当有怪事发生的时候，我都能注意到它。

“你能尝到吗？”

“能。”我说，“只要我努力的话。”

“是你选择了它吗？”

“不是。是很久以前它选择了我。”

他点了点头。“那么就欢迎你加入我学徒的行列。”他走到门边，转过头来对我说，“把那块该死的石头从你嘴里拿出来吧。它的存在就是为了束缚你。对你来说一点用处都没有。”

第二部分

学　生

18. 欢迎来到阿洛的小屋

二十八天过去以后，我才决定去他的小屋。我太害怕了，一直都不敢去。

那些日子里，我整夜整夜地合不了眼。我会从黑暗中醒来，很确信房间里有人和我一起，而且那不是爸爸，也不是他的第一任妻子骆驼骑手娜杰莉。如果是他们的话，我会很高兴地欢迎他们。但那也不是想杀我的红眼睛或者想报复我的阿洛。不过，就像阿洛承诺过的那样，并没有暴徒来抓我。第十天我甚至还回校上课了。

爸爸在遗嘱里把他的铺子留给了我妈妈，还让现在已经从学徒晋升为师傅的季来打理铺子。利润将会分成，80%给我妈妈，20%给季。这对双方来说都是笔不错的交易，尤其是季，他出身贫寒，现在却有了"由伟大的法迪尔·欧刚迪姆亲自教导的铁匠"这一头衔。再说了，我妈妈还可以卖她的仙人掌糖果和别的蔬菜。艾达、智者娜娜，还有我妈妈的两个朋友也会每天都来看望她。我妈妈状态还好。

露羽、蒂缇和宾塔一次都没来看过我，我发誓永远都不会原谅她们。姆维塔也没来过。但我理解他这么做的原因。他是在阿洛的小屋里等我去找他。所以这四个星期里，我都只能独自面对恐惧和失落。我回学校上课就是因为我需要转移我的注意力。

我被当成一个得了高度传染性疾病的患者来对待。校园里，大家都对我唯恐避之不及。他们什么也没有对我说，刻薄的话和鼓励的话都没有。阿洛到底做了什么才阻止了大家把我撕成碎片呢？然而不管他做了什么，也没能改变我是个邪恶的伊乌女孩的名声。宾塔、露羽和蒂缇也对我避而不见。她们径直走开，都不看我的眼睛。连我冲她们打招呼她们也不理睬。我真的气坏了。

就这样过了几天，我感觉是时候跟她们摊牌了。我看到她们站在学校围墙旁边的老地方。我大胆地走了过去。蒂缇看着我的脚，露羽看向一边，而宾塔盯着我不放。我的信心动摇了。我忽然感觉到我的皮肤亮得刺眼，我的雀斑如此明显，尤其是脸上的雀斑，还有我垂在背上的辫子里也沾满了沙子。

露羽看着宾塔，拍了一下她的肩膀。宾塔立刻就移开了目光。我站在原地。我至少还有心跟她们吵架，而她们只想躲。宾塔开始哭了。蒂缇气冲冲地拍打着一只苍蝇。露羽直视着我的脸，目光尖锐到我以为她会打我。“来吧。”她说，环顾了一下校园。她抓住我的手：“我也受够这样了。”

蒂缇和宾塔紧随其后，我们很快就沿着路走出去很远。我们在路边坐下，露羽坐在我的一边，宾塔坐在另一边，蒂缇挨着露羽坐下。我们看着人和骆驼经过。

“你为什么要做那种事？”蒂缇突然问。

“闭嘴，蒂缇。”露羽说。

“我想问什么就问什么！”蒂缇说。

“那你就好好问。”露羽说，“是我们对不起她在先的。我们不占理……”

蒂缇使劲摇了摇头：“我妈妈说……”

“你到底有没有好好看她一眼啊！”露羽说，转向我的时候，她哭了起来，“欧妮桑乌，到底是怎么回事？我还记得……我们十一岁的时候，但是……我没办法……”

“是你爸爸不准你再接近我的吗？”我带着怒气低声问露羽，“是不是他想让他漂亮的小女儿再也不跟她丑陋邪恶的朋友见面了？”

露羽在我面前退缩了。看来我一针见血说穿了背后的事情。

“对不起。”我赶紧叹着气道歉了。

“你是不是被邪魔附身了？”蒂缇问，“你能不能去找个阿妮的女祭司然后……？”

“我跟邪魔一点关系都没有！”我吼道，朝空中挥舞着拳头，“就算别的都不理解，也该理解我这一点吧。”我咬牙切齿，捶胸顿足，就像姆维塔生气时常做的那样，“我就是我自己，我根本就不是什么邪魔！”

我好像是在对整个贾瓦黑尔怒吼出声。爸爸就从来不会觉得我是邪恶的，我想。我开始哭了，感到失去他的痛苦又一次涌上心头。宾塔伸出手臂搂住我的肩膀，把我紧紧抱在怀里。“没事的。”宾塔在我耳边轻声说道。

“没事。”露羽也说。

“都会好起来的。”蒂缇说。

我和朋友们之间的紧张关系就这样化解了。就像这样。就算在那一刻，我也已经感觉到了。我们心上的负担都轻了很多。我们四个肯定都感觉到了。

但我还是要应对我的恐惧。而唯一的办法就是直面它。一周之后，我去了阿洛的小屋，那天是安息日。我起得很早，洗了个澡，做了早餐，穿上了我最喜欢的蓝色连衣裙，头上戴了一顶厚重的黄色面纱。

“妈妈？”我偷偷看了一眼我父母的房间。她还手脚摊开躺在床上，至少这一次睡得很香。我真不想吵醒她。

“嗯？”她说。她睁开的眼睛很清澈。这说明她昨天晚上没哭。

“我给你做了些炸山药和炖蛋，还泡了早餐茶。”

她坐起来伸了个懒腰。“你要去哪儿？”

“去阿洛的小屋，妈妈。”

她躺了下来。“很好，”她说，“你爸爸也会赞成你去的。”

“那你觉得呢？”我问，靠近床边好听清她的话。

“你爸爸对阿洛很着迷。对所有神秘的事情他都很着迷。包括你和我……只不过他不怎么喜欢阿苏格博之宅。”我们都笑了，“欧妮桑乌，你爸爸很爱你。虽然他不像我一样知道得那么清楚，他却也还是明白，你是个很特别的孩子。”

“我——我应该把我和阿洛之间的恩怨告诉你和爸爸的。”我说。

“也许吧。但就算你说出来，我们还是一样无能为力。”

我走得很慢。那天早上很凉快。人们刚刚才出来做早上的家务。我经过的时候，没人向我打招呼。我想起爸爸，心又痛了。过去的几天里，我肝肠寸断，甚至感觉身边的世界就像爸爸葬礼上那样波动了起来。发生在葬礼上的事可能还会再发生的。这也算是我最终决定去找阿洛的部分原因。我不想再伤害别的任何人了。

姆维塔在仙人掌门前见到了我。我还没来得及开口，他就把我搂进了怀里。“欢迎。”他说。他一直抱着我，直到我放松下来，也抱住了他。

“看看。”一个声音从我们身后传来。我们一下子弹开了，松开了对方。阿洛站在仙人掌门后，双臂在胸前交叉起来。他穿着一件用很轻薄的织料做成的黑色卡夫坦长衫，长衫在清凉的晨风中绕着他的赤脚飘动。“这就是你们不能一起住在这里的原因了。”

“对不起。”姆维塔说。

“你有什么对不起的？你是个男人，这女人是你的。”

“对不起。”我看着我的脚说，我知道这是他想看到的表现。

“你是应该道歉。”他说，“一旦我们开始学习了，你就要让他离你远点。要是你在学习过程中怀了孩子，那你会把我们全都害死的。”

“明白了，先生。”我说。

“你很能忍受痛苦，我猜。”阿洛说。

我点了点头。

“至少这一点还不错，”他说，“穿过那扇门吧。”

我穿过去的时候，一根仙人掌刺划伤了我的腿。我恼怒地嘶了一声，跳开了。阿洛轻声笑了。我身后的姆维塔完好无损地通过了仙人掌门。他走向自己的小屋。我跟着阿洛去了他的小屋。小屋里有一把椅子，一张酒椰叶纤维草席。除了一个伤痕累累的小计算器写字板和一只趴在墙上的蜥蜴，别无他物。我们走出后门，面前是敞开的沙漠。

“坐下。”他指着地上的酒椰叶纤维草席说。他自己也坐下了。

我们坐在那里，相顾无言了一会儿。

“你有双老虎的眼睛。”他说，“但老虎已经灭绝几十年了。”

“你有双老人的眼睛，”我说，“但老人也活不了多少年了。”

“我确实老了。”他说着站了起来。他走进小屋，牙齿间咬着一根仙人掌刺回来了。他又坐了下来。接着他说了一句令我无比震惊的话。

“欧妮桑乌，对不起。”

我眨了眨眼。

“我一直很傲慢。我一直很缺乏安全感。我之前就是个傻瓜。”

我什么也没说。我完全同意他这些话。

“我会输给一个女孩，一个女人，我自己也很惊讶。”他说，“不过你将来的成就会很高，所以就先这样吧。你对圣秘法点了解多少？”

“一点也不了解，先生。”我说，“姆维塔也告诉不了我什么，因为……你不肯教他。”我压抑不住声音里的怒气。要是他真的想承认错误，我希望他能承认所有错误。像阿洛这种人，最多就只会承认一次错误。

“我不肯教姆维塔是因为他没有通过入学测试。”阿洛毫不动摇地说，“没错，他是个伊乌，而且我很反感这一点。你们这些伊乌孩子是带着肮脏的灵魂来到这个世界上的。”

“才怪！”我用手指着他的脸说，“你可以这样说我，但不能这样说他。难道你就没费心去问过他这些年是怎么过来的吗？没问过他的故事？”

“别用手指着我，孩子。”阿洛说，他的身体僵直了，“看得出来，你真是一点规矩都没有。你想今天就学会规矩吗？我可以好好教你一下。”

我还是努力让自己平静下来了。

“我知道他的故事。”阿洛说。

“那你肯定知道他是爱情的结晶。”

阿洛的鼻孔张开了。“不管怎么样吧，我的眼光并没有局限于他的……混血问题。我还是让他试着参加了入学测试。你可以去问问他发生了什么事。我只想告诉你，他和其他人一样失败了。”

“姆维塔说是你不让他通过入学考试。”我说。

“他撒谎了。”阿洛说，“你自己去问他。”

“我会的。”我说。

“在这片土地上，真正的巫师屈指可数。”他说，“一个人要成为巫师，也不是自己可以选择的。这就是为什么我们都会被死亡、痛苦和愤怒所困扰。先要面临巨大的伤痛，然后某个深爱我们的人才会祈求我们成为我们必须成为的人。你妈妈最有可能就是那个让你走上这条路的人。你真的欠她很多，吵。”他停了停，似乎在思考这个问题。“她一定是在怀上你的那天就这样祈求过了。她的祈求显然胜过了你的生父。如果你是个男孩，你的生父就会拥有一个盟友，取而代之的是，现在他有了一个敌人。”

“圣秘法点是一种达到某个终极目的的手段。每个巫师都有自己的终极目的。但一定要你通过入学测试之后我才能教你。就明天吧。还没有哪个来找我的孩子能通过这个测试。他们个个都挨了打，受了伤，生了病，难受地回家去了。”

“入学测试……会发生什么？”我问。

“你整个人的存在都会受到考验。要想学习圣秘法点，你必须得是注定的人，我就只能告诉你这么多了。你把钻石扔掉了吗？”

“扔了。”

“你受过割礼了，”他说，“这可能是个问题。不过现在也没办法了。”他站起身来，“太阳落山之后，你什么也别吃，除了水什么也别喝。两天之后你就会来月经了。那可能也成问题。”

“你怎么知道我的……你什么时候知道的？”

他只是笑了起来。“那是没办法的事。今晚睡前冥想一小时。日落之后不要和你妈妈说话。但你可以和你父亲法迪尔聊聊。早上五点到这里来。一定要好好洗个澡，穿深色衣服。”

我盯着他看。我怎么可能记得住这么多指示呢？

“去和姆维塔谈谈吧。要是你还需要再听一遍指示，姆维塔会重复给你听的。”

走近姆维塔小屋的时候，我闻到了一股鼠尾草燃烧的味道。他正静静坐在一张宽草席上冥想，背对着我。我站在门口四下看了看。所以这就是他的住处了。编织品有些挂在墙上，有些堆在他的小屋四周。屋里有篮子、草席、盘子，甚至还有没做好的柳条椅。

“坐下来。”他说，没有转身。

我在草席上坐下，就坐在他旁边，脸朝着小屋的入口。

“你还没告诉过我你会编织呢。”我说。

“这不重要。”他说。

“我还挺想学编织的。”我说。

他俯下身来，膝盖贴着胸口，不过什么也没说。

“你还没把所有事都告诉我。”我说。

“你想让我告诉你吗？”

“重要的事就该告诉我啊。”

“对谁重要？”

姆维塔站起来，伸展了一下，靠在墙上：“你吃饭了吗？”

“还没。”

“最好日落前多吃点。”

“你对入学测试的事了解多少？”

“我为什么要把我这辈子最大的失败讲给你听？”

“你这样说一点都不公平。”我站起来说，“我又不是想让你羞辱你自己。只不过告诉我你都经历了什么对我而言非常重要而已。”

“为什么？”他说，“我讲了对你有什么好处？”

“不是好处不好处的事！你对我撒谎了。我们之间不该有秘密的。”

姆维塔看着我，我知道他正在翻旧账。他想找找有没有他能从我这儿问出来的真相或者秘密。他肯定是意识到了我没有对他隐瞒任何事，因为他接下来说：“那只会吓到你的。”

我摇摇头：“不知道的话我才会更害怕。”

“好吧。我差点死了。我都要……不，我几乎都要通过了。你越接近完成入学测试，你就会越接近死亡。想获得学习资格，首先就要面对死亡。我已经……非常接近了。”

“发生了什……”

“对每个人来说都不一样，”他说，“不过肯定都会有痛苦和恐惧。我真的不明白为什么阿洛会允许本地小孩去尝试那个。也许这就是他恶毒的一面吧。”

“你是什么时候……”

“刚来不久的时候。”他说。他深吸一口气，直直地看着我，然后摇了摇头，“就这些了。”

“为什么不说了？我明天就要参加测试了，我想知道！”

“没别的了。”他只说了这句，然后我们的对话就结束了。姆维塔胆子不小，他可以深夜穿过那些棕榈树农场。好几次跟我一起待了几个小时之后，他就会这样回去。还有一次我们坐在我妈妈的花园里，有只狼蛛爬到了我腿边，他徒手就把它给碾碎了。但现在，一提到他没能通过的入学测试，他看起来就非常害怕。

我回家之前，姆维塔帮我复习了一遍参加入学测试的要求。我觉得很烦，就干脆让他把要求都写下来了。

妈妈在花园里，用手翻动着植物周围的泥土。我跪在她身边。“怎么样？”她问。

“那疯子就那样，跟我想的差不多。”我说。

“你和阿洛真的太像了。”妈妈说。她停了一会儿。“我今天和智者娜娜谈过了。她提到了一个入学测试……”她观察着我脸上的表情，声音逐渐变小了。她已经看到了她需要看到的东西。“什么时候去呢？”

“明天早上。”我把姆维塔写的清单拿了出来。“上面写的这些事我都得准备好。”

她看了之后说：“我会给你做一顿丰盛的晚餐，我们早点吃。就吃咖喱鸡肉和仙人掌糖果好不好？”

我露出大大的笑容。

我洗了个很长时间的澡，有那么一会儿我内心很平静。但是随着夜幕的降临，我对未知的恐惧又回来了。到了午夜，我吃的那顿美餐开始在我肚子里不安地咕噜作响。要是我在入学测试里死掉了，我妈妈就孤身一人了，我想。可怜的妈妈。

我没能入睡。不过自从我十一岁以来，这是我第一次不害怕看到那只红色眼睛了。凌晨三点左右，公鸡开始打鸣了。我又洗了一次澡，穿上一件栗色的长裙。我不饿，只感觉腹部隐隐作痛，这两个都是我月经快来了的确切征兆。临走前我没有叫醒妈妈。不过她可能已经醒了。

19. 黑衣人

“爸爸，请您指引我，”我边走边说，“因为我急需您的指引。”

老实说，我并不觉得他在那里。我一直都相信人死了之后他们的灵魂会停留在近处，或者有时也会回来看看。我仍然相信这一点，因为爸爸的第一任妻子娜杰莉就是这样。我能感觉到她经常都待在房子里面。但是我现在感觉不到爸爸在我身边。只有凉风和蟋蟀的鸣叫伴我而行。

姆维塔和阿洛在阿洛的小屋后面等我。阿洛递给我一杯茶喝。那茶不冷不热，尝起来像花朵。喝过之后，我一直感觉到的那种轻微腹痛消失了。

“现在要怎么做？”我问。

“走进沙漠。”阿洛说，把他的棕色衣服裹在身上。

我转过去看了姆维塔一眼。“对你来说，最重要的是前方有什么。”阿洛说。

“去吧，欧妮桑乌。”姆维塔喃喃说。

阿洛把我推向沙漠。这是我有生以来第一次不愿意走进沙漠。太阳刚刚升起。我只能硬着头皮往前走。几分钟过去了。我的耳朵里传来我自己的心跳声。茶里放了什么东西，我想。可能是巫师的自酿。微风吹过，我能清楚听见沙粒相互碰撞的声音。我用手捂住耳朵，继续前行。风势渐猛，裹挟着沙与尘一同吹来。

“这是怎么回事？”我尖叫道，努力站住脚。

太阳很快就被乌云遮蔽了。妈妈和我还在流浪的时候，曾经经历过三次巨大的沙尘暴。我们会挖个洞躺在里面，用帐篷保护自己。没有被风吹走或者被沙活埋真是走运。现在，我在这里直面这样一场沙尘暴，而我和它之间隔着的只有我的裙子。

我决定回到阿洛的小屋。但我看不清身后的任何东西。我用手臂遮住脸，环顾四周。沙粒像鞭子似的抽打着我，我身上流血了。很快我的眼皮上就覆满了沙子，颗粒分明，让我眼睛发痛。我想把沙子从嘴里吐出来，结果只是被沙子给塞了满嘴。

突然间，风向变了，开始从后面吹动着我。它把我吹向了一盏橘黄色的小灯。当我靠近时，我看见那是一个由纯蓝色材料制成的帐篷。里面有一小团火在燃烧。

“沙尘暴中心的一团火！”我叫道，笑得歇斯底里。我努力不让风把我吹走，我的脸和手臂都被刺痛了，我的腿也在发抖。

我一头扎进帐篷里，被里面的寂静惊了一下。连帐篷的四壁都没有被风吹动分毫。帐篷底部都是沙子。我侧过身咳嗽着。透过我满是泪水的刺痛眼睛，我看到了我这辈子见过的最白的男人。他穿着一件厚重的黑斗篷，兜帽垂下来遮住了他的上半边脸。但他的下半边脸我看得很清楚。他布满皱纹的皮肤白得像牛奶。

“欧妮桑乌。”黑衣人突兀地开口说道。我吓了一跳。他身上有些特质很招人厌恶。我半心半意地想象他会像迅速敏捷的蜘蛛一样跳过火焰向我扑来。但他仍然坐着，他的一双长腿在他面前舒展开。他锋利的指甲上沟壑纵横，而且颜色发黄。他向后靠在一只胳膊肘上。“这是你的名字吗？”

“是的。”我说。

“你就是阿洛派来的人？”他说。他湿润的粉色扁嘴唇弯成一个笑容。

“没错。”

“谁让你来的？”

“阿洛。”

“那你是什么？”

“什么意思？”

“你是什么？”

“我是人。”我说。

“就这些？”

“我也是埃舒。”

“那你是人吗？”

“是。”

他把手伸进长袍里，拿出一个蓝色的小罐子。他摇了摇，又放下。“阿洛把我召唤过来，结果站在我面前的竟然是个女人。”他说，他张开了鼻孔，“还是个很快就要流血的女人。很快很快。你要知道这可是个神圣的地方。”他看着我，就好像在等待着一个回答。看见他又把小罐子拿起来的时候，我松了一口气。结果他摇了摇，又猛地把它放了下来。我眼睛疼得厉害，只想伸手去揉。他抬头看着我，眼中火冒三丈，吓得我心惊肉跳。

“你受过割礼了！”他说，“你没办法再高潮了！谁允许这种事发生的？”

我结巴了：“那是个……我是想取悦我的……我并不是想……”

“闭嘴吧。”他说。他停了停，当他再次开口的时候，声音更冷了。“那个办法也许能帮上忙。”他更像是在自言自语。他嘟囔了几句，然后说："你可能今天就会死。希望你准备好了。他们会连你的尸体都找不到。"

我想起了我的母亲，然后把她的画面从脑海中抹去。

黑衣人把罐子里的东西扔了出来——是骨头。细小的骨头，可能是蜥蜴或者其他小动物的骨头。它们被漂成了白色，风干了，顶端有几处碎裂，显露出古老的多孔骨髓。它们从罐子里飞出来，落地的样子仿佛再也不会挪动分毫。就好像它们已经十分笃定。看着散落的骨头，我感觉眼皮沉重了起来。我的目光被它们给吸引过去了。黑衣人盯着它们看了很长时间。然后他望向我，嘴巴张成了惊讶的圆形。真希望我能看见他的眼睛。然后他用一种更加克制的表情罩住了脸。

"通常情况下，这会儿疼痛就该开始了。我就能听到男孩们的尖叫声了。"黑衣人说。他顿了顿，低头看着那些骨头。"不过你嘛，"他笑着点了点头，"我一定得让你死掉才行。"他举起左手，转动手腕。我感觉脖子裂开了一条缝，而我的头自己转了一圈。我咕哝一声。一切都变黑了。

我睁开眼睛，立刻就明白了我不是我自己。这种感觉与其说是吓人，还不如说是奇怪。我只是某人脑子里的一个过客，却仍能感觉到汗水顺着这人的脸滚落下来，还有昆虫在叮咬着他的皮肤。我想离开，但是我的身体没了，离开不了。我的思绪被困在这里了。透过这双眼睛，我看到了一堵水泥墙。

他坐在一块又硬又凉的混凝土上。头上没有屋顶。阳光照进来，让本来就热的房间变得更加令人难受了。我听到附近有很多人的声音，却听不清他们到底在说什么。我待在这具身体里，听到这个人喃喃说了些什么，然后自顾自地笑了……原来是个"她"。是个女人的声音。

“那就让他们来吧。”她说。她低头看着自己，紧张地揉着大腿。她穿着一件粗糙的白色长裙。她的肤色不像我这么浅，但也不像我妈妈那么深。我注意到她的手。我只在故事里读到过这些。是部落的文身。这女人的手上全都是这些。圆圈、旋涡和线条编织而成的复杂图案缠绕着她的手腕。

她把头靠在墙上，在阳光中闭上了双眼，整个世界都变红了一会儿。然后就有人粗暴地抓住了她——抓住了我们——力道之大让我无声尖叫起来。她的眼睛一下子张开了。但她没有出声，也没有抵抗。只有我拼命想抵抗。然后成千上万的人突然出现在我们眼前，个个都在尖叫，吼叫，怒喊，交头接耳，指指点点，大笑出声，怒目而视。

那些人没有走上前来，就好像有什么看不见的力量把他们挡在了外面，他们距我们正在被拖去的那个坑始终有二十英尺远。那个坑旁边有一堆沙子。几个男人把我们拖向那个坑，然后把我们推了进去。掉到坑底的时候，我感觉到这个女人浑身都在颤抖。地面比我们的肩膀只高一点点。她环顾四周，我正好能看清楚这群等待行刑的暴徒。

男人们把土铲进坑里，很快土就埋到了女人的脖子上。就是这时候，一定是这个女人的恐惧感染了我，因为忽然间我就感到自己被撕成了两半。如果我有身体的话，我会以为有一千个人抓住了我的一只手臂，我的另一只手臂也被一千个人抓住了，两群人一起把我给撕开了。我听到背后有个男人大声说：“谁愿意朝这个该死的女人扔第一块石头？”

第一块石头砸中了我们的后脑勺。疼痛炸开了。之后又有更多石头砸过来。过了一会儿，头被石头砸中的痛楚转移到了背上，那种被撕开的感觉又浮上来了。我尖叫起来。我快死了。又有人扔了块石头，我觉得有什么东西碎了。当死亡触碰到我的那一刻，我知道是它来了。我尽我所能，虽然什么用也没有，但我还是努力让自己保持住了不被撕碎。

妈妈。我会留下她孤身一人的。我必须得坚持下去，我绝望地想。是妈妈的祈愿让我走到了这一步。是她的祈愿！我还有那么多事要去做。我感觉爸爸抓住了我，抱住了我。他身上有股热铁的味道，他紧抓我不放的手还是一如既往的力大无比。在那个充斥着各种五颜六色的光团、声音、气味和热量的魂灵之地，他一直抱着我没有松手。

爸爸紧紧地把我搂在怀里，把我往他的怀里压了压。然后他放开了手，走了。很快，这个我就要学会叫它“荒野”的魂灵之地开始融化，与一片星如盐撒的黑暗相混合。我能看见沙漠了。我的身体就躺在那里，半截身子埋在沙里。一只骆驼站在我旁边，一个女人骑在它背上。她穿着绿色的衬衫和裤子，坐在骆驼两个毛茸茸的驼峰之间。我肯定是动了动，因为骆驼突然受了惊吓。女人拍了拍它，让它平静下来。

我本能地飞了下去，躺进我的身体里。我回到身体里的时候，女人开口说话了。

“你知道我是谁吗？”她问。

我想回答，但我的嘴还没有恢复过来，至少现在还没有。

“我是娜杰莉。”她抬起头，咧开嘴笑了，眼角弯起。“我以前是法迪尔·欧刚迪姆的妻子。”她对另一个人说。她转回来，对我笑了，“关于荒野的事，你爸爸还有很多要学的呢。”

我也想笑笑。

“我了解你们这种人。我和你很像，虽然我没有机会去学习我的天赋。我可以和骆驼对话。我妈妈去找过阿洛。他拒绝了我。我也不可能通过入学测试。但他也许会教我一些别的有用的东西。要一直走自己的路，欧妮桑乌。”她停了下来，好像在听别人说话，

“你爸爸祝你好运。”

望着她骑骆驼远去的背影，我感觉自己产生了变化。我突然就能感觉到风吹拂着我的皮肤，我的心脏也在跳动了。我有种奇怪的被压得喘不过气来的感觉，就好像我身体的每一部分都被压住了，这重量现在还不太恼人，但最终会带来麻烦。我可能会死。我累坏了。我全身都痛，腿痛，胳膊痛，脖子痛，尤其是头痛。我遁入了一种无法安眠，无可挽救的沉睡中。

醒来的时候，我听到姆维塔正一边哼唱一边给我的皮肤抹油。静电的能量就像电脑监视器一样覆盖了我全身。是他的触碰抹去了它。发现我醒了，他就停了下来。他把我的拉帕裙拉到我身上。我虚弱地抓过它盖住我的胸口。

“你通过了。”他说。他的声音很奇怪。里面有紧张的关切，但也有其他东西。

“我知道。”我说。然后我转过头开始哭了。他没有想要抱住我，我很欣慰。*她为什么不反抗呢？*我想。*如果换成是我，就算没有希望，我也会反抗。只要能多撑一会儿不被推进那个坑里，我做什么都愿意。*

前额被一块大石头砸凹的感觉，我记忆犹新。它并没有想象中的那么疼。只是突然让我感觉到……脑髓暴露了出来。一块石头砸歪了我的鼻子，深埋进我的脸颊里，血流进了我的耳朵。大部分时间里我都十分清醒。这个女人也是。我干呕了。因为我的胃是空的，所以什么都呕不出来。我坐下来，揉揉我的太阳穴。姆维塔递给我一条温暖的毛巾，让我可以擦擦我的眼睛，让它们缓一缓。毛巾里面浸满了油。

“这是什么？”我用沙哑的声音问，“它不会……”

“不会的，”姆维塔说，“它能帮你从幻觉中走出来。也用它擦擦脸吧。我用它帮你擦过身了。你很快就会好起来了。”

“我们在哪儿？”我问，把油擦在我眼睛上。感觉是不错。

“在我的小屋里。”

“姆维塔，我死了。”我低声说。

“你必须要置之死地而后生。”

“我在一个女人的脑子里，而且我感觉到……”

“别想了。”他说，站起身来。他拿起一盘放在桌上的食物，“现在你得吃点东西才行。”

“我不饿。”

“这是你妈妈做的。”姆维塔说。

“我妈妈？”

“昨天她来过了。”

“呃，但我没见到她……”

“都过去两天了，欧妮桑乌。”

“哦。”我慢慢坐起身来，接过姆维塔手里的盘子吃了起来。盘里装的是咖喱鸡肉和青豆。不消几分钟，我就把盘里的东西吃了个干净。我感觉好多了。

“阿洛呢？”我问，揉着我的后脑勺和头侧。

“不知道。”姆维塔叹了口气。

然后我突然就明白了我从姆维塔那儿听出的那种感受。我吃了一惊，握住了他的手。如果我现在不解决这个问题，那我们的友谊就完了。即便是在那时候，我也很清楚被忽视的嫉妒最后会变成毒药。

“姆维塔，别这么想。”我说。

他把手抽走了：“我不知道该怎么想，欧妮桑乌。”

“那就别这么想。”我说，我的声音变得严肃起来，“我们已经经历过太多了。而且，再说了，你也不至于酸成这样吧。”

“我有吗？”

“你生下来就是个男人，这并不代表你就比我更有价值。”我哼了一声说，“别跟阿洛似的。”

姆维塔什么也没说。但他也不肯看我的眼睛。

我叹了口气：“好吧，不管你怎么想，都不能阻止我……”

他用手捂住我的嘴。“说够了吧。”他低声说，脸贴得很近。然后他爬到了我身上来；我身上抹的油让他的动作一气呵成。我身上很痛，我的头也阵阵作痛，但这是我有生以来第一次，除了快乐什么都抛之脑后。我十一岁仪式上的法术破除了。我把姆维塔拉得更近。这种感觉太真实可期了，我的眼中盈满泪水。它的势头实在是难以阻挡，所以在某个时刻，我连呼吸都停止了。姆维塔注意到的时候，他愣住了。

“欧妮桑乌！”他说，“快呼吸啊！”

我身体的每一部分都体会到了如锋如芒的极乐。这是我感受过的最美妙的感觉。当我仅仅是用困惑的眼神看着他时，他张开了嘴，用力呼吸给我看。我眼前出现了银红色与蓝色的爆裂，因为我的肺需要空气。我最近才刚经历过死亡，所以我很容易忘记呼吸。我吸气，双眼凝视着姆维塔的双眼。然后我呼气。

“对不起。”他说，“我不该……”

“继续。”我喘着气，把他拉到我身上，我的头嗡嗡作响。

等到我们的身体终于完全彻底地结合在一起，姆维塔还不忘提醒我呼吸……可这时候我已经听不进去了。这种感觉真是食髓知味。很快我就浑身发热，颤抖不已。几分钟过去了。这种感觉开始变得更加热忱，然后更加激烈。可是我无法释放。因为我受过割礼。

“姆维塔。”我说。我们都汗流浃背。

“嗯？”他上气不接下气地说。

“我……我有点不对劲。”我的脸拧成一团，“我做不到。”

他停下不动了，我感受到的那种“恐怖”的快感也减弱了。他看着我，汗珠滴落在我胸口。他的微笑让我有些惊讶：“那就想想办法吧，埃舒女。”

我眨了眨眼，明白了他的意思。我集中了精神，瞬间我就感觉到我释放出了自己的整个存在。“噢噢噢噢噢噢噢噢。”我呻吟道。从很远的地方，我能听到姆维塔在笑，我叹了口气，睡着了。

那一小块肉让一切都变得不同了。想让它长回来并不困难，我很高兴，因为我这一生中终于有一次能轻而易举地就获得重要的东西了。

20. 男　人

那天我回了家。太阳正缓慢升上天空，空气和沙子都在变暖。看见我的时候，妈妈大声喊出了我的名字。她一直坐在屋前的台阶上等我。她的双眼下面垂着眼袋，长辫也需要重新梳好。这是我第一次听到妈妈的声音超过了呢喃低声。这声音让我的腿支撑不住了。

“妈妈。”我在路的另一边对她大喊道。

我们周围的邻居都在各忙各的。没人知道我和妈妈经历了些什么。人们都只是略有好奇，匆忙一瞥。我妈妈的声音很有可能会成为那天晚上茶余饭后的谈资吧。但我们俩都不在乎他们会怎么想了。

阿洛有一个星期都没要求我过去。而那一周里我备受噩梦的困扰。一次又一次，一夜接着一夜，我每次都会被石头砸死。另一个人的死亡始终纠缠着我。白天里，我又备受剧烈头痛的困扰。入学测试之后第三天，当宾塔、蒂缇和露羽走进我的卧室里时，我完全就变成了一团糟，只知道躲在被子底下哭。

“你怎么了？”我听到露羽问。我被她的声音吓了一跳，掀开了我头顶的被子。我看到蒂缇转身出去了。

“你没事吧？是不是你父亲？”宾塔坐在我床边说。

我擦掉了鼻子上的鼻涕。我不知道她指的是谁，困惑的思绪让我想到了我的生父，而不是我爸爸。没错，我所有问题都是他造成的，我想。更多的泪水顺着我的脸颊流下来。我好几天都没见到我的朋友们了。入学测试的前两天我就离开了学校，什么也没对她们说过。蒂缇回来了，递给我一条用温水浸湿的毛巾。

“是你妈妈叫我们过来的。”露羽说。

蒂缇拉开窗帘，推开窗户。阳光和新鲜空气涌入房间。我用毛巾擦了擦脸，擤了擤鼻子。然后我又躺了下来，有点生妈妈的气，因为是她把她们给找来的。我该怎么向她们解释我的处境呢？我让我的阴蒂长回来了，也不再把钻石放在嘴里了。我的脐链可能也变成绿色的了。

有那么一会儿，她们就只是坐在那儿听我哭泣。要不是她们在，我可能会放任鼻涕顺着我的脸淌下来，然后滴到我的被子上变成一摊。这一切又有什么关系呢？我想。我的心情又变坏了，伸手抓住床单，想把它拉回到我头上。我干脆不理她们算了。反正最后她们会离开的。

“欧妮桑乌，你就告诉我们吧。”露羽轻声说，“我们会听的。”

“我们会帮你的。”宾塔说，“还记得我们的十一岁仪式上那些女人们是怎么帮我的吗？要是那天晚上她们没有帮我的话，我一定会杀死我父亲的。”

“宾塔！”蒂缇惊叫道。

“真的吗？”露羽说。

我全神贯注地看着宾塔。

“是真的。我准备毒死他……就在第二天。”宾塔说，“他几乎每天晚上都会喝醉。而且他会一边抽烟一边喝酒。他尝不出来里面有毒的。”

我又擦了擦脸。“我妈妈曾经说过，恐惧就是‘一朝被蛇咬，十年怕井绳’。”我口齿不清地说。除了我入学测试的细节，我把所有事都告诉她们了。从妈妈怀上我的那天开始，到我爬上床不愿意再离开的那天。讲到我妈妈被强暴的那部分，她们的脸都害怕地躲远了。我有点喜欢强迫她们知道细节。等我讲完，她们安静得可怕，我都能听到门外轻柔的脚步声。沿着走廊走动的声音。我妈妈一直都在听。

“真不敢相信你一直瞒着我们。”露羽终于开口了。

“你真的能变成一只鸟吗？”蒂缇问。

“来吧，”宾塔拉着我的胳膊说，“我们得带你出去走走。”

露羽点点头，抓住我的另一只胳膊。我想把我的胳膊抽回来，“为什么？”

“你需要晒晒太阳。”宾塔说。

“我……我没换衣服。”我说，猛地把我的胳膊拽了回来。我觉得泪水又涌上来了。外面绽放着生机，也潜藏着死亡。我现在两者都怕。她们把我从床上拉起来，解开我的睡裙，把一件绿色的裙子套在我身上。我们走出去，坐在了屋前的台阶上。阳光洒在我脸上，暖洋洋的。没有红霾挡住太阳，也没有让人恶心的毛绒霉菌长在地上，没有烟雾弥漫在空气中，也没有死亡逼近。过了一会儿，我悄悄说：“谢谢你们。”

“你看起来好多了。”宾塔说，“阳光能治愈人。我妈妈就说每天都要拉开窗帘，因为阳光能杀死细菌之类的东西。”

“你让你爸爸死而复生，他又呼吸了。”露羽说，她把手肘搭在我的膝盖上。

“我没有。”我严肃地说，“爸爸已经去世了。我只是让他的遗体呼吸了。”

“那是那时候。”露羽说。

我咂咂嘴，生气地看向别处。

“哦。”蒂缇说。然后她点点头，“阿洛会教她的。”

“对，”露羽说，“她都已经有这个能力了。只是还不清楚该怎么做而已。”

“嗯？”宾塔说，看上去有些困惑。

“欧妮桑乌，你知不知道自己有这个能力？”露羽问。

“我不知道。”我气冲冲地说。

“她肯定有。”蒂缇说，“而且我认为你妈妈是对的。所以她才会那么努力地让你活下来。这是她做母亲的直觉。你以后会出名的。”

听到这话，我笑了。我怀疑我不会出名，倒是会臭名昭著。“这么说，你觉得要不是我妈妈认为我很特别的话，她就会任由我们两个死在沙漠里？”

“没错。”蒂缇认真地说。

“或者如果你生下来就是个男孩的话，她也会抱着你去死的。”露羽补充道，“你的生父是个恶魔，如果你是个男孩的话，你也会变成他那样，我觉得。这就是你生父想看到的。”

我们又安静了下来。然后蒂缇问：“那你是不是不去上学了？”

我耸耸肩。“可能吧。”

“和姆维塔一起学魔法的感觉怎么样？”露羽奸笑着问。

说姆维塔姆维塔就到，他正沿路走过来。露羽和蒂缇窃笑起来。宾塔拍了拍我的肩膀。他穿着浅褐色的裤子和一件配套的卡夫坦长衫。他的衣服太衬他的肤色，让他看起来更像个精灵，而不像个人了。就是因为这个原因，我总是避免穿这种颜色。

“下午好。”他说。

“可比不上前几天晚上你和欧妮桑乌那么好，我反正是这么听说的。”露羽小声说。蒂缇和宾塔咯咯笑了，姆维塔看着我。

“下午好，姆维塔。”我说，“我——我把所有事都告诉她们了。”

姆维塔皱了皱眉：“你都没问过我。”

“我该问吗？”

“你答应过我会保密的。”

他说得对。“对不起。”我说。

姆维塔看着她们三个。“她们信得过吗？”他问我。

“绝对可以。”宾塔说。

“欧妮桑乌是我们的十一岁仪式同伴，我们之间不该有秘密的，姆维塔。”露羽说。

“我对十一岁仪式没什么尊重可言。”姆维塔说。

露羽听了怒不可遏。蒂缇听了倒吸一口凉气：“你怎么能……”

露羽举起一只手让蒂缇闭嘴。她冷着脸转向姆维塔：“我们会帮你们保守秘密，但我们也希望你能把欧妮桑乌当成一个贾瓦黑尔镇的女人来尊重。我才不管你会什么样的法术呢，要是做不到还是有你好看。”

姆维塔转转眼睛。“成交。”他说，“欧妮桑乌，你告诉了她们多少……”

“全都告诉了。”我说，“要不是今天她们来了，你只会发现我躺在床上……连自己的神志都找不回来了。”

“好吧。”姆维塔点点头说，“那你们都要明白，你们现在跟她联系在一起了。不是因为某个原始的仪式，而是因为一些实实在在的东西。”露羽翻了个白眼，蒂缇瞪着他，而宾塔惊讶地看着我。

“姆维塔，你别那么招人讨厌行吗？”我有点生气地说。

“女人啊，真是少几个朋友就不行。”姆维塔沉思道。

“男人呢，总以为自己有权利对别人品头论足，实际上那只是错觉。”我说。

姆维塔阴沉地看了我一看，我也瞪回去。然后他牵过我的手捏了捏。“阿洛让你今晚过去，”他说，“是时候了。”

21. 迦　迪

“你告诉你的朋友们了？”阿洛问，“为什么？”

我揉了揉额头。来阿洛小屋的路上，我的头疼又一次犯了，我只能靠在一棵树上休息了十五分钟，直到它过去。现在头痛基本上消失了。

“她们帮过我，先生。她们问了，所以我就告诉她们了。”我说。

“你明白她们现在也卷入这件事了吧？”

“什么事？”

“你会知道的。”

我叹了口气：“我不该告诉她们的。”

“现在没办法了。”阿洛说，“那么，关于答案。今晚你就会了解到很多了。不过首先，欧妮桑乌，我已经和姆维塔谈过这事了，现在要跟你谈谈，但我怀疑我只是在对牛弹琴。我知道你们俩干了什么。”

我觉得我的脸发烫了。

“你既有丑态，也有美貌。即使在我看来，你也是个十分令人困惑的人。姆维塔只能看到你的美丽。所以他控制不了自己。然而你自己可以。”

“先生，”我竭力保持冷静，“我和姆维塔并没有什么不同。我们都是人，我们都应该尽力控制。”

“别自欺欺人了。”

“我没有自欺……”

“也别打断我的话。”

“那就别继续你那些主观臆断了！要是你真想教我，就别再说这种话给我听了！我不会再和姆维塔上床了。好吧。我道歉。但他和我都要尽量克制才行。就像两个再普通不过的人会做的那样！”我已经吼起来了，“人就是有缺陷不完美的生物！我们都是这样的，先生！我们**所有人**都是这样！”

他站了起来。我没有动，我的心脏在胸腔里怦怦直跳。

“好吧，”阿洛笑着说，“我会试试看的。”

“那就好。”

“不过你也不能再像刚才那样对我说话了。你是我的学徒，我是你的导师。”他停了停，“你可能是知道我也了解我，但要是我们再动起手来，我第一个就会先杀了你……轻而易举，不带犹豫。”他坐了下来，“你和姆维塔不能再发生关系了。这种事不仅会干扰你学习，而且你要是怀孕了，你要冒的风险就不止你和你孩子的命了。”

“这事很久以前就在一个学习法点的女人身上发生过。那时候她刚刚怀孕，所以她师父没看出来。她只是简单地施展了一下学到的东西，整个小镇就被夷平了。消失了，就好像它根本没有存在过一样。”看着我惊恐的表情，阿洛似乎很满意，“你现在正向着某种非常强大却不稳定的东西进发。自从你开启学徒生涯，是不是就没见过你生父的眼睛了？”

“没见过了。”我说。

阿洛点了点头。“他现在都不敢来注视你了。你走上的这条道路就是这么强大。只要你能避免跟他面对面遇上，你就是安全的。”他停顿一下，“我们开始吧。从哪里开始由你决定。你想知道什么就问我吧。”

“我想知道什么是圣秘法点。”我说。

“那要先打基础。你对法点一无所知，所以你连问它是什么都还没有准备好。想得到答案，你一定要问对问题。”

我想了一会儿，然后找到了要问的问题。“爸爸的第一任妻子，”我说，“你为什么不教她？”

“看来你还想让我为我之前的错误道歉。”他说。

我不是这么想的，但我说：“没错。我就是这么想的。”

“女人真是麻烦。”他说，“娜杰莉跟你差不多。不羁又桀骜。她妈妈也是这样。”他叹了口气，“我拒绝她跟我拒绝你是出于同一个原因。但连一点小法术也不肯教她是个错误。她没有通过入学测试。”

我希望娜杰莉能听到他的话。我相信她听见了。“好吧……行吧，我猜。我的下一个问题是……她是谁？”

阿洛知道我指的就是黑衣人逼我经历了她的死亡的那个女人，这我并不惊讶。“去问索拉。”他不耐烦地说。

“我在入学测试里见到的黑衣人？”我问。

阿洛点了点头。

“索拉又是什么人？”

“像我一样，是个巫师，不过他的年纪比我更大。他有更多时间可以收集、吸取和给予。”

“为什么他的皮肤那么白？他是人类吗？”

听了这话，阿洛哈哈大笑起来，就像想起了一个笑话。“他是。”他说，“他靠扔骨头来解读你的未来。如果你够格，他就会把死亡展现给你看。你必须度过死亡才能通过测试，但就算度过了也并不意味着你就通过了。通不通过是之后决定的。几乎所有度过死亡的人都通过了入学测试。也有一些……像姆维塔这样的，出于某种原因被拒绝了。”

“为什么姆维塔不能通过呢？”

“我不确定。索拉也不确定。”

“那你呢，阿洛？你经历了什么样的死亡？你的故事是什么？”

他又那样看我了，就好像我不配听他的故事一样。他不是故意为之。他是控制不了自己。我妈妈说得对，我想。男人都有愚蠢的一面。这些想法现在让我发笑。要是对女人们来说，忍受这种愚蠢也那么简单就好了。

“你为什么那样看着我？”我还没来得及阻止自己就开口了。

他站起身向沙漠走去，这个熟悉的地方现在对我来说也有了些神秘感。我站起来跟上去。我们一直走到连他的小屋都快看不见的地方。

“我来自迦迪，一个小村庄，在七河中的第四条河边。”

“那个说书人也是从那儿来的。”我说。

“没错，不过我可比她大多了。”他说，“在奥克克族人开始反抗之前，我就对这件事有所了解了。我父母都是渔夫。”他转头看着我，微微一笑，“我能叫我妈妈‘渔妇’吗？你觉得合适吗？”

我也冲他笑了笑：“合适，非常合适。”

他干咳一声：“他们有十一个孩子，我是第十个。我们全都会打鱼。我爷爷是个巫师。看见我变成一只水鼬鼠的那天，他揍了我一顿。那时我十岁。然后他就把他会的一切都教给了我。”

“我从九岁开始就一直在变形。第一次变形的时候，我正坐在河边，手里拿着一支鱼竿，一只水鼬鼠朝我游了过来。它的双眼把我攫住了。那段时间里发生了什么我一点都不记得了，只记得我在河中央又变回了我自己。要不是我的一个姐妹正好划船经过见到我在挣扎，我早就淹死了。

“我十三岁的时候通过了入学测试。我爷爷知识渊博，但他还是个奴隶，我们所有人都是。不对，不是所有人。最终我拒绝了《圣典》给我安排的命运。那天我妈妈因为笑话了一个被绊倒摔跤的努鲁族人就被打得浑身是血，这一切我都看在眼里。我跑过去想帮她，但是还没跑到她身边，我爸爸就抓住了我，毒打了我一顿，打到我失去了知觉。

“等我醒过来的时候，我当场就变成了一只鹰，拍拍翅膀飞走了。我不知道我当了多久的老鹰。很多年吧。当我最终决定变回来的时候，我已经不再是个男孩了。我变成了一个名叫阿洛的男人，我周游四方，既倾听也观察。这就是我的经历。你听清楚了吗？”

我明白了。但也有部分他的经历被他略去没讲。比方说他和艾达的关系。“你的入学测试，”我说，“你有没有……”

“我看见了死亡，就像你一样。你最终会康复的，欧妮桑乌。死亡是你必须目睹的东西。我们所有人都会迎来这个结局。要是不清楚死亡的话，我们就会感到恐惧。”

“但那个女人好可怜。”我说。

“死亡会降临在我们每个人头上。别为她流泪了。她已经去到了荒野。不如祝贺她吧。”

“荒野？”我说。

“死后的道路就通向那里。”他说。他笑了笑。“有时候死前也能去到那里。你第一次去荒野就是被强迫去的。性器官在经历那种创痛的时候就会把敏感的人带去那里。这就是为什么我担心你会去受割礼。你必须在入学测试上进入荒野才正常。那次是埃舒的身体救了你，任何从埃舒身上割下来的东西都不会永远消失，直到死后。”

我们又走了好几分钟，我把这些事细细琢磨了一下。我真想离他远远的，坐下来好好想想。阿洛暗示我我的性器官在入学测试期间长了回来，之后又被我去掉了，因为我和姆维塔在一起的时候不得不让它再长出来一次。我不知道我为什么要那么做，干吗要再去掉它一次呢？看来我接受的贾瓦黑尔习俗比我想象的还要根深蒂固很多。

“你第一次变成水鼬鼠的那天发生了什么？”我问，“就是你差点淹死的那天。为什么会那样？”

“有人造访了我们。我们都是这样。”

“谁？”

阿洛耸耸肩：“不管是谁，一定要他们来造访，我们才会清楚我们的能力。”

“太多事情都说不通了。你这些话里有漏洞……”

“你凭什么认为你就该听懂所有这些？”他问，“你有必要吸取这个教训，而不是整天都在发火。我们永远都不会知道我们到底为何而来，我们究竟是谁，还有别的很多问题。你能做的就是沿着你的道路一直走向荒野，然后再继续前进，因为这就是你必须做的。”

我们跟随自己的步调回到了小屋。我挺高兴的。这一天我了解到了足够多的东西。我不知道的是，这其实是我在阿洛这里度过的最平淡无趣的一天。这一天什么也不算。

22. 平　静

过去的一年里，我时常把这一天从记忆中拉出来，提醒自己生活还是有好的一面。那天是安息日。雨季节持续了四天，那些日子里没有一个人工作。集市上到处都装着蓄水装置改成的洒水器。大家可以挤在伞下，观看歌舞杂技表演，买煮熟的山药和炖菜、咖喱汤和棕榈酒。

那个难以忘怀的日子是节日的第一天，当日闲来无事，人们都只是逛来逛去，相互寒暄。我妈妈和艾达与智者娜娜一起度过了下午时光。

我给自己沏了杯茶，坐在房前台阶上看着人来人往。我总算是睡了个好觉。没做噩梦，也没头疼。阳光洒在我脸上的感觉真好。我的茶茶味很浓，又很好喝。这天正好是我开始学习圣秘法点之前的一天。那时候我还能够放松下来。

马路对面，一对年轻夫妇正向几个朋友炫耀他们的新宝宝。旁边有两个老人在全神贯注地玩着瓦里游戏。路边上，一个女孩和两个男孩在用彩沙画画。女孩看起来好像快十一岁了……我摇了摇头。不行，我今天不会去想那种事。我抬头看向马路。我咧嘴笑了。姆维塔也冲我笑笑，他褐色的卡夫坦长衫在微风中飘动。他为什么一定要穿这个颜色呢？我想，不过我确实有点喜欢他这样穿。他在我身边坐下。

“你怎么样？”他说。

我耸耸肩。我不想去想我怎么样。他摸了摸我的一条长辫，把它撩开，亲吻了我的脸颊。“给你带了椰子点心。”他说，把夹在胳膊下面的盒子递给我。

我们就坐在那儿，靠得很近，能互相碰到肩膀，一起吃着柔软的方形蛋糕。姆维塔身上的味道总是很好闻，就像薄荷和鼠尾草。他的指甲总是修得整整齐齐。因为他是在富裕的努鲁族人家庭里长大的。奥克克族男人每天也会洗好几次澡，但只有女人们会这样精心打理自己的皮肤、指甲和头发。

几分钟后，宾塔、露羽和蒂缇骑着露羽的骆驼来了。她们带来了一抹亮丽的色彩和一阵芳香四溢的精油气味。我的朋友们总是这样。居然没有一群男人跟在她们骆驼后面趋之若鹜，我可真够惊讶的。不过话说回来，露羽骑骆驼就喜欢骑得很快。

“你们来早了。”我说。我还以为她们要再过三个小时才会来呢。

“我没别的事好做了。”露羽耸耸肩，递给我两瓶棕榈酒，“所以我去了蒂缇家，她也没事好做。然后我们就去看了宾塔，结果她也没事好做。你有什么事好做吗？”

我们都笑了。姆维塔把那盒椰子点心递给她们，她们每个人都高高兴兴地拿了几个。我们玩了瓦里游戏。等到游戏结束时，我们喝了露羽的酒，大家都兴高采烈。我给他们唱了几首歌，他们鼓了掌。露羽、蒂缇和宾塔还没听过我唱歌呢。她们都被惊艳到了，我也破例为此骄傲了一次。天光渐移，我们回到了屋内。一直到晚上，我们都没聊什么实质性的东西。无足轻重。无关紧要，令人欣喜。

瞧瞧我们的样子，把它铭刻在记忆中吧。当然，我们都已经失去了大部分的纯真。对我来说，和姆维塔在一起我失去了童贞，而对于宾塔来说，她失去了所有。但是在这一天里，我们都平安快乐。很快，这一切都将不复存在。我敢说，雨季节刚过，在我回到阿洛的小屋之后，我余下的故事，虽然前后跨越了四年时间，却都转瞬即逝。

23. 丛林技法

“一个修补匠会用上手里所有必备的东西去做必要的事情。”阿洛说，“你就必须要成为这样的人。我们每个人都有属于我们自己的工具。你所拥有的其中一样就是能量，这就是为什么你会这么容易生气。一样工具总会乞求你的使用。诀窍就在于学会如何使用这些工具。”

我用一支削尖的炭笔在一张纸上做笔记。一开始他要求我把所有学到的东西都记在脑子里，但我知道好记性不如烂笔头。

“你的另一样工具就是你能变形。所以你已经有了钻研四项圣秘法点其中两项的工具。现在我又想了想，其实你还有一样工具可以用来钻研第三项。你会唱歌。这样工具就是交流沟通。”他点点头，冲自己皱皱眉头，“没错，吵。”

“我们走到这一步已经费了不少工夫了，所以你要认真听。”他停了停，“把你的炭笔放下，你不能把我接下来要讲的内容写下来。你也永远不能把这些内容教给任何人，除非此人同样通过了入学测试。”

“我不会的。”我紧张地说道。

当然了，等我把整个故事告诉你，你就会知道我说了谎话。那时候我确实是真心答应的。可是在那之后又发生了很多事情。现在秘密对我来说没那么重要了。但我理解为什么这些课程在哪里都找不到，就算在阿苏格博之宅也找不到了——那地方用了些恼人的小伎俩把我给赶了出去。我现在也弄明白了这是怎么回事——它知道只有阿洛能教我。

“你连姆维塔都不能教。”他说。

“好的。”

阿洛把长袖向后一拉。“自从你……变成我之后，你就已经拥有了这些知识。可能会对你有帮助，也可能没有。我们拭目以待吧。”

我点点头。

“万物都以平衡作为基础。”他看着我，确定我在听。

我点点头。

“黄金法则就是让鹰和隼有枝可依，让骆驼和狐狸有水可饮。普天之下都遵循这条有弹性又持久的法则。平衡不能打破，但可以拉伸。这时候就会出现问题。说点什么吧，让我知道你在听。”

“嗯。”我说。他希望我能一直向他证明我听懂了。

“圣秘法点是万事万物的方方面面。巫师可以用自己的工具来操纵它们，让奇迹发生。这可不是童话故事里的‘魔法’。想使用圣秘法点，要比使用任何一种法术都艰深得多。”

“嗯。”我说。

“然而其中自有逻辑，冷酷无情的逻辑。你必须相信没有什么是看不见、摸不着或者感觉不到的。我们对待周遭事物和内心世界还没有那么麻木不仁，欧妮桑乌。只要你肯注意，你就会感知到。”

“嗯。”我说。

他停顿了一下："这是有点难度。我还从没有大声说出来过。感觉真怪。"

我等待着。

"圣秘法点有四项。"他大声说，"奥奇克、阿路西、穆莫、乌瓦。"

"奥奇克？"我没来得及阻止自己就说出口了，"但是……"

"只是些名字而已。《圣典》说奥克克族人是地球上第一批人。早在这本可恶的书出现之前，圣秘法点就流传已久了。《圣典》是一个相信自己是个先知的巫师写的。都是些名字，名字，名字，"他挥挥手说，"这些名字往往跟意思不对等。"

"好吧。"我说。

"乌瓦法点代表了物质世界、身体，"阿洛说，"改变、死亡、生命、联系。你是个埃舒。这就是你用来操控它的工具。"

我点点头，皱起眉。

"穆莫法点就是荒野。"他说。他晃动着他的手，就像拂过水上涟漪一样。"你巨大的能量让你可以背负着生命遁入荒野。要知道生命可是不可承受之重。你已经去过两次荒野了。我怀疑你在别的时候也踏入过。"

"但是……"

"别插嘴。"他说，"阿路西法点代表力量、神灵、精怪，还有非乌瓦的存在。那天你来的时候遇到的那个面具鬼魂就是个阿路西。他们都住在荒野里。乌瓦世界也由阿路西统治。一些愚蠢的魔法师和算命先生还真的相信情况是反过来的。"他干笑一声。

"最后，奥奇克法点代表造物主。此项法点是不可触及的。没有任何工具能让造物主背弃祂的造物。"他摊开双手，"我们把装着巫师工具的工具箱叫作'丛林技法'。"他不再说了，停下来等待着。我领会了他的暗示，准备问问题。

“我怎么能……我之前在荒野里的时候，是不是意味着我死了？”

阿洛只是耸了耸肩。“都是些词句，名字，词句，名字。这些东西有时候并不重要。”他拍了拍手，站了起来，“我要教给你一些会让你恶心的东西。姆维塔今天要去治疗师那里上节课，不过那也没关系。如果你有需要的话，他很快就会回来照顾你。来吧。我们去照看一下我的山羊。”

一只黑山羊和一只棕山羊坐在阿洛小屋旁边的阴凉处。我们走近时，那只黑山羊站起来，转了个身。我们刚好能看到它的肛门张开，从里面排出黑色小圆球形状的羊粪来。这个地方的山羊气味越发浓烈起来，干热的空气中弥漫着麝香般的辛辣味道。我皱起眉头，鼻翼翕动着，感觉很恶心。虽然我吃羊肉，但我一直都不喜欢山羊那股味道。

“啊，看来有羊自愿了。”阿洛笑道。他抓着那只黑山羊短小的羊角，把它牵过转角，来到了小屋后面。“拿着。”他说，让我用手牵过羊角。然后他走进了他的小屋。我低头看着那只山羊，它一个劲地晃着它的头，想从我手里逃开。我一转头，发现阿洛正拿着一把大刀从屋里走出来。

我抬起一只手想把他挡开。他绕过我，抓住山羊角，把羊头扭过来，割开了羊的喉咙。我已经做好了战斗准备，还以为山羊溅血的惨状和又惊又疼的嘶叫也可能会发生在我身上。我还没反应过来我在干什么，我就已经跪在了这只惊慌失措的动物旁边，用我的手按在它流血的喉咙上，紧紧闭上眼睛。

“它还没死！”阿洛说。他抓着我的胳膊，把我拽了回来。我一屁股跌在沙地上。*刚刚发生了什么？*山羊在我眼前血流不止，而我脑子里就只有这个疑问。它的双眼变得恹恹欲睡。它跪倒在自己骨节凸出的膝盖上，用指责的眼神瞪着阿洛。

“还没见哪个没学过的人能做到呢。”阿洛自言自语道。

“嗯？”看着山羊的生命逐渐消逝，我上气不接下气地说。我的手发痒了。

阿洛摸了摸他的下巴：“可她却做到了。我很肯定，吵。”

“什么……”

“嘘。”他说，仍然沉浸在思绪中。

山羊把头靠在蹄子上，闭上眼睛，不动了。

“你为什么要……”我开口道。

“你还记得你对你父亲做了什么吗？”

“是——是的。”我说。

“现在就动手做吧。”他说，“这只山羊的穆莫之魂还在周围，还很困惑。把它的魂魄带回来，然后按你的意愿来修复伤口。”

“但我不知道该怎么办，”我说，“我之前是……莫名其妙就做到了。”

“那就再来一次。”他说，语气越来越激动了，“就会这样自我怀疑，我能拿她怎么办，吵？唉，唉。”他把我拉起来，推向山羊的尸体。“快动手！”

我跪下来，把手放在血淋淋的羊脖子上。我吓得直发抖，不是怕这只死山羊，而是害怕刚刚降临到它身上的死亡。我僵住了。我能感觉到它的穆莫之魂在我周围移动。那是一束在空气中游移的光线，旁边伴随着一阵轻柔的沙沙声。

“它在动。”我轻声说。

“很好。”阿洛在我身后说，他声音里的沮丧消失了。

这只可怜羊吓昏了头，都找不着北了。我看了阿洛一眼。“你为什么要那样杀掉它？也太残忍了。”

“你们这些女人到底是怎么回事？”阿洛厉声说，“是不是什么事都能把你们弄哭？”

这话让我勃然大怒，我能感觉到脚下的地面变得有温度了。这种感觉就好像我跪倒在了成百上千的金属蚂蚁身上。它们在下面移动着，引导着什么东西来到我这里。我把这股力量从地上拉起来，塞进我手里。它越积越多，取之不尽用之不竭。我从自己对阿洛的怒火中汲取力量，也从自己的力量储备中汲取力量。我还从阿洛身上汲取了力量。如果姆维塔也在场，我也会从他身上汲取力量。

"现在，"阿洛轻声说，"你明白了吧？"

我明白了。

"这次要有节制。"他说。

我眼里只剩下山羊死去的尸体。然而它的穆莫之魂还在绕着我打转。我感觉到它就在我旁边，蹄子踩在我腿上，看着我正在做的事。在我手底下，它脖子上的伤口……搅动了起来。伤口的边缘正在自己缝合。这幅情景真令人作呕。

"进去。"我对穆莫之魂说。一分钟之后，我挪开了手，转过头，大吐特吐起来。我没见到那只山羊站起来晃晃脑袋的样子。我吐得太大声了，没听到它高兴的叫声，也没感觉到它把头靠在我的大腿上表示感谢。阿洛帮我站了起来。去姆维塔的小屋只有短短几步路，可我又吐了一次。我吐出来的东西大多都沾满了干草和青草。我的口气闻起来就像活山羊的气味，这让我忍不住又吐了。

"下次就会好多了。"阿洛说，"很快，起死回生就不会对你造成什么身体上的影响了。"

姆维塔很晚才回来。阿洛不怎么管他。他确保了我没有被自己的呕吐物噎住，但他没说一句安慰的话。他就不是那种会甜言蜜语的人。到了晚上，姆维塔帮我剃掉了我手背上长出来的山羊毛。他向我保证说山羊毛不会再长回来，但我还在乎这个吗？我都难受得不行了。他没问我我为什么会病成这样。从我开始学习的那一天起，他就明白了有一部分的我是他再也无法触及的。

姆维塔知道的比贾瓦黑尔最好的治疗师都多。就连阿苏格博之宅都觉得他配得上那些藏书，所以姆维塔研读了不少从那里找到的医书。正因为他是个这么出色的人体学专家，他才有办法让我的身体平复下来。但我身上还是有些东西是从荒野上招来的。对这些他就无能为力了。因此那天晚上我受了不少苦，但如果没有他在，我只会受更多苦。

这三年半的时间我就是这么过来的。学习知识，学会牺牲，忍受头痛。阿洛教会了我如何与面具鬼魂交谈。这之后我就总会听到怪声，唱起怪歌。那天我学会了怎么遁入荒野，结果就隐身了整整一周。连我妈妈都不怎么能瞧见我。说不定有些人在见过我所谓的“鬼魂”之后还以为我死了。即使度过了那段时间，我也还是会时不时地隐身和闪现。

我学会了运用我的埃舒技能，不只是能变成其他动物了，还可以长出或者改变我身体的部分。我发觉我可以改变一点点我的面容，比如改动我嘴唇和颧骨的样子，而且如果我割伤了自己，我也可以让伤口愈合。露羽、宾塔和蒂缇把我学到的这些都看在眼里。她们担心我。有时候她们也会和我保持距离，因为她们也担心自己。

姆维塔在与我越来越亲近的同时，也与我越来越疏远。他是我的治疗师。他也是我的伴侣，虽然我们没办法发生关系，但我们可以躺在彼此怀里，亲吻彼此的嘴唇，深爱彼此。然而他却始终都无法理解是什么把我塑造成了一个既让他惊叹又令他嫉妒的人。

这一切都在妈妈的允许下进行着。而我的生父还在虎视眈眈。

我的头脑也越发长进了。但所有这些都是为了同一个原因。命运正在为我人生的下一个阶段做准备。至于我是不是准备好了，等我对你讲完了，你可以自行判定。

24. 集市上的欧妮桑乌

可能是因为太阳的位置吧。或者也可能是因为那个男人拣选那块山药的样子。再不然就是那个女人考虑要不要买那只西红柿的样子。也有可能是因为那群嘲笑我的女孩。或者那个瞪着我的老家伙。就好像他们都没什么别的事好担心了一样。再不然就是太阳的位置惹的祸吧，它高高地挂在天上，明亮夺目，酷热无比。

不管原因究竟是什么，它都让我想起了我跟着阿洛上的最后一节课。那节课真是特别惹人生气。上课的目的是要让我学会看到遥远地方发生的事。当时是雨季，所以收集雨水并不是特别困难。我把收集到的水带进了阿洛的小屋，目不转睛地盯着它看，拼命专注于我想看到的东西。我脑子里想的是多年以前说书人带来的消息。

我原以为我会看到奥克克族人给努鲁族人当奴隶的事，以为我会看到努鲁族人像什么也没发生一样在忙着自己的事。结果我肯定是不小心转到了西边情况最坏的地区。雨水让我看到了撕裂的血肉、沾血的勃起阴茎、肌腱、肠子、火焰、起伏的胸膛、惨遭毒手的呜咽的身体。我想都没想，就挥手甩开了面前的泥碗。它摔在墙上，碎成了两半。

“屠杀还在继续！”我朝正在外面照料山羊的阿洛大叫道。

“你难道以为屠杀已经停止了吗？”他说。

我确实是这么想的。起码有一段时间都是这样想的。即使是我，为了能好好过日子，也时常会否认这个现实。

“时起时落吧。”阿洛说。

“可是为什么？怎么会……”

“没有任何生灵或者野兽喜欢被奴役。”阿洛说，“努鲁族人和奥克克族人试着聚居，结果就大打出手，然后他们又试着聚居，然后又大动干戈。现在奥克克族人的数量正在逐渐减少。不过你还记得那个说书人所说的预言吧。”

我点点头。说书人的话我牢记了很多年。她说，在西边，一位努鲁族先知预言了有位努鲁族巫师将会到来，改变所有已然书写的东西。

“预言会变成现实的。”阿洛说。

我穿过集市，揉着我的额头，阳光倾泻下来，好像是在故意挑衅我，这时候那群女人笑了起来。我转过身。笑声来自一群年轻女孩。跟我差不多年纪的女孩。二十岁左右。是我以前学校里的校友。我认识她们。

“看她那副样子，”我听到她们其中一个说，“也太吓人了，没人敢娶她的。”

我感觉这话扎进了我心里，也扎进了我脑海里。这成了压垮骆驼的最后一根稻草。我受够了。我受够贾瓦黑尔了，这里的人都像金夫人本人一样膨胀自满。“有什么问题吗？”我大声问那些女孩。

她们看着我，就好像是我打扰了她们。“声音放小点，”其中一个说，“你就这么没教养吗？”

“她就是有爹生没爹养，你不记得了吗？”另一个人说。

有几个人停下了手里的买卖，专心听了起来。一个老人瞪眼看着我。

“你们这些人都是怎么了？”我说，转身对我周围的所有人大喊，“这都是些鸡毛蒜皮的小事！你们难道都看不出来吗？”我停下来喘了口气，真心希望听众们都能聚过来。“是啊，是我在说话，过来听啊。让我来回答这么久以来你们对我的所有疑问！”我笑了。人群规模已经超过了那天晚上去听说书人讲故事的寥寥几人。

“就在一百英里以外的地方，奥克克族人正在被成千上万地屠戮殆尽！”我叫道，感觉热血上涌，“而我们却还在这里高枕无忧。贾瓦黑尔就只会像金夫人一样拿自己动也不动的肥臀去面对这一切。说不定你们甚至都希望我们的族人被赶尽杀绝才好，这样你们就不用听到这些消息了。你们的热血都凉了吗？”我哭了出来，但我还是孤身站着。我一直都是这样，从没变过。这就是为什么我决定念出阿洛教给我的咒语。他警告过我不要使用这些咒语。他说以我的年纪还不足以使用它们。*我要撬开你们这些受了诅咒的眼睛*，我想。咒语从我唇边涌了出来，流畅而轻松，就像蜂蜜一样。

我不会把这些咒语是什么告诉你的。你只要知道我念了咒语就行了。然后我张开了鼻孔，把焦虑、愤怒、内疚和恐惧这些情绪全部吸引到我身边围绕着我。在爸爸的葬礼上，我曾经无知无觉地做了这件事，在山羊身上，我又有意识地完成了一次。我越了过去。*他们会看到什么呢？*我不知道，突然有点害怕了。*好吧，现在也没办法了*。我深挖进我的记忆里，把他们带到了我妈妈的遭遇中。

我真不该这么做的。

我们所有人都在那里，眼睁睁地看着那一幕发生。大约有四十个人，我们都同时成了我妈妈和那个害我出生的男人。那个从我十一岁开始就一直窥视着我的男人。我们看着他从摩托车上下来，四处张望。我们看着他发现了我妈妈。他的脸上戴着面纱。他的眼睛就像老虎的眼睛。就像我的眼睛。

我们看着他蹂躏和摧毁我妈妈。她四肢无力，倒在他身下。她退回到荒野里，一边注视一边等待。她一直都是个注视者。她身体里有一个阿路西。我们感觉到我妈妈的意志破碎了。我们感觉到那个袭击她的人有一瞬间的怀疑与自我厌恶。接着，来自他族群的怒火又一次席卷了他，让他的身体充满了不自然的力量。

我也在我身体里感觉到了这种力量。似乎自从妈妈怀上我之后，就一直有个恶魔埋藏在我的皮肤之下。这是一份来自我生父的礼物，来自他堕落基因的礼物。一种能够做出令人咋舌的残忍行为的潜力和品味。它深藏在我的骨子里，坚固、稳定、毫不动摇。噢，我一定要找到他，然后杀了他。

到处都是尖叫声，每个人都在尖叫。努鲁族男人和他们的女人，这些人的肤色就像白昼一样。还有奥克克族女人们，她们的肤色就像夜晚一样。喧闹声沸反盈天。有些男人一边强奸还一边哭泣、大笑和赞颂阿妮。女人们祈求阿妮的帮助，其中有些还是努鲁族女人。沙地浸透了血、口水、泪水与精液。

我被尖叫声给吓呆了，花了几秒钟时间才反应过来集市上的人也开始发出尖叫了。我像卷起一张地图一样收回了幻象。在我周围，大家都在哭泣。有个人晕倒了。孩子们在一圈圈地跑来跑去。我没考虑到这里还有孩子！我才意识到这一点。有人抓住了我的手臂。

“你做了什么？”姆维塔吼道。他把我拉到一边的速度实在太快，我都没来得及立刻回答。我们周围的人都吓得目瞪口呆，颤抖不已，没办法阻止我们。

“他们应该知道这些！”我喊道。我终于把气喘匀了。

我们离开了集市，顺着大路走去。

“就算我们两个深受其害，也不代表他们也应该受害！”姆维塔说。

“他们就该！”我大叫着，“不管我们知不知道，我们都一样在受害！这种伤害必须停止才行！”

“我明白！”姆维塔朝我吼回来，“我比你更清楚！”

“你爸爸又没有强奸你妈妈才生下你！你懂什么？”

他停下脚步，抓住我的胳膊。“你失去控制了！”他怒气冲冲地低声说，一把甩开了我的胳膊，“你只知道你看到的那点东西！”

我站在那儿没动。我太狂妄自大了，不愿意承认我的见解有多愚蠢，也不愿意承认我缺乏自控力。

“我会告诉你的。”他压低了声音说。

“告诉我什么？”

“先走，”他说，“我会边走边说。这里太多人看着了。”我们走了两分钟之后，他开口说道：“有时候你真的很蠢。”

“你还不是……”我住嘴了。

“你以为自己知道整个故事，但你并不知道。”他看了看我们身后，我也看了看。没人跟着我们。暂时没有。

“听着，”他说，“那时我孤身往东走，直到遇上阿洛，这是真的。但中间有段时间，就在那之后……当时奥克克族人和努鲁族人正争斗不休，我隐身逃走了，可我不知道要怎么才能隐身久一点。那时候的我还不知道。所以我的隐身真的就只持续了几分钟。你明白这是怎么回事。”

我确实明白。我花了一个月才能让隐身时间维持到十分钟。隐身需要非常认真地集中精神。姆维塔那时还太小了；他能坚持一下，我都觉得很惊讶了。

“我逃出了房子，逃出了村庄，远离了真正的战斗。但是逃到沙漠里，我很快就被奥克克族叛军给俘虏了。他们有大砍刀、弓箭和一些枪械。我和一些奥克克族小孩一起被关进了一个简陋的棚屋里。我们要为奥克克族这边而战了。任何想要逃跑的人都会被他们杀掉。”

“到那里的第一天，我就看到一个女孩被其中一个男人强奸了。女孩们的处境更糟，因为她们不止会像我们一样被打到听话。她们还会被强奸。第二天晚上，我看到一个男孩在想要逃跑的时候被枪杀了。一周后，我们一群孩子被迫打死了一个男孩，因为他想逃跑。”他顿了顿，鼻翼翕动着，“我是个伊乌，所以他们打我打得更频繁，也盯我盯得更紧。就算我懂那么多法术，也不敢贸然尝试逃跑。”

“他们教会了我们怎么射箭和怎么用砍刀。我们之中几个眼神好的都学了怎么开枪。我很会使枪。不过有两次我都想用他们给我的那把枪自杀。结果两次我都被打到不敢再这么干了。几个月后，我们被带去与努鲁族人作战，可对方是从小和我一起长大被我视作家人的族群。”

“我杀了很多人。”姆维塔叹了口气，接着说，“有一天，我生病了。我们在沙漠里扎营。那些人挖了个乱葬坑，准备把死在夜里的人都扔进去。有很多人都死了，欧妮桑乌。他们看到我站不起来，就把我和那些尸体一起扔了进去。”

“我被活埋了。而他们继续前进。几个小时过后，我的烧退了，就自己从坑里爬了出来。我立刻就去寻找能医治自己的草药了。这样我才得以东行。我跟叛军一起待了两个月。要不是那天我看起来像死了一样，我肯定会真的死掉。你看看，这就是你眼中那些无辜的奥克克族受害者。”

我们已经停下来不走了。

“整件事并没有你想象的那么简单。”他说，“双方都有不堪的一面。你要慎重一点。你父亲眼中所见也是非黑即白。他认为奥克克族就是坏的，努鲁族就是好的。”

“但这一切的确是努鲁族人的错。”我静静地说，“要不是努鲁族人把奥克克族人当成垃圾来对待，奥克克族人也不会做出垃圾行为。”

“奥克克族人难道就不会自己思考吗？”姆维塔说，“没人比他们更清楚被奴役的感觉，然而你看看他们都对自己的子孙后代做了些什么！我姑妈和姑父可不是杀人犯，欧妮桑乌！他们是被杀人犯给杀害了！”

我感到无地自容。

“走吧。”他说，伸出一只手来。我看着他的手，第一次注意到他的右手食指上有一道淡淡的疤痕。是扣动一把烫手枪械的扳机时留下的吗？我想知道。

半小时后，我站在了阿洛的小屋外面。我不肯进去。

“那你就待在这儿吧。”姆维塔说，“我去跟他说。”

姆维塔和阿洛谈话的时候，我很高兴自己能孤身一人，因为……我终于有机会独处了。我用脚后跟蹬了几下小屋的墙，然后坐了下来。我舀起一捧沙子，让它从我指缝间流逝。一只黑色蟋蟀跳到了我腿上，一只鹰的尖啸声从空中某处传来。我朝西边望去，太阳会从那里落下，晚星会从那里升起。我深深地吸了口气，睁大了我的眼睛。我一动不动，眼也不眨。我的眼睛干涩了起来。当眼泪涌出时，我的感觉还不错。

我站起身来，脱掉衣服，变成了一只秃鹫，乘着傍晚的热风飞向了天空。

* * *

一个小时之后，我飞回来了。这下我感觉好多了，心绪也平复了。我正穿衣服的时候，姆维塔从阿洛的小屋里探出头来。

“快点。”他说。

“我喜欢什么时候过去就什么时候过去。”我嘟囔道。我整理了一下衣服。

我们三个谈话的时候，我发觉自己又被激怒了。“谁来阻止呢？”我问，“就算努鲁族人杀光了所有在‘他们土地’上的奥克克族人，这一切也不会停止，对吗，阿洛？”

“说不准。”阿洛说。

“好吧，我已经有决定了。预言会成真的，我希望它成真的时候我能在场。我想去见见预言里的那个人，不管他要做什么，我都想助他一臂之力。”

“你离开是不是还有别的理由？”阿洛问。

“我还要杀死我的生父。”我直截了当地说。

阿洛点了点头。“行吧，反正你也不能再留在这里了。我之前还能阻止大家去找你麻烦，但这次你把你的鸟爪伸向了贾瓦黑尔人心中的一个痛处。再说了，你的生父也还在等你。”

姆维塔站起来，一言不发地走开了。阿洛和我看着他离开。

“欧妮桑乌，”阿洛说，“这会是一段相当艰苦的旅程。你必须做好准备……”

我没听清他接下来都说了些什么，因为我头痛又发作了，太阳穴突突地跳，每跳一次都更疼。几秒钟之内，头痛就演变成了它以往的最终形态，我的头就像被石头砸了一样。这是看着姆维塔离开小屋、知道我就要离开贾瓦黑尔、暴行的画面在还我脑海里盘旋不散，再加上我生父的脸混合在一起造成的。所有这些事情突然引起了我的怀疑。

我跳起来，瞪着阿洛。我头疼欲裂，又惊又惧，于是我有生以来第二次忘记了怎么呼吸。我的头痛越发剧烈了，眼前所有东西都染上了银红色。阿洛脸上的表情更是把我吓得不轻。他看起来十分平静，很有耐心。

“昏过去之前，要记得张开嘴吸入空气。”他说，“坐下来吧。”

等到我终于坐了下来，我忍不住开始哭了。“我怎么可能会被石头砸死呢，阿洛！”

“所有的新学徒都必须目睹自己的死亡，”他说，他露出了悲伤的笑容，“人们对未知都怀有恐惧。有什么比让他们直面自己的死亡更能消除他们对死亡的恐惧呢？”

我按着太阳穴。“他们为什么会这么恨我？”我最后的结局竟然会是被关进监狱，然后被石头砸死，还有很多人都为此欢欣鼓舞。

“你会找出原因的，不是吗？”阿洛一脸严肃地说，“何必破坏这个惊喜呢？”

我去找姆维塔了。阿洛指点了我不少东西，包括他觉得我该选在什么时候离开。我还有两天时间。姆维塔坐在床上，背靠着墙。

“你真是不会思考，欧妮桑乌。”他说，双眼茫然地直视着前方。

“你知道这事吗？”我问，“你知道那天我看到的是我自己的死法吗？”

姆维塔张开嘴，然后又合上了。

“你知道吗？”我又问了一遍。

他站起来，把我搂进怀里，紧紧地抱住了我。我闭上双眼。“他为什么告诉你？”他问，嘴唇贴在我耳边。

“姆维塔，我不知道该怎么呼吸了。我都吓呆了。”

“他不该告诉你的。”他说。

“他没有。”我说，“我只是……自己猜出来了。”

“那他也该骗骗你才对。”姆维塔说。

我们就这样站了一会儿。我深吸了一口姆维塔的气息，知道这将是我最后几次有机会做这件事。我结束了这个拥抱，转而握住他的手。

“我和你一起去。”我还没来得及说什么，他就先开口了。

“不行，”我说，“我了解沙漠。必要的时候，我还可以变成秃鹫，而且……”

“就算比不过你，我也和你一样了解沙漠。再说了，西边我也了解。”

“姆维塔，你看到了什么景象？”我问他，暂时忽略了他的话，“你看到了……你也一样看到了自己的死亡，对不对？”

“欧妮桑乌，一个人的结局是独属于他自己的结局，仅此而已。”他说，“我不会让你一个人去的。绝对不会。先回家吧。我明天下午来找你。”

午夜时分，我到家了。妈妈对我的计划并不感到惊讶。她听说了我在集市上做的事。整个贾瓦黑尔镇都议论纷纷。这些流言蜚语不带任何细节，只是一种强硬的情绪，他们觉得我是个邪恶的人，应该被关起来。

“姆维塔也要跟我一起走，妈妈。”我说。

“那就好。”她过了一会儿说。

当我转身走向房间时，妈妈抽泣了一声。我转了回来：“妈妈，我……”

她举起一只手：“我是个普通人，但我并不是个傻瓜，欧妮桑乌。去睡觉吧。”

我回到她身边，给了她一个拥抱，抱了她很久。她把我朝我的房间推去。“去睡觉吧。”她说，擦了擦眼睛。

出乎我意料的是，我睡得很熟，还睡了两个小时。没做噩梦。那天晚上很晚的时候——或者我该说那天早上很早的时候——凌晨四点左右，露羽、宾塔和蒂缇出现在了我的窗前。我帮她们爬进了我的房间。进来之后，她们三个就只是傻站在那儿。我忍不住笑了。这是我一整天里见过的最滑稽的一幕了。

“你没事吧？”蒂缇问。

“发生了什么事？”宾塔问，“我们要听你讲才行。”

我坐在我的床上，不知道该从哪里讲起。我耸耸肩，叹了口气。露羽坐在我旁边。我能闻到她身上有股熏香精油的气味，还有一丝汗味。露羽平时绝对不会让自己的皮肤透出汗味。她盯着我的侧脸看了很久，久到我忍不住转过去有点生气地问她：“怎么了？”

“我今天就在那儿，在集市上。”她说，“我看见了……我全都看见了。”她的眼中涌出泪水，“你为什么不告诉我呢？”她低下头，“不过你其实已经告诉过我们了，对吧？那就是……你妈妈身上发生的事吗？”

“是。”我说。

“给我们看吧，”蒂缇静静地说，“我们也想……看一看。”

我停了停。“好吧。”第二次看对我的冲击就没那么大了。我仔细听了那人对我母亲咆哮的那些努鲁语，然而不管我怎么努力，我就是听不懂那是什么意思。虽然我能说一些努鲁语，但我妈妈不会，而这段幻象又是从她的经历中撷取的。卑鄙、恶毒又残忍的男人，我想。我要让他停止呼吸。看过之后，宾塔和蒂缇目瞪口呆，陷入了沉默。而露羽看起来只是更疲惫了。

“我要离开贾瓦黑尔了。”我说。

“那我跟你一起走。”宾塔突然说。

我立刻摇了摇头：“不行。只有姆维塔跟我一起去。你属于这里。”

“求你了。”她恳求道，“我想看看外面的世界都有些什么。这个地方，它……我必须离开我爸爸才行。”

我们都明白。就算经过了那么多次的干预，宾塔的父亲还是控制不了自己。虽然极力隐藏，宾塔还是经常都很不舒服。那是因为她父亲的虐待，也是因为她忍受的痛苦。我皱了皱眉，察觉到了不对劲的地方：如果一个女人只有在动情的时候才会招来疼痛，那是不是意味着她父亲的触碰会让她动情呢？我发抖了。宾塔太可怜了。除此之外，宾塔还被贴上了“连自己父亲都抗拒不了的漂亮女孩”这个标签。姆维塔告诉我，就因为这个，现在年轻小伙子们之间对她的竞争已经越来越激烈了。

“我也想去。”露羽说，“我也想加入。”

“我连我们该做些什么都不知道，”我结巴了，“我也不知道……”

“我也要去。”蒂缇说。

“但你都订婚了。”露羽说。

“嗯？”我看着蒂缇。

“上个月，他父亲代表儿子向她求亲了。”

“谁父亲？”我问。

“当然是法纳西啊！”露羽说。

法纳西从小就是蒂缇倾慕的对象。他也就是那个碰了蒂缇，结果被蒂缇疼痛的哭叫给冒犯到，于是好几年都不肯跟她说话的家伙。我猜他花了这么多年时间才终于长大成人了，而且还学会了予取予求。

“蒂缇，你为什么不告诉我呢？”我问。

她耸了耸肩：“对你来说好像并不重要吧。也可能是因为眼下没必要说。”

“当然很重要了！”我说。

“好吧……”蒂缇说，“那你们愿意去跟法纳西谈谈吗？”

于是第二天，妈妈去集市上给我买东西的时候，姆维塔、露羽、蒂缇、法纳西和我就一起聚在了客厅里。蒂缇、露羽、宾塔和我都是十九岁。姆维塔二十二岁，法纳西二十一岁。那时的我们都是如此的天真无知，直到后来我才发觉我们对此事的干涉不过是一厢情愿罢了。

几年不见，法纳西长成了一个大高个儿。他比我和姆维塔高半个头，比露羽和蒂缇高一个头，比我们中最娇小的宾塔还要高更多。他是个肩膀宽阔的年轻人，皮肤光滑黝黑，眼神锐利，手臂粗壮。他充满怀疑地看着我。蒂缇把她的计划告诉他了。他看了蒂缇一眼，然后又看看我，竟然什么也没说。真是个好迹象。

“我不是他们所说的那样。”我说。

“蒂缇告诉过我，我知道。”他用他低沉的声音说，“但也仅限于此了。”

“你愿意和我们一起去吗？”我问。

蒂缇坚持说法纳西是个有想法的人。她说几年前的那一天，法纳西也是那位说书人听众中的一员。只不过他同时也是个奥克克族人，所以他并不相信我。“我父亲有一家面包店，我会继承过来。”他说。

我眯起眼睛，想知道他父亲是不是就是那个我们刚到贾瓦黑尔的时候对我妈妈厉声呵斥的吝啬鬼。我想对他大喊：“那然后努鲁族人就会杀过来把你撕成碎片，强奸你的妻子，然后再生下一个像我这样的人！你真是个蠢蛋！”我能感觉到身边的姆维塔想让我别这么冲动。

“让她也给你看看吧。”蒂缇柔声说，“然后你再决定。”

“我去外面等。”法纳西还没回答，露羽就开口了。她迅速站起身。宾塔紧随其后。蒂缇牵起法纳西的手，紧紧闭上了她的眼睛。姆维塔只是在我身边站定。我第三次把我们带回到了过去。法纳西看完后大哭起来，泪如泉涌。蒂缇不得不安慰了他好一阵。姆维塔拍拍我的肩膀，离开了房间。等到法纳西平静下来，他的悲恸变成了愤怒。他怒不可遏。我露出了欣慰的笑容。

他握紧他的巨拳，猛捶大腿。“怎么会这样！我……我没有……我不能……！”

“贾瓦黑尔镇其他人的反应都不太一样。”我说。

“欧妮。”他说。他是第一个这么叫我的人。“真对不起。我真的非常抱歉。这里的人……我们什么都不明白！”

“没关系。”我说，“你愿意来吗？”

他点点头。这样一来我们就有六个人了。

25. 就这样决定了

我们再过三个小时就要出发了。大家都知道这事，所以没人来招惹我。只有我经过时他们凝视的目光才透露出他们对我的离开有多么迫不及待，对再次遗忘有多么急不可耐。我和阿洛一起站在沙漠前。从这里出发，我们会绕着贾瓦黑尔镇向西南走，再往西走。我们步行，不骑骆驼。我从来不骑骆驼。早在我和妈妈住在沙漠里的时候，我就结识了野骆驼这种生物。它们是高贵的生灵，我不愿意利用它们的力量。

阿洛和我走上沙丘。一阵强风把我的辫子吹到了背后。

“他为什么想见我？”我问。

“你还是别再问这种问题了。”阿洛回答道。

那场沙尘暴又来了。不过这次不再像上次那么痛苦。一进帐篷，我就在索拉对面坐了下来。和上次一样，他的黑色兜帽遮住了他苍白的脸，一直拉到他的窄鼻子上。阿洛坐在他身边，他们握手的样子很奇特，会把手指缠在一起。

“日安，索拉先生。”我说。

“你长大了。”索拉用他那纸一样干瘪的声音说。

“她是姆维塔的人了。”阿洛说。他看了我一眼，补充说：“要是她真的会属于任何一个人的话。”

索拉点头表示同意。“所以你知道你的生命会如何结束了？”索拉说。

“没错。”我说。

“那些要跟你一起走的人，”索拉说，“你明白他们中有一些会在路上送命，对吧？”

我没说话。我确实想到过这个问题。

“你也明白这些责任都将会由你来承担？”阿洛补充道。

“就不能……想办法改变吗？”我问阿洛。

“也许吧。”他说。

“那我该怎么办呢？我要怎么才能……找到他？”

“谁？”索拉抬起头问道，“你生父吗？”

“不是的。”我说。我怀疑我和那个人是否有机会碰面。“是预言里提到的那个人。他是谁？”

他们沉默了一会儿。我感觉到他们正在不动嘴唇地相互交流。“那你就告诉她吧，吵。”阿洛喃喃出声。他看起来心力交瘁。

“你对这个努鲁族人了解多少？”索拉问。

“我只知道有位努鲁族先知预言了一个高个子努鲁族巫师将会来到，他会改变现状，也会重写《圣典》。”

索拉点点头。“我知道这位先知，”索拉说，“我们所有人都有弱点，我，阿洛，我们这些老家伙都是这样，你必须要原谅我们才行。我们会从中汲取教训的。阿洛拒绝教你，因为你是个伊乌女人。连我都差点这么做了。这位先知名叫拉那，他守护着一份珍贵的文件。这就是为什么他得出了这则预言。他被告知了一些东西，却无法接受。他的愚蠢给了你一个机会，我想。”

我叹了口气，举起了双手：“我不明白您是什么意思，先生。”

“很显然，拉那不愿意承认他所知的东西。预言并没有让他去寻找一个努鲁族男人。预言中所说的是一个伊乌女人。”他说。他笑了。“至少他还说了一句真话，那就是你确实很高。”

我迷迷糊糊地走回了家。我不想让姆维塔跟我一起回去。我一路上都在哭。至于有没有人看我，谁还在乎呢？我待在贾瓦黑尔的时间只剩下不到一小时了。走进家门，妈妈正在客厅里等我。我在沙发上坐下，靠在她身边，她递给我一杯茶。茶很浓，正是我需要的。

今天就讲这么多吧。我知道两天之后这里会发生什么事……也许吧。我仍然可以抱有希望，不是吗？不然我还有什么能给我自己和我肚子里正在长大的孩子呢？你就别露出那副惊讶的表情了。

好了。我很高兴守卫们能让你进来，希望你打字的速度够快。但如果他们把你的电脑一把抢过去扔到地上摔坏了，我也希望你的记忆力还不错。我不知道明天他们还会不会让你回来。

你听到外面那些人的声音了吗？他们已经聚在一起准备看热闹了吧？这群井底之蛙正等着用石头砸死这个把他们那口小井翻了个底朝天的人呢。真是一群未开化的原始人啊。跟贾瓦黑尔镇的人太不一样了，后者冷漠无情，却又文明有礼。

牢房外的两个守卫一直在听。至少他们还想要倾听吧。谢天谢地，他们不会说奥克克语。要是你还能再回到这里，还能再一次从这些傲慢、可恨、可悲又糊涂的混蛋手底下顺利通行，我就会把余下的故事告诉你。等我讲完，我们就可以一起看看我最终会面对什么样的结局了，不是吗？

不用担心我，也不用担心今晚这牢房会很冷。这里有不少石头，所以我有办法保暖。我也一样有办法保命。出去时要保护好你的电脑。如果你没有再回来，我也会理解的。尽你所能，剩下的就交托给命运冰冷的怀抱吧。保重。

第三部分

战 士

这一夜很难熬。

还有一个人会因我而死。唉，也是因他自己而死。今早，太阳升起之前，他走进了我的牢房。他想让自己一举成名。这方面我可不像我妈妈。我不会就那样躺下受辱。那人是个努鲁族男人，和他父亲同名。他有妻子，还有五个孩子，是个能干的河上渔夫。他横冲直撞闯进来，胆大妄为，像个白痴。可他连我一根手指头都没碰到。我不是个会留情面的人。我把最丑恶的幻象放进了他的脑海里，他落荒而逃，像鬼魂一样噤声，像累垮的奥克克族奴隶一样悲惨。

我把他脑子里所有重要的回路都拔光了。过两天他才会好，还会羞耻到不敢讲起他这次未遂的强奸。然后他就会暴毙。我一点都不可怜他的妻子和孩子。自作孽，不可活。妻子应当好好挑选丈夫，就连孩子也该好好挑选父母。

不管怎样，我还是很高兴能再见到你，可你为什么还要冒着风险回到这里呢？你有自己的原因，不是吗？要不是有个比好奇心更好的理由，没有哪个努鲁族人会这样做。你没必要告诉我。你没必要告诉我任何事。

明天他们就会对我施以石刑。所以今天我会把我的余生全都讲给你听。我肚子里的这个孩子，她的名字叫作伊努薇格；这是一个古老的词汇，意为“天堂”，万物的归宿，就连奥克克族人和努鲁族人都能在那里和平共处。这个故事我不仅讲给你听了，也讲给她听了。她有必要了解她的母亲。她必须懂得这一切。她也一定要勇敢。谁又畏惧死亡呢？我毫不畏惧，她也会如此。打字快些吧，因为我的讲述也会更快了。

26.

被石头砸中的痛楚和对我未做之事的怒火威胁着要把我压垮。离开贾瓦黑尔镇地界的时候，我感觉到了第一阵头痛。我们背上背着大包行李，脑子里装着无穷想法。

“一直往西走。”阿洛和索拉指点我。我们面前的土地很快就开阔了起来，沙丘连绵，偶尔也会有一丛棕榈树或者一片枯草地。

“所以我们就朝着那边走吗？”宾塔问，一边走一边眯起眼睛。作为一个几小时前才毒死了她父亲的小姑娘来说，她也真够心大了。她只把她在她父亲早茶里放了缓慢发作的心灵树根提取物这件事告诉了我。她看着他喝了下去，然后就溜出了家门，连张便条都没留下。等到夜幕降临，那人必死无疑。“他自找的。”她低声对我说，“不过别告诉别人。”我看着她，她的大胆让我无比惊讶，我想也许她真的准备好了这次要远走高飞。

“向西走，没错的。”露羽说，把她的“塔伦比·埃塔努”小石头在嘴里转来转去，“朝那边走大概多久呢？四五个月吧？”

“看情况。”我揉着自己的太阳穴说。

“好吧，不管要走多久，我们总会走到的。”宾塔说。

“骑骆驼会比现在快上一千倍。”露羽又说了一遍这话。

我翻了个白眼，朝我们后面看了看。姆维塔和法纳西在我们后面几步远的地方走着，沉默不语，忧思戚戚。

“我还从没有离开家这么远过，而且每走一步都离家更远了。”宾塔说。她笑着向前跑去，伸开双臂，就好像展翅欲飞，背包在她背上晃来晃去。

“至少我们中还有个人是高高兴兴开始这段旅程的吧。”我嘀咕道。

对于其他人来说，要离开就没那么容易了。法纳西的父亲原来就是我和妈妈第一天来到贾瓦黑尔时对我们大吼大叫的那个面包师。他和法纳西的母亲一起赶到了阿洛的小屋，我们正聚在那里准备出发。但他们又没办法穿过阿洛的仙人掌门。所以法纳西和蒂缇不得不走出去见他们。

法纳西的母亲开始大声悲叹：“我儿子被一个巫婆给拐跑了！”他父亲想恐吓儿子留下来，威胁着要把他扫地出门，还可能会打他。等到他们两个回来，法纳西伤心不已，走到一边要自己静一静。蒂缇开始垂泪了。今天早些时候，她就已经跟她自己的父母经历过同样的分别了。

露羽的父母也威胁要把她赶出家门。但要是有办法能让露羽去做你不想让她做的事，那威胁她好了。露羽总是准备好了要反抗。不过我们出发之后，她也还是变得安静了起来。

姆维塔最终还是放不下，要去和阿洛道别，我忍不住对他刮目相看。我们几个都开始往沙漠里走了，他却僵住了。没说话，也没有表情。“走啊。”我说，我牵起他的手，想把他拉过来。他却一动都不肯动。

“姆维塔。”我说。

“你先走吧，”阿洛说，“让我跟这孩子再聊聊。”

我们走出了一英里，姆维塔却还没跟上来。我不愿意回头看他到底有没有来。不一会儿，我听到了不远处传来了脚步声。脚步声越来越近，直到他出现了，走在我身边。他的眼睛红红的。我明白该让他自己待一会儿。

对我来说，离开家简直是无法忍受的。直到那时为止，又是不可避免的。我一生中发生的所有事都把我引向这段旅程。一路西行，不转弯，不绕道，走成一条直线。我命中注定不会做个贾瓦黑尔女人终此一生。但我也还没准备好离开我妈妈。今早我们一起喝完了杯中的浓茶，也趁此机会聊了聊。我们拥抱了彼此。我走下台阶。然后我又转过身跑了上去，扑进她的怀抱里。她抱着我，平静而沉默。

“我不能丢下你一个人。”我说。

“你必须这么做才行。”她用她微弱的声音说道。她放开了我。“别把我想得那么柔弱。现在，你在这条路上已经走得太远，不能回头了。所以你一定要走下去，走完它。等你找到……”她露齿而笑，“要是你没有别的理由，就冲着这个理由去吧。为了报复他对我所做的一切。”自从我十一岁之后，她就再也没有直接说起过这件事。“你和我，”她说，“我们血脉相连。不管你走了多远，我们之间永远心灵相通。”

我离开了妈妈身边，好吧，是她先从我身边离开的。她只是转过身去，走进屋里，关上了门。十分钟后，她还是没有开门，我就去阿洛家和其他人会合了。

我一边走一边揉着自己突突跳的太阳穴，然后又揉揉后脑勺。刚离开贾瓦黑尔，我的头痛就发作了……这可真是不祥之兆。结果两天之后，我的头痛就全面爆发了。我们不得不停了两天，就在停下来的第一天，我甚至都没发觉我们停下了。我对这一天的所有了解都是从别人那里听来的。我痛得在帐篷里滚来滚去，朝幻觉中的幽灵大喊大叫，把其他人吓坏了。宾塔、露羽和蒂缇待在我身边，想办法让我冷静下来。姆维塔和法纳西一起度过了大部分时间。

“她之前也像这样头痛过。”坐在我帐篷外的火堆前面时，他告诉法纳西。姆维塔用石头生了堆营火——就是一堆会发热的石头。这是个简单的小法术。他说法纳西被营火给迷住了，想去感受一下那堆微微发亮的石头是怎么散发出热度的，结果不小心把自己给烧伤了。

“她病成这样，我们还怎么走完这趟旅程呢？”法纳西问。

“她这不是病了。”姆维塔说。他知道我的头痛与我的死法有关，但我没有告诉他细节。

“你能治好她，是吧？”法纳西问。

“我会尽力的。”

到了第二天，我的头痛减轻了。自从我们停下来之后，我还什么都没吃呢。饥饿给我的脑子带来了怪异的清醒感。

“你起来了。”宾塔端着一盘熏肉和面包走进我的帐篷，她咧嘴一笑，“你看起来好多了！”

“还是会痛，不过这阵头痛很快就要哪儿来的回哪儿去了。”

“吃点东西吧，”宾塔说，“我会告诉其他人的。”

她欢呼雀跃着离开了，我忍不住嘴角上扬。我打量了一下我自己。我得洗个澡才行。我都能看到没洗澡的气味在我身上飘来飘去了。我正在经历的这种清醒让整个世界都变得格外清晰澄澈。外面的每一个声音似乎都是在我耳畔响起的。我能听到附近有只沙漠狐的吠叫，还有一只鹰的尖啸。姆维塔进来的时候，我几乎都能听到他思考的声音了。

“欧妮桑乌。”他说。他洒落雀斑的脸颊泛起潮红，淡褐色的眼睛仔细注视着我身上的每一个细节。“你好多了。”他吻了吻我。

“我们后天就继续前进吧。”我说。

“你确定吗？”他问，“我了解你。你的头还在疼。”

“等到我们准备好要出发了，我就会把它给赶走。”

“赶走什么，欧妮桑乌？”

我们目光相对。

“姆维塔，我们还有很长的路要走。”我说，“这些都不重要。”

那天深夜，我起床出去想呼吸点新鲜空气。我只吃了一点面包，喝了一些水，希望这份奇异的澄澈感能维持得更久一点。我发现姆维塔就坐在我们帐篷后的地面上，面朝沙漠，两腿交叉。我朝他走过去，又停住了。我转身想回帐篷里去。

“别走，”他说，还是背对着我，“坐下来吧。你走过来就已经打断我了。”

我笑了。“不好意思。”我坐了下来，“你的感觉越来越敏锐了。”

“是啊。你感觉好些了吗？”

“好多了。”我说。

他转头看向我，盯着我的衣服。

“这里不行。”我说。

“为什么不行？”

“我还在训练中呢。”我说。

“你永远都在训练中。再说了，我们这地方前不着村后不着店的。”

他伸手开始解我的拉帕裙带。我抓住了他的手。“姆维塔，”我说，“我们不能这样。”

他轻轻握住我的手，把它们移开了。我由着他解开了我的拉帕裙。沙漠的凉风吹到我的皮肤上，这感觉好极了。我回头一瞥，确定了大家都还在自己的帐篷里。我们在几英尺外的一个小斜坡上，而且天都黑了，然而还是有点风险的。不过这个风险我很愿意冒。我放任自己完全沉浸在他亲吻我的纯然快感中。我也想脱掉他的衣服，他却笑了。

“先别急。”他拉过我的手说。

“哦，所以你只是想把我的衣服脱掉。”我说。

“说不定哦。我是想和你谈谈。你放松的时候，说什么都能听得进去。”

“我可一点都不放松。”我说。

他得意地笑了。“知道了。我的错。”他又帮我把拉帕裙系好，我坐了起来。我们转过去面向沙漠，一言不发，任由自己陷入沉思。等到我的身体不再尖叫着渴求姆维塔，我的血液不再奔腾，心跳平复了，皮肤也褪去了热度，我终于静下了心来。我感觉只要我一动不动，我就什么事都能做到，什么东西都能看到，一切都能在我的手中变成现实。姆维塔的声音响起，就像平静水面漾起的一丝温柔涟漪。

“等我们回到帐篷里之后，欧妮桑乌，你就别再担心会发生的事了。”

我消化了一下这句话，只是点了点头。

“又不会因为这种事，你就把阿洛教给你的东西全都丢掉了。”他说。

“我知道。”

“那就别再那么害怕了。”

“阿洛说起过女巫在完成训练之前就怀孕了会发生什么状况。”

姆维塔轻笑一声，摇了摇头。“你已经知道你的结局是什么样了。你没告诉过我会有类似的状况，不过我觉得你这个子宫里面就算有了孩子，也不会像桑奇那样毁灭掉整个城镇。”

“她叫桑奇？”

“我的第一位老师，戴布，也跟我说起过她。”

“你就不怕那种事也发生在我身上？”

“我说过了，你知道你的结局不是这样的。再说了，你比桑奇有天赋多了。你都二十岁了，而且你已经可以起死回生了。”

“我不是一直都行的，而且还会引发后果。”

“做任何事都会引发后果。”

“所以我觉得我们还是不要发生关系的好。”

“但我们不会有事的。”

我从沙漠的茫茫黑暗中收回目光，看向姆维塔。在我们帐篷中央那堆营火微弱光芒的映照下，姆维塔黄皮肤的脸容光焕发，他那双狼一样的眼睛闪闪发亮。

“你有没有想过……我们的孩子会是什么样？”我问。

“他或者她会拥有我们的长相。”他说。

“那会让他或者她成为什么样的人呢？”

“伊乌。”他说。

我们有几分钟都没有说话，冷静又一次帮我们平息了这件事。

“别把帐篷门拉上，等我。”我说。

我们紧握的双手向后滑了几英寸远，互相把对方的手指掰得咔咔作响，这是个象征友谊的握手。我站起身，脱下我的拉帕裙，一边低头看着他一边松手让裙子掉落在地。这些年来，我变成过好几种不同的动物，不过我最爱的始终都是秃鹫。

“都这么晚了，”姆维塔说，“风不会那么平稳的。”

我的喉咙变窄，羽毛从皮肤下钻出来，笑声也随之消散了。我的确擅长变形，不过每一次都要付出相应的努力。这不是什么你可以顺其自然任它发生的事。你的身体知道要怎么做，不过你还是需要主动去完成它。不管怎样吧，只要你擅长一件事，你就会享受这种努力，因为在很多层面上，这种努力都是不费什么劲的。我展开双翅，飞向天空。一个小时之内，不会有人再找到我了。

我飞进我们的帐篷里，舒展翅膀站了一会儿。姆维塔正在烛光下编一只篮子。他忧心忡忡的时候总是会编些东西。

“露羽在找你。”他放下篮子说。我一变回来，他就把我的拉帕裙扔过来给我。

“嗯？找我干什么？都这么晚了。”

“我觉得她只是想找你聊聊吧。”他说，“她一直在读《圣典》。”

“他们都在读。”

“但她的了解开始深入了。”

我又点了点头。这是个好现象。“我明天再和她聊这个吧。”

我挨着他，坐在我们的草席上。

“你想要我先去洗个澡吗？”我问。

“不。”

“我要是怀孕了，我们都……”

“欧妮桑乌，有时候别人都给你了，你最好还是接受吧。”他说，“风险是无处不在的。况且你自己就是个风险。”

我倾身向前，亲吻了他。接着我又吻了他一次。那之后，就再也没有什么能够阻止我们了，就连世界末日都不行。

27.

我们睡得很晚。当我醒过来的时候，头痛差不多完全消失了。周围的世界如此清晰，让我忍不住眨了眨眼。我的肚子咕咕叫起来。

“欧妮。”我们听到外面传来法纳西的声音，“我们能进来吗？”

“你们穿衣服了吗？”露羽问。然后她咯咯笑了，我们听到她低声说：“他们说不定又鏖战了一轮。”然后他们就笑开了。

“可以进来。”我笑着说，“不过我身上都有味道了。我得去洗个澡。”

他们一拥而入。帐篷勉强塞下了我们几个人。我们又笑了一会儿，闹了一会儿（主要是姆维塔在闹），挪了一会儿位置，最终一切重归平静。我觉得这是该开口的时机了。

“我没事。”我说，“只不过我必须得学会和这种头痛相处才行。我……我自从入学测试之后，就总是会像这样头疼了。”

“她只是刚离开家，还没适应过来。”姆维塔补充道。

“我们明天继续上路吧。”我说，握住了姆维塔的手。

等到所有人都从我帐篷里挤了出去，我慢慢坐起身来，打了个哈欠。

“你得吃点东西。”姆维塔说。

“还不用。”我说，“我还有事要先做。”

我裹上我的拉帕裙，在姆维塔的帮助下站了起来。整个世界在我周围天旋地转，然后又安定下来。我感觉从远处飞来一块石头，砸中了我的脑侧。

“你想让我跟你一起去吗？”姆维塔问。

“你昨天吃东西了吗？”

“没有。”他说，“你不吃我就不吃。”

“所以你觉得我们俩都饿得没力气了会更好？”

“你饿得没力气了吗？”

我笑了：“我才没有。”

“那咱们走吧。”

我第一次能够有意识地遁入荒野，是在只喝水不吃东西的情况下过了三大之后。那几天我是在阿洛的小屋里度过的，而他也没让我闲着。我清理了他的羊圈，洗了他的碗碟，打扫了他的屋子，还给他做了饭。没饭吃的日子每过一天，我都更担心我会在荒野里遇上我生父。

“现在他不会再来找你的麻烦了。”阿洛向我保证道，“我在这里，而且你也通过了入学测试，正式被接纳到巫师的行列里来了。他想找到你不会再那么容易了。放松点吧。等到你准备好了，你自己就会知道的。”

我正在他的羊圈旁边休息，突然间一种清醒感笼罩了我。我简直没办法再和阿洛的山羊们待在一起了。它们的气味比平时还要更加刺鼻，它们的棕眼睛似乎看穿了我的灵魂深处。我救过的那只羊向我走过来，盯着我看。过了一会儿，我才意识到它们是在等待。那种感觉是从我两腿之间开始的—— 一种嗡嗡作响的温暖感觉。然后是一阵麻木。当我看向我的腹部时，我几乎尖叫了起来。我看起来好像正在变成透明的果冻。我一见到这幅景象，它就立刻扩散开来，蔓延到了我身体的其余部分。

我站了起来，努力想保持冷静。在我头顶上，能看见的全是各种颜色。成千上万、数不胜数的颜色，不过大多是绿色。它们汇聚，堆叠，延展，收缩，聚集，翻腾。所有这些都与我所熟知的那个世界形成了鲜明对比。这就是荒野。我看了看那几只山羊，看到它们正欢蹦乱跳，高兴地咩咩直叫。它们欢快的动作散发出一股股浓郁的蓝色，向我飘了过来。我吸了一口，这味道……还挺好闻的。然后我才发现，这地方到处都充斥着各种东西的气味，但有一种东西的气味很特别。就是我曾经闻到过的那种难以言喻的气味。

我在荒野里多待了几分钟。然后我救过的那只山羊就走上前来咬了我一口。我感觉自己往下跌了几英尺，然后就着地了。我昏昏沉沉地走回了阿洛的小屋，发现他做好了一顿丰盛的饭菜，正在等我。

“吃吧。”他只说了这一句。

我和姆维塔离开了我们扎营的地方。其他人目送我们离开，并没有问我们要去哪里。大概走出了三分之一英里，我们坐了下来。这次只断食了一天半，我周围的世界就已经有了那种奇异的清晰感。

“是这趟旅程的缘故吧，我猜。”姆维塔说。

“你以前也断食过吗？”我问。

“很久以前了，”他说，“那时……我还是个小男孩。就是我从那些奥克克族士兵手里逃出来之后。”

“噢。你挨饿了吗？”

“饿了好几天。”

我想问他都看到了些什么，但现在不是时候。我看向干燥的沙漠。这地方寸草不生。阿洛告诉我，很久以前，这片土地并不是这样的。“也不要全盘否定《圣典》这本书，”他说，“确实发生了某些事情，然后一切都毁灭殆尽。绿地变成了沙漠。这片土地以前看起来会更像荒野。”

不过在我看来，《圣典》这本书主要还是些诡计多端的谎言和谜语。我哆嗦了一下，我周围的世界也跟着我波动起来。

“你看到了吗？”姆维塔问。

我点点头。“你等一下。”我说，我其实不太清楚自己说的是什么东西，不过我还是很肯定就是了，“让我来引导它。”

“我能做点什么别的吗？”姆维塔微笑着说，“我可不知道该怎么引导这样一团幻象，而咱们这位女巫小姐正要拿它练练手呢。”

“叫我巫师就行了。”我说，“不管是男是女，巫师就是巫师。而且我们总是在练手。”然后我周围的世界又波动了起来，我抓住了它，“快点，拿着，姆维塔。”

他一脸迷惑地看着我，然后做了听起来像是我想让他做的事。他也握住了它。“什么……是什么啊……”

“不知道。”我说。

这东西看上去就好像我们下面的一团空气凝固起来了。它动作快、力气大，用一种不可思议的速度把我们带向一个只有它知道是哪里的目的地。我们走了很远，但我们又寸步未移。我们同时身处两个地方，又或者两个地方都不在。就像阿洛一直告诉我的那样，不是所有问题都能得到解答。谁知道要是露羽、宾塔、法纳西或者蒂缇朝我们这边看一眼，他们又会看到些什么呢？按照太阳的位置来看，这团幻象主要是往西移动，有时候也向西北方悠游，接着又往西南而去，这副姿态我只能说是在嬉戏玩乐。在我们下面，沙漠飞驰而过。突然间，我有了一种强烈的不祥预感。我曾经做过一次这样的梦。梦里我见到了我的生父。

“我们现在飞到城镇上方了。”姆维塔过了一会儿说。他的声音听起来很平静，不过他本人可能没这么平静。

眨眼间，我们就飞过了座座城镇与乡村的边界，我都来不及看清些什么。但我的鼻腔里还是留下了烧灼的肉和火的气味。

“屠杀还在继续。”我说。姆维塔点了点头。

我们绕着西南走，那里的砂岩建筑间距很近，有两层高的，有时还有三层楼高的。我连一个奥克克族人都没见到。这里是努鲁族人的地盘。就算这里有奥克克族人，他们也不过是些忠奴。一些好用的奴隶。

这里的道路十分平整。棕榈树、灌木丛与其他植物在这里繁茂生长。这地方跟贾瓦黑尔不一样，贾瓦黑尔也有树木和其他植物，虽然它们也能生长，但却缺乏水分，只向上长，不向外长。这地方有沙子，不过也有一块块奇怪的深色地面。然后我才明白过来。原来是我从没有见过这么多水。它的形状像一条深蓝色的巨蛇。就算有成百上千的人跳进去游泳，它也能容得下。

“那就是七河之一。”姆维塔说，“可能是第三条或者第四条吧。”

越过河流的时候，我们的速度减慢了。我能看见白色的鱼在贴近水面的地方畅游。我俯下身，把手放进奔流的水里。水很清凉。我抬起手放到嘴边。河水甘美，就像雨水一样。这种水不是蓄水装置里那种强行从空中取来的水，也不是从地下抽取的水。这团幻象可真是种新东西。姆维塔和我都在这里。我们可以看到彼此。我们还可以品尝和感受。我们接近河对岸的时候，姆维塔的样子有些担忧。

“欧妮，”他说，“我还没有……这些人能看到我们吗？”

“不知道。”

我们坐着这辆“浮车”从不少人头顶上飞过。还有不少船。似乎没人看见我们，不过有个女人环顾四周，好像感觉到了什么。飞过陆地，我们的速度就快了起来，我们高飞入云，掠过一座座小村庄，一直飞到一个大城镇。它坐落在河流尽头，一处巨大水体的入口处。

就在一栋栋建筑后面，我瞥见了……一片绿色植物的种植地？

“你看到没？”我问。

“那边的水体？那是一个没有名字的湖泊。”

“不，不是那个。”我说。

我们被带到了砂岩建筑之间，努鲁族小贩正在沿路售卖货物。我们从一家开着的小饭馆门前飞过。我闻到了胡椒、炸鱼、米饭和熏香的味道。有个婴儿的哭号声从某处传来。一男一女在吵架。人们以物易物。在这里我看到了几张奥克克族人的深色脸孔——他们都背着重物，都有活儿要干，行色匆匆。他们都是奴隶。

这里的努鲁族人不是最富有的，但也不是最贫穷的。我们来到一条路上，这里有个木头搭成的舞台，前面悬挂着橙色旗帜，挤在台前的人把路堵得水泄不通。这团幻象把我们带到台前，放了下来。这种感觉真奇怪。一开始我们就好像坐在了地上，旁边都是人们的腿和脚。他们心不在焉地让到一边，注意力都集中在台上那个人身上。紧接着就有东西把我们抬了起来，变成了站姿。我们左顾右盼，害怕被看到。姆维塔把我拉近，紧紧搂住我的腰不放开。

我直视我旁边那个努鲁族人的脸。他也看着我的脸。我们互相凝视着对方。他比我和姆维塔矮了几英寸，看上去约莫二十岁，或者年纪更大点。他眯起眼睛。幸好台上那个人把他的注意力吸引走了。

“你们会相信谁？”台上的人喊道。他微笑了一下，又大笑起来，压低了声音，“我们做的都是该做的事。我们遵循《圣典》的教诲。我们向来都是一个虔敬忠诚的族群。但接下来又会发生什么呢？”

“告诉我们吧！你知道答案！”有人叫道。

“等我们把他们给消灭干净了，接下来又会怎么样呢？当然是我们给《圣典》带去了无尽荣耀！我们也让阿妮女神引以为傲！我们建立起的将会是一个至高无上的帝国！”

我被恶心到了。我知道这人是谁了，从这团幻象带走我的那一刻起，你估计也知道了。我慢慢把目光转过去，对上他的眼睛，我第一眼看到的是他高大的身形和宽阔的肩膀，还有垂到他胸前的黑胡子。我连一眼都不想看。但我还是看了。他也看见了我。他的眼睛瞪大了。有那么一秒钟，他的眼睛变成了红色。他大步朝我走来。

“你站住！”姆维塔大叫着跳上台。

当姆维塔撞上去的时候，我生父还在满脸震惊地看着我。他们向后摔倒，挤作一团的人们叫嚷着要往前冲。

“姆维塔！”我喊道，“你在干什么？”

有两个警卫眼看就要抓住姆维塔了。他们挡住了我的路。我急忙爬到了台上。我敢发誓我听到了有人在大笑。但我还没看见是谁，我们就被拉了回来。姆维塔直接从两个警卫中间飞了出来，飞回我身边。我生父把那两个人推开了。“姆维塔，等你准备好了，就回来找我吧。我们到时候再决一死战。”他说。他的鼻子流血了，但他却笑了。他望向我的眼睛，用一根又长又细的指头指着我说：“还有你，丫头，你没几天可活了。”

台下的人群一片混乱，爆发了好几场争斗。人们推推搡搡，撼动了支撑舞台的木头架子。几个穿黄衣服的人从两边跳上了舞台。他们毫不留情地把台上的人都踹了下去。除了我生父，似乎没人注意到我们。他又在那儿站了一会儿，然后望向他的听众们，举起双手，微微一笑。人们立刻安静了下来。真是太诡异了。

我们正在飞速后退。速度快到我都没办法开口说话，也不能转头看看姆维塔。我们飞过这座城镇，飞过河流，又飞过另外一座城镇。所有东西都成了一片模糊，直到我们回到营地附近。我们就像是被一只巨手放在了离开时那片沙地上。我们在那儿坐了几分钟，气喘吁吁。我看了姆维塔一眼。他侧脸上浮现出一大块瘀伤。

“姆维塔。”我说，想伸手去碰碰他的伤。

他拍开我的手，站了起来，眼中满是怒火。我挪开了，突然非常害怕他。

“要怕就怕吧。”他说。他眼中含泪，但神情凶狠。他回营地去了。我看着他走进我们的帐篷，但我只是坐在这里没动。我的额头有些微痛。看来头痛还没完全散去。

*姆维塔是怎么认识我生父的？*我不知道。我一点也不明白。我和我生父的模样并不太像。*再说了，姆维塔又为什么想打我？*这想法比这问题更让我伤心。这个世界上有这么多的人，却只有我妈妈和姆维塔这两个人是我可以完全信任的，他们永远也不会伤害我。可现在我却离开了妈妈，而姆维塔……他脑子里又有些什么东西被疯狂侵染了。

还有个问题就是，到底发生了什么。*我们真的去到了那个地方。*姆维塔给了我生父一拳头，也被他回敬了一拳。那些人能看到我们，但他们眼中所见的到底是什么？我抓起一把沙子，扔了出去。

28.

姆维塔和我都没有把我们的问题宣之于口。想不开口也很容易，因为第二天姆维塔带着法纳西一起去找蜥蜴蛋了。

“面包都开始变味了。唉。”宾塔一边抱怨，一边拿着一块黄色的扁面包咬了一口，“我要吃点真正的食物才行。”

“别犯公主病了。”我说。

“什么时候才能走到一个村庄啊，我都等不及了。”宾塔说。

我耸耸肩。我可不期待会在路上遇到村庄或者镇子什么的。我额头上那块伤疤还在，足以证明人们可能心怀敌意。“我们必须学会在沙漠里生活才行。”我说，“我们还有很长一段路要走呢。”

“对啊，”露羽说，“但我们只有在镇上和村里才能认识新的人。你和蒂缇可能是不介意离他们远点，但宾塔和我也是有需要的。”

蒂缇嘟囔了些什么。我看了她一眼。“你怎么了？”我问。

她只是把目光移开了。

“欧妮，”宾塔说，“你说过你小时候唱歌能把猫头鹰引来。你现在还能做到吗？”

“说不准，”我说，“我好久没试过了。”

“试试看嘛。”露羽来了精神。

“你要是想听人唱歌，就把宾塔的音乐播放器打开吧。”我说。

“电池没电了。”露羽说。

我笑了。“不是太阳能电池吗？”

“来嘛。别那么小气了。”露羽说。

“你这样真的好吗，”蒂缇生气地小声说，“没必要那么以自我为中心吧。”

“我还从来没有凑近了看过一只猫头鹰呢。”宾塔说。

“我看过。”露羽说，“以前我妈妈每天晚上都会给一只在她窗子外面的猫头鹰喂食。那可真是……”她不再说了。我们都沉默了，都想起了自己的妈妈。

于是我赶紧唱起了凉爽夜晚的沙漠之歌。猫头鹰是夜行动物。它们会喜欢这首歌的。唱歌让我心中充满喜悦，这种情绪对我来说可真是不寻常。残存的头痛终于离我而去了。我站起来，抬高嗓门，张开双臂，闭上眼睛。

我听到了翅膀拍打的声音。我的朋友们倒吸一口气，咯咯笑起来，惊叹不已。我睁开眼睛，继续唱歌。有只猫头鹰栖在了宾塔的帐篷上。这只是深棕色的，有一双黄色大眼。另一只猫头鹰落在了露羽的帐篷上。这只小小的，都能让我捧在掌心。我唱完了歌，两只猫头鹰都感激地呜呜叫了起来，然后飞走了。大的那只在宾塔的帐篷上留下了一摊鸟粪。

“凡事都有后果。”我笑了。宾塔厌恶地咕哝了一声。

那天晚上，我躺在我们的帐篷里等姆维塔回来。他正在外面用蓄水装置里的水洗澡。他和法纳西找了几个蜥蜴蛋回来，还抓了一只乌龟——结果我们之中没有哪个能狠下心来把它杀了吃掉，就连法纳西也不肯——还有四只他们在沙漠里就已经杀好的沙漠野兔。我怀疑姆维塔用了些简单的法术来抓野兔和找蜥蜴蛋。但姆维塔还是不跟我说话，所以我确定不了。

我躺在那儿，拉帕裙围在我身上，我的脑海中充满了恐惧。我真希望这种感觉只是暂时的，只是那团幻象引起的怪异的副作用。我颤抖不已。我很肯定今天晚上他会打我，甚至会杀了我。当他和法纳西回来把猎物给我们看的时候，姆维塔打量了我一下。他轻吻了一下我的嘴唇。然后我的目光也被他吸引了过去。我在他身上看到了令人恐惧的怒火。但我还是不愿意躲开他。

我知道该怎么用圣秘法点来保护自己。我可以变成一只比姆维塔强大十倍的动物。我可以跳进荒野里，他连碰都碰不到我。我还可以攻击他，撕碎他的灵魂，就像我对阿洛出手的那次，那时我还只有十六岁。但我今晚不会用任何一种办法来对付他。因为姆维塔是我的一切。

帐篷的门帘被掀开了。姆维塔的动作停了下来。我的心一阵怦怦乱跳。他还以为我会去跟露羽或者宾塔待在一起。他想让我走。我坐了起来。他只穿了一条和我的拉帕裙材质相同的裤子。帐篷里很黑，所以我看不清他的脸。他放下帐篷门，拉起拉链。我对自己保证说我什么事都没有做错。*就算今晚他把我杀了，也不是我的错*，我想。*这我可以接受*。但我真的可以吗？如果我真是预言里那个能在西边拨乱反正的人，我死了对整件事又有什么好处呢？

“姆维塔。”我轻声说。

“你不该在这里。”他说，“今晚不行，欧妮桑乌。”

“为什么？”我问，让自己的声音保持稳定，“之前发生的事……”

“别盯着我看。”他说，“我能看见你。”他摇摇头，蜷起肩膀。

我犹豫了一下，但还是朝前走去，抱住了他。他绷紧了身体。我把他紧紧抱在怀里。“究竟是怎么回事？”我轻声说，不想让别人听见，“你就告诉我吧！”

停顿了很长很长的一段时间，他只是皱着眉瞪着我。我一动也不敢动。

“躺下，”他最后说，“脱掉裙子躺下。”

我脱掉了我的拉帕裙，他躺在我身边，把我搂进他的怀里。他真的很不对劲。但我任由他抚摸我。他用胳膊上下爱抚我的身体，手握住我的辫子，深吸一口气，吻了又吻。这会儿，他泪落如雨，我身上都被他的眼泪沾湿了。

“穿上吧。”他说。他坐了起来，我把裙子系好了。

他用手捋着自己乱糟糟的头发。我们离开贾瓦黑尔的时候他剃了头，但现在头发又长长了，他的胡子也一样。有关姆维塔的一切都变得乱糟糟。

“我走在外面都听到你唱歌了。”他看着别处说，“我们肯定都走出几英里远了，但我还是能听见你的歌声。我们看到一只大鸟飞了过去。我猜它一定是冲着你去的。”

“我唱歌是给露羽、宾塔和蒂缇听的。”我说，“她们想看猫头鹰。”

“你应该有事没事就唱唱歌。”他说，“你的歌声能治愈你。你现在看起来……好多了。”

“姆维塔，”我说，“告诉我究竟是怎么……”

“我正要说呢。你先别说话。也别太肯定了，你不一定想听这些的，欧妮。”

我等他开口。

“我不知道你会成为一个什么样的人，”他说，“我也从没听说有人做过你做过的事。我们真的去到那个地方了。看看我的脸。就是挨了他一拳！我不觉得你看清七河王国边界上的那些村庄了，但我看得很清楚。我们飞过的那些地方，奥克克族叛军正在和努鲁族人打仗。努鲁族人多势众，一个奥克克族人要抵挡一百个努鲁族人。奥克克族平民也被袭击了。到处都是一片火海。”

“我闻到烟味了。”我静静地说。

“你的眼神不好，这一点反而保护了你，但我不一样。我看见了！”姆维塔说，他的眼睛睁大了，“我不知道这是种什么巫术，不过你吓到我了。所有这些事都吓到我了。”

“我也吓坏了。”我小心翼翼地说。

“你的长相主要还是随你妈妈，除了肤色不同，鼻子可能也不太一样。你的一举一动也有点像她……但也有些不像的地方。”他说，“但我现在能从你们的眼睛里看出来了。你有他的眼睛。”

“没错。”我说，“我们的共同点就只有这么多了。”*其实还有我们的美妙歌喉，我想。*

“你生父就是我以前的老师。”他说，“他就是戴布。我跟你说起过他。我姑父和姑姑，这两个救了我又养大我的人，就是因他而死。”

这消息带给我的冲击不亚于我妈妈扇了我一巴掌，阿洛给了我一拳，或者姆维塔想要勒死我。我张大了嘴才能呼吸。*原来我的亲生母亲和我最爱的男人都有理由恨我，*我绝望地想。*他们只需要看着我的眼睛，就能找到仇恨的来源。*我揉了揉后脑勺，还以为我的头痛会复发，不过它没有。姆维塔抬起脸靠近我：“这件事你知道多少，欧妮？”

我皱眉不仅仅是因为他这个问题，还因为他这个问法：“我一无所知，姆维塔。”

“你对我说起过这个叫索拉的家伙，是不是他计划了……”

“姆维塔，这并不是什么针对你的阴谋。难道你就真的相信我是个骗子……”

“戴布是个非常非常强大的巫师，”姆维塔说，“他能扭曲时间，能让不合适的东西出现在不合适的地点，能把错误的想法塞进人们的脑袋，他还有一颗充满了邪恶的心。我太了解他了。”他的脸凑得更近了，“要是戴布想杀你的话，就连阿洛也阻止不了他。”

“好吧，不过阿洛还是想办法阻止了他这么久，虽然我不知道他是怎么做到的。”我说。

姆维塔向后靠去，一副气馁的样子。“好吧，”他过了一会儿说，“好吧。不过……欧妮，我还是觉得我们俩差不多算兄妹了。”

我明白他的意思。我的生父戴布是他的第一个师父，一日为师，终身为父。虽然戴布不让姆维塔参加入学测试，但姆维塔确实做了很多年他的学生。而且，成为一个巫师的学徒就意味着会与巫师本人建立起一种非常亲密的关系——从某种意义上来讲，师徒之间的关系比父子之间的关系还要更加亲密。虽然我和阿洛之间有各种矛盾，但他于我而言就像第二位父亲——第一位是我爸爸，绝不是戴布。阿洛是我的再生之父，他从另一种途径给予了我新生。我发抖了，姆维塔点点头。

“戴布揍我的时候会唱歌。”姆维塔说，“我这么懂规矩，又学得这么快，都是拜你那位爱下重手的生父所赐。每当我做错什么事，或者手脚太慢，或者不够准确，我都能听到他唱歌。他的歌声总是会招来蜥蜴和金龟子。”

姆维塔深深地望向我的眼睛，我知道他是在做决定。我自己也用这段时间来做了决定。我一定要认清我是不是被人操纵了，我们是不是都被人操纵了。从我十一岁起，我身上就不间断地发生了各种事，它们把我推向了这条特定的道路。我很容易就会联想到有个拥有巨大神秘力量的人操纵了我的人生。不过有件事除外：当戴布看到我的时候，他脸上露出了震惊乃至害怕的表情。像戴布这样的人绝对不会装出惊恐万状和猝不及防的样子。他那副表情是千真万确的。戴布不可能是幕后黑手，他对这整件事的操控程度也就和我差不多。

那天晚上，姆维塔不愿意放手让我走，我也不必再苦苦挽留他。

29.

第二天，我们黎明前就出发了。向西走。一路往西。我们有一个指南针，太阳也不算太猛烈。露羽、法纳西、蒂缇和宾塔开始玩一个猜谜游戏。我没心情，就落在队伍最后面。姆维塔走在我们所有人前面。我们起床之后，他就只对我说了句“早上好”。露羽从猜谜游戏里退出了，过来跟我一起走。“这游戏真蠢。”她说，攥紧她的背包带子。

“我同意。”我说。

过了一会儿，她把手搭在我的肩膀上，让我不要再走了。“你们俩这是怎么了？”

我瞥了一眼其他人，他们还在走，我摇了摇头。

她皱起眉，很生气：“别瞒着我了。要是你什么都不肯告诉我，我就站在这儿不走了。”

“随便你。”我迈步往前了。

她跟了上来。“欧妮，我是你的朋友啊。你总该让我参与一些事吧。如果你不肯分担一些重负的话，你和姆维塔会互相把对方折磨疯的。我敢肯定姆维塔都对法纳西透露了一些。”

我看着她。

“他们什么都聊，”她说，“有时候他们会一起出去，你也看到了。你也一样可以跟我聊聊。”

她说的可能是真的。姆维塔和法纳西不是一路人，法纳西是在传统教育方式下长大的，而姆维塔连出身都是非传统的。不过有时候他们也能求同存异。

“我不想让蒂缇和宾塔也知道这些事。”过了一会儿我说。

“我保证不会说出去。”露羽说。

“我……”突然间，我又想哭了。我哽咽了一下。“我是阿洛的学生。”

“我知道啊。”她的眉毛拧成一团，“你参加了入学测试，然后……”

“然后……入学测试其实是有代价的。”我说。

“就是你的头痛。”她说。

我点了点头。

“我们都知道这个了。”露羽说。

“但是没有那么简单。我的头痛是某件事引起的。这种头痛是……来自未来的幽魂。”我们停下了脚步。

“未来发生了什么事？”

“跟我的死法有关。”我说，“入学测试中有一部分就是要面对自己的死亡。”

“那你是怎么死的？”

“我被带到一群努鲁族人面前，土埋到了我的脖子，然后我就被他们用石头砸死了。”

露羽的鼻翼翕动着。“这……这事发生的时候你多少岁了？”

“我也不知道。我看不到自己的脸。”

“你的头痛，是不是感觉像石头砸在你头上？”她说。

我点了点头。

“噢，阿妮在上。”她说。她抱住了我。

“还有一件事。”我过了一会儿说，“预言里说得不对……”

“预言里那个人其实是个伊乌女人。”露羽说。

“你怎么……”

“我猜到了。现在就更有道理了。”她轻笑起来，“我可是在跟一个传奇人物同行呢！”

我苦笑了一下：“但我还远远不是传奇。”

30.

接下来的几周里，姆维塔和我发现彼此交流变得很困难。可是每当我们松懈下来，双手又会难以自控地抚上对方的身体。我还是害怕会怀孕，然而我们的身体需求又越发强烈。我们之间情深似海，却又有口难言。身体接触是我们表达爱意的唯一办法。我们试着保持安静，结果还是被大家听到了。我和姆维塔夜里都忙着沉溺于彼此，白天又忙着困顿于各自的阴郁思绪，别人听不听得到可不是我们会关心的问题。只有在那个冻人的夜晚，蒂缇突然跑来找我说话的时候，我才意识到我们之间的问题正在日益恶化。

她一直压着嗓门，但她那副样子看起来就好像随时准备吃了我。“你们俩到底是什么毛病？”她在我旁边跪下来说。

我正搅着一锅野兔和仙人掌炖菜，一听这话就抬起头来，被她的语气给惹怒了：“你闯进我的地盘了，蒂缇。”

她却靠得更近了：“我们所有人每天晚上都能听到你们两个在干什么！你俩就跟两只沙漠野兔似的。要是你不注意一下你自己，等我们到西边的时候，肯定就不止六个人了。一对伊乌父母生个伊乌孩子？没人能受得了。”

我用尽所有力量才忍住没把我的木勺子扔到她脸上。“离我远点。”我警告她。

“我就不。”她说，但她看起来还是挺怕的，“我——我很抱歉。”她碰碰我的肩膀，而我看着她的手。她赶紧把手收回去了。“你真的没必要炫耀，欧妮。”

“你说什么呢……”

“要是你真的掌握了所有巫术，为什么不把我们都治好呢？”她说，“还是说你就是我们中间唯一可以享受性爱特权的女人？”

我还没来得及回答，露羽就跑了过来。“嘿！”她指着我们身后说，“嘿！那是什么？”

我们转过头去。是我的眼睛在骗我吗？一群沙色野狗正朝我们狂奔过来，速度快到扬起了一阵尘土。两头毛茸茸的单峰骆驼和五只长着螺旋长角的羚羊跟在野狗两旁。七只鹰在它们头顶上盘旋。“别管东西了！”我叫道，“快跑！”

蒂缇、法纳西和露羽拔腿就跑，拖着目瞪口呆的宾塔一起。

“姆维塔，快点！”我喊道。他还没跑出来，我知道他还在帐篷里打盹。我拉开帐篷拉链。他还睡得很沉。“姆维塔！”我尖叫道，动物们的奔跑声盖过了一切。

他的眼睛“唰”的一下睁开了。睁得又大又圆。它们跑过来的时候，姆维塔把我拉到了他身边。这群大型野兽奔进我们的营地，我们只能拼命挤在一起，蜷缩在彼此怀里。野狗们冲着我的炖菜去，把锅子从火上拖走了，完全不管它还是烫的。羚羊和骆驼在帐篷周围停下了脚步。它们把头伸进我们的帐篷里，拿走了它们想要的东西，我和姆维塔一点声也没出。一头骆驼找到了我放仙人掌糖果的地方。它一边目不转睛地盯着我们看，一边津津有味地大嚼起那些果实。我忍不住骂了起来。

另一头骆驼把它的嘴伸进了水桶里，里面的水都被它舔光了。

天上的鹰俯冲下来，抢走了蒂缇和宾塔正在晾的野兔肉干。等它们吃干抹净之后，这个动物联盟又跑开了。

“沙漠守则第一条。”我从帐篷里爬出来说，“要是你的旅伴不打算吃掉你，就不要拒绝与它同行。我想知道这些动物像这样合作有多久了。”

“看来法纳西和我今天晚上不得不去打猎了。”姆维塔说。

露羽、蒂缇、宾塔和法纳西走了回来，一副气冲冲的样子。

“我们真该把它们全都杀光吃掉。”宾塔说。

“你要是攻击它们其中一个，它们就会一起攻击你。”我说。

我们尽可能地搜集了一下食物，不过所剩不多。那天晚上，法纳西和姆维塔出去打猎和采集食物了，露羽坚持要跟他们一起去。蒂缇对我避而不见，跑去跟宾塔玩瓦里游戏了。我烧了点水，因为太有必要洗个澡了。我正站在帐篷后面把热水倒在自己身上的时候，有只蚊子叮了我的胳膊。石头营火这个法术有部分效果就是可以驱走咬人蚊虫，不过时不时还是会有一两只溜进来。它又飞到我的脚踝上，我把它拍死了。它爆开，变成了一小块血迹。

“唉。”我叹了口气，把血洗掉了。被叮过的地方已经变得鲜红。就算是动作最轻柔的一巴掌或者蚊虫的叮咬，我的皮肤也会变得比正常情况下更红。姆维塔也一样。伊乌的皮肤就是这么敏感。我很快就洗完了澡。

那天晚上，我发现蒂缇去和宾塔睡一个帐篷了。她和法纳西没办法再睡在彼此的臂弯里。这真是太糟糕了。

31.

早在我们到达前的几小时，我就已经知道了这个小镇的存在。大家都在睡觉的时候，我变成秃鹫飞了出去。乘着凉爽的风，我飞了几英里远。我需要好好思考一下蒂缇的要求。我应该知道要怎么打破十一岁仪式那个法术才对。这就是整件事里最令人气馁的部分了。我想不出哪种咒语吟唱、草药组合或者可用道具是能够奏效的。我这么愚钝，阿洛肯定会对我嘲笑加辱骂。但我真的不想因为我的一个错误就伤害到我的朋友们。

风把我带往西边，我就是这样碰巧飞过了那个小镇。我看到了精美坚固的砂岩建筑，里面闪烁着电灯和炉火的亮光。一条平整的道路自南向北贯穿全镇，路的两头都消失在茫茫黑夜里。北边地势起伏，有几座小山丘，还有一座大山，山上有间小屋，屋内亮着灯光。回到营地，我叫醒了姆维塔，把发现这个镇的事告诉了他。

“这地方根本就不该有个小镇。”他看着地图说。

我耸耸肩。“说不定是地图太旧了。”

“这镇子听起来已经建成很久了。地图不可能有那么旧吧。”他骂了一句，“我觉得我们没走对方向。我们得弄清楚小镇的名字才行。那地方有多远？”

“今天结束的时候，我们就能走到那里了。”

姆维塔点点头。

“我们还没准备好，姆维塔。”

“但我们刚被一群动物抢走了所有的食物。”他说。

“你知道小镇可能会很危险，”我摸了摸额头上的伤疤，“我们应该绕过去，再也别提它了。我们在路上能找到食物的。”

“我明白你的意思。”他说，“我只是不同意你的看法。”

我咂咂嘴，看向别处。

“瞒着他们是不对的。”他说。

“那你又瞒了法纳西多久？”我问。

他仰起头笑了。

“露羽都怀疑你了。”我说。

他点点头。“那姑娘眼真尖，耳朵也灵。”他向后撑在自己的手肘上，“法纳西会问我问题。我要是想回答就会回答。”

“他都问什么了？”

“你要相信我，”他说，“有时候也要学会别再追问。无论如何，我们都在同一条船上。”

这一天结束时，我们来到了离小镇不到一英里远的地方。姆维塔捡了几块石头，生起了营火。我们都洗了澡，吃了东西，围着营火坐下，最终陷入一片沉默。法纳西和蒂缇坐在一起，靠得很近，蒂缇却不断地拿开法纳西放在她腰间的手。露羽先开口了：“我们没必要去那里。大家都是这么想的，对吧？”

姆维塔瞥了我一眼。

“我们已经走了几个星期了。”露羽继续说，“不过还不算久。我不知道还要走多久，我们才会碰到……那些坏人坏事。我们都说大概还要五个月或者更长时间，但是路上什么事都有可能发生，都会拖延我们的脚步。所以，要我说，我们应该一鼓作气。我们还是继续前进吧。”

“可我想吃点真正的食物。”宾塔生气地说，“比如馥馥白糕和埃古西汤，还有用真正的胡椒做的胡椒汤，而不是拿味道尝起来很奇怪的辣味仙人掌来代替！我们最终总要‘一鼓作气’走下去的，不过是明天早上买完必需品之后再继续上路。”

“我同意宾塔的看法。”蒂缇说，“不过恕我冒犯，各位，我可不介意看到一些不同的面孔，哪怕只有几个小时。”

法纳西瞪着她。“我们应该继续前进，”他说，“去镇上可能会招来麻烦，而且我们又没有那么迫切的需求，大可不必冒这个险。”

露羽冲法纳西使劲点点头，他们互相笑了笑。蒂缇嘀咕了些什么，从法纳西身边挪开了。他翻了个白眼。

“我倒是不介意去一个新镇子看看。”姆维塔说。我朝他皱了皱眉。“但我们之后也还是会有很多这样的机会。”他继续说，“而且，没错，去镇上的确有可能招来危险。尤其是对我和欧妮来说。很快我们就会走到离家很远的地方，我们呼吸的每一口空气都将是全新的。情况只会变得越来越危险……对我们大家来说都是这样。但我还是要说，我这张地图上并没有提到这里有个城镇，所以要么就是我们偏离了路线，要么就是我的地图不对劲。我提议我和法纳西一起去弄清楚这个小镇的名字，然后立刻折返。”

“为什么是你呢？”蒂缇问，“你太引人注目了。应该是我和法纳西一起去。”

“你们俩相处得似乎并不是很好。”我说。

蒂缇看上去好像想咬我。

“好吧，那露羽和法纳西去。”姆维塔说。

“要我说我们**全都**去。”蒂缇要求道。

“要是不一起行动，那也太蠢了。”宾塔补充道。

他们全都看向我。如果我投票赞成要去的话，那大家就扯平了。

“我说我们该绕开这个镇。”

“你当然这么说了，”蒂缇嘘道，“你早就习惯了像只动物似的在沙漠里生活。而且你晚上还能让姆维塔帮你取暖。”

我感觉血涌到了脸上。真不知道她怎么会变得这么蠢。露羽、蒂缇和宾塔对我可能是没有那么尊重，她们对我更多的是种畏惧，这一点我已经习惯了。她们是我的朋友，她们都爱着我，但我身上还是有些东西会让她们在重要的时刻选择闭口不言。“蒂缇，”我小心斟酌着说，“你正在危险边缘试探……”

她突然跳了起来，抓起一把沙子，朝我脸上扔过来。我及时抬起双手护住了我的眼睛。姆维塔教过我如何平复自己的情绪，阿洛也曾教过我如何控制和集中我的情绪。我会感觉到愤怒甚至狂怒，但我绝不会盲目使用我从阿洛那里学来的那些东西。至少他是这么教导我的。我的训练仍然没有结束。我想都没想，在姆维塔来得及抓住我之前，我就朝蒂缇猛扑过去，在她转身欲跑的时候把她逮了个正着。我只用了自己的那点力气来揍她。阿洛和姆维塔已经把我教得很懂事了。

蒂缇尖叫不已，不停地想挣脱逃走，但我牢牢地按住了她。我把她翻了过来。她又惊声尖叫起来，朝我脸上扇了一巴掌。我更用力地扇了她的背，抓住她的手，坐在她胸口上。我用右手攥住她两只手，然后开始用另一只手左一巴掌右一巴掌扇起她的脸。“你这个蠢婊子！你这个没长脑子的平胸小丫头……”

眼泪从我眼里飞了出来。在我周围，整个世界都在天旋地转。然后是法纳西把我从她身上拖了下来，他大喊道：“住手！快住手！”我的注意力转到了他身上。他更高更强壮，不过我也很高很强壮。从身体层面上来看，我们俩的实力并没有那么悬殊。

我的怒火在胸口盘旋，时刻准备着再次动手。这种情绪令我恶心，即使它是来自我爱的人身上也一样。而要达到这个效果就只需要惹他们生气而已。这就是为什么我妈妈和姆维塔会不同于其他人，甚至连阿洛都比不上他们。因为就算在他们最愤怒的时候，他们口中也不会吐出这样侮辱的言语。绝对不会。

法纳西把我摔到地上。我还没来得及跳起来扑向法纳西，姆维塔就抓住了我的胳膊。他把我拖到一边。我由着他去了。他的触碰让我的戾气随之消散。这趟旅程我真的太需要姆维塔了。

“控制一下你自己吧。”他带着厌恶的神情低头看着我说。

我还在喘着粗气，转头吐出嘴里的沙子。“要是我不想控制自己呢？”我边喘边说，“要是控制自己什么用都没有呢？”

他在我面前跪下来。“那你就要一直想办法控制下来。”他说。然后他停顿了一下。“就是这一点让你和我变得不同。不同于那些伊乌的传说，也不同于我们将会在西边见到的那些人。我们一定要坚持控制、思考和理解。”

我吐掉了更多的沙子，让他把我给拉了起来。法纳西把蒂缇带回了他们的帐篷里。我能听到她哭了，法纳西在柔声安慰她。宾塔坐在他们帐篷外面，听着里面的声音，伤心地看着自己放在膝盖上的手。

“你知道蒂缇为什么会这么生气。”露羽走到我跟前对我说。

“我才懒得理她呢。”我说着，看向一旁，“明明还有更重要的事情要去关心！”

“要是你真的想让我们顺利抵达我们要去的地方，你就应该关心一下这件事才对。”露羽生气地说。

“露羽，”姆维塔开口了，“相比我们的处境，你们有关性的那点事真的是小事。”他指着自己的脸，“想想看，你要是有我们这么明显的特征会怎样。不管她和我去到哪里，每个人脑子里都有蒂缇对欧妮桑乌脱口而出的那种想法，奥克克族人和努鲁族人都认为我们早已习惯了‘像动物一样活着’。人们恨我们，就像恨沙漠一样。”

露羽低下头，嘟囔道：“我明白。”

“那你就说到做到吧。”姆维塔厉声说。

那天剩下的时间里我们都剑拔弩张。气氛紧张到法纳西和露羽觉得还是他们俩第二天早上去镇上看看比较好。在只有姆维塔能够劝架的情况下，要留下我跟蒂缇和宾塔一起，确实不是最好的时机。不过这已经是最好的计划了。

一个小时过去了。蒂缇和宾塔形影不离，洗了衣服又缝衣服。法纳西和姆维塔坐在帐篷营地中央，紧盯着我们这几个疯女人。姆维塔在教法纳西说努鲁语。他还主动提出要教蒂缇、宾塔和露羽。不过最终只有露羽答应要学。自从我和蒂缇大打出手之后，露羽就一直没离开过我身边。

“你得多练。”我说。我们坐在我的帐篷外面，面朝小镇。我正试着教她冥想。

“我觉得我永远都不可能把我脑海里所有的念头都清除出去。”她说。

“我以前也是这么想的。”我说，“但你有没有过某次醒来，结果有好几秒钟都不知道自己是谁？”

“有的，”露羽说，“我总会被这种事吓到。”

“你会不记得，是因为你正处于一种暂时的状态中，你把所有思绪都清除出去了，剩下的只有你这个人。想想你遇到这种事的时候，都是怎么让自己回想起一切的？”

“我会提醒自己一些事，”她说，“比如那天我该做什么，或者我想做什么。”

我点点头。“没错。你往自己的脑子里塞满了想法。但有件事就很吓人：要是你认不出你自己了，那这个提醒你你是谁的人又是谁呢？”

露羽一脸茫然地看着我。她皱起眉：“对啊，是谁呢？”

我笑了：“姆维塔跟我点破这个问题之后，我一周都没睡好觉。”

“你有办法治好我们，让我们不再被迫守贞吗？”过了一会儿，她问道。

“我做不到。”

我们又安静下来了。

“对不起，”露羽沉默了一会儿说，“我太自私了。”

我叹了口气。“不。你没有。”我摇摇头，“的确，所有事都一样重要，我不该厚此薄彼。”

“欧妮，真的很对不起。我替蒂缇说的那些话道歉。我也很抱歉你的生父……”

“我不会叫他父亲的。”我看着她说。

“你说得对。对不起。”露羽小心翼翼地说。她顿了顿。“他……他录了下来。他肯定还留着录像。”

我点了点头。我一点也不怀疑他会这样做。我从来没怀疑过。

我们一言不发地吃过了晚饭，太阳还没落山就上床睡觉了。姆维塔看着我解开又长又浓密的发辫。因为蒂缇犯蠢的事，我头发上沾满了盐粒般的沙子。我打算把头发上的沙子都梳干净，然后编一根又粗又长的大辫子，等到有机会了再重新编成我喜欢的那种很多小辫子的发型。

“你有想过要把它剪掉吗？”我梳头的时候姆维塔问。

“我才不。”我说，“你的也别剪。”

“那我们走着瞧吧。”他说着，扯了扯脸上的毛发，“这胡子我倒是挺喜欢的。”

“我也挺喜欢。”我说，“所有智者都留胡子。”

我彻夜难眠。“你早就习惯了像只动物似的生活在沙漠里。”蒂缇是这么说的。她这话就像返上来的胆汁一样烧灼着我的内心。还有宾塔跟在她后面那副唯唯诺诺的样子。自从我和蒂缇打了那一架之后，宾塔就没再跟我说过话了。我很小心地把姆维塔环在我腰上的手臂挪开，从他身边溜走了。我重新系好我的拉帕裙，走出了帐篷。我能听到露羽在她的帐篷里打呼噜，法纳西在他的帐篷里发出沉重的呼吸声。走到蒂缇和宾塔的帐篷跟前，我却什么也没听到。我往里看了看。她们不见了。我忍不住骂了一句。

“我们去找她们的时候，干脆就把东西留在这儿吧。”露羽说。

我蹲在冷却下来的石头旁边苦苦思索。她们真以为她们能溜出去再在我们发现之前溜回来吗？还是说她俩根本就没打算回来。*真是蠢啊，两个白痴笨女人*，我想。

法纳西背对我们站着。我生气的时候，法纳西心急如焚。他为蒂缇放弃了这么多，可蒂缇甚至都没想过要带他一起走。

“法纳西，”我站起来说，“我们会找到她的。”

“现在还早。”姆维塔说，“不如我们先把所有东西收拾好，蒂缇和宾塔的东西也都带上，然后再去找她们。等找到她们了，不管已经是什么时候，我们都继续前进。”

法纳西坚持要带上蒂缇的大部分东西，至少是她留下来的那些东西。她带走了她的背包和一些小东西。姆维塔背上了露羽卷起的帐篷。我们借着镇上的灯光在低矮的山丘上穿行。我们一边走，我一边随风轻轻唱起歌来。忽然间，我又不唱了。“嘘。”我说着，举起一只手。

“怎么了？”露羽小声问。

“先等等。”

“我手上拿着棕榈油灯呢。”姆维塔说。

“别，先等等。”我停顿了一下，“有人跟着我们。别出声。放松点。”我又听到了。放轻的脚步声。就在我身后。“姆维塔，把灯打开。”我说。

他一打开灯，露羽就尖叫一声，向我冲过来。她绊了一跤，狠狠摔在我身上，把我给撞倒了。“那是……那是……”她胡言乱语着，往后看了一眼，手忙脚乱地想从我身上爬开。

“那就是头野骆驼。”我说，推开她站了起来。

“它舔了我的耳朵！”她大声喊道，使劲揉着她被舔湿的耳朵和头发。

“是啊，那是因为你老是出汗，洗个澡就好了。”我说，“它们喜欢咸味。”野骆驼一共有三头。离我最近的那头从喉咙里发出低沉的咕噜声。露羽吓得蜷缩在我身边。我倒也不能完全怪她，毕竟我们之前才遭受了那个动物部落的袭击。

“把灯举起来吧。”我对姆维塔说。

它们每头都有两个巨大的驼峰，皮毛厚实，沾满沙尘。它们都很健康。离我最近的那头又咕噜了几声，气势汹汹地朝我走了三步。露羽吓得大叫，爬到了我身后。我站着没动。是我的歌声引来了它们。

“它们想怎么样？”法纳西问。

“别出声。”我说。姆维塔慢慢走到我面前来。骆驼走近他，把它柔软的脸贴在姆维塔脸上，嗅了嗅。另外两头骆驼也做了同样的事。姆维塔刚刚向骆驼们展示了他和我之间的关系，骆驼们也明白了——是雄性在保护雌性。他才应该是它们的谈判对象。我得承认，有个人能替我站出来，这感觉还真不错。

“它们是想和我们一起上路。”姆维塔说。

“我猜也是。”我说。

“但是看看它们那副样子！”露羽说，“它们好脏，而且……还是野生的。”

我听到法纳西咕哝着表示同意。

我嗤之以鼻：“这就是为什么我觉得我们还没准备好去镇上。走在沙漠里的时候，你除了沙漠就无处可去。虽然头发里的沙子还是很烦人，你却也能学会接受衣服上沾的沙。你不会再介意在外面洗澡。你还会愿意留出多一桶水来，给其他可能有需要的动物。如果有人，不管是什么样的人，想要和你一起上路，你都要学会接受，除非他们是残暴之徒。”

我们继续赶路，这次有三头骆驼跟着。还没走到镇上，我们就先碰上了一条平整的大路。我停下来，感受着这种微弱的似曾相识感。

“六岁的时候，我第一次见到了这种平整的大路。”我说，“我还以为它们都是巨人造的。就像《圣典》里的那种巨人。”

“说不定就是。”姆维塔说着，走过我身边。

骆驼们对这条路似乎一点也不感到好奇。但它们一走过去就不肯再走了。我们走出了几步远才发现它们没有跟上。骆驼们一边大声呻吟，一边坐了下来。

“来吧，”我对它们说，“我们只是想先找到我们的同伴而已。”

骆驼们一动不动。

“你觉得它们是不是感应到了什么坏事？”姆维塔问。

我耸耸肩。我喜欢骆驼，但我并不总能理解它们的行为。

“它们说不定是想在这儿等我们。”法纳西说。

“我希望别。”露羽说。

“也说不定。”姆维塔说。他朝骆驼们走去，结果刚走到它们跟前，三头骆驼就一起冲他吼叫起来。他吓得往后一跳。

“我们走吧，”我说，“要是我们回来的时候它们走了，那就算了。”

32.

就像我前一天晚上飞过小镇时看到的，小镇有一侧的地势全是起伏。我们从比较平坦的那一侧进去了，那里有些商店，出售绘画、雕塑、手镯、吹制玻璃还有其他常见的东西。

“欧妮桑乌，把你的面纱戴上。”姆维塔说。他也把他的面纱戴在头上，让厚厚的绿色布料垂下来盖住了他的脸。

“只希望他们别以为我们生病了。”我说。我也戴上了自己的黄色面纱。

“只要人们离我们远远的就行了。”姆维塔说。他看到了我脸上烦恼的表情，于是说：“我们可以说我们是圣徒。”

我们走进一片满是大型建筑的地方。我朝一扇窗户里面瞥了一眼，看到里面有书架。

“这里肯定是他们的书屋。”我对露羽说。

“是吧，呃，要真是这样的话，那他们就有两间书屋了。”她说。

我们左边的建筑里也放满了书籍。

“瞧瞧。”姆维塔睁大眼睛，静静地说，“都这么晚了，还有人在里面。你们觉得这两间书屋对外开放吗？”

小镇名叫班扎，这名字在我听来有点耳熟。而且姆维塔的地图上确实有这么一个地方。是我们偏离了路线，已经往西北而不是向正西方走了。

“我们得花更多心思在路线上才行。”姆维塔说，我们都站在那里看他的地图。

“说起来容易做起来难。”露羽说，“走路太无聊了，走着走着都能睡过去。我都想象得出来我们是怎么走偏的了。”

有几个人经过时略有兴趣地看了我们几眼，不过仅此而已。我放松了一点点。不过，我们并非本地人的身份还是很明显。我们的衣服偏长，裤子垂坠，还穿长裙戴面纱，而这里的人都穿更贴身的衣服，头上紧缠着布。

女人们鼻子上戴着银环，穿着修长贴身的半裙，裙子底部呈喇叭状，这里的人管它叫衬裙。他们还穿无袖衬衫，露出胳膊和肩膀。大部分女人的衬裙、衬衫和头巾上的颜色与印花都是撞色的。男人们穿着同样贴身的撞色长裤和紧身长衫。我们找了一个小时，结果发现我们已经置身于他们的中心市场。虽然都晚上十点过后了，这里却还是十分繁忙。

班扎是一个主打文化和艺术的奥克克族人聚居小镇。它不像贾瓦黑尔一样历史悠久。班扎的伤痛犹在眼前。随着岁月的流逝，班扎学会了从恶的土壤中培养出美的花朵。小镇的创始人将他们的伤痛化作艺术的灵感源泉，于是艺术品的制作与销售成了班扎小镇文化的核心。

“这镇子都不睡觉的吗？”露羽问。

“他们的头脑都太活跃了。”我说。

“我倒是觉得这里的人都疯了。”姆维塔说。

我们四处打听有没有人见过蒂缇和宾塔。呃，至少法纳西和露羽去打听过了。我和姆维塔只是站在他们身后，想办法藏起我们的伊乌脸。

“是不是很漂亮，穿得像圣女？”一个男人问法纳西，“我见过她们。她们就在这附近的某个地方。”

“两个蠢女孩。”一个女人告诉法纳西，然后她笑了，“她们买了一些我的棕榈酒。有十来个男人跟在她们后面。”看来蒂缇和宾塔玩得很开心。我们买了一些面包、香料、肥皂和肉干。我让露羽帮我买了一袋盐。

“买盐干吗？”她问，“我们还有不少盐。”

“骆驼也喜欢盐，如果它们还在那儿的话。”我说。

露羽翻了个白眼：“没可能的。”

“我知道。”我说。我还让露羽帮忙买了两捆苦叶。骆驼喜欢又苦又咸的东西。姆维塔让法纳西帮我买了一条蓝色的拉帕裙。法纳西给蒂缇买了一把镐，是用某种生物的骨头做成的。露羽买了一件让我脊柱蹿上一股凉气的东西。我走过去的时候，她正好和那个卖小银器的老太太讲完价。这老太太有一篮子的银质小玩意儿。

“这么便宜我都肯卖给你，只能说明我跟你有缘。”老太太说。

“谢谢您。”露羽回答道，笑得合不拢嘴。

“你们不是本地人吧？”老太太问。

“不是，”露羽说，“我们是从遥远的东边来的。就是贾瓦黑尔镇。”

老太太点点头：“好地方啊，我听人说起过。但你们怎么都穿了这么多衣服呢？”

露羽笑出了声。

“你知道便携式电脑要怎么用吗？”老太太问。

露羽摇摇头：“请您演示给我看吧。”

我看着老太太解释该怎么播放便携式电脑上《圣典》的音频文

件，并且让它播报天气。但是当她按了底部的一个按钮，一个眼睛似的摄像头突然冒出来的时候，我实在忍不住问出口了：“露羽，你买这个干什么？”

“等会儿告诉你。”露羽说，拍了拍我的脸颊。

老太太向我投来怀疑的目光。

“您见过两个穿着跟我们很像的女孩吗？”露羽赶忙问她。

那老太太的眼睛又多盯了我一会儿。“这人是跟你一起旅行的吗？”她问，指了指我。

“是。”露羽说。她朝我笑笑。“这是我最好的朋友。”

老太太的脸色沉了下来：“那我会为你们向阿妮祈祷的。为你们两个。我不了解她，不过你看上去是个身家清白的好女孩。”

“求您了，”露羽追问道，“您在哪儿见过这两个女孩？”

“我早该知道的。那两个女孩像两块磁铁似的吸引着男人。”她瞪着我，那样子就好像要朝我吐口水。我毫不畏惧地瞪了回去。“去白云酒馆碰碰运气吧。”

“那老太婆应该还知道更多。”我对露羽咕哝道。我们跟着法纳西和姆维塔走过市场上剩下的摊位，来到了一座灯火通明的小楼前。

“别管她了。”露羽说。她把她的便携式电脑拿了出来。“看这里。”她按了一下侧面的一个按钮，电脑就发出了悦耳的“哔哔”声。她把电脑翻过来，底部一个小盖子滑开了，露出一块屏幕。“地图。”露羽说。便携式电脑又响了一声。“看这个。”她把电脑放在手掌上，上面闪烁着一张白色的地图图片。不管她怎么动，地图都会随之旋转，保持正确的方向。如果这张地图是准确的，而且我也相信它是准确的，那么它就比姆维塔的那张地图详细太多了。

“看到这条橙色的线了吗？”露羽问，“那个老太太在上面设置了程序，这样地图就显示了从贾瓦黑尔镇去西边的路线，我们就可以一直往西走了。我们偏离了路线大约三英里。再看这里。只要按一下这个按钮，它就开始追踪我们的位置了。要是我们开始偏离路线太远了，它就会发出哔哔声。”

这条线穿过了七河王国，特别是第五河旁边的一个叫杜尔法的小镇。我皱了皱眉。我妈妈的村庄离那儿不远。她有没有发觉自己当时是往正东方向走了？“你觉得这地图是谁制的？”我问。

露羽耸耸肩。“那位老夫人不知道。”

“好吧，我只希望不是努鲁族人。”我说，“要是他们真的知道这么多奥克克族人聚居小镇的确切位置，你能想象会变成什么样吗？”

“他们永远都不会离开他们宝贵的河流。”露羽说，“就算能征服奴隶，强奸女人，杀掉更多奥克克族人，也不会让他们心动。”

我对这话的真实性存疑，我想。

我们一进酒馆就发现了她们。宾塔坐在一个小伙子腿上，手里端着一杯红色的棕榈酒，裙子的上衣部分半敞着。那人在她耳边低语着什么，一只手捏着她暴露在外面的左胸。宾塔把他的手拿开了，却又改变主意，把手拿了回来。另一个拿着吉他的男人热情地对她唱起了小夜曲。是啊，这就是那个害羞的宾塔。蒂缇坐在七个男人中间，这群人对她说的每一个字都翘首以盼。她手上也端着一杯棕榈酒。

“我们已经走了很远了，我们还会去到更远的地方。”蒂缇说，她说话已经开始大舌头了，“我们不会放任我们的人民继续惨遭屠戮。我们会阻止这种事发生。我们都很擅长战斗。”

“你们俩，还有哪支军队？”有个男人问。他们全都笑了。

“你们这两个尤物到底有没有只领头羊啊？”

蒂缇咧嘴一笑，花枝乱颤。“有啊，一个丑陋的伊乌女人。”然后她大笑起来。

“这么说，就是两个姑娘跟着一个妓女去西边拯救奥克克族人啰？”其中一个人笑道，“哈哈，这两个贾瓦黑尔妞简直比那个大胸说书匠还棒！”

“蒂缇！”法纳西叫道，大步走了过去。

她想站起来，结果却跌进了其中一个男人的怀里。他帮她站了起来，扶着她来到法纳西身边。“所以这是你的妞吧？”男人问。

法纳西抓住蒂缇的手臂。“你在干什么?!”

“我在玩啰！”她大喊道，一把甩开了法纳西的手。

“等到了早上我们会回去的。”宾塔说。她飞快地拉起了她裙子的上衣部分。我气疯了，直接转身走出了酒馆大门。

“别走远。”姆维塔在我身后说。他知道这时候不该跟着我。

我走进夜幕，一阵微风掀起了我的面纱，正好被一群年轻人给看见了。他们正在抽着什么东西，闻起来像甘蔗火柴。原来是加入了棕色仙人掌树汁的雪茄。在贾瓦黑尔，在公共场合抽烟的行为是被人鄙夷的。吸烟会让你的道德感松懈，脚步虚浮，还会让你的口气恶臭。我抓住面纱，把它重新戴好。

“大个儿伊乌女人。”离我最近的一个说。他是四个人里面最高的，几乎和我一样高。“我以前从没见过你。”

“我以前从没来过这里。”我回答说。

“干吗藏起你的脸呢？”另一个问，他整理了一下自己的衣服。他的腿太肥，裤子看起来也太紧了。他们四个全都好奇地朝我走过来。那个叫我“大个儿”的高个子男人靠在我旁边的建筑上，堵在了我和酒馆门口之间。

“我只是喜欢戴面纱而已。”我说。

“我还以为伊乌女人喜欢什么都不穿呢。”说这话的人留着黑色长辫，“怎么说你也和太阳是姐妹嘛。”

“过来，让我找点乐子。”高个子说，拉过我的胳膊，“你是我见过个子最高的女人了。”

我眨了眨眼睛，皱起眉头：“你什么意思？”

“我当然会付钱给你啦，”他说，“你不用问的。我们明白你们这行的规矩。”

“等他乐完了，我也要来一发。”说这话的人看起来不超过十六岁。

“我比你们两个都早来。”那个胖子说，“她应该先招呼我。”他看了我一眼，“而且我钱更多。”

“要是你不让我先来，我就告诉你老婆。”年纪小的那个说。

“那你就告诉呗。”胖子生气地叫道。

在贾瓦黑尔，伊乌都是被放逐的对象。而在班扎，伊乌女人都是妓女。我走到哪儿都会遇到不怀好意的人。

“我是一个圣女。”我坚决地说，让自己的声音保持稳定，“我不会招呼任何人。我不会让别人碰我，现在不会，以后也不会。”

“我们尊重你，女士，”高个子说道，“不一定非要那样来呀，你也可以用你的嘴，再让我们摸摸你的胸。我们会付给你很多钱……”

“闭上你的臭嘴吧。”我厉声说，“我不是本地人。我也不是妓女。离我远点。”

他们之间交换了一连串心照不宣的密语。几个人互相对视了一眼，嘴角弯起满怀恶意的微笑。他们的手从放钱的口袋里掏了出来。噢，阿妮，请保护我，我想。

他们同时向我扑了过来。我和他们大打出手，踢了其中一个的脸，抓住了另一个人的睾丸拼命捏了下去。只要我能跑到酒馆门口，其他人就能看到我了。

高个子男人抓住了我。酒馆里人声鼎沸，我还没来得及喊，这口气就被他们一巴掌打得呛住了。我拳打脚踢，又抓又挠。每一次打中他们，都会换来他们的痛呼和咒骂声。但他们是四对一。留着辫子的男人一把抓住我的粗辫，我向后倒了下去。然后他们就开始把我从酒馆门口往外拖。没错，就连那个小男孩都跟着一起拽我。我心急如焚地环顾四周，拼命抓住我的辫子。附近还有其他人。

“喂！”我冲一个站在那里盯着我们看的女人喊道，“救命！救救我啊！”

但她无动于衷。还有几个人也这样，就只是站在那里看着。在这个文化与艺术蓬勃发展的可爱小城里，当一个伊乌女人被拖进黑巷里强奸的时候，人们都选择了袖手旁观。

*这就是我母亲的遭遇，我想。也是宾塔的遭遇。还有其他不计其数的奥克克族女人。可怜的女人们。还有那些冷漠的行尸走肉。*我越想越觉得怒火中烧。

我是个修补匠，我会用手里所必备的东西去做必要的事，所以我就这么做了。我打开了我心中的巫师丛林技法包，并且思考了该用哪种圣秘法点。乌瓦法点，它代表物质世界。一阵轻风吹过。

他们把我的脸按进泥土里，扯开我的衣服，把他们的那些肮脏玩意儿掏了出来。我集中精神。风势渐起。“改变天气会造成后果，”阿洛教过我，“即使只改变小地方的天气。”但我现在真的不在乎了。一到我真的发怒，充满了暴力情绪的时候，一切都易如反掌。

几个男人注意到了这股怪风，就放开了我。男孩大叫起来，高个子瞪着我，胖子想挖个洞钻进去，留辫子的吓得直扯头发。风把他们牢牢地按在了地上。而它对我造成的最大影响也不过是吹起了我的粗辫子和凌乱的衣服。我站起来，居高临下地看着他们几个。

我把风汇聚起来，灰色和黑色都握在手中，我将它们拧成一股，拉长成漏斗形状。我要把它捅进这几个人的身体里，因为他们每个人都想把他们的老二捅进我的身体里。

“欧妮桑乌！不要！”姆维塔的声音很洪亮，就好像这声音是朝我扔过来的。

我抬起头。“看看我这副样子！”我喊道，“看看他们想对我做什么！”

风让姆维塔过不来。“你要记住，”他喊道，“我们不是这样的人。不要使用暴力！就是拒绝暴力让我们和别的伊乌有所不同！”

我开始发抖了，我的怒火逐渐平息，头脑也清醒起来。但即使不再被愤怒遮蔽双眼，我也很清楚我想杀掉这些人。他们都趴在地上畏缩成一团，怕极了我。我看了一眼聚在旁边的人。我看到宾塔、露羽、蒂缇和法纳西都站在那里。我不肯看姆维塔。我让咆哮着的黑色旋风矛头指向了最小的那个男孩。

“欧妮桑乌，”姆维塔恳求我，“相信我！求求你相信我！求求你了！”

我紧抿双唇，想起了我第一次遇到姆维塔的时候。那时我不知怎么变成了一只鸟，他让我从树上跳下来。我没看到他的脸，我也不知道他是谁，但即便如此，我也还是选择了相信他。我扔出风矛，它在男孩身边炸出一个大洞来。这时候我才发现，我已经变了一副样子。

《圣典》里有一个最让人害怕的东西。它只说谜语，可就算它从不杀人，故事里也人人都害怕它甚于死亡。

我变成了一只斯芬克斯。我的身体是一只巨大壮硕的沙漠猫，而我的头还是我自己的。这是我第一次用了一个我知道的身形，改变了它的大小，还让自己的一部分保持不变。那几个人抬头看见我的样子，都吓得大叫。他们卑躬屈膝地趴在地上。看热闹的人也尖叫起来，纷纷四下逃窜。

“要是下次你们还敢袭击一个伊乌女人的话，就想想我的名字：欧妮桑乌。”我咆哮道，用我的粗尾巴抽打他们，“还有你们是怎么摇尾乞怜求我饶命的。”

“欧妮桑乌？”其中一个人瞪大了眼睛问道，“噫！就是那个能起死回生的贾瓦黑尔女巫？我们很抱歉！我们太抱歉了！”他把脸挤进泥里。年纪最小的那个开始哭了。其他几个都在语无伦次地道歉。

“我们不知道是您。”

“我们抽太多烟了。”

“求求您了！”

我皱起眉，变回了人形：“你们怎么会知道我？”

“来往过客都提到您的大名了，女士。”一个人说。

姆维塔走上前来。“趁我还没亲手杀了你们，你们赶快给我滚！”他也和我一样浑身颤抖。他们一逃走，姆维塔就跑到了我跟前。“你有哪里受伤吗？”

姆维塔帮我把我的衣服拉好，摸了摸我的脸，而我只是站在那里一动不动。其他人静静地围在了我身边。

“对不起。”一个女人说。她和我差不多年纪，跟很多女人一样，她鼻子上也戴了一只银环。她看上去有点面熟。

“你想怎么样？”我直截了当地问。

女人往后退了一步，我感到一阵深深的满足。“我……唉，我想……我想向你道歉，因为……因为刚刚那件事。”她说。

“为什么？”我皱着眉头，想起了在哪儿见过她，“你刚刚就站在那里，跟别人一样袖手旁观。我看见你了。”

她又往后退了一步。我真想朝她吐口水，再把她的脸抓烂。姆维塔圈住我腰的手搂得更紧了。露羽大声地咂咂嘴，嘟囔了几句，我听到法纳西说："我们走吧。"宾塔打了个嗝。

"对不起，"那女人说，"我不知道您是欧妮桑乌。"

"也就是说如果我是别的伊乌女人，你的良心就过得去了？"

"伊乌女人都是妓女。"她煞有介事地说，"她们在家乡区有个妓院叫'山羊毛'。家乡区就是班扎的居民区，我们都住在那里。她们都是从西边来的。你们都没听说过班扎的事吗？"

"没有。"我说。我停了停，又一次感觉到我之前听说过班扎这个地方。我叹了口气，对这地方感觉到了由衷的厌恶。

"求求你了。去山上的那间屋子看看吧。"那女人说，她看看我，又看看姆维塔，"求你们了。我真的不希望班扎留在你们记忆中的印象就是这个样子。"

"我们根本就不在乎你怎么想。"姆维塔说。

那女人低下头继续乞求："求你们了。欧妮桑乌是这里尊贵的客人。去山上那间屋子看看吧。他们能治好她的伤，还能……"

"我就可以治好她的伤。"姆维塔说。

"在山上？"我问，朝山上望去。

女人面露喜色："是的，在山顶上，他们会很高兴见到你的。"

33.

“我们没必要去的。”蒂缇说。

“你给我闭嘴。”我厉声说。在我看来，发生在我身上的那件事不仅是那几个男人的错，也是她和宾塔的错。

我们回到了市场上。快凌晨一点了，人们终于开始收摊。好在有个卖拉帕裙的女人还在营业。关于发生了什么事，消息已经不胫而走。等我们到了市场，每个人都知道我是谁了，也都知道我对那几个“提议”我“招待”他们的男人做了什么。

卖拉帕裙的女人给了我厚厚一沓五颜六色的漂亮拉帕裙，都用天气凝胶处理过，在酷暑中也可以保持凉爽。她不肯收我的钱，坚持说她不想惹上任何麻烦。她还给了我一件同样材质的配套上衣。我穿上这套华丽的装束，把我被撕坏的衣服都给扔了。跟班扎的风格一样，衣服和裙子都是紧身的，勾勒出了我胸部和臀部的曲线。

这些人怎么知道我能起死回生？蒂缇、露羽和宾塔可能猜到了我有这么做的能力，但她们并不知道细节。至于那天我让山羊复活的事，我甚至连姆维塔都没告诉。我也同样没有告诉他阿洛让我复活一只刚刚死去的骆驼的事。

那天完成复活之后，阿洛把我抱进了姆维塔的小屋。我当时处于半昏迷状态。那只骆驼已经死去一个小时了，这就意味着我要花很多工夫才能追上它，把它的灵魂给带回来。姆维塔没有告诉过我他看到我那副样子之后对阿洛说了些什么，也没告诉过我他是怎么把我救回来的。不过在我康复之后，姆维塔一个月都没跟阿洛说过一句话。

从那以后，我还复活了一只老鼠、两只鸟和一条狗。每一次都会更容易一些。有了这么多事例，可能确实有人看见我了，尤其是救狗那次。我发现那只小狗躺在大路上。这小东西有一身棕色的皮毛。天气还热，所以没时间把它带到私人地方去了。我就在那儿把它救了回来。它站起来，舔了舔我的手，然后奔向了我猜是它家的地方。之后我回到家里，吐了些狗毛和血。

当我们爬到最高那座山的山顶上时，我们都已经累得不行了。眼前这座两层高的房子又大又朴素。我们走近它的时候，我闻到了焚香的气味，还听到了里面有人唱歌。

“是群圣徒。”法纳西说。

法纳西敲了敲门。里面的歌声停下了，传来一阵脚步声。门打开了。我一看到开门人的脸，就想起我是在哪儿听说过班扎这个名字了。露羽、宾塔和蒂缇一定也意识到了，因为她们都倒吸了一口气。

这个人个子高挑，皮肤黝黑，就跟艾达一样。他就是艾达最阴暗秘密的一半。“他们从来没来看过我。”她说。

“芬塔。”我说。是啊，没错，我还记得艾达这对双胞胎的名字。“你姐姐努姆呢？”

他盯着我看了很长时间。“你是谁？”他问。

“我叫欧妮桑乌。”我说。

他睁大了眼睛，毫不犹豫地抓住我的手，把我拉了进去，说：

“她在这边。”

原来那个让我们上山来找这间屋子的女人就是头自私的母山羊。她可不是出于同情才让我们到这儿来的。如你所知，双胞胎能带来好运。班扎是个小地方，也有其缺点，不过相对来说还是比较幸福也比较富足了。可是现在，镇上的这对双胞胎里有一个生病了。芬塔带我们穿过了有股甜面包味道的客厅，我们还见到了那群在这里吃过甜面包的孩子。

“我们就在这里给孩子们上课。”芬塔轻快地说，“他们都喜欢这个地方，但他们更喜欢我姐姐。”他带着我们走上一段楼梯，经过一个走廊，停在一扇涂画着树木的紧闭大门前。门上画的是一片茂密的神秘森林。很美。树中间是一些眼睛，它们有小也有大，有蓝色、棕色和黄色。“只有她能进去。”他对姆维塔说。

姆维塔点点头：“那我们就在这儿等吧。”

“穿过大厅有个房间，”芬塔说，“看到了吗？就是亮着灯的那个地方。”

芬塔和我看着他们走进那个房间。姆维塔停顿了一下，看着我的眼睛。我点点头。“不用担心。”我说。

“我不担心，”姆维塔说，“芬塔，要是有需要的话就来找我。”

走进艾达的家就像是走进了湖泊底部。而走进艾达女儿的房间就像走进了一片森林——一个我连在幻象中都没见过的地方。和门上一样，房间四壁从天花板到地板上都涂画着各种树木、灌木丛和其他植物。我走近她的床边，皱起了眉。她躺着的样子有点不对劲。我能听到她的呼吸声：急促、刺耳、困难。

“这位是来自东边的女巫欧妮桑乌，姐姐。”芬塔说。

她的眼睛睁大了，呼吸也越来越费力。

“这么晚来打扰。”我说，“真对不起。”

努姆挥了挥她颤抖的手。“我的名字，”她喘息着说，“……叫努姆。”

我靠得更近了些。她和她弟弟一样，长得很像艾达。但是她真的很不对劲。她那副样子看起来就好像她上半身在一个地方，而她的腰臀却在另一个地方。见我正在仔细观察她，她微微一笑，大声喘着气：“过来吧。”

我一过去就明白了。她的脊柱扭曲变形，扭得像一条在路口转弯的蛇。她呼吸困难就是因为她的肺被严重弯曲的脊柱给压成一团了。

“我……不总是……这副样子。”努姆说。

“去把姆维塔叫过来。”我对芬塔说。

“为什么？”

“因为他是个比我更好的治疗师。”我不耐烦地说。

他出去之后，我转头看向努姆：“我们是几个小时之前来到你们镇上的。我们是为了找我们的两个同伴。我们在一个酒馆里找到了她们，结果有四个男人想强奸我，就因为我是个伊乌。有个女人恳求我们来这里。我们来是希望能得到食物、休息和道歉。我不是来救你的。”

“我……有让你……救我吗？”

“你只说了几句话，所以，确实没有。”我说。我揉了揉额头。这些事都乱成一锅粥了，我脑子也乱成了一团糨糊。

“我……我很抱……抱歉，”努姆说，“我们……生来都……背负着些什么。我们……其中的一些人……背负的比别人……更多。”

姆维塔和芬塔进来了。姆维塔看了看墙壁，又看了看努姆。

“这位是姆维塔。”我说。

“可以让我看看吗？”姆维塔问努姆。她点了点头。他帮她小心地坐起来，听了听她的胸口，看了看她的后背。“你能感觉到你的脚吗？”

“能。”

“你这样有多久了？”他问。

“从……十三岁起，”她说，“但情况……随着时间的推移……变得更糟了。”

“她一直都要靠拐杖才能走路。”芬塔说，“大家都知道她直不起身来，但她是最近才卧床不起的。”

“脊柱侧凸。”姆维塔说，“就是脊柱弯曲。这是遗传病，不过遗传这个说法也不是次次能解释得清。这种病在女孩身上最常见，不过男孩也会得。努姆，你一直都很瘦吗？”

“是啊。”她说。

“身材消瘦的人受这种病影响更严重。”他说，“你那样呼吸是因为你的肺受到了挤压。”

我看了姆维塔一眼，就知道了我想要知道的一切。她快死了。时日无多。

“我想和欧妮桑乌谈谈。”他说。他拉过我的手，带我走了出去。

一到走廊里，他就轻声对我说：“她没救了。”

“除非……”

“你都不知道会带来什么样的后果，”他说，“再说了，这两个人到底是谁？”我们在那儿站了一会儿。

“明明是你一直告诉我要有信心。”过了一阵子我说，“你不觉得我们来到这里是天意吗？这两个人是丈达的孩子。”

姆维塔皱起眉，摇了摇头。“她和阿洛一个孩子都没有。”

我哼了一声。“你的眼睛是怎么告诉你的？他们明明就和她长得一模一样。而且她确实有孩子。她十五岁的时候，一个蠢男孩害她怀了孕。她把这件事告诉我了。她父母把她送到班扎来生孩子。她生下的就是这对双胞胎。”

我又走进了房间里。

“芬塔，我们得把她搬到外面来才行。”我说。

他朝我皱皱眉：“你们想怎么……”

“你知道我是谁。”我说，“所以别问那么多了。我只能在外面施展。”

姆维塔和法纳西来帮忙了，蒂缇、露羽和宾塔跟在后面，不敢问发生了什么事。光是看着这个扭曲的女人就足够把她们吓得说不出话来。

“把她放在这儿。”我说，指着旁边一棵棕榈树，“就放在地上。”

他们把她放下来的时候，她痛苦地呻吟了几声。我跪在她身边。我已经能感觉到了。

“退后一步。”我对大家说。而后我对着努姆说：“可能会痛。”

我开始把环绕周身的能量吸进来。其他人靠我这么近，又这么害怕，对我而言的确是件好事。她弟弟关心情切又满怀爱意，也确实有所帮助。我也很高兴姆维塔能在这里，除了我的身体健康，别的他什么都不关心。我把这些全都吸取了过来。我也从沉睡的小镇里收集了一些我能收集到的东西。附近有对兄弟正在吵架。有五对情侣在做爱，其中一对是两个对彼此又爱又恨的女人。有个婴儿刚刚睡醒，饿得直哭。*我能做到吗？我不知道。但我必须做到。*

等我有了足够的能量，我又开始用它们来帮我从大地里汲取更多的能量。不管我取用多少，都会有更多的能量将空缺补足。我感到一阵暖意在我身体里升腾，汇聚到我掌中。我把它们都放在了努姆的胸口。她尖叫起来，我痛呼一声，咬紧我的下唇，努力让自己的双手保持不动。她的身体开始缓缓移回原位。我能感觉到她的疼痛，因为我自己的脊柱也一样痛。我的眼眶湿润了。坚持住！我想。一定要坚持到最后！我感觉我的脊柱也在弯来弯去。我没办法呼吸了。就在那一刻，我茅塞顿开。我知道该怎么打破蒂缇、露羽和宾塔的十一岁仪式法术了！我把这办法暂时搁置在了脑后。

"坚持。"我小声对自己说。要是我现在移开双手，我身上就会爆发出冲击波，而她的脊柱也还是不能直过来。我的手掌温度逐渐降了下来。是时候移开手了。我正要移开的时候，努姆突然对我说话了。不是用她的声音。我们之间不必开口也能说话。因为我们已经连为一体了。她对她自己也是对我承认的那些事，真的需要很大的勇气。我低下头来看着她。她嘴唇干裂，眼睛充血，黝黑的皮肤失去了光泽。

"我不知道该怎么办。"我说，泪水打湿了我的脸庞。但我还是照办了。我知道如何给予生命，自然也就知道如何夺取生命。我凝望着她的眼睛，多等了一会儿。接着我就动手了。我从大地中抽出我的灵之手，伸入了她的身体里。绿绿绿绿！当我把那些绿色从她身体里吸走时，我能想到的就只有这些。绿！

"她在干什么？"我听到努姆的弟弟惊声尖叫。但他并没有靠近我们。我真不知道如果他靠过来了会发生些什么。我更用力地吸取着，直到我感觉有什么东西"啪"一声绷断了，而另一些东西撕开了。是她的灵魂终于放弃了。它从我的手心直冲云霄，伴随着一阵心愿得偿的高亢尖叫声。芬塔又开始惊叫了。这一次他跑了过来。

天空变成了一个色彩的旋涡，其中大部分颜色是绿色。那是荒野。努姆的灵魂直奔荒野而去。我想知道她什么时候会再回来。这些灵魂有时候会回来，有时候不会。爸爸离开我和妈妈几个星期之后，又在我的入学测试期间回来指引了我，虽然那时他并没有停留多久。

我一动不动，靠意志让自己离开荒野，回到了物质世界，正好赶上芬塔的拳头碰到我的胸口，打得我向后退去。姆维塔拉开了芬塔。我的手从努姆胸前撕开了，只留下一个黏液干燥之后的手掌印。

“你杀了她！”芬塔大叫道。他看着努姆的尸体号啕痛哭起来，我觉得我的身体都快被这哭声给震碎了。蒂缇、宾塔和露羽扶着我坐了起来。

“我本来可以救她的，”我一边抽泣一边颤抖，“我本来可以的。”

“那你为什么不救她呢?!”芬塔吼道，从姆维塔手里夺回了自己的胳膊。

“我就是个废物。”我哭喊道，“我根本不在意这种事会对我造成什么影响。要不然我活着还有什么意义呢？我本来可以救她的！”我的太阳穴突突直跳，那些幽灵石头又朝我的头猛砸过来。多亏了我的朋友们拉住我，我才不至于在泥地里打滚，因为我觉得我就是这种卑劣到泥土里的东西。我就像得了病的灰甲虫一样卑微，就像《圣典》里小孩子做错事后就会找上门的死神一样可怖。

“可你为什么不救她？”芬塔又问我。他已经用光了所有力气，姆维塔放开了他。他抱住了他姐姐冰冷无力的尸体。

“她不肯……她不让我救她。”我低声说，揉着我的胸口，“我本该什么也不顾，一心一意把她给救回来，但她都不准我那么想。这是她的选择。就是这样。”我的所作所为是对自然秩序的蔑视，尽管几周过去，我已经想明白了，那就是最好的选择。我的行为造成的直接后果就是一阵铺天盖地、难以忍受的悲伤。我想抓破我的皮肤，挖出我的眼睛，杀死我自己。我哭得停不下来，为我母亲感到羞耻，为我自己感到厌恶，希望我生父能最终消灭我的身体、记忆和灵魂。等到这阵情绪过去，就像一层散发着恶臭气味的黑色厚面纱被掀开了。

有那么几分钟，我们都只是坐在那里，芬塔抱着他姐姐痛哭不已，姆维塔拍着他的肩膀，我筋疲力尽地躺在泥土里，其他人都在盯着我们几个看。慢慢地，芬塔抬起头，用哭肿的眼睛看着我。“你就是个魔鬼，”他说，“愿阿妮诅咒你所珍视的一切。”

他没有赶我们走。虽然我们几个没商量过，不过大家还是决定在这里留一夜。姆维塔和法纳西帮着芬塔把尸体搬了进去。当芬塔看到她的脊柱已经挺直了的时候，忍不住又痛哭起来。其实她只需要让我放手，她就能活下来了。我尽可能地离芬塔远一些。我也不肯进屋。我宁愿睡在星空下面。

“用不着，”露羽想和我一起睡在外面，我就告诉她，“我需要一个人静静。”

宾塔和蒂缇在厨房里做了一顿大餐，而露羽把整间屋子都打扫了一遍。姆维塔和法纳西留在芬塔身边，担心他可能会冲动行事。我能听到姆维塔在教他们唱圣歌。我不敢肯定我有没有听到芬塔跟唱的声音，但是一个人就算不跟着唱，也会受到圣歌的影响。

我在一棵干枯的棕榈树下铺开我的草席。有两只鸽子在树冠上做了个窝。我举着棕榈油灯向树上望去，它们就用两双橙色的眼睛低头瞪着我。要是换作平时，我肯定会被逗乐的。

我把草席移开了。我可不想整晚都被它们的鸟粪轰炸。我的身体疼痛，头痛也回来了。虽然并不是全面发作，可它却逼迫我的思绪不得已飘向了西边，这也够糟了。等我们到达那里的时候，我会变成什么样子呢？就在同一个夜晚，我先是饶过了那几个想强奸我的男人的命，又夺走了艾达女儿的命。

“有时候好人必须死，而坏人必须活下去。”阿洛曾经这样教过我。那时候，我还对这种想法嗤之以鼻，并且告诉他：“只要我能帮上忙，就不会让这种事发生。”

我揉着自己的太阳穴，一块特别坚硬的幽灵石砸在了我的脑侧。我都能听见我头骨碎裂的“咔咔”声了。我皱起眉头。但这“咔咔”声不是来自我的脑海，而是拖鞋踩在沙子上的声音。我转过身。芬塔站在那里。我站起来，做好了战斗准备。而他只是坐在了我的草席上。

“坐下来。”他说。

“不。”我说，“姆维塔？”我大声叫道。

“他们知道我来这儿了。”

我朝房子看了一眼。姆维塔正从楼上的一扇窗户里望出来。我坐在了芬塔身边。“我说的是实话。”我再也受不了他的沉默了，只好对他说。

他点了点头，舀起一捧沙子，任由沙粒从他的指缝间溜走。从附近的某个地方传来了蓄水装置启动时的“呜呜”巨响。芬塔咂了咂嘴。“那家伙，”他说，“大家都向他抱怨过了，但他还是我行我素。真不知道都这个点了，他需要水来干吗。”

“说不定他就是喜欢别人的关注。”我说。

“也许吧。”他说。我们望着白色的细长水柱喷向天空。

“外面太冷了，”他说，“……你为什么不进去呢？”

“因为你恨我。”我说。

“她是怎么求你结束她生命的？”

“她就是那么做了而已。不对，不是她求我的。她求我就证明了我还有选择的余地。”

他紧抿双唇，又舀起一捧沙子，扔了出去。

“她跟我说起过一次。”他说，“几个月前，她逐渐卧病不起的时候。她说她已经做好死去的准备了。她觉得这样会让我好受一些。”他停顿了一下，“她说她身体的存在……”

“只是给她的灵魂徒增痛苦。”我替他说完了这句话。

他看着我：“是她告诉你的？”

“不如说是我当时就在她脑海里。她什么都不用告诉我。她觉得我没办法再治好她了。她只想离开自己的身体获得解脱。”

“我……我真是……欧妮，真对不起……我说了那种话，还做了那种事。”他的双腿抵在胸前，脸埋了下去。他颤抖着，努力想抑制自己的悲伤。

“别那样。”我说，“你需要释放。”

他崩溃的时候，我抱住了他。等到他能说话了，他就像他姐姐一样喘不过气来。“我们的父母都去世了。我们跟亲戚也没有什么来往。”他叹了口气，“现在只剩下我一个人了。”他望向天空。我想起努姆绿色的灵魂在喜乐中脱离躯壳的样子。

“你们两个为什么不跟人结婚呢？”我问，“你们不想有孩子吗？”

“双胞胎是过不了正常生活的。”他说。

我皱起眉头，陷入沉思，*这话是谁说的？*当然是流传下来的老话了。唉，我们的传统就是这样束缚和排斥了我们当中这些“不正常”的人。

“你不是……你不是孤身一人。”我脱口而出，“我们一看到你就认出你来了。我们认得你的脸。我们也认得你姐姐的脸。”

“是啊。怎么回事？”他皱起眉问。

“我们认识你们的妈妈。”

“你们见过她？你们那几年的时候在这里吗？我不觉得……”

“听着，”我说，我深吸一口气，“我们认识你们的妈妈。她还活着。”

芬塔摇了摇他的头：“不是的，她已经死了。她被毒蛇咬死了。”

“你所说的妈妈，其实是你的姨姥姥。”

“什么！但是……”他停了下来，拧起眉毛。过了很长一段时间，他才开口说道："努姆知道这件事。我们小时候一起住的房间墙上有个小洞。我们发现里面藏着一幅卷起来的画像，上面画的是一个女人。背面写着：'给我的儿子和女儿，我爱你们。'我们读不懂签名是什么。那时候我们七八岁的样子。我没太在意，努姆却觉得这一定意味着什么。她从没把那幅画拿给我们的父母看过。我们的母亲不会画画，我们的父亲也一样。正是因为这幅画，努姆才对绘画有了兴趣。她很有天赋。她的画作在市场上能卖出很高的价格……"他的声音越来越小，脸上露出困惑的表情。

"你们的妈妈就是贾瓦黑尔的艾达。"我说，"她备受尊敬，而且她一直没有放弃绘画。"我说，"她的名字叫耶尔，她现在嫁给了阿洛，这位巫师也是我的老师。你还想听更多吗？"

"想听！当然了！"

我笑了，我终于给他带来了一些好消息，我真的很高兴。

"她十五岁的时候，有个男孩对她很感兴趣……"我把他妈妈的故事和我对她的所有了解都告诉了他。但我略过了她让阿洛在女孩们十一岁仪式的手术刀上施法的事。

那天晚上，我们都在外面睡了，睡得很好，芬塔一直用胳膊搂着我。我想知道姆维塔对此有何看法，不过有些事比男人的自尊更重要。早上，姆维塔让蒂缇和露羽一起去了班扎的长老会驻地，把努姆的死讯告知了他们。这间屋子很快就会挤满来吊唁和来帮芬塔忙的人。我们是时候该走了。

芬塔也计划着要离开了。他说等他姐姐的葬礼和火化仪式举行完，他就会卖掉房子，去贾瓦黑尔找他的妈妈。"这里已经没什么值得我再留恋了。"他说。没有了他的双胞胎姐姐，班扎很快就会停止资助他。要是双胞胎中的一个去世了，剩下的一个就会被视作厄运的象征。当房子挤满了来客的时候，我们向芬塔道了别。有不少人恶狠狠地瞪着我和姆维塔，我不禁为我们的安危感到担心。毕竟我们昨天刚来到镇上，今天他们镇这对珍贵的双胞胎中就有一个去世了。

我们走了一条不同的路下山。这条路直通镇外。我们还在这条路上碰到了那家山羊毛妓院。那是我永远不会忘记的一幅景象。虽然天色尚早，女人却都已经出来了。她们坐在三层小楼的阳台上。她们的肤色本就明亮，又被她们穿的衣服衬得更亮眼了。我和姆维塔在太阳底下跋涉了这么久，皮肤都晒黑了，所以在我眼中，她们简直就是在发光。她们都懒洋洋地坐在椅子上，娇小玲珑的双脚搭在阳台上随意晃悠。有些人的上衣剪裁太低，连乳头都露了出来。

“你觉得她们的母亲都去哪儿了？”我问姆维塔。

“她们的父亲也都不管她们。”他低声说。

“姆维塔，我觉得她们没一个身世是像你的。”我说，“她们根本就没有父亲。”

其中一个姑娘挥了挥手。我也朝她挥挥手。

“可能以她们那套标准来看，她们还是挺漂亮的。”我听到蒂缇对露羽说。

“你非要这么说的话，那就是吧。”露羽迟疑着说。

我们走过最后一栋楼的时候，听见了一阵渐响的哭号声，这声音久久不散。看来班扎镇的女人们已经抵达了他们镇这对双胞胎的家。芬塔会得到很好的照顾，至少现在是这样。而他姐姐一火化，他就会消失在夜幕里。我很同情芬塔。他生命的另一半已经离他而去，而且还是心甘情愿地离开。不再留在班扎对他来说也许真的是更好的选择。这个镇的心是好的，但它有些部分却正在溃烂。而芬塔现在有机会过上真正的生活了，他也不必再当一个吉祥物，满足别人的私心。

我们继续走，把妓院甩在了身后不远处，我感到有一阵愤怒涌了上来。身为一个“不正常”的人就意味着你必须去服侍那些“正常”的人。你要是敢拒绝的话，他们就会仇恨你……而且就算你真的服侍他们，那些“正常”的人也还是会仇恨你。看看这些伊乌姑娘和伊乌女人吧。看看芬塔和努姆吧。看看我和姆维塔吧。

这不是我最后一次怀疑我在西边做的事可能会相当暴力。不管姆维塔怎么说，也不管他相信什么，我最终恐怕难免会走到这一步。瞧瞧姆维塔见到戴布时的反应。这就是现实。我是个伊乌，要是不用暴力威逼的话，有谁会听我的话呢？就像酒馆外面那些恶心的男人一样。他们没一个肯听我说话，直到我让他们感到害怕。

我们走上大路之前，正好碰上了那三头骆驼。它们左边有一大堆粪便，看起来好像是有一两头骆驼跑去带回了一些干草，让它们几个都可以嚼着吃。“让你们久等了。”我笑着说。我想也没想，就朝着那头曾经威胁过我的骆驼跑了过去，搂住了它沾满灰尘的毛茸茸的脖子。

“阿妮在上，你到底在干什么?!”法纳西叫道。

骆驼哼哼了一声，不过还是对我的拥抱表示了欢迎。我往后退了一步。这头骆驼体形庞大，可能是头母骆驼。我仰起头。另一头骆驼的个头并不是很大。它还是头小骆驼，不过很快就会长大了。它可能最近才断奶。我想知道这头母骆驼肯不肯让我们给它挤奶。骆驼奶富含维生素C。我妈妈说过，在我还很小的时候，她就给骆驼挤过好几次奶。

“我们该叫你们什么名字呢？”我问，“桑迪怎么样？”姆维塔笑着摇了摇头。露羽盯着我们看。法纳西拿出了他在班扎买的匕首。宾塔看起来很反感。蒂缇看起来很不高兴。

“你要知道，你身上可能已经爬满虱子了，”蒂缇说，“真希望你已经准备好剪掉你那一头秀发了。”

我嗤之以鼻：“只有家养骆驼才会长虱子。”

“那玩意儿可能会把你的头给咬下来。”法纳西说，他手里还握着那把匕首。

“但它没有。”我叹了口气说，“你能把匕首收起来了吗？”

“不能。”他说。

骆驼可不笨。它们正仔细观察着我们每一个人。现在哪头骆驼要过来咬法纳西一口或者朝他吐口水都只是时间问题。我转过去看着那头领头骆驼。“我叫欧妮桑乌·乌贝德-欧刚迪姆，在沙漠里出生，在贾瓦黑尔长大。我今年二十岁，是一个女巫，巫师阿洛的学徒，巫师索拉是我的导师。姆维塔，告诉它你是谁。”

他朝它们走过去：“我叫姆维塔，是欧妮桑乌的终身伴侣。”

法纳西大声地咂咂嘴：“你怎么不说你是她老公呢？”

“我的身份可不止于此。”姆维塔说。法纳西恶狠狠地瞪了他一眼，小声嘟囔了些什么，然后继续无视所有人。“我出生在马乌，在杜尔法长大。我是个准巫师。他们不让我通过入学测试，出于……某些原因。”他瞥了我一眼，“我也是一个治疗师，是治疗师阿巴迪夫人的认证学徒。”

那三头骆驼就只是坐在那里看着我们两个。

“抱抱它。”我说。

“什么？”他问。

蒂缇、露羽和宾塔咯咯笑了。

“阿妮啊，救救我们吧。”法纳西咕哝道，翻了个白眼。

我把姆维塔向前推去。他站在了这头巨兽面前。然后他举起手臂，缓缓地搂住了骆驼的脖子。骆驼轻哼几声。姆维塔也这样抱了抱另外两头骆驼。它们似乎也很高兴能被人拥抱，大声咕噜着，使劲蹭着姆维塔，害他一个趔趄差点摔倒。

露羽走上前来。“我是露羽·琪姬，在贾瓦黑尔出生，也在贾瓦黑尔长大。”她停下来看了我一眼，然后又看了看地面，“我……我没什么头衔。我不是任何人的学徒。我踏上这趟旅程是为了开阔眼界，弄清楚我究竟是一个什么样的人……又为什么活在这个世界上。”她慢慢抱了抱领头的骆驼。我微笑了。抱完，她就赶紧跑到了我身后，没有去拥抱另外两头骆驼。

“它们闻起来有股汗臭味，”她小声说，“就是胖子的那种汗臭味！”

我大笑出声：“你看见它们的驼峰了吗？那里面全都是脂肪。它们可以好几天都不用吃东西。”

我没看蒂缇和宾塔。一看到她们俩我还是想朝她们扑过去，像之前一样狂扇她们耳光。

“我叫宾塔·凯塔。”宾塔站在原地大声说，“我离开我的故乡贾瓦黑尔是为了寻找一种全新的生活……我身上有污点。不过我现在变得更好了，而且我也不用再背负那个污点了！”

“我叫蒂缇·戈伊塞米迪。”蒂缇说，也站在原地没动，“这是我丈夫法纳西。我们都来自贾瓦黑尔。我们去西边是为了做些我们力所能及的事。”

“我去是为了跟我妻子一起。”法纳西补充道。他看着蒂缇，目光苦涩。

我们朝着西南方向出发了，用上了露羽的地图，免得走错路。天气很热，我们不得不蒙着面纱走路。骆驼在前面领路，朝着准确无误的方向前进。大家都很惊讶，除了我和姆维塔。我们一直走到深夜才停下脚步，扎了营，我们都太累了，连饭都不想做。几分钟不到，我们就都回到自己的帐篷里了。

“你还好吗？”姆维塔问，把我紧紧地搂在怀里。

他的话就像一把钥匙。我强压下来的所有情绪突然间就准备好要在我的胸口爆发了。我把脸埋在他的胸前，哭了起来。几分钟过去，我的悲伤变成了愤怒。我感到胸口一阵怒火翻腾。我真的好想杀掉我的生父。这感觉一定抵得上杀死一千个那天晚上袭击我的那种人。我要为我母亲报仇，我要为我自己报仇。

“呼吸。”姆维塔低声说。

我张开嘴，吸进了一口他呼吸的空气。他又吻了我一次，然后静静地，小心地，温柔地说出了极少有女人能从男人口中听到的那个词句：“伊夫那尼亚”。

这是一句古语。它不存在于其他任何族群中。这句话在努鲁语、英语、西波语和瓦赫语中都没有直接的翻译。这个词只有在男人对自己心爱之人说出口的时候才有意义。女人不能用这个词，除非她不能生育。这不是什么咒语。不是我所知的咒语。但这个词自有魔力。如果它是情真意切的，那么它就是全然具有约束力的，而且它所传达的情感也是相互的。这个词可一点都不像“爱”那个字眼。一个男人可以每天都告诉一个女人他爱她。而“伊夫那尼亚”是一个男人一生一次的那句情话。“伊夫”的意思是“看”，“那”的意思是“这双”，“尼亚”的意思是“眼睛”。眼睛是心灵的窗户。

能听他说出这句话，就算让我当场死去我也无怨无悔，因为我从没有想过会有人对我说出这句话，甚至连姆维塔也不会。那些男人用污秽的行为、污秽的言语、污秽的念头在我身上堆积的所有污秽，如今都已经不再重要了。姆维塔，姆维塔，姆维塔，再一次，命运，我感谢你。

34.

我们走了两个星期之后，姆维塔认为我们应该停几天再说。发生在班扎的事还远不止那些。有些问题从我们离开贾瓦黑尔的时候就开始显现，而现在已经不容忽视了。我们这群人之间的种种分歧正在日益加深。比如男女之间的分歧。姆维塔和法纳西经常一起跑到别处去，一聊就是几个小时。不过两性之间有分歧好像也正常。但宾塔和蒂缇成了一个小团体，露羽和我成了另一个小团体，这样的分歧问题才更大。紧接着，法纳西和蒂缇之间又出现了问题最大的分歧。

我一直在思考法纳西对几头骆驼说的那些话，他说他会跟着来主要是为了蒂缇。我还以为我给他看的那段展现西边真实状况的幻象才是促使他一起来的最大动力呢。我忘记了法纳西和蒂缇还有青梅竹马的情分在。从他们明白什么是结婚开始，他们就一直想结婚。那次，法纳西想碰蒂缇，结果她尖叫了，而他心碎不已。这几年来，他为这些事耗尽了心神，到最后才终于鼓足勇气向她求婚。

他可没打算让她只身离开。但在离开了贾瓦黑尔之后，蒂缇和宾塔却发现获得了自由的生活原来是这么的无拘无束。日子一天天过去，蒂缇和法纳西要不就在吵架，要不就互不理睬。蒂缇搬进了宾塔的帐篷，再也没搬出来过，宾塔倒也不介意。我和姆维塔经常能听到她们两个小声说笑，有时候直到深夜都不停歇。

我很确定我能解决这些问题。那天晚上，我生了一团石头营火，用两只野兔炖了一大锅炖肉。然后我把大家都召集了过来。等每个人都坐好了，我就把炖肉舀进破瓷碗里，每个人都分了一碗，从法纳西和蒂缇开始，到姆维塔结束。我看着大家吃了一会儿。做这锅炖菜，我用了盐、草药、仙人掌叶片，还有骆驼奶。味道真是好极了。

“我注意到了，我们之间的气氛有点紧张。”我终于开口说道。结果只有一阵勺子碰到瓷碗壁的声音，还有喝汤和咀嚼的声音。“我们已经走了三个月。离开家已经很远很远了。而且我们要去的是一个非常糟糕的地方。”我停了停，“但现在最大的问题出在这里，出在你们两个身上。”我指了指法纳西和蒂缇。他们互相看了看，又移开了目光。“我们都要依靠彼此才能生存。”我继续说，“你们刚吃的炖菜是用桑迪的骆驼奶做的。”

“什么？”蒂缇惊叫道。

“太恶心了！”宾塔发出刺耳的尖叫。法纳西骂了一句，把碗放下了。姆维塔一边笑一边继续吃。露羽看着她的碗，拿不定主意。

“不管怎么样吧，”我说，“你们两个自称是丈夫和妻子，却不肯在同一个帐篷里睡觉。”

“是她非要跑掉的，”法纳西突然说，“她在那家酒馆里表现得就像个丑陋的伊乌妓女。”

又来了。我紧紧抿起嘴唇，把注意力集中在我想说的话上。

“你闭嘴吧，”蒂缇怒气冲冲地说，“女人只不过是想享受自己的生活，结果在男人眼里就成了妓女。”

“那群人中的任何一个都可能对你行不轨！”法纳西说。

“可能吧，不过他们最后找上谁了呢？”蒂缇说，她朝我恶毒地笑了笑。

“噢，阿妮，帮帮忙吧。”宾塔抱怨道，看了我一眼。我站了起来。

“那你来啊，”蒂缇说着也站了起来，“再挨你一顿打也不是不行。”

“喂！”露羽大叫道，挡在我和蒂缇之间，“你们两个到底是怎么回事？”姆维塔这次倒只是坐在一边看热闹。

“我是怎么回事？”我说，“你居然还问我是怎么回事？”我哈哈大笑，还是不肯坐下来。

“蒂缇，你有什么想对欧妮说的吗？”露羽问。

“没有。”蒂缇说着，看向了一旁。

“我知道要怎么打破那个咒语了，”我大声说，我气得都没办法呼吸了，“我是想帮你，你这个没劲的大笨蛋！我治疗努姆的时候想到我该怎么办了。”

蒂缇只是盯着我看。

我深吸一口气。“露羽、宾塔，现在这外面确实没人，不过我们还是有可能会经过别的村庄或者城镇……我也不知道。不过我确实可以打破那个咒语。”我转身回到了我的帐篷里。她们会来找我的。

一个小时之后，姆维塔端着一碗炖肉进来了。“你准备怎么办？”他问我。我从他手里接过了碗。我饿极了，但自尊心又太强，不肯出去拿一碗我自己做的炖肉。

“她们肯定不会喜欢的。”我咬着一块肉说，“不过能奏效。”

姆维塔想了一会儿。然后他咧嘴笑了。

“就是那样。”我说。

“露羽会让你这么做的，不过宾塔和蒂缇就……可能得忽悠一下。”

“或者来上一杯压箱底的棕榈酒。”我说，“现在那些棕榈酒都发酵到一定程度了，只要两杯下肚，包管她俩连哪儿是头哪儿是尾都分不出来，不过还是要我先同意帮她们这个忙才行。宾塔我可能还会考虑一下，至于蒂缇……她不跟我道歉一千次我都不会理她。”姆维塔转身准备离开帐篷，我看着他，“你一定要把我的原话告诉法纳西，一个字也不能差。”我露出一丝得意的笑容。

“我正打算这么说呢。”

当晚法纳西就来找我了。我之前变成一只秃鹫出去飞了一个小时，现在刚刚才回到姆维塔的怀抱里。“很抱歉打扰你。”法纳西说，爬进了我们的帐篷。

我坐起来，把身上的拉帕裙抓得更紧了。姆维塔把我们的被子披在了我的肩膀上。帐篷外面的石头营火闪闪烁烁，我几乎看不清法纳西的脸。

“蒂缇想让你……”

“那她就得自己来找我说。”我说。

法纳西皱起眉：“这不光是为了她，你知道的。”

“但这首先是为了她。”我说。我停顿了一会儿，然后叹了口气。“叫她出来跟我说吧。”走出帐篷之前，我回头看了一眼姆维塔。他没穿上衣，而我又把被子披走了。他朝我挥了挥手说：“别拖太久就是了。”

外面还要更冷一点。我把身上的被子裹得更紧了，再一次施法增强了火势减弱的石头营火。我抬起手，搅动着周围的空气，直到它重新变热。我挥挥手，朝我们的帐篷里送去了一些温暖的空气。

法纳西把一只手放在了我的肩膀上。“你也控制一下你的脾气。”他说。他走进了宾塔和蒂缇的帐篷。

“她能控制我就能控制。”我咕哝着说。蒂缇出来的时候，我正盯着发光的石头看。法纳西走进了他的帐篷，把门帘拉紧。好像这样我和蒂缇说话就真的没人能听见了似的。

“是这样的，”她说，“我只是想……”

我举起一只手，摇了摇头。“先道歉。要不然我就直接回帐篷去睡个大懒觉，而且我保证不会心怀愧疚。”

她皱着眉看着我，看了很久：“我……”

“也别摆出那副表情，”我打断了她的话，“要是你真觉得我这么恶心，你就应该待在家里别出来。你活该挨打。非要惹恼一个能把你撕成两半的人，你可真是太蠢了。我比你高，比你壮，还比你更生气。”

“对不起，行了吧！”蒂缇大喊道。

我看到露羽从她的帐篷里探出头来。

“我……我想说的是这趟旅程，”蒂缇说，“它跟我想象的太不一样了。我也变得跟我想象中不太一样了。”她擦了擦眉头上的汗珠。现在这团火燃了起来，也更适合谈话了。“我从来就没离开过贾瓦黑尔。我已经习惯了每天饭桌上都有美味佳肴，有热气腾腾的新鲜面包和辣椒鸡肉，我真的吃不惯沙漠野兔和骆驼奶混在一起的炖菜！骆驼奶是给刚出生的小孩喝的……是给刚出生的小骆驼喝的！”

“你不是我们中间唯一没有离开过贾瓦黑尔的人。”我说，“但你却是我们中间唯一无理取闹的人。”

“你都给我们看过了！”蒂缇说，“你给我们看了西边的那幅景象。谁看了之后能坐视不理？我没办法再和法纳西一起过幸福的小日子了。就是因为你，一切都变了。”

“哦，你居然开始怪我了！”我大声说，“我倒要看看你们谁还好意思怪我！你们就是这么的无知又自负，该怪的是你们自己。”

“你说得对。”蒂缇静静地说，“我……我不知道我是怎么了。”她摇了摇头，“我不恨你……但我讨厌你伊乌的身份。我每次看到你，都觉得很讨厌……我们真的太难了，欧妮。我们人生的前十一年都相信伊乌是肮脏、低劣、暴力的一群人。然后我们就先后遇到了你和姆维塔。你们两个都是我们见过最不同寻常的人。”

“很快你们也会被看作劣等人的。”我说，“很快你们就会明白我走到哪儿都遭人厌弃的感觉。”虽然我这么说了，但我的内心却十分矛盾。蒂缇、宾塔和我一样都经历了很多事，我们大家都一样。我必须尊重这一点。尽管我们之前发生了那么多冲突。“你出来是想找我说什么？”

蒂缇看了看法纳西的帐篷：“帮我破除我身上的咒语吧。只要你能做到。你愿意吗？”

“但我必须做一件事，你恐怕是不会喜欢的。”我说，“我也不喜欢。”

蒂缇皱起眉头。她的表情逐渐变成了厌恶：“不是吧。”

“就是。”我说。

“恶心！”

“我知道。”

“会一样疼吗？”她问。

“我也不知道。不过巫术这种东西，你不付出就永远不可能得到。”

露羽从帐篷里出来了。“也帮帮我吧，”她说，“我不介意你把手放在我身上。”

宾塔也匆匆忙忙地走出了帐篷。“还有我！”她说。

但我心中却只有疑虑。“那好吧，”我说，“明天晚上。”

“所以你真的清楚该怎么做了吗？”露羽问道。

“我想是的，”我说，“我的意思是，很明显我之前从来没有试过。”

“你觉得你到底会……怎么做？”露羽追问。

我想了想。“呃，任何东西都不可能凭空变出来。就算是一小块肉也不行。有一次，阿洛扯掉了一只虫子的一条腿，把虫腿扔到一边，然后对我说：‘让它重新长出腿来走路。’我做到了，不过我不能告诉你是怎么做到的。只能说我会用到一种法点，让它从我做的某件事开始，来到某种在我身上起作用的东西上，这样就能做到要做的事了。”

我皱起眉，仔细思考这个问题。当我施展治愈能力的时候，我不再完全是我了。如果我不完全是我了，那我又变成谁了呢？这就像我给露羽讲的那个瞬间一样，你醒过来，却发现你不知道自己是谁。

“有一次我问过阿洛，他在施展治疗能力的时候都发生了什么事，结果他说这跟时间有关。”我说，“也就是说你是靠操纵时间把它长回来的。”但她们三个只是盯着我看。我耸耸肩，放弃了解释。

“欧妮，”宾塔突然开口了，“我真的真的很抱歉。我们不该去那个酒馆的。”她扑到我身上，把我给扑倒了，“你也不该去的！”

“没关系。”我说，我想坐起来。但她还是抱着我不撒手，现在她哭得好厉害。我抱住她，轻声说：“没事的。宾塔。我没事。”她的头发上散发着一股肥皂和芳香精油的味道。在我们离开贾瓦黑尔的前一天，她把她浓密的短卷发编成了很多小辫子。那之后，她的辫子都长长很多了，但她还是没有解开过。我不知道她是不是决定要当个“长发达达”了。两头骆驼哼哧哼哧地从露羽的帐篷后面走了过来，它们本来是想在那里休息一会儿的。

“看在阿妮的分上，”法纳西从他的帐篷里走出来说，“女人们啊，唉。”

姆维塔也从帐篷里出来了。我发现露羽正盯着他赤裸的胸膛看，我不确定这是出于普通人对伊乌身体的好奇，还是有更多的性意味在里面。

“所以你们说好了，是吧？”姆维塔说，“那太好了。”

“确实太好了。”法纳西兴高采烈地说。

蒂缇露出嗔怒的样子，瞪了他一眼。

35.

第二天，我花了绝大部分时间变成一只秃鹫在空中翱翔，放松身心。然后我回到营地，穿好衣服，走了大约一英里路，来到了一个我飞翔时发现的地方。我坐在棕榈树下，蒙上面纱，把手藏进了衣服里，以免被太阳晒伤。我清空了脑中的思绪。整整三个小时，我都一动不动。日落之前，我又回到了营地里。几头骆驼先向我打了招呼。它们正在喝一袋姆维塔为他们准备的水。它们用柔软湿润的嘴蹭了蹭我。桑迪还舔了舔我的脸颊，对我皮肤沾上的风和天空的气味闻了闻又尝了尝。

姆维塔吻了我。“蒂缇和宾塔给你做了一顿大餐。”他说。

烤沙漠野兔肉我尤其爱吃。她们想让我多吃点，这的确没错。我是需要些力气。吃完之后我拿了一桶水，走到我的帐篷背后，好好洗了个澡。我正把水倒在头上的时候，听到蒂缇大喊了一句：“不要！”我停了下来，静静听着。但我实在是听不清什么。我冷得发抖，所以赶紧洗完了澡。我穿上了一件宽松的衬衫和我那件旧的黄色拉帕裙。这时候太阳已经完全落山了。我能听见他们都聚在了一起。是时候了。

“我选了一个地方。”我说，“大概有一英里远。那里有棵树。姆维塔、法纳西，你们留在这儿。你们会看到我们生的火。”我看向姆维塔的双眼，希望他能明白我没说出口的话：*注意我们这边的动静*。

我拿上一个装满石头的背包，我们四个就离开了。等我们走到树那里，我把所有石头都倒了出来，施法让它们变热，直到我冻坏的关节放松下来。晚上很冷。我们已经走了很远，天气也跟着变了。虽然白天还是很热，但晚上却变得异常寒冷。贾瓦黑尔很少会有这么冷的夜晚。

“谁想先来？”我问。

她们面面相觑。

“为什么不按我们完成仪式的顺序来呢？”露羽说。

“宾塔，你，然后蒂缇？”我说。

“这一次我们还是倒过来吧。”宾塔坚持说。

“好吧，”蒂缇说，“我可不是吓大的。”可她的声音却在发抖。

“把你舌头下面的小石头吐出来。”我说。

“为什么？”露羽问。

“我觉得它们也被下了咒。”我说，“不过我也不确定到底是不是这么回事。”

露羽把她的小石头吐到了手上，然后放进拉帕裙的一道褶皱里。蒂缇把她的小石头吐进了黑夜里。宾塔犹豫了。“你确定吗？”她问。

我朝她挥挥手。“随便你吧。”她没有吐掉小石头。

“好吧。”我说，“啊，蒂缇，你必须……”

“我知道。”她说着，脱掉了她的拉帕裙。露羽和宾塔都把目光转向了别处。

我觉得很不舒服。不是因为害怕，而是因为一种深深的不安感。她必须得张开双腿才行。更糟糕的是我还得把我的手放在九年前那道快速切割留下的伤痕上面。

“你没必要露出那种表情吧。”蒂缇说。

“那你希望我露出什么样的表情？”我发火了。

“我们还是，呃，去一边待着好了。”露羽突然说，她牵起宾塔的手走开了，“等你们好了再叫我们。”

“火够暖和了吗？”我问蒂缇。

“你能让它再暖和点吗？”

我照做了。

“你得……就像你……之前做过的那样。”我说，跪在石头旁边。她在我身侧躺下，张开双腿，我望向天空。我深吸一口气，把手放在了她身上。我立刻就集中了精神，忽略了我朋友的私处传来的湿润感觉。我专心致志地汲取能量，一把又一把，周围有不少可用的。附近的露羽和宾塔既恐惧又兴奋，我从她们身上获得了力量。我也从骆驼的焦躁不安、营地里姆维塔的微微担心和法纳西的困惑、忧虑与激动中吸取了能量。

我能感觉到她的伤痕，不过我的感觉很快就被身后的热浪和微风给吸引过去了。蒂缇呜咽不已。紧接着就哭了起来。然后又开始尖叫。我坚持着，闭上了眼睛。我的双腿之间也能感觉到同样的烧灼、撕裂与缝合感。姆维塔和法纳西肯定听到她的尖叫声了。我还在坚持。那一刻终于到来了。我拿开了我的手。我本能地把手伸进沙子里，把沙当水搓了搓手。然后我用蒂缇的拉帕裙把我手上的沙擦干净了。

“行了。”我用沙哑的声音说，我的手有些发痒，“你感觉怎么样？”

她擦去脸上的泪水，怒目圆睁瞪着我。“你对我做了什么？”她说，她的声音也沙哑了。

“闭嘴吧，”我没好气地说，“我告诉过你了，就是会痛的。”

“你难道还想让我试试这玩意儿管不管用？”她讽刺地问道。

“我才懒得管你要干什么，”我说，“去把露羽叫过来。”

她一站起来，精神状态看起来就好多了。她低头盯着我看了一会儿，然后缓步走开了。我把更多的沙子揉在了我发痒的手上。“任何事都有后果。”我喃喃自语。

这次的结果和十一岁仪式不太一样，她们三个都尖叫了。

“让我一个人待会儿。”帮宾塔也解了咒之后，我说。我喘不过气，汗流浃背，又用了些沙子来搓洗我的手。我能从自己身上闻到她们三个的气味，这让我忍不住浑身痉挛。我更加用力地搓洗起来。“你们回营地去吧。”

她们和我都不需要再检查一下我所做的一切是否起效了。因为确实已经起效了。我现在明白了，我真的没理由为这么点小事就怀疑自己。“我还能做到更多，”我对自己说，“不过我又会遭受些什么呢？”我笑了。我的手痒得厉害，我都想把它们放到烧热的石头上面去了。我举着手，移到了火光上。

“噢，阿妮，你创造我的时候，到底都干了些什么？”我低声说。我的手在蜕皮。我挑起一小块皮肤，结果手背上的一整缕皮肤都跟着脱落了。我把这一缕皮肤扔在了沙地上。就在我眼前，我看到了我的新皮肤开始变得干燥红肿。它也快要脱落了。我用沙子磨掉了它。皮肤一层接一层地掉了下来。我的手却还在发痒。地上已经堆积起了死皮，当姆维塔在我身后开口说话的时候，我还在脱皮。

“恭喜。”他靠在棕榈树上，双臂环在胸前，“这下你的朋友们都高兴了。”

“我……我脱皮脱得停不下来了。”我要疯了。

姆维塔皱起眉头，借着昏暗的光线更加仔细地看了看。“那些都是你脱的皮吗？”他问。我点了点头。他在我身边跪下来。“让我看看。”

我摇了摇头，把双手藏在了背后。“不行。太难看了。”

“你的手感觉怎么样？”他问。

“难受极了。很热，很痒。”

“你得吃点东西。”他说。他拿出了一大块用布包着的红色仙人掌糖。正好是我喜欢的那种，黏腻可口。

“我还不饿。”我说。

“饿不饿都吃点。不管是法术还是怎么回事，掉了这么多皮肤，你的能量和分泌物都需要补足。你必须要吃点东西才能补充得上。”

“我不想碰那块糖。我不想用我这双手碰任何东西。”

他把仙人掌糖果放在了一边：“让我看看，欧妮桑乌。”

我骂了一句，还是把我的手给他看了。我怎么总是这么丢人呢？我总会做出一些事，然后需要姆维塔帮我收拾残局。就好像我对我的能力、我的天赋和我的身体一点掌控力都没有。

他盯着我的手看了很长一段时间，又摸了摸我手上的皮肤。他剥掉一些，看着新长出来的皮肤迅速变老，再次脱落。他用他的手握住我的手。

“你的手真烫。”他说。

我嫉妒他。我是个女巫没错，但他了解的事远比我多得多。他未经允许，不能学习圣秘法点，但他却有着不少巫师的手段。

“好吧。”过了一会儿，他对自己说道。

他接下来什么都没再说了，我就问他：“好什么？”

“嘘。”他说。他这样让我想起了阿洛。也想起了索拉。他们三个都有种习惯，就是爱听我听不到的那个声音或者那些声音。“好吧，”他又说了一遍，这一次他是对我说的，“我治不好这个。”

“什么？”

“但你自己可以。”

“怎么做？”

姆维塔看起来被我惹恼了。“你应该知道才对。”

“好吧，我明显不知道！”我大声说。

“你应该知道，”他苦涩一笑，“哎，你应该知道怎么办的。你得多练习，欧妮。开始自学。”

“我知道我该多练，”我说，我也露出了生气的样子，“这就是为什么我说我们做爱的时候应该小心一点。我可不……”

“有机会就最好抓住。”姆维塔说，他停下来，望向天空，“只有阿妮知道为什么她会让你当巫师，而不让我当。”

“姆维塔，你直接告诉我我该做什么就行了。”我说着，还在用沙子搓手。

“你只需要在荒野里洗洗你的手就行了。”他说，“你用了你的双手来操纵时间和血肉，现在你的手上就沾满了血肉和时间。把它们带到荒野去，那里既没有时间也没有血肉，你的手就不会再这样了。”他站起身，“现在就去吧，然后我们就可以回去了。”

他说得对，我真的没有好好学，也没有努力练习。

自从我们离开家乡，我就只在我们有需要或者我自己有需要的时候才使用过我的能力。我试着进入荒野。什么也没发生。我确实疏于练习，也没有禁食。我更努力地试过了，可还是什么也没发生。我告诉自己要冷静下来，专注于内心，让我的思绪如同我手上的血肉一样层层剥落。渐渐地，我周围的世界有了起伏变幻。我观察了一会儿荒野中的颜色，有几团粉色的云雾在我头顶盘旋。

紧接着，我就看到了远处那只红眼睛。自从我十六岁通过入学测试以来，我就再也没有见过它。我迅速站起身来。我是个埃舒，这就意味着我可以变身进入其他生物和灵魂体内。在这个地方我是蓝色的。除了我的手，它们是暗褐色的。我毫不示弱地回瞪着那只眼睛。

“等你准备好了就来吧。”我对他说。戴布没有回答。我假装不理会他。我举起我的双手。它们立刻就招来了几只自在快乐的游魂。两只粉色的和一只绿色的游魂穿过了我的手掌。当我放下手时，我的双手已经和我身体的其他部分一样变回了蓝色。我松了口气，坐了下来，回到了物质世界。我看了看我的双手，上面还是覆满了剥落的皮肤。不过把这些死皮撕下来之后，下面就露出了稳定饱满的皮肤。我看了看姆维塔。他正坐在树底下望着天空。

“戴布来荒野看我了。”我说。

他转过头来。“哦，你回来了。”他停了停，“他采取什么行动了吗？”

“没有。”我说，“他只是以红眼睛的形态露面的。”我叹了口气，“不过我的手好多了。虽然还是有点热，就像发烧了一样，皮肤也还太嫩了。”

他拉过我的手仔细检查了一遍。“这我就没办法了。”他说，“我们还是先回去吧。”

当我们走到营地范围内的时候，我们听到了喊叫声。我们加快了脚步。

“你脑子里就只有这种事吗，法纳西？”蒂缇在大喊大叫。

“不然你算什么妻子呢？我甚至连一个字都还没提……”

“今晚我不会跟你一起住的！”蒂缇尖叫道。

“你俩能闭嘴吗！”露羽喊道。

“怎么了？”我问宾塔，但她只是站在那里哭。

“问他们吧。”她呜咽着说。

法纳西转过身背对我。

“不关你们的事。”蒂缇嘟囔道，双臂抱在胸前。

我被他们烦透了，就转身走回了帐篷。身后，我听到法纳西对蒂缇说："我就不该和你一起来。我还不如当时就任你走，现在也就不会有这么多破事了。"

"我让你为了我一起来了吗？"蒂缇说，"你就是自作多情！"

我"啪"的一下把帐篷门帘掀到一边，爬了进去。我真希望当时只有我和姆维塔离开了，他们这些人都待在家里。再说了，就算我们真的到了西边，他们几个又能帮上什么忙？我真的想不出来。姆维塔也进了帐篷。

"我帮她们本来是想让情况好起来的。"我带着怒气低声说道。

"你不可能解决掉所有问题。"他边说边递给我一碗吃的，"来，吃吧。"

"不吃。"我说，把碗放在了一边。

他恼怒地看了我一眼就走了。好吧，看来我们所有人的关系都在分崩离析。从我们出发开始，我们之间就有分歧了，不过在我打破了十一岁仪式的法术之后，这些裂痕就变得再也无法弥合。这不是我的错，我很清楚，但那时候我真就觉得一切都是我的错。因为我是被选中的那个人。

都是我的错。

36.

那天晚上我觉得很难受。所有这些吵架斗嘴让我特别生气又非常失望，所以我什么都不肯吃，饿着肚子就睡了。姆维塔几乎一整晚都在外面，想跟法纳西把道理讲清楚。要是他在帐篷里，他肯定会强迫我吃点东西再睡觉。破晓前他回来了，结果发现我蜷成一团，浑身发抖，嘴里嘟囔着一些有的没的。他不得不给我喂了几勺盐，又给我喝了些昨晚炖肉剩下的汤。我连勺子都拿不稳。

“下次别再这样逞强不懂事了。”他气冲冲地说。

我虚弱得要命，走不了路，不过很快就可以坐起来自己吃东西了。营地气氛紧张。宾塔和蒂缇待在她们的帐篷里。法纳西和姆维塔出去谈话了。露羽待在我身边。我们躺在帐篷里一起练习说努鲁话。

“觉得蒂缇什么毛病？”露羽的努鲁语说得很烂。

“她太蠢了。”我用努鲁语回答道。

“我……”露羽停了下来。她用奥克克语问道：“‘自由’用努鲁语怎么说？”

我告诉她了。

她想了一下，用努鲁语说：“觉得我……蒂缇尝到了自由的滋味，现在不能没有了。”

“我觉得她就是蠢而已。”我又用努鲁语说。

露羽换回了奥克克语。“你看到她在那家酒馆里有多开心了。有几个男人也确实挺好看……要是在贾瓦黑尔，我们谁都不可能这么自由。”

我笑了：“你就挺自由的。”

她也笑了：“那是因为就算别人不给我，我也懂得自己去拿过来。”

那天深夜，我躺在姆维塔身边，还在想蒂缇干过的所有蠢事。姆维塔睡得很熟，呼吸轻柔。我听到外面传来放轻的脚步声。我已经听惯了骆驼活动的声音，它们经常出去觅食或者交配。这脚步声不像骆驼的，不够大也不够频繁。我闭上眼睛更认真地听着。不是沙漠狐，我想。也不是羚羊。我屏住呼吸，竭尽全力去听。是人的脚步声。这人的脚步声朝法纳西的帐篷去了。我听到一阵悄声说话声。我放松了下来。看来蒂缇终于想通了。

我当然继续听下去了。换成你难道你会就此打住不听了吗？我听到法纳西低声说了些什么。然后……我皱起了眉，听得更仔细了。那边传来一声叹息，紧接着是轻柔的动作声，还有一声低吟。我差点就忍不住把姆维塔叫醒了。我应该把他叫醒的。这也太糟了。但我又有什么权利阻止露羽进法纳西的帐篷呢？我能听到他们有节奏的喘息声。他们就这样持续了一个多小时。最后我迷迷糊糊睡着了，所以谁也不知道露羽是什么时候回到自己帐篷里的。

日出前我们收拾好了行囊。蒂缇和法纳西彼此无话。法纳西尽量躲着不看露羽。露羽却表现得完全正常。我们动身的时候，我忍不住笑了。谁能想到我们这个身处茫茫荒漠的小团体里还能有这么多戏呢？

37.

夹在蒂缇的无知傲慢、露羽的胆大妄为和法纳西的心乱如麻之间，接下来这两周过得真可谓精彩纷呈。就是他们的事让我从阴暗的思绪中分了心。露羽把她的帐篷搭在法纳西的帐篷旁边，每隔几天就趁夜深了偷偷溜进去。到了早上他们两个都会变得疲惫不堪，一整天都不看对方。我必须得说，他俩这戏是演得真不错。

与此同时，我一直在练习进入和穿越荒野。每一次我都会见到那只红眼在远处注视着我。我还变成了一只沙漠狐，偷偷凑近吓了姆维塔一跳。我一遍又一遍地把我的皮肤切开又让它愈合，直到把自己切伤和让自己愈合都变得很容易。我甚至还开始了一次为期三天的禁食，希望能召来一次那种可以四处游走的幻象。要是戴布想监视我，我也可以反监视他。

“你怎么没吃早饭？”姆维塔问。

“我想试着召来一个幻象。我觉得这一次我就可以控制它了。我想去看看戴布在搞什么鬼。”

“坏主意，”他摇摇头说，“他会杀了你的。”他出去给我端了一碗粥来。我乖乖喝了，没再多嘴。

我正在为即将到来的那些事做准备。不过我还是不能忽视我们营地里随时都会爆炸的那颗定时炸弹。有天晚上，我去找了露羽，她正在桶里洗衣服。

“我们得谈谈。”我说。

“那就谈吧。”她说，把拉帕裙里的水拧出来。我凑近了一点，没理会溅到我脸上的水滴。“我已经知道了。”

“知道什么？”

“你和法纳西的事。”

她僵住了，双手深深地泡在洗衣桶的水里：“只有你知道吗？”

“目前只有我。”

“你是怎么知道的？”

“我听见了。”

“好吧，但我们可不像你和姆维塔一样大声。”

“你们到底在干什么呢？”我说，“你们难道不知道……”

“我们都想要。”露羽说，“再说蒂缇根本就不在乎。”

“那你们为什么要保密？”

她什么也没说。

“要是蒂缇发现了……”

“她不会发现的。”露羽没好气地说，对我怒目而视。

“我可不会告诉她。应该由你去告诉她。露羽，兔子还不吃窝边草呢。法纳西和姆维塔会谈到这事的。就算姆维塔现在还不知道，他迟早也会知道。要不然蒂缇和宾塔也会抓到你们。如果你怀孕了又怎么办呢？这儿就只有两个男人，孩子的父亲肯定是他们中的一个。”

我们对视一眼，然后都忍不住发笑了。

“我们究竟是怎么落到今天这地步的？”等我们控制好了情绪

之后，我问道。

“我也不知道。”她说，“他人真的不错，欧妮。可能是因为我成熟了，眼光也跟着变了。不过，噢，他给我的感觉真的太棒了。”

“露羽，你听听你自己都在说些什么？那可是蒂缇的丈夫啊！”

她咂咂嘴，翻了个白眼。那天晚上，我短暂地清醒了一会儿，果然听到露羽又溜进了法纳西的帐篷。很快他们就又开始了。这事是不会有好结果的。

38.

我们来到了另一个城镇，决定进去买些补给品。

“辛爸爸？这算什么镇名啊？”露羽问。她站得离法纳西太近了。或者说法纳西站得离她太近了。这些天他好像总是站在离她只有几步之遥的地方。他们都松懈了。

“我记得这个镇。”姆维塔说。从他的表情来看，这段记忆并不愉快。露羽把便携式电脑拿在手里，他看了看露羽的地图。屏幕在阳光下很难看得清楚。“我们离七河王国的起源之地已经不远了。这是我们最后能碰到的几个小镇之一……他们对奥克克族人没有敌意。”

离我们不远的地方，有一支车队的人也正要进城。白天里有好几次，我们都听到了摩托车的声音。有一次，三头骆驼都变得极度焦躁不安，咆哮着，抖动它们扑满灰尘的皮毛。最近一段时间它们都表现得很奇怪。昨天晚上，几只骆驼互相朝对方嘶吼，把我们都吵醒了。它们一直跪在地上没动，不过看起来很生气。它们吵架了。我们来到镇上的时候，它们怎么都不肯再靠近一步。我们只好把它们留在一英里远的地方，自己去集市上买东西。

“我们速战速决吧。”我说，把面纱戴在了头上。姆维塔也照做了。

这里的人穿着各式各样的衣服，我听到了好几种西波语方言和奥克克语方言，当然，连努鲁语方言都有。这里的努鲁族人不算多，但也够多的了。我忍不住盯着他们看，他们有着黑直的头发，黄棕色的皮肤和窄鼻子。不像我和姆维塔这样，他们没有洒满雀斑的脸、厚嘴唇或者颜色怪异的眼睛。我有点困惑了。我从来没想象过努鲁族人还能与不是奴隶的奥克克族人和平共处。

“那些就是努鲁族人吗？”宾塔说，她的声音有点太大了。旁边有个女人，带着个十几岁的孩子，有可能是她儿子。她瞥了宾塔一眼，皱起眉头，然后就走开了。露羽用胳膊肘碰了碰宾塔，让她不要乱说话。

“你觉得怎么办比较好？”姆维塔靠近我的耳边问道。

“我们买了必需的东西就赶紧离开，”我说，“那边那些人在盯着我看。”

“我知道。我们得靠近点。”姆维塔和我都吸引了一些不怀好意的目光。

一包南瓜种子，面包，盐，一瓶棕榈酒，一个新的金属桶，在麻烦找上门来之前，我们想办法买到了绝大多数我们需要的东西。这里有不少漂泊四方的人，所以穿衣风格和说话方式都和我们不一样。这是这些地方的常态。我们正在挑选肉干的时候，身后突然传来一声狂吼。姆维塔本能地抓住了我和站在他另一边的露羽。

“*伊伊伊伊乌乌乌乌*，”一个奥克克族男人用深沉无比的声音叫道，“*伊伊伊伊乌乌乌乌！*”

他的声音以一种不自然的方式在我脑海里颤动。他穿着黑色的裤子和黑色的卡夫坦长袍，又长又厚的编发里插着几根棕色和白色的老鹰羽毛，黝黑的皮肤上闪烁着汗水或是油脂。他周围的人都为他让出一条路。

“给他让路。”有个人说。

“让开！”有个女人叫道。

至于接下来发生了什么，其实你已经知道了。因为你已经听我说起过了类似的事情。我额头上还有因那件事而留下的疤痕。这是同一个城镇吗？不。不过也可能是。那时候有一群人冲我们扔石头，我妈妈不得不带着还是婴儿的我落荒而逃，可是事情都过去了那么久，世事却好像没发生什么变化。

我不知道他们是从什么时候开始朝我和姆维塔扔石头的。那一刻我也和其他人一样，凝视着那个把声音灌进我脑中的野人。一块石头砸中了我的胸口。我回之以怒火，将怒火全部倾泻到了那个人身上，那个巫医竟胆敢认不出一个真正的巫师。我用当年我攻击阿洛的那种办法攻击了他。撕咬、抓挠。我听到人群倒抽一口凉气，有人尖叫起来。我的注意力还是集中在挑起这件事的这个人身上。他根本不知道自己身上发生了什么事，因为他不懂圣秘法点。他只会一点幼稚的法术，就跟小孩子过家家差不多。姆维塔都可以瞬间解决他，连眼都不用眨。

“你们在干什么？！”我听到宾塔的尖叫声。这让我清醒了过来。我跌了下去，膝盖着地。“你们都知道这是谁吗？！”宾塔朝人群喊道。在我们对面，巫医轰然倒下。他身边的女人惊声尖叫。

“他们杀了我们的牧师！”一个男人吼道，唾沫横飞。

我眼看着它在空中划出一道弧线。我惊得呆住了。究竟是谁竟然敢向这个美貌到连她父亲都抗拒不了的女孩扔砖头，而且还扔得这么准？砖头直直地砸进了宾塔的额头里。我看到里面涌出了白花花的东西。她的头骨凹陷，脑组织暴露了出来。她向后倒了下去。我尖叫着向她跑过去。但我离得太远了。人群突然行动起来。人们狂奔乱跑，扔出更多的砖块和石头。一个男人朝我冲过来，我踢了他一脚，掐住他的脖子，开始用力勒下去。接着我就感觉到姆维塔抓着我又拽又拖。

“宾塔！”我大叫道。甚至就在我所处的这个地方，我都能看到人们正在对她已经倒下的身体拳打脚踢，然后我又看到一个男人捡起了一块砖头，然后……接下来发生的事太可怕了，我根本形容不了。于是我喊出了我在贾瓦黑尔的集市上用过的那句咒语。但我并不想让这些人看到西边发生的最坏的事。我只是让他们的眼前都陷入一片漆黑。他们都看不见了，这就是我想让他们变成的样子。整个镇上的人。男人、女人、孩子，无一例外。我夺走了他们的视力，因为他们就是这么盲目。几乎所有人都安静了下来。有人抓挠着他们的眼睛。有人还在伸手试探周围，想对随便哪个能碰到的人施以暴力。孩子们哭个不停。还有人喊着一些类似于“这是怎么回事？”或者“阿妮救救我！”之类的话。

都是些混蛋。就让他们在黑暗中步履维艰吧。

我们慌忙穿过混乱的盲眼人群，来到了宾塔身边。她已经死了。他们砸碎了她的头颅，刺穿了她的胸膛，压碎了她的脖子和双腿。我跪下来，把手放在她身上。我寻找着，倾听着。“宾塔！”我喊道。有几个盲眼的蠢货应了我，朝我声音的方向蹒跚走过来。我无视了他们。“你在哪里？宾塔？”我继续努力倾听，想找到她迷茫而恐惧的灵魂。但她已经走了。

“她去哪儿了？”我尖声叫道，汗水顺着我的脸淌下来。我还在不停地找。

她离开了。她明明知道我可以把她带回来，为什么还要离开？我不知道她是不是明白帮她起死回生并且治好她的伤可能会让我付出生命的代价。

最后是法纳西推开了我，把她的尸体抱了起来，姆维塔也帮忙分担了一些她的重量。我们把这个盲眼镇留在了身后，它一向盲目，今后也会一直如此。你一定听说过这个著名的盲眼小镇的传言吧。它可不是个传说。去辛爸爸镇，自己亲眼瞧瞧吧。

三头骆驼看到我们抬着宾塔的尸体回来，纷纷嘶叫跺脚。我们把她放了下来，它们就跪坐在她身边，围成了一个保护圈。接下来的几天在一片迷蒙恍惚中过去了。我只知道我们还是想办法振作起来，离开了辛爸爸镇。桑迪同意了背上宾塔的尸体。我只知道在某个时候，我们花了一整天的时间在沙地上挖出了一个六英尺深的墓穴。我们用的是我们的锅碗瓢盆。我们把我们挚爱的朋友葬在了沙漠里。露羽在她的便携式电脑上找出了《圣典》的电子档，念诵了其中的一段悼词。然后我们每个人轮流对宾塔说了一些话。

“你们知道吗？”轮到我的时候我说，“临走前，她毒死了她父亲。她把心灵树根放进他的茶里，看着他喝了下去。离开家的时候，她让自己获得了自由。啊，宾塔。当你重临这些土地，你将统治这个世界。”

大家都只是盯着我看，还处在宾塔已死的震惊之中。

埋葬她之后，我的头痛就回来了，可是我还在乎什么呢？宾塔跟我有着同样的命运，我们都是被石头砸死的。我又有什么是特别的？我养成了一个习惯，每当我们上路的时候，我都会飞到天上去，等到扎营时再回到大家身边。桑迪会驮着我的东西。我唯一能想到的就是宾塔还从来没有体会过一个男人充满爱意的触碰。她拥有过的最接近的一次是那天晚上在班扎的酒馆里，那时候我还觉得她真是不要脸。然后，为了我，为了保护我，她死了。

39.

《圣典》里有个故事，主角是一个命中注定要成为太阳城最伟大首领的小男孩。你也很熟悉这个故事吧。这是努鲁族人最爱的一个故事，对吗？当你们的孩子还太小，看不出这个故事有多丑恶的时候，你们就一股脑地把这个故事讲给他们听。你们希望女孩都能像好姑娘蒂亚一样善良，男孩都能像伟大的邹贝尔一样功成名就。在《圣典》里，他们的故事是其中一个讲述胜利与牺牲的故事。这种故事是为了让你感到安全。它是想提醒你，伟大的事物永远都会受到保护，生而伟大的人就是注定伟大。但这些全都是谎言。接下来我要讲的这个才是真实的故事：

蒂亚和邹贝尔同一天出生在同一个小镇上。蒂亚的出生并不是什么秘密，她生下来是个女孩，这也没什么特别的。作为两个农民的孩子，她得到了一个热水澡，许多的吻，还有一个命名仪式。她是家里的第二个孩子，不过因为第一个孩子是个健康的男孩，所以她的降生还是受到了热烈欢迎。

另一边呢，邹贝尔的出生却是秘而不宣的。十一个月之前，太阳城的首领在一场派对上对一个女人青眼有加。那天晚上他就独享了她。

就算这位首领已经有了四个妻子，却也还是贪恋着这样一个女子，所以他一遍又一遍地去找她，和她发生关系，直到她怀上了孩子。然后他就叫自己的士兵去杀了她。因为太阳城有个规矩，首领的第一个非婚生儿子必须成为他的继承人。首领的父亲为了逃避这个规矩，就娶了每一个和他上床的女人。到他死的时候，他已经有了三百多个妻子。

可是他的儿子，也就是现任首领，却是个十分傲慢的人。他只是想把一个女人搞到手，凭什么要先跟她结婚？说实在的，这个首领真不是全世界最蠢的蠢人吗？他已经拥有了那么多，为什么还是欲壑难填呢？他怎么就不能把注意力转移到别的地方，却一定要专注于自己的肉欲呢？好歹他也是个堂堂首领啊，不是吗？他应该忙于首领的事务才对。不管怎样吧，这个女人在怀孕三个月的时候，从那些被派来追杀她的士兵手底下逃脱了。最终，她跑到了一个小镇上，在那里生了一个儿子，取名叫邹贝尔。

邹贝尔和蒂亚出生的那天，产婆在两位母亲的小屋之间来回奔走。他们在同一时间出生，分秒不差，不过产婆选择了留在邹贝尔母亲身边，因为她有预感这个女人的孩子是个儿子，而那个女人的孩子只是个女儿。

除了邹贝尔和他的母亲，没有人清楚他的身份。但人们确实感觉到他身上有着与众不同的气质。他长得像他母亲一样高，又像他父亲一样爱夸夸其谈。邹贝尔真是个天生的领袖。就算在他很小的时候，他的同学们也很乐意服从他。另一方面呢，蒂亚一直过着平静、悲伤的生活。她父亲经常打她。她渐渐长大，出落得亭亭玉立，而她的父亲也开始觊觎她的美貌。所以长大后的蒂亚变得与邹贝尔正好相反，她矮小而沉默。

两个人互相认识，因为他们住在同一条街道上。从他们的目光落在彼此身上的那一天起，他们之间就有了一种奇怪的化学反应。不是一见钟情。我甚至不会说那是爱情。只是一种化学反应而已。

如果他们碰巧一起从学校里走回家的话，邹贝尔就会把他带的饭分给蒂亚吃。她会为他缝制衬衫，把彩色的棕榈纤维编成戒指给他。有时候他们会坐在一起读书。和蒂亚在一起的时候，是邹贝尔唯一沉静的时刻。

等到他们都十六岁的时候，有消息从太阳城传来，说他们的首领病危了。邹贝尔的母亲知道这会让他们惹上麻烦。涉及可能发生的权力转移时，大家都喜欢瞎说和瞎猜。邹贝尔也许就是首领的私生子这个消息很快就传到了病重的首领耳朵里。其实只要邹贝尔能谦卑低调一点，他就可以在首领死后平安无事地回到太阳城。对他来说，首领的宝座已经是他的囊中之物。

但邹贝尔的母亲还来不及警告他，士兵们就来了。当他们找到邹贝尔的时候，他正和蒂亚一起坐在一棵树下。这群士兵都是些懦夫。他们躲在几码远之外的地方，其中一个端起了枪。蒂亚感觉到了什么。就在那一刻，她抬头一看，发现了躲在树后的那些人。她瞬间就明白了。他不能死，她想。他是很特别的一个人。他会让我们所有人都过上更好的日子。

"趴下！"她尖叫道，扑在了他身上。当然，她被子弹给打中了，而邹贝尔没有。邹贝尔一直藏在她身后，又有五颗子弹打来，蒂亚的生命之火熄灭了。他一把推开她，撒腿就跑，就和十七年前他的长腿母亲一样身手敏捷。他一逃跑，就连子弹也打不着他了。

这故事的结局你也知道了。他逃出生天，成了太阳城有史以来最伟大的首领。他从来没有为了纪念蒂亚建立过一座神龛或者寺庙，甚至连一间棚屋也没有。在《圣典》里，她的名字也没有再被提起过。他再也没有想起过她，就连她被葬在哪里了都没问过。蒂亚是个处女。她美丽动人。她穷困潦倒。她死去时还是个小女孩。为他牺牲她的生命成了她的职责。

我一直都不喜欢这个故事。而自从宾塔死后，我就开始痛恨它了。

40.

宾塔的死让露羽远离了法纳西的帐篷两个星期。后来有一天深夜，我听到他们又开始偷欢了。

“姆维塔。”我尽可能安静地说。我转过身去，面对他的脸，“姆维塔，醒醒。”

“嗯？”他眼睛还闭着。

“你听到了吗？”我说。

他听了听，然后点了点头。

“你知道那是谁吗？”

他点头。

“你知道多久了？”我问。

“有什么关系呢？”

我叹了口气。

“他是个男人，欧妮。”

我皱起眉：“那又怎样？他也不想想蒂缇吗？”

“她怎么了？我又没看到她溜进他的帐篷。”

“没你说的那么简单。我们已经够痛苦的了。”

“我们的痛苦才刚刚开始，”姆维塔说，他的语气变得严肃了，“趁他们还有机会，就让他们放纵一下吧。”他把我的辫子握在了手里。

“那要是你和我吵架了，”我说，“你会不会……”

“我们的情况不一样。”他说。

我们又听了一会儿，然后我就听到了一些别的动静。我骂了几句，和姆维塔一起站了起来。我们爬出帐篷，正好看到了那一幕发生。蒂缇拉着她的红色拉帕裙，攥住裙子上打的结，大步走向法纳西的帐篷。她走得很快，太快了，我和姆维塔都来不及拦住她，也没办法阻止她看到眼前那一幕的全貌——赤身裸体、浑身是汗的露羽跨坐在同样一丝不挂、汗流浃背的法纳西身上。

当法纳西越过露羽的肩膀看到蒂缇的时候，他大惊失色，牙齿一不小心就合上了，咬伤了露羽。她尖叫出声，法纳西就立刻松开了牙齿，因为咬伤了露羽而惊恐不已，又因为蒂缇站在那里看到了这一幕而胆战心惊。蒂缇脸上扭曲的表情是我从来没有见过的。然后她就抓住了自己的脸，指甲陷进脸颊里面，发出一声惊心动魄的恐怖尖叫。几头骆驼以极快的速度跳开跑了，我还没见过哪头骆驼能跑那么快。

“怎么……看看你们两个！宾塔死了！我也快死了……我们都要死了，而你们居然在干这种事？”蒂缇大叫道。她跪倒在地上，哭了起来。法纳西小心翼翼地递给露羽一条拉帕裙，让她可以遮住自己，还蜻蜓点水般地碰了碰她的胸部，看看他到底造成了什么伤害。他也在自己腰上围上了一条拉帕裙，一边从帐篷里爬出去，一边谨慎地盯着蒂缇。露羽赶紧跟了上去。我恶狠狠地瞪了她一眼。我扶着蒂缇站起来，带着她从大家身边走开了。

“多久了？”过了一会儿，蒂缇问。

“几周了。在……我们去辛爸爸镇之前。”

“那你为什么不告诉我？”她瘫倒在沙地上，啜泣不已。

“生活就是这样的。”我说，“不如意事十有八九。”

“呸！你看到他俩那样子了吗？你闻到他们身上的气味了吗？”她站起来，“我们回去。”

“等等，”我说，“你先冷静点。”

“我不想冷静。你觉得他们看起来很冷静吗？”她瞟了我一眼。

我从她的眼神里看出了她在想什么，于是举起一根手指。“你闭嘴，”我坚定地说，“别想怪我，好吗？”每当事情变得无法忍受时，她都会怪在我头上。我的太阳穴突突直跳。我也站了起来。我就在她面前变成了一只秃鹫，才懒得管她看到了什么。我从我的衣服里跳出来，抬头看看蒂缇震惊的脸庞，对她尖啸一声，然后就飞走了。一阵风从西边猛刮过来。我乘风而起，兴奋不已。风刮得太猛烈，一时间让我怀疑是不是沙尘暴就要来了。

我从一只猫头鹰身边飞过。它正顶着风，急着向东南方飞去，几乎都没有看我一眼。在下面，我发现了那三头骆驼。我想飞下去跟它们打个招呼，不过它们好像正私下讨论着什么事情。我飞了三个小时。我没问过蒂缇回去找大家之后到底都说了些什么。我根本不在乎。我在我扔下衣服的地方降落了，还好蒂缇没把我的衣服拿走。不过它们被风吹了几码远。

当我回到营地的时候，我注意到的第一件事是只有一头骆驼回来了。是桑迪。“其他骆驼呢？”我问她。而她只是看着我。其他人都围坐在火堆边上，只有姆维塔站着，看起来心烦意乱。蒂缇的双眼红通通水汪汪的。露羽看起来得意扬扬。法纳西坐在露羽旁边，用一块湿布捂着自己的一边脸颊。我皱了皱眉。

“你们的问题都解决了吗？”我问。

“我做了见证人。”姆维塔说，“蒂缇向法纳西提出了离婚……在她试图把他的脸给抓烂之后。”

“我要是个男人的话，你现在已经死了。”蒂缇对法纳西吼道。

“你要是个男人的话，就不会有现在这种情况了。”法纳西吼回去。

“也许……也许我就不该让你们任何一个人跟着来。”我说。他们都转向我。“也许就应该我和姆维塔两个人走，因为我们两个都没有什么可失去的了。可是你们几个……还有宾塔……”

“是啊，可是现在说什么都太晚了，你不觉得吗？”蒂缇恶声恶气地说。

我紧抿嘴唇，但没有移开目光。

“蒂缇……”姆维塔说。但他吞吞吐吐，把眼神转向了别处。

“怎样？”蒂缇大声说，“你说啊，起码有一次把你想说的话说出来吧！”

“你闭嘴行吗！”姆维塔的吼声盖过了呼啸的风声。蒂缇吓得倒抽一口凉气。“你到底有什么毛病？”姆维塔说，“这个人一直跟在你身边……刀山火海他都跟过来了！我都不明白他究竟为了什么。你就是个小屁孩。被娇生惯养宠坏了的小屁孩。在你眼里，他所做的一切都是理所当然的！你心安理得地要求他为你付出。行吧。但紧接着你又对他弃如敝屣。你竟然还当着他的面和别的男人调情，我都不知道你怎么能干出这种事来。等到他终于决定不想再被你这样对待，于是接受了另一个坚强美丽的女人之后，你就开始怒扯别人的头发，就跟个愤怒的邪灵似的……”

“我才是被背叛的那个人！”她边说边瞪着我。

“是啊，没错，所以我们已经在这里听你哭诉了好几个小时了。看看你都对法纳西的脸干了些什么。要是他的伤口感染了，你肯定会怪到欧妮桑乌或者露羽头上。太多愚蠢至极又幼稚无比的争吵了。别忘了我们要去的可是世界上最丑恶的地方。

“我们已经尝过了丑恶的滋味。我们还失去了宾塔！你们都看到了他们对她做出了什么事。用你们的脑子好好想想吧！蒂缇，要是你想要法纳西而法纳西也想要你的话，你们就高高兴兴地上床去吧。只要充满激情和乐趣，多来几次都无所谓。露羽也一样。看在阿妮的分上，要是你想和法纳西好好享乐，那你就去吧！趁你们还有机会，赶紧把你们的关系给理清楚！

“欧妮桑乌帮你们打破那个咒术是想帮你们的忙。为了帮你们，她真的吃了很多苦。你们能对她心存一点感激吗！好吧，我明白，我们在你们眼里就是丑陋不堪的；你们从小就这么认为。你们一边觉得我们是你们的朋友，一边又觉得我们不正常，所以你们的思想就这么分裂了。就像这样。但你们要明白祸从口出这个道理。而且一定要切记，谨记，牢记我们为什么会在这里。”

他转身走开了，气喘吁吁。我们几个都没有什么好补充的了。

那天晚上，蒂缇一个人睡了，不过我怀疑她可能整夜都没有合眼。露羽和法纳西第一次在法纳西的帐篷里待足了一整夜，不过他们也悄无声息。我和姆维塔在彼此身体上找到了慰藉，直到深夜。第二天早上，一堵逼近的沙墙遮蔽了太阳。

41.

我是第一个醒过来的。爬出帐篷的时候，桑迪正站在那里等我。我靠近它身边，闻着它皮毛上新鲜的气味，它从喉咙里发出一声低吟。“你离开了你的同伴，来跟我们共同进退，是不是？”我问。我打了个哈欠，向西边看了一眼。我的胃立刻沉了下去。“姆维塔！赶紧出来！”

他手忙脚乱地爬出来，望向天空。“我早该知道的，”他说，“我就知道沙尘暴会来，但我分心了。”

“我们都分心了。”我说。

我们收拾好了行李，确保我们的东西安全无虞，又将帐篷和拉帕裙裹在身上，保护我们的身体。我们用布把脸裹起来，用面纱遮住眼睛。然后我们在沙地上挖了个洞，背对着风挤在一起，手挽手，紧紧抓住桑迪的皮毛。沙尘暴来势凶猛，我都分不清风是往哪个方向吹的了。就好像这场沙尘暴是从天而降砸在我们头上的。

沙尘扑打撕扯着我们的衣服。我用厚厚的拉帕布包住了桑迪的嘴和眼，但我还是担心它的皮毛会被吹坏。我身边，蒂缇在哭，法纳西在安慰她。姆维塔和我靠得很近。

“你听说过红族人吗？”姆维塔附在我耳边说。

我摇摇头。

“也就是与沙尘暴同行的一族人。关于他们只有故事流传……据说他们乘着巨大的沙尘暴游走四方。”他摇摇头。风沙喧嚣，盖过了他的说话声。

一个小时过去了。沙尘暴还在继续。我的肌肉因为绷得太紧开始抽筋了。周围只有沙尘的噪音和刺骨的风，怎么也看不到尽头。我和妈妈在一起的时候，沙尘暴并不会持续这么久，它们通常都是来得又快又猛，不过去得也快。然而这场沙尘暴又持续了半个钟头。

接着，终于，风和沙都静了。就这样静了。我们在突如其来的寂静中又咳又骂。我滚到一边，裸露的皮肤都已经擦破了，整个人筋疲力尽。桑迪低吼一声，慢慢站起身。它抖落着皮毛上的沙，把沙撒得到处都是。我们有气无力地抱怨了几句。阳光照进这个卷起风沙的巨大棕色漏斗里。是风暴眼。这个风暴眼肯定有好几英里宽。

那群人从四面八方围了过来，身上的披搭从头到脚都是深红色，他们的骆驼也一样。我只能透过这些衣物看到他们的眼睛。其中一个人骑着骆驼向我们走过来。这个人前面还坐着个小女孩，一个蹒跚学步的孩子。小孩咯咯笑起来。

“欧妮桑乌。”那人用洪亮的声音说。她是个女人。

我抬起下巴。“是我。”我慢慢站了起来。

“你们谁是她的丈夫，姆维塔？”她用西波语问。

姆维塔并没有就这个头衔的问题进行争辩。“是我。”他说。

那孩子说了几句话，可能说的是另一种语言，也可能只是学语小孩的咿咿呀呀。

“你们是红族人，瓦赫族人。在西边的时候，我听过不少关于你们的故事。”姆维塔说。

“你的口音听起来更像是东边的人。”

“我在西边长大，然后才来到东边。我们现在正往西走。”

“没错，我听说了。”那女人说着，转向了我。

她身后的那个男人说的是另一种语言，我没听懂。女人回应几句，其他所有人就都行动了起来，他们来到一边，从骆驼上爬下来，放下了他们背的东西。他们都摘下了面纱。我明白他们为什么被称作红族人了。他们的皮肤红得就像棕榈油。他们红棕色的头发都剃得很短，除了很小的小孩，孩子们都留着浓密的大长辫。

女人也取下了她的面纱。与其他人不同的是，她的鼻子上戴着一只金环，耳朵上戴着两只，眉毛上也戴着一只。那孩子从骆驼背上跳了下来，身手出乎意料的敏捷。她也掀开了她的面纱，露出了她的长发辫。我发现这小姑娘的眉毛上也戴着一只金环。

“你们是谁？”女人一边从骆驼上下来，一边问我们其他几个人。

“法纳西。”

“蒂缇。”

“露羽。”

她点点头，看着桑迪。她咧嘴一笑：“我认识你。”

桑迪发出了一种我以前从没听过的声音。一种呼噜呼噜的喉音。它用嘴蹭了蹭女人的脸颊，女人轻声笑了。“你看起来也不错。”她说。

“你们又是谁？”露羽问，“姆维塔知道你们，我可不知道。”

女人上下打量着露羽，露羽也回以打量的目光。我想起了我们十一岁仪式上她站直身子怒视艾达的样子。露羽从来都不是一个尊重权威的人。

“露羽，”女人开口道，“我是酋长塞萨。那边的是另一位酋长，乌森。”她指了指站在骆驼旁边的那个男人，他身上也戴着同样的金环。

“是你的另一半吗？”露羽问。

“你问了不该问的问题。”塞萨酋长说，“你们在这时候遇见了我们，时机刚好合适。我们会一直待在这里，直到月亮怀孕。”她看了一眼那堵沙墙，咧嘴笑了，“也欢迎你们留下……只要你们愿意。”她走向一边，留我们自己做决定。在我们周围，瓦赫族人搭起了比我们更舒服的帐篷。他们的帐篷是用闪亮平整的山羊皮做的，更宽敞，也更高大；我看到他们有蓄水装置，不过没看到他们有电脑。

“下一次‘月亮怀孕’都是三周以后了！”露羽说。

“这些人都怎么了？”法纳西问，“他们为什么长成那副样子？就好像他们吃的、喝的、洗澡用的全都是棕榈油和仙人掌糖果。太奇怪了。”

姆维塔烦躁地咂咂嘴。

“谁知道呢？”露羽说，“他们的‘朋友’沙尘暴又怎么说？”

“沙尘暴和他们一起游历。”姆维塔说。

“为什么？”

他耸耸肩。“他们的皮肤又为什么是红色的呢？”

一只棕底白花的麻雀撞在了露羽的后脑勺上，她尖叫一声跳了起来。这只小鸟掉在了地上，直起身子，茫然地站在那里。

“别管它了。”姆维塔说，“你不会有事的。”

“我也没打算把它怎么样。”露羽盯着那只小鸟说。

“我们不能留在这儿。”蒂缇说。

“我们还有别的选择吗？”我怒气冲冲地说，“难道你还想勇闯沙尘暴吗？”

沙尘暴来临之前，我们在原处搭好了帐篷。除了露羽。她要和法纳西睡一个帐篷。

最开始的几个小时，瓦赫族人就像久经考验的游牧民一样搭建起了他们的家园。太阳落山了，即便是在沙尘暴的风眼里，沙漠的气温也逐渐降低了，不过我还是强忍住了用石头生火的冲动。谁知道这些人对法术会有什么反应呢？

我们选择了抱团取暖，而我们几个人内部也各自取暖去了。蒂缇躲进了自己的帐篷里，法纳西和露羽也是。只有我和姆维塔坐在了我们的帐篷前面，不想显得那么不合群。不过这群瓦赫族人在安家的时候，就连孩子都对我们不理不睬。

入夜之后，人们纷纷开始了社交活动。我觉得自己真是傻透了。每一个我能看到的帐篷里都闪耀着石头营火的火光。塞萨酋长、乌森酋长和一位老人前来迎接我们。老人的脸上满是岁月与风霜蚀刻留下的皱纹。要是有沙粒被永远地困在了那些皱纹里面，我也丝毫不会感到惊讶。他用审视的目光看着我。比起那位神色不悦又一言不发的乌森酋长来说，他反倒让我更紧张。

“你就不能直视我的眼睛吗，孩子？”老人低声咕哝着问道。

我发现他身上有些什么东西让我感觉非常不安。我还没来得及回答他的问题，塞萨酋长就开口了：“我们来是为了邀请你们所有人去参加我们的安居晚宴。”

“既是邀请也是命令。”老人坚决地说。

塞萨酋长继续说：“穿上盛装吧，要是你们还有的话。”她停顿了一下，示意那位老人，“这位是萨库。毫无疑问，这几天你们会渐渐对他加深了解。欢迎来到索鲁，我们的移动村庄。”

乌森酋长向我们所有人投来愤怒的目光，他瞪了我们很长时间。离开我们的营地之前，老人萨库先是盯着我看了一会儿，又把目光转向了姆维塔。

“这些人也太奇怪了。”他们三个走了之后，法纳西说。

“我根本就没什么好衣服可穿。”蒂缇抱怨道。

露羽翻了个白眼。

“是不是他们所有人的名字都必须以s开头，或者说必须有s？乍一听还以为他们是蛇的后代呢。”法纳西说。

“嘶嘶声是最容易听到的声音。他们生活在沙尘暴的噪音里，所以取这样的名字还是很有道理的。”姆维塔走进我们的帐篷说。

“姆维塔，你注意到那位老人了吗？”我问，跟他坐在一起，“我记不起来他的名字了。”

“萨库。”姆维塔说，“你是应该对他多加注意。”

“为什么？你觉得他会给我们找麻烦吗？”我问，“我一点也不喜欢他。”

“那乌森酋长呢？”姆维塔问，“他看上去很生气的样子。”

我摇摇头。“他可能就长了张不高兴的脸吧。我不喜欢的是那个老人。”

“那是因为他和你一样是个巫师，欧妮。”姆维塔说。他自顾自地苦笑几声，嘟囔了些什么。

“嗯？”我皱起眉，“你说什么？”

他转向我，仰起头来。“阿妮在上，到底为什么我能看得出来，而你却看不出来？”他又停了一下，“到底为什么会这样……”他骂了一句，转开了头。

“姆维塔！”我抓住他的胳膊大声说。虽然我故意把指甲按进了他的肉里，他却也没有把胳膊抽回去，“你想说什么就说完吧。”

他的脸贴了过来，离我很近。“我才应该是个巫师，你才应该是个治疗师。这才是男人和女人之间的常态。”

“好啊，但你并不是这样的。”我带着怒气低声说，尽量压低自己的声音，“你没有一个身处荒原、希望尽失的母亲，她用尽了全世界所有力量只求让她的孩子成为一个巫师。你不是你母亲遭遇强奸之后生下来的孩子。你是你父母爱情的结晶，你忘了吗？你也不是努鲁族先知口中那个能闹个天翻地覆的女人，她所做的事还会害她被拖到一群尖叫的努鲁族人面前，被土埋到脖子，然后被石头给砸死！”

他猛抓住我的肩膀，左眼跳动着。“什么？”他低声说，“你……”

我们相顾无言。

“这就是……我的命运。”我说。我不是有意要用这种方式告诉他的。我一点都不想。“我为什么要选择这样的一条道路呢？因为我从出生那天开始就一直在不停地抗争。而你说话的口气就好像我夺走了什么属于你的宝贝一样。”

“嘿，欧妮？”露羽在她的帐篷里叫我，“你应该穿上那个班扎女人送给你的拉帕裙和上衣。”

“是个好主意。”我喊回去，但我仍然面对着姆维塔。

我听到法纳西嬉闹着说：“过来这儿。”

露羽咯咯笑了。

姆维塔离开了我们的帐篷。我探出头去，想叫他回来。但他脚步飞快，经过其他人身边时都没有跟他们打招呼，他没有戴面纱，深深地低着头，下巴都快垂到胸口上了。

那套有关男女价值和命运有所不同的旧观念是我唯一不喜欢姆维塔的一点。就因为自己是个男人，就自诩为万事万物的中心，他到底是哪里来的自信呢？从我们遇见以来，这就一直是个问题。我又一次想起了蒂亚和邹贝尔的故事。我鄙视那个故事。

42.

两个小时之后我醒了过来，脸上的泪痕都干了。不知哪里传来了奏乐声。“快起来，”露羽摇晃着我说，“你怎么了？”

“没怎么。”我昏昏沉沉地嘟囔道，“就是累了。”

“该去参加宴会了。”她穿上了她最漂亮的紫色拉帕裙和蓝色上衣。衣裙都有点破旧了，不过她把她的玉米辫重新编成了螺旋发髻，还戴上了耳环。她身上有股芳香精油的味道，是她、蒂缇和宾塔在家乡的时候最喜欢洒满全身的味道。想起宾塔，我忍不住咬了咬嘴唇。

“你怎么还没换衣服！”露羽说，“我去拿些水、拿块布过来。真不知道这些人是在哪儿洗澡的——这附近到处都有人。”

我慢慢坐起身，试着从刚刚的沉睡里缓过来。我摸了摸我的长辫。里面塞满了沙尘暴席卷来的沙子。我解开发辫的时候，露羽带着一壶温水回来了。“你准备把你的头发梳下来吗？”她问。

“可能吧。”我喃喃说，“没时间洗头了。”

“醒醒吧，”她说，轻轻拍了拍我的脸颊，“晚宴肯定会很好玩的。”

“你见到姆维塔了吗？”

“没有。”露羽说。

我穿上了从班扎带来的那套衣服，很清楚它颜色太花哨，会吸引很多我并没有心情应付的注意。我梳顺了我浓密的长发，用了些温水来抚平毛糙。等我从帐篷里走出来，露羽已经在那儿准备好要给我喷洒芳香精油了。“这样就好了，”她说，“你不仅看起来漂亮了，闻起来也香喷喷的。”但我却在她眼里看见了我的容貌和沙色头发。*伊乌就是伊乌*，这是永远都不会改变的。

法纳西穿了棕色的裤子和有污渍的白衬衫，我看他好像天天都穿这件衬衫，不过他刮了脸，也剃了头发。这套衣服显得他颧骨突出，脖颈修长。蒂缇穿了一条蓝色拉帕裙，还穿了一件我从没见她穿过的上衣。可能是法纳西在班扎给她买的吧。她精心梳理了自己夸张的爆炸头，拍拍它让它变成一个完美的圆形。我发现法纳西在拼命控制自己不去看蒂缇，又饥渴地望向露羽，我忍不住咂了咂嘴。他真是我见过最纠结的人了。

“好了。”露羽走在前面带路，“我们走吧。”

我们边走，我边思考这些人当游牧民有多久了。我猜有很长很长一段时间了。他们的帐篷只需要几小时就能全部搭建完成，而且舒适程度一点不比房子差，里面甚至还铺了一些棕色动物的厚实皮毛当地板。

他们把植物装在大袋大袋的芳香物质中，管这种东西叫作土壤。他们都会用些简单的小法术来生火驱虫，等等。瓦赫族人也有学校。他们唯一没有的就是大量的书籍。书太重了。不过为了学习认字，他们还是有一些书。这其中有些是我去参加晚宴的路上看在眼里的。不过大部分是我们留在这里的这段时间里我逐渐了解到的。

这是一场盛大的聚会，中间摆出了丰盛的筵席。一支乐队弹起吉他唱起歌来。每个人都穿着盛装。他们的着装风格倒是很简单：男士穿红色裤子和衬衫，女士穿红裙子。有几位女士连衣裙的裙摆和袖口上缀了珍珠，有些则剪裁成了锯齿状，等等。

到了我人生的这个时刻，我已经在姆维塔眼中见过了我自己的样子。我很美。这就是姆维塔赠予我的最好的礼物之一。没有他的帮助，我永远也发现不了自己原来是如此美丽。然而，当我看着眼前这群人，男女老少，他们有着红棕色的皮肤，棕色的眼睛，优雅的一举一动，我瞬间就明白了，他们才是我见过最美丽的一群人。他们的身姿优美一如羚羊，就连老人也一样。没有惺惺作态，男人们眼神直率，笑容坦荡。真是美态尽显，无与伦比的一群人。

"欢迎。"一个年轻人牵起蒂缇的手说。蒂缇绽放出一个大大的笑容。

"欢迎。"另一个年轻人挤过人群，来到了露羽面前说。

她们两个受到了不少年轻人的欢迎。法纳西也受到了年轻姑娘们的欢迎，他的眼睛却一直粘在蒂缇和露羽身上。而人们只是冲我点点头，对我敬而远之，我想知道是不是连这群遗世独立、闭门自守的人也把伊乌给妖魔化了。

等到我们入席落座的时候，我却不得不把这个想法抛在脑后了。因为姆维塔坐在了一个瓦赫族女人旁边。他们坐得太近了，我一点也不喜欢。她对他说了些什么，他微笑了。就算是坐着，我也能看见她有一双我见过的最长的大长腿，不仅长，而且肌肉结实，一看就很能跑，就像老故事里面邹贝尔的妈妈一样。我的心怦怦直跳。在贾瓦黑尔的时候，我就听说过姆维塔爱和比他年龄大的女人打交道的传言。我从来没问过他是不是真的，不过我怀疑这些谣言并不是空穴来风。那女人可能有三十五岁了。和其他瓦赫族人一样，她也真是美丽动人。她朝我笑了笑，深深的酒窝都快扎穿她的两边脸颊了。她站起来的时候个子比我都高。姆维塔也跟着她一起站了起来。

“欢迎你，欧妮桑乌。”女人轻拍着胸口说。她打量了我一番，我也打量了她一番。她和萨库一样，都让我觉得不舒服。这女人也是个巫师。不过她还是个学徒，我发现我知道这一点。她是萨库的学徒。她穿着一条无袖连衣裙，露出她肌肉发达的手臂。她裙子的领口垂得很低，露出她丰满的胸部。她的二头肌和隆起的乳房上都刻着一些符号。

“谢谢。”我说。我身后，其他人也都受到了欢迎，并被邀请入座。

“我叫阿婷。”她说。

乌森酋长走进所有人围成的大圈里，音乐立刻就停下了。

“既然客人都已经到了，我们就落座吧。”他说。不皱眉的时候，乌森酋长还是相当有魅力的一个人。他有一种能让人们注意倾听的声音。

阿婷牵过我的手。“坐吧。”她说。她的拇指指甲轻划过我的手掌。这指甲差不多有一英寸长，像刀子一样锋利，指甲尖染成了蓝黑色。她在我身边坐下，姆维塔在我另一边坐下。

“向我们的客人表示欢迎吧，他们是蒂缇、法纳西、露羽、姆维塔，还有欧妮桑乌。”席间飘过一阵窃窃私语，“没错，没错，我们都知道这位女士，这位女男巫，还有她的男人。”乌森酋长示意我们站起来。面对这么多人的目光，我感觉我的脸在发烫。女男巫？我想，这是什么鬼头衔？

“欢迎。”乌森酋长气势磅礴地说。

“欢迎。”其他人都用低沉的声音说。然后不知道从哪里传来了某人的嘘声。嘘声在人群中蔓延开来。我忧心忡忡地瞥了阿婷一眼。

“没事的。”她说。

原来这是他们的某种仪式。人们一边发出嘘声一边露出了笑容。我这才放松下来。塞萨酋长起身，站在了乌森酋长旁边。他们一起用一种我听不懂的语言吟诵了些什么。这些词句里面有很多“嘶”音和“啊”音。法纳西说得没错。要是蛇会说话，那蛇语听起来肯定就像这样。等他们念诵完毕，大家就都跳了起来，手里拿着布块。

“拿着。”一个小男孩说着，把类似的布块递给了我们五个人。布块很薄，不过上面涂了防护凝胶，所以有点硬硬的。乐队又开始演奏了。

“来吧。”阿婷说，牵起了我和姆维塔的手。两个年轻人走到蒂缇身边，另外两个走到露羽身边，拉着她们向摆满美味珍馐的盛大筵席走去。也有两个姑娘牵住了法纳西的手。晚宴混乱而充满欢乐，人们挤来挤去，抓起食物放进他们的布块里。就好像在做什么游戏，因为大家一片欢声笑语。

一个女人从我身边挤过去，不小心碰到了我的胳膊。我身上迸出一丝小小的蓝色火花，女人痛得尖叫一声，立马跳开了。其他几个人也停下来盯着我们。女人看上去没有生气，但她不肯直视我的眼睛，只是喃喃说着“对不起，欧妮桑乌，对不起”，然后就匆匆从我身边跑开了。

我睁大眼睛看着阿婷。“怎么……”

“让我来吧。”阿婷说，接过了我手里的布块。

“不是，我可以……”

“在这儿等着就行了，”她坚决地说，“你吃肉吗？”

“当然了。”

她点点头，和姆维塔一起回到了宴会上。我在等待他们的时候，又有两个男人经过时离我太近了。我身上又一次冒出了小火花，两个男人似乎也都感觉到了短暂的刺痛。

“对不起。”我举起双手说。

“不，”其中一个退后几步，以为我还会再碰他，“是我们对不起您。”这种事真是又奇怪又气人。

等我们回到我们的座位上，已经有更多男人拜倒在了蒂缇和露羽的石榴裙下。这些人个顶个的英俊，露羽笑得脸都快裂了。一个长着肉感厚嘴唇的男人正在给蒂缇喂一块烤兔肉。法纳西身边也围满了人。女人们争先恐后地想吸引他的注意力。他忙着回答她们提出的成千上万个问题，既没空吃东西，也看不到蒂缇和露羽在做什么。

虽然没有人和姆维塔坐在一起，却有几个女人，老少皆有，在大大方方地盯着他，甚至还主动在宴席上给他让路。每个男人都会停下来热情地向他打招呼，有些人甚至和他握手了。男人和男孩们只敢在他们以为我没注意的时候偷看我。女人和女孩们则毫不遮掩地回避着我。但还是有个人抗拒不了要来接近我。

“这位是艾西。”当那个蹒跚学步的小姑娘向我跑过来，想牵住我的手的时候，阿婷微笑着说。小姑娘还没来得及碰到我，我就想把手猛地抽回来，但她动作太快了。她一把攥住我的手，差点害得我连布块上的食物都掉了。我身上迸发出巨大的火花。但她只是笑了起来。这个和塞萨酋长同骑一匹马的小丫头似乎对所有折磨我至深的东西都有所免疫。她用瓦赫语对我说了些什么。

“她不懂苏斐话，艾西。”阿婷告诉她，“用西波语或者奥克克语跟她说吧。”

“你看起来好奇怪。”小丫头用奥克克语说。

我笑了：“我知道呀。”

“但我好喜欢你，”她说，“你妈妈是骆驼吗？”

“不是的，我妈妈是人类。”

“那为什么你的骆驼告诉我是她在照顾你呢？”

“艾西能听懂它们的语言。”阿婷解释道，“她生来就有这种天赋。这就是为什么相较于别的三岁小孩来说，她特别能说会道。

她这一辈子都在跟万事万物交流。”

有什么东西吸引了小姑娘的注意力。“回来！”她说着，跑开了。

“她是谁的孩子？”我问。

“塞萨酋长和乌森酋长的孩子。”阿婷说。

“这么说，塞萨酋长和乌森酋长是一对夫妇啰？”

“天哪，他们可绝对不是。”阿婷说，“两位酋长是不能结婚的。那边那位才是塞萨酋长的丈夫。”她指了指那边一个正递给小艾西一小捆食物的男人。小女孩抓起食物，吻了吻他的膝盖，然后又在大家走来走去的双腿之间消失了踪影。

“哦。”我说。

“那是乌森酋长的妻子。”她指着一个和其他女人坐在一起的胖女人说道。我们坐了下来，把包食物的布展开。姆维塔已经开吃了。他好像已经学会了瓦赫族人吃东西的方法，因为他正大张着嘴把食物舀进嘴里。我展开我的布块，想看看阿婷都给我拿了些什么。结果所有食物都混在了一起，我一看就没胃口了。我一直都不喜欢把我的食物混在一起。我挑出一块煎蜥蜴蛋，用手指把绿色仙人掌切片拨到一边去。

“所以你的……你的师父去哪儿了？他不吃吗？”过了一会儿我问。

“你不吃吗？”她说，看着我那块还堆满了食物的布。

“我不是很饿。”

“姆维塔看起来就挺自在的。”

我们都看向他。他已经吃完了布块上的所有东西，正准备起身去多拿一点。他和我四目相对。“你想让我帮你拿点什么吃的吗？”他问。

我摇了摇头。艾西过来了，扑通一下跳到我身边。她咧嘴一笑，摊开她的布块，狼吞虎咽地吃了起来。

“这么说，都是真的啰？”阿婷问。

“什么是真的？”

“姆维塔什么都不肯告诉我。他让我来问你。”她说，“有传言说有个镇上的人想伤害你，于是你就降下了黑雾笼罩整个镇。你还把他们的水都变成了胆汁。还有传言说你其实是个恶灵，被派到我们大陆上来，洗刷我们的罪孽。”

我笑了：“你是从哪儿听来这些的？”

“听南来北往的旅者说的。”她说，“也有些是从城镇听来的，我们中有人会去城镇买物资。顶着风去。”

“人人都知道这些传言。”艾西补充道。

“那你是怎么想的，阿婷？”我问。

“我觉得这就是些胡说八道……大部分是。”她眨了眨眼。

“阿婷，为什么这里的人都不能碰我呢？”我微微一笑，“除了你和艾西？”

“请别生气。”她说着，移开了目光。

我继续盯着她看，希望她能多说几句。不过她没再说什么，我也只好耸了耸肩。我并没有生气。一点也不。“那是什么？”我改变话题，问了她一句，指指她二头肌和隆起的乳房上那些花纹。她乳房上的花纹是圆形的，里面有一连串首尾相接的圆环和旋涡。她左边二头肌上的花纹看起来像某种猛禽投下的阴影。右边二头肌上是一个环绕着小圆圈和正方形的十字架。

“你看不懂瓦艾、巴沙、门达和纳西比迪这四种语言吗？”她问。

我摇摇头：“我知道纳西比迪。贾瓦黑尔的一栋建筑就是用这种语言装饰的。”

“阿苏格博之宅。”她点头说，“萨库跟我说起过。那些并不是装饰。要是你当学徒当得再久一点，你就会知道了。”

“好吧，不过知道了也没什么用，对吧？”我有些气愤地说。

“我猜是吧。”她说，“这些文身是我自己给自己刻上去的。刻写符咒是我的主攻方向。”

“主攻方向？”

“这是我最有天赋的一方面，”她说，“等你到了三十岁，你最有天赋的一方面就会清晰地浮现。我没办法告诉你这些文身具体是什么意思，因为用语言表述不了。不过它们以各自需要的方式改变了我的人生。这里这一只是秃鹫，这我可以告诉你。”她一边啃着一块兔骨头，一边看向我的眼睛。

我决定再换个话题：“那你当学徒训练有多久了？”

乐队开始演奏一首歌，艾西明显很喜欢。她跳起来向那几个乐手跑过去，灵活地在人群中绕来绕去，就像只羚羊似的。跑到乐队旁边，她兴高采烈地跳起了舞。阿婷和我看她跳了一会儿，嘴角是掩藏不住的笑意。

“从我八岁起。”阿婷转头对我说。

“你那么小就通过了入学测试？”我问。

她点点头。

“所以你知道了你会怎么……”

“我到时候会是一个心满意足的老妇人，在距这里不远的地方寿终正寝。”

嫉妒真是一种让人痛苦的情绪。

“对不起，”她说，“我不是故意要炫耀的。”

“我知道。”我说，我的声音绷紧了。

“命运就是这么的冷酷无情。”

我点点头。

“你的命运将在西边展开，我知道这一点。萨库还知道更多。”她说，“他一般不会出席宴会。等你和姆维塔都吃完了，我可以带你去见他。”

姆维塔带着三个布包回来了。他递给我一个。我打开看看。里面是烤兔子。他又递给我另一个，里面装满了仙人掌糖果。我朝他微微一笑。

“就知道你喜欢。”他说。他在我旁边坐下来，肩膀碰到了我的肩膀。

“哎，你真是挺奇怪的。”我开始吃的时候，阿婷说。

“你还没见到我真正奇怪的一面呢。”我说，我嘴里塞满了食物。

她看看我，又看看姆维塔，然后眯起了眼睛：“那你还没完成训练？”

我摇了摇头，没看她的眼睛。

“别担心你们的营地了，我们不会把它给毁了。”姆维塔最后说。

“我怎么确定得了？”她问，“萨库甚至都不允许我和一个男人单独在一起。你们两个肯定都知道那个怀孕女巫的事……”

“我们知道。”我们一起说。

吃完后，我们把蒂缇、露羽和法纳西留在了这里。他们并没有注意到。萨库的帐篷又宽敞又通风。它是用一种黑色的材料做成的，却能让微风吹进来。他坐在一张柳条椅上，手里拿着一本小书。“阿婷，给他们端几杯棕榈酒来。”他说，放下了手里的书。“这位是姆维塔，我说的对吗？”他问，示意我们坐下来。

“没错。”姆维塔回答道，走到帐篷的角落里，拿了两个圆坐垫过来，“刚刚的晚宴真是我吃过最美味的一顿饭了。”

我看着姆维塔，皱皱眉，坐在了他给我铺的坐垫上。

“那你今天晚上肯定能睡个好觉。”萨库说。

“我们很感谢你们的盛情款待。”姆维塔说。

“我已经告诉过你了，这只是我们微不足道的一点心意。”

阿婷用托盘端回了几大杯棕榈酒。她把第一杯递给了萨库，然后又递了一杯给姆维塔，然后再是我。她只用右手碰了杯子。我差点笑出声来。阿婷是我见过最后一个这么传统的人了。不过话说回来，萨库是她的师父，要是他跟阿洛的心态差不多的话，他也会希望阿婷是个传统一点的女人。阿婷在我身边坐下，脸上露出一个小小的笑容，就好像是在期待一场有趣的讨论。

“看着我，欧妮桑乌，”他说，“我要好好看看你的脸。”

“为什么？”我问，不过我还是看向了他。他没有回答我的问题。我顶住了他的审视。

“你一般会把头发编成辫子吗？”他问。

我点点头。

“别编了。”他说，“用一根棕榈纤维或者绳子把你的头发给系起来，从现在开始别再编发了。”他往后坐了坐，“你们两个的长相都挺奇怪的。可我认识努鲁族人，也认识奥克克族人。伊乌在我眼里跟他们一点区别都没有。啊，看来阿妮又在考验我了。”

阿婷窃笑一声，萨库狠狠地瞪了她一眼。

“对不起，老师。”她说，脸上笑意依然，“你又来了。”

萨库看起来很生气。不过阿婷一点也不害怕。就像我说过的那样，师父和学徒之间的关系是比父子更亲密的。如果没有你来我往，没有挑动对方神经的试探，那又怎么算得上一个真正的学徒呢?

“是你让我每到这时就提醒你的，老师。”阿婷继续说。

萨库深吸了一口气。“我的学生说得对。”他最后说，“你们要明白，我从来没有想象过我要教的学徒是个长腿……女孩。不过这是注定的。从那以后，我就承诺了要少作无谓的猜想。以前从来就没有过一个伊乌巫师。不过有人向神明祈求过了。所以伊乌巫师的出现并不是阿妮在考验我们，它是顺其自然发生的事情。”

“说得好。”阿婷高兴地说。

“现在不一定要合乎常规的事才算是有道理了。”姆维塔说着，喝完了他杯里的棕榈酒，看了我一眼。我努力忍住翻白眼的冲动。

“没错。姆维塔，这里就你最懂我。”萨库说，“你们会在此时出现在这里并不是偶然。是有人要我找到你们，接收你们。我是个要比看起来老得多的巫师。我从一长串候选的守护者中脱颖而出，成为索鲁这座移动村庄的守护者。我维持着这场沙尘暴，并以此保护村庄。”

“你现在还维持着沙尘暴吗？”我问。

“对我来说只是雕虫小技而已，以后对阿婷来说也是一样。”他说，“好了，我刚刚说到有人让我来找你。你的训练中还有一部分必须完成。你会需要帮助的。”

我皱起眉：“是谁……是谁让你来找我的？”

“索拉。”他说。

我的眼睛睁大了。索拉，那个我在沙尘暴里见过两次的白皮肤黑衣人。我耳边又响起了入学测试上我们第一次相遇时他说的那些话。“我一定得让你死掉才行。”然后他就给我看了我的死法。

我发抖了。“你认识他吗？”我问。

“当然认识。”

我从来没想过，原来他们之间都有联系。所有的老者。我想起上次我见到索拉时的情景，就在我离开贾瓦黑尔之前，阿洛坐在了他身边，没坐在我身边，就好像索拉是他的兄弟，而我是他的女儿。“阿洛你认识吗？”

“我跟他相交匪浅。我们已经认识很长很长一段时间了。”

“他提到我了吗？”我问。我的心跳加速了。

“没有。他没有提到你。他是你的师父吗？”

“是啊。”我失落地说。我还没发现原来我是这么的想念阿洛。

“啊，那一切都清楚了。”他点点头说，“我还在疑惑到底是怎么回事。”他看了姆维塔一眼。阿婷也看了姆维塔一眼，仿佛想看出她师父刚刚看出了什么。“那你就是阿洛的另一个孩子吧。”萨库说。

“我猜你也可以这么说吧，”姆维塔说，“但在他之前我是另一位老师的学徒。”

“阿洛什么有关我们的事情都没问过？也没说过？”我困惑地问。

“没有。”一阵扑打翅膀的声音，有只巨大的棕色鹦鹉飞进了帐篷里，落在了一张椅子上。它发出一声尖鸣，晃了晃脑袋。

“被沙尘暴弄晕的鸟。”阿婷说，“它们老是掉进索鲁村。”

“回庆典上去吧。”萨库对我们说，“祝你们玩得开心。再过十天，女人们就会去跟阿妮进行神圣对话。欧妮桑乌，你也跟她们一起去。”

我差点就笑了。我从小就没跟阿妮进行过什么神圣对话。我甚至都不信奉阿妮女神。不过我还是藏起了我的愤世嫉俗。去一下也没关系。等我们回到庆典现场时，气氛刚好开始热烈起来。乐队正在演奏一首大家都知道歌词的歌。艾西一边大声唱歌，一边给大家跳舞。我想如果不是我生来就遭人厌弃的话，我也会像她一样那么受欢迎。

“你觉得你去了会发生什么事？”我们站在所有唱歌的人中间，姆维塔问我。我瞥见露羽站在人群形成的大圈另一边，和两个男人在一起。他们两个的胳膊都环在她的腰上。我没看到蒂缇和法纳西。

“不知道。”我说，“我还想问你同样的问题呢，因为你好像是个天生的万事通。”

他大声叹了口气，翻了个白眼。“你真是什么也听不进去。”他说。

“欧妮桑乌！”艾西大喊我的名字。她这一喊吓了我一跳。每个人都转过来看我。“过来和我们一起唱吧！”

我尴尬地笑了笑，摇摇头，举起双手。“我不唱也没关系的，”我边说边往后退，“我——我连一首你们的歌都不会唱。”

“求你了，来唱嘛。”艾西恳求道。

“那你为什么不唱首你自己的歌呢？”姆维塔大声说。

我瞪着他，他得意扬扬地笑了。

“好啊！”艾西叫道，“唱给我们听吧！”

当她把我领到人群围成的圆心时，所有人都安静了下来。每个人在我经过的时候都小心不和我发生碰撞。我站在那里，知道所有人的眼睛都盯在我身上。

“给我们唱一首你家乡的歌吧。”艾西说。

“我是在贾瓦黑尔长大的，”发现没办法溜走，我只好说，“不过我是从沙漠里来的。沙漠才是我的家乡。”我顿了顿，“每当这片土地恬然无恙的时候，我就会唱起这首歌。”

我张开嘴，闭上眼睛，唱起了我三岁时在沙漠里学到的那首歌。当我在萨库帐篷里见过的那只鹦鹉飞出来落到我肩膀上的时候，每个人都惊叹不已。我接着唱了下去。甜美的声音和振动从我喉咙里发出来，传递到了我身体的其余部位。这首歌抚慰了我的焦虑与悲伤。虽然只是暂时的。等我唱完，现场鸦雀无声。

然后人们就炸开了锅，纷纷开始鼓掌欢呼。声音吓到了我肩膀上的鹦鹉，它拍拍翅膀飞走了。艾西抱住了我的腿，抬头看着我，眼神里满是崇拜。她怀里迸出火花，有几个人吓得向后跳去，嘴里轻声惊呼了几句。乐手们又开始演奏了，我赶紧离开了圆圈的中心。

“唱得太好听了。”我经过时，人们都说。

“我今晚一定能睡个好觉！”

“愿阿妮保佑你一千次。”

虽然他们碰到我都会觉得痛，但他们却对我毫不吝惜赞美之词，就好像我是他们首领失散多年的女儿。

“噢！”艾西惊叫道，原来是听到乐队弹起了她抗拒不了的曲调。她跑向那个大圈，摇头摆尾地跳了一支舞，看到的人都笑了。姆维塔搂住我的腰。我从来没有感觉这么好过。

“这真的……很有趣。”走回帐篷的时候我说。

“每次让你唱歌都很管用，”姆维塔说，他摸了摸我浓密的头发，“看看这头发。”

“我知道了，”我说，“我会拿一根长长的棕榈纤维，用它在发根绕一圈。和编辫子也没有多大不同。”

“我不是那个意思。”他说。我等了一会儿，但他没再说什么，不过也没事。他不需要说出口。我也感觉到了。萨库一告诉我他想让我去做什么，我就感觉到了。就好像我一下子就……绷紧了神经。等我和那些女人一起去沙漠里进行神圣对话的时候，一定会有事情发生。

回到营地，我们只看到了法纳西。他正坐在火势渐熄的石头营火前，凝视着那几块发光的石头发呆。他两腿之间夹着一瓶棕榈酒。

“她们去哪儿……”

“我不知道，欧妮，”他口齿不清地说，“她们两个都不要我了。”

姆维塔拍拍他的肩膀，走进帐篷里去了。我在法纳西身边坐下。他身上一股棕榈酒味。“她们会回来的，我保证。”我说。

“你和姆维塔，”他停了一会儿说，“你们两个是有真感情的。我永远都拥有不了那种真感情。我只是想跟蒂缇结婚，有个一亩三分地，老婆孩子热炕头。现在看看我这副样子。我爸爸会冲我吐口水的。”

“她们会回来的。”我又说了一遍。

“我不可能同时拥有她们两个。”他说，“现在看来我连一个都没有了。我真蠢啊。我就不该来这儿的。我好想回家。”

我盯着他看，被他给惹怒了。“这地方到处都是迫不及待要和你共度春宵的漂亮女人，”我说着站了起来，“去找一个跟她上床吧，别再那样闷闷不乐了。”

我走进来的时候，姆维塔正仰面躺在我们的帐篷里。“真是个好建议啊，”他说，“他现在最需要的就是再多一个女人，把他的小脑瓜再搅乱点。”

我咂咂嘴。“那他也不该选择露羽，”我怒气冲冲地说道，“我不是说过吗？露羽什么男人都喜欢，并不是只喜欢哪个男人。这种情况我早就料到了。”

“你现在又怪到他头上了？就算咒术破除了之后，蒂缇还是照样拒绝他。”

“你说‘就算……还是’是什么意思？你知道那个咒术会带来什么样的疼痛吗？简直就疼死人了！我们从小到大都被教育说张开我们的双腿是错的，就连我们想要的时候也不行。我们不像……不像你们那样无拘无束地长大。”我停了停，“你和阿婷那种比你年龄大的女人们在一起的时候，她们会批评你吗？”

姆维塔眯起眼睛盯着我：“我们第一次的时候，要不是有那个咒术，你还不是一样会很乐意为我张开双腿。贾瓦黑尔哪有什么约束女人的规矩能阻止你呢？”

“不要偷换话题。”

姆维塔笑了。

“你是不是跟阿婷上床了？”

“什么？”

“我了解你，而且我觉得我也对她有所了解了。”

姆维塔只是摇了摇头，躺回去，双手枕在脑后。我脱下了我参加庆典的衣服，用我穿旧的黄色拉帕裙裹住自己。我正要离开帐篷，却突然感觉到有人拉了我的拉帕裙一下，差点把裙子给扯掉了。

“等一下，”姆维塔说，“你要去哪儿？”

“去洗澡。”我说。我们把露羽的帐篷搭起来当作洗澡的地方。我们都不忍心用宾塔的帐篷。

“你做过没？”我终于问出口了，“跟我之前的那些女人？”

“这有什么重要的？”

“就很重要。你有没有？”

“你不是第一个跟我做爱的女人。”

我叹了口气。我就知道。不过这也没什么分别。我担心的是阿婷。“那会儿你离开帐篷之后都去哪儿了？”

“散步去了。大家都很欢迎我去参观他们的家。一群人让我坐下来，想知道有关我们和我们这趟旅行的所有事情。我给他们讲了一些，不过没有全讲。我碰到了阿婷，她带我去了萨库的帐篷，我们几个在那儿聊了一会儿。”他顿了顿，“阿婷是很漂亮，跟这里其他人都一样，不过这个可怜的女人可能也中了十一岁仪式咒术。她没办法和别人亲热。还有……欧妮，你还记得我对你说出口的那个字眼吧。”

伊夫那尼亚。

“不仅指你的身体，也指你的灵魂。”姆维塔说，他又猛拉了我的拉帕裙一下，我的胸部露出来了。我又把它拉了起来。

“对不起。”我说。

“你是应该道歉。”姆维塔说，他挥了挥手，“去洗澡吧。”

43.

那天晚上，不管是蒂缇还是露羽都没有回来。法纳西整夜都坐在那里盯着火堆的余烬。第二天早上我起来泡茶的时候，他居然还在那儿。“法纳西。”我说。我的声音吓了他一跳。说不定他是在睁着眼睛睡觉。“去睡吧。”

“她们还是没回来。”他说。

“她们没事的。你去睡会儿吧。”

他跌跌撞撞地回到他的帐篷，爬了进去，立马就不动了，双腿还伸在外面。我本来在洗浴的帐篷里，身上抹的肥皂洗了一半，这时却忽然听到她们中的一个回来了。我停了下来。

“你居然回来啦，可太不容易了。”我听到姆维塔说。

“别打趣我了。”我听到蒂缇说。

一阵沉默。

“你可别想唤起我的内疚心。”蒂缇补充道。

“我什么时候说过你不该享受你自己的人生了？”姆维塔问。

蒂缇咕哝了几句。“他整晚都在这里吗？”

“他整晚都在等你们两个回来。”姆维塔说，“他刚刚才睡下。”

"等我们两个回来？"她冷笑一声。

"蒂缇……"

我听到她回帐篷里去了。"别管我。我累了。"

"随你的便吧。"姆维塔说。

三个小时之后，露羽回来了。蒂缇还在睡，不管她是因为什么而精疲力竭的，可能是性爱和棕榈酒的共同作用吧。露羽倒是神清气爽，一个和我们年纪相仿的男人陪着她回来了。"早上好。"她说。

"下午好。"我纠正道。我一上午都在冥想。姆维塔不知道去哪里了。我想他应该是去找萨库或者阿婷了。

"这位是辛。"她说。

"下午好。"我说。

"欢迎。"他说，"昨天晚上你的歌声让我一夜好眠。"

"等你终于决定要睡觉之后吧。"露羽补充道。他们相视一笑。

"他等你等了一整夜。"我说，指了指法纳西。

"那就是蒂缇的丈夫吗？"辛仰起头来问，想看看他是什么样子。

我差点就笑出声了。

"我真希望他不介意我兄弟把蒂缇带去过夜了。"他说。

"可能还是有点介意吧。"露羽说。

我皱了皱眉。这群人到底有着怎样的准则和规范呢？我真的不知道。就好像每个人都在跟其他人上床一样。就连艾西都不是塞萨酋长丈夫的血脉。露羽和辛说话的时候，我悄悄走到法纳西身边，狠狠踢了他的腿一脚。他呻吟着翻了个身。

"干什么啊？"他说，"我正睡得香呢。"

露羽恶狠狠地瞪了我一眼。我朝她微微一笑。

"法纳西，"辛说着朝他走去，"昨天我带你的露羽去过夜了。她告诉我你可能会生气。”

法纳西赶紧站了起来。他还有点摇摇晃晃的，不过站直身子后他比辛更高也更魁梧。辛本能地向后退了一步。蒂缇从帐篷里探出头来，脸上挂着一丝笑容。

“把她带走吧，想多久就多久。”法纳西说。

“辛，”我说，我伸出手打算和他握个手，不过又一想最好还是不要，“很高兴认识你。跟我过来一下吧。”我和他一起离开了我们的营地。他一直和我保持着几英寸的距离。“我和我兄弟是不是惹麻烦了？”他问。

“我们的麻烦已经够多了。”我说。

“在索鲁，我们都遵从自己的欲望行事。很对不起，我们没有考虑到你们都不是这里的人。”

“没关系，”我说，“你说不定还帮了我们的忙，让事情重回正轨了。”

那天晚上，露羽搬回了她的帐篷，我们不得不搭起宾塔的帐篷来洗澡。

我去沙漠里清修之前的那几天对我们五个来说是最糟糕的。蒂缇、露羽和法纳西都不愿意跟对方讲话。每到下午和晚上，露羽和蒂缇就总是不见踪影。

法纳西和几个男人交了朋友，晚上的时间常常用来和他们一起聊天、喝酒、喂骆驼，甚至是做面包。我还不知道法纳西是一个这么出色的面包师。我真该想到的。他怎么说也是面包师的儿子。法纳西做了好几种面包，很快就有女人来找他要面包，请他教怎么做面包。但是在我们营地里的时候，他一直独来独往。我想知道他心里在想些什么。我想知道他们三个心里都在想些什么。表面看上去他们都没事，但我觉得只有露羽是真正的开心。

和瓦赫族人一起住的感觉确实怪怪的。不过除了没人敢碰我，我对这群人还是感情至深。我在这里很受欢迎。我结识了很多人，了解到了很多种不同的个性。离我们不远处的帐篷里住着一对夫妇，他们是萨夸和艾索普，他们有五个孩子，其中两个同母异父。萨夸和艾索普是一对活泼热情的夫妇，对每件事都会好好争论和探讨一番。他们经常叫我和姆维塔过去帮他们解决争论。他们叫我过去解决的其中一个争论就是沙漠里的地块到底是硬土多还是沙丘多。

“这谁能回答得了？”我说，“没人把所有地方都走遍了。就连我们的地图所展示的地方都很有限，也不能随时更新。再说了，谁又能说到处都是沙漠呢？”

“哈哈！”艾索普说着，戳了他妻子的肚子一下，“看到没，我说对了！我赢了！”

索鲁村的孩子们都爱四处乱跑，不过是好的那种。他们总会出现在某处，帮上别人的忙，或者向别人学习。大家都欢迎他们。就连小小孩也很受欢迎。只要是个能走路的孩子，人们都视如己出。我曾经看到过一个差不多两岁大的小家伙，妈妈刚喂完奶，她就跑出去探险了。几个小时后，我看到她正在村子的另一头和另外一家人一起坐下来吃午饭。等到晚上的时候，我又发现她正和萨夸与艾索普还有他们家的两个孩子一起共进晚餐！

当然了，艾西也时常会来找我。我们在一起吃了很多顿饭。她喜欢吃我做的饭，说我爱用“好多香料”。有这个可爱的小影子黏着我当然好，不过每次姆维塔过来让我不能完全把注意力集中在她身上的时候，她都会变得很生气。

而索鲁这座村庄最让我感觉舒服的一点就是它跟任何我所知道的社会都不一样。这里的每个人都会用法术生火。他们好像生来就会。当我唱起歌的时候，人们看到有鸟儿落在我肩上，他们都会觉得很有趣很高兴。我唱的歌能给他们带来这种程度的安抚效果，他们也没有为此忧心过。

瓦赫族人中没有出过巫师。只有萨库和阿婷懂圣秘法点。但法术已经成了他们生活方式的一部分。所以他们感觉自己没必要把这些法术研究透彻也是很正常的事情。我从来没有问起过这些小法术到底是他们天生就会还是有人教过的。这似乎是个唐突无礼的问题，就好像你问别人是怎么学会了控制自己排泄一样。

在欣然接受没有答案的问题和无从理解的神秘这一方面，我妈妈和瓦赫族人很像。但是当我们到了贾瓦黑尔，进入那个“文明社会”之后，这一特质就变成了必须要隐藏起来的东西。在贾瓦黑尔镇，只有像阿洛、艾达还有智者娜娜这样的长者懂法术才是为众人所接受的。其他人只要使用法术就都会被大家厌憎。

如果我是在这里长大的，我会变成什么样子呢？我很想知道。他们对伊乌并没有心结。他们就像拥抱自己人一样拥抱姆维塔。他们不仅和他拥抱，与他握手、拍他的背，还肯让他们的孩子们和他一起玩。在这里他深受欢迎。

可他们还是不能跟我有身体接触。就算在贾瓦黑尔，集市上的人们跟我也会有些磕磕碰碰。我还小的时候，那些人经常把我的头发扯过来摸过去，我也会和别的小孩打架。这就是唯一令我对索鲁这个游牧村上所有人产生心结的地方了。

44.

我还没向我的命运迈动脚步，它就自己找上了门来。去沙漠清修之前的那些日子原来真的只是萨库所暗示的那一系列过程的一个开始而已。我们只和红族人在一起生活了短短三天。还有四天就要去清修了。我都没有足够的时间用来放松。

不过我醒来的时候，还是感觉十分的轻松，满足，而且精神焕发。姆维塔的胳膊环在我的腰上。我能听到外面传来萨库所操控的沙尘暴的嗡嗡声。透过这片嘈杂，我听到了人们开始新一天生活时的交谈声，山羊的咩咩叫声，还有婴儿的啼哭声。我叹了口气。不管怎么看，索鲁都好像家一样亲切。

我闭上眼睛，想起了妈妈。她一定在屋外照料她的花园吧。说不定稍后她还会去看望艾达，或者去爸爸的铺子里看看季最近怎么样。我真的好想她。我真的很想念不用……这样四处奔波的时候。我坐起来，把头发拢到脑后。我用来绑头发的棕榈纤维松开了。我的手不自觉地就开始编辫子了，每次我感觉到头发松了，就都会这么做。然后我又想起了萨库的话，他让我不要再编辫子。“真是荒唐。”我嘀咕着，想找找那根棕榈纤维去哪儿了。

“怎么了？”姆维塔迷迷糊糊地问，他的脸还贴着草席。

“我的头绳刚刚不见了……”

一只鸟把它小小的白色脑袋探了进来，鸟喙下面还挂着一小块红色的垂肉。它轻声打起鸣来。我笑了。是只珍珠鸡。在索鲁，这些羽毛蓬松的温驯家禽就像孩子们一样自由游逛，它们也都明白不能靠近沙尘暴。我把拉帕裙裹在身上，坐了起来。然而我却一下子僵住了。我闻到了那股奇怪的味道，就是每当有跟魔法相关的事情发生时都会出现的那股味道。珍珠鸡把头缩了回去。

“姆维塔。”我轻声说。

他立马就坐起身来，将他的拉帕裙裹在腰上，握住我的手。他好像也闻到那股味道了。或者说他至少感觉到了一些奇怪的事情。

“欧妮！”蒂缇在外面喊道，“你最好出来看看！”

“慢慢地出来。”露羽说。她们俩的声音都是从离我们帐篷只有几码远的地方传来的。

我嗅闻着空气，鼻子里充满了诡异的异世界香气。我真的不想离开帐篷，但是姆维塔推着我出去，他紧跟在我身后。“去吧，”他低声说，“不管是什么，你都要面对。这是你唯一能做的事了。”

我皱起眉，往后一退：“我明明什么都不用做。”

“别像个胆小鬼了。”姆维塔厉声说。

“不然怎么样？”

“我们背井离乡不是为了在这时候胆怯，”他说，“你还记得吧？”

我咂咂嘴，恐惧感挤压着我的肺：“我已经说不清楚我离开家是为了什么了。我也不知道外面有什么……在等着我。”

姆维塔冷笑一声：“你很清楚你该做什么。”

我不知道他指的是我的哪一种想法。

“去吧。”他说，又推了我一把。

我一直在想的都是去沙漠里清修的事，思考的都是那里会发生些什么。我以为我们的帐篷是安全的——帐篷里有姆维塔，有我们的一些东西，它就像一面盾牌，我们躲在后面与世无争。噢，阿妮，我真希望能留在这里，我想。然而宾塔的音容笑貌却突然浮现在我的脑海里。我的心跳得更厉害了。我向前走去。当我把帐篷门帘掀到一边，爬出去的时候，我差点就撞上了它。我抬头往上看，往上，再往上。

它就站在我们帐篷的正前方，有一棵正当盛年的树那么高，有三个帐篷搭起来那么宽。它是一个面具鬼魂，自荒野而来的凶灵。跟我袭击阿洛那天守在他门口那个凶暴的针爪面具鬼魂不同，这个鬼魂站着一动不动，就像块石头似的。它是由一大堆紧压在一起的枯湿落叶和成千上万个冒出来的金属尖刺组成的。它的头是木头做的，上面刻着一张眉头紧锁的脸。浓浓的白烟从它的头顶冒出来。那种气味就是这烟雾带来的。有大概十只珍珠鸡围着它昂首阔步地走来走去。它们时不时会向上面看一下，歪着头，疑惑地轻鸣几声。有两只鸡坐在了它右边，一只坐在它左边。这怪兽真能吸引可爱无辜的小鸟，我想。接下来还有什么后招呢？

我慢慢站起身来，面具鬼魂低头凝视着我，姆维塔就跟在我身后。几码远的地方站着蒂缇和法纳西，还有越来越多的旁观者。法纳西搂着蒂缇的腰，蒂缇也拼命抱紧他。吓坏了的露羽躲在她帐篷后面，正好在我右边。我真想笑。没想到露羽挺住了，蒂缇和法纳西却躲到后面去了。

“你觉得它想要什么？”露羽大声说着悄悄话，就好像这只大怪物不在这里一样。她蹑手蹑脚地朝我靠过来。“说不定我们只要把它想要的东西给它，它就会走了。”

给不给取决于它想要的是什么，我想。

突然，这怪物开始朝地面降下来，它棕榈树叶纤维做成的身体压了下来。坐在它旁边的珍珠鸡见状向旁边迈了一步，然后又坐了下来。面具鬼魂停下了往下的动作。原来它是坐了下来。我也在它面前坐了下来。姆维塔坐在我后面。露羽也留在了很近的地方。她的肉体凡胎并没有得到魔力的眷顾，她却仍然有勇气站出来直面神秘恐怖的凶灵，这真是太不可思议了。

它的头离地面越来越近，我们周围那股味道怪异的烟也越来越浓。我的肺僵硬了，我只能努力不咳嗽。咳嗽是不礼貌的，我知道。有几只珍珠鸡倒是真的咳嗽了。不过面具鬼魂似乎并不在意。我看了露羽一眼，向她点点头。她也朝我点点头。“叫他们全部走远点。”我告诉她。

她一句疑问都没有，直接走向了围观的人。“她让你们都离远点。”露羽说。

“那是个面具鬼魂。”一个女人茫然地回答道。

“我不知道那是什么，”露羽说，“不过……”

“它是来找她说话的。”一个男人说，“我们只不过是想看看。”

露羽只能向我寻求帮助。至少现在我知道它想怎么样了。红族人对神秘事物与生俱来的了解还在不断地让我惊奇。“还是让他们离远点吧，”我斩钉截铁地说，“这是一次私人谈话。”

他们挪到了一个看起来比较安全的距离。我看到法纳西和蒂缇挤进人群里，不见了踪影。然后，它就开口跟我说话了。

“欧妮桑乌。”它说，“姆维塔。”这声音是从它身体的各个部位传来的，就像那股烟雾一样从它的身体里冒出来，向四面八方散播。珍珠鸡们停下了轻柔的鸣叫声，站着的也都坐下了。“我向你致意。”它说，“我向你的祖先、魂灵和后代们致意。”它说着，荒野在我们身边倏然升起。我想知道姆维塔是否也能看见。明亮的色彩，从物质世界里延伸出去的起伏的小管。它们看起来就像树，如果荒野里有树的话。它们是荒野树。

我环顾四周，寻找着我生父的那只红眼睛。我能看到它在发光，不过它被面具鬼魂这个庞然大物给挡住了。这是这个强大的面具怪物流露出的唯一一丝能让我信任的特质。“我们也向您致意，先生。”姆维塔和我说。

“伸出你的手，欧妮桑乌。”

我转头看了看姆维塔。他眯起眼睛，眼中闪烁着紧张的光芒，他的下巴也收紧了，嘴唇紧抿，鼻孔张开，眉毛蹙起。他突然站了起来。“你想做什么？”他问它。

“坐下吧，姆维塔。”它说，“你不能取代她的位置。你不能拯救她。你有自己的角色要去扮演。”姆维塔坐了下来。就这样，它读懂了他的心思，跳过了他所有的问题和争论，单刀直入切中要害。“如果你一定要的话，可以触碰她，但不要干涉我们之间的对话。”它说。

姆维塔抓住我的肩膀。他在我耳边低声说：“不管你想让我怎么样，我都会照办的。”我听出了他声音里的恳求。他恳求我拒绝。赶紧行动起来。逃走。当我也萌生类似的想法时，我想起了我的十一岁仪式。要是我当时逃走了，我的生父也就不会那么快发现我了。我也就不会在这里了。但我已经身处此地。不管现在怎样，四天之后我去沙漠里清修的时候也总会发生一些事情。命运就是这么冷酷。它麻木不仁。

慢慢地，我伸出了手去。我的眼睛一直睁着。姆维塔紧抓着我的肩膀，靠得离我更近了。我不知道我在期盼些什么，但我真的没有为接下来将要发生的事做好准备。它身上覆盖的一层湿叶同时掀了起来，露出了下面为数众多的尖刺。它倾身远离我，然后就飒一声向前冲来！我往后一缩，眨了眨眼。当我睁开眼的时候，我看到我浑身都沾满了水滴，而且还……扎满了面具鬼魂的尖刺。

我的整张脸、两条胳膊、胸部、腹部还有双腿都已经扎得满满当当。这些尖刺不知道是怎么回事，竟然还跑到了我的背上！我身上只有被姆维塔的身体挡住的部分才没有扎到刺。姆维塔大叫出声，想碰我又不敢碰我。“你是不是……”他跳起来，看着我，又看向这些尖刺，“怎么回事……欧妮？怎么……”

我呜咽着凝视自己，已经处在尖叫的边缘，令我惊讶的是我居然还很清醒，而且感觉良好。我都被扎成刺猬了！为什么还没流血呢？疼痛又去哪儿了？既然它要做这样的事，为什么还要让我伸出手？这是个残忍的笑话吗？

面具鬼魂开始大笑起来。那是一种从喉咙深处发出的狂笑，笑得它连湿叶子都摇晃起来。是了，这就是这个怪物开的玩笑。

它站了起来，把湿气和烟雾洒在了我们身上。它转过身，准备离开了。它朝萨库的帐篷走去，留下一道来自荒野的雾迹。珍珠鸡们排成一排跟了上去。有几个人也跟了上去。有人带着长笛，有人带着小鼓。面具鬼魂一边走，他们一边奏乐给它听，他们还笑个不停。

等我们再也看不到它了，姆维塔和我迎上了彼此的目光。

“你感觉……还好吗？”他问。

我现在开始感觉有些……奇怪了。不太舒服。但我不想吓到他。“我没事。”

过了一会儿，我们都微笑了，随即又大笑起来。一根刺掉了下来。姆维塔指着它，笑得更厉害了，我也笑得更厉害了。更多的刺掉了出来。露羽跑了过来。她一靠近我看见我，就尖叫出声。姆维塔和我都笑得不行了。现在我唰唰地往下掉刺。

“你们两个怎么了？”露羽问道，她看到我身上的刺掉了下来，就冷静了一些，“那东西对你做了什么？”

我摇摇头，还是忍不住咯咯笑："不知道。"

"它是不是……"她跪下来查看我背上剩下的尖刺，"它是不是一个真正的面具鬼魂？"

我点点头，突然感觉到一阵恶心朝我袭来。我叹了口气，坐了下来。当露羽想碰一下我脸颊上突出来的某根刺时，一个像可乐果那么大的火花从我身上爆裂开来。她向后跳去，捂住自己的手，痛呼出声。

这下除了姆维塔，所有人都抛弃了我。

45.

到了第二天，我就一病不起了。一看到食物，就连简单的咖喱山羊肉，我也会反胃。就算我真的把食物塞进了嘴里，它也泛着一股金属味，在我牙齿之间迸出火花，这种感觉太令人不适了。要想舒舒服服的，我就只能喝点水，吃一点点面包。两天过去，我的病还是毫无起色。

面具鬼魂往我身体里注入了些什么东西。那些尖刺上面一定染上了毒素。又或者是药物？可能两者皆有吧。也可能两者都不存在。要是尖刺上真有毒素或者药物，那就意味着它是和我有私仇，而不是说我是一盘大棋中的一颗棋子。

我不仅不断地觉得恶心，吃不下东西，对除姆维塔外几乎每个人都过敏（后来我发现我对萨库和阿婷也不过敏），而且还时不时就会被一种可怕的极度警觉给冲昏头脑。我能听见一只苍蝇的呼吸声，也能看清一粒沙子像块巨石似的滚落到地面上。我忽然就有了鹰隼一般的力量与视力，几乎能闻到每个人死亡的气味。死亡的味道黯淡潮湿，而我身上就沾满了这种气味。

我知道这种饥饿引起的清晰感是怎么回事。这就是几个月前带着我和姆维塔去与我生父正面交锋的那种幻象，而且还比上一次更强大。但这次我要想办法控制它。我必须做到才行，要是我做不到，那我就危险了。更让我头痛的是，荒野一直想入侵我的空间。

“我还活着，”我一边走在索鲁村的边缘一边喃喃自语，“所以别再来烦我了。”但荒野当然不会听我的话。我环顾四周，心跳得很快。我真有点想笑。我的心怦怦直跳，因为我现在一只脚踏在精神世界里，一只脚踏在物质世界里。真荒唐。我身体一半是蓝色的能量，另一半是肉身。一半活着，另一半不知道是什么东西。这种事已经发生第五次了，我也和之前一样，转过去望向我生父愤怒的眼睛。我朝他吐口水，无视了每次我见到他时都会感受到的那种恐惧的颤抖。他永远都在那里注视着，等待着……可他到底在等什么呢?

我站在一户人家的帐篷附近。他们家是由一位母亲，一位父亲，两个儿子和三个女儿组成的。这些孩子中有几个可能有别的父母。也许这对“父母”只是情人或者朋友。你永远也搞不清楚这些瓦赫族人之间的关系。但一个家庭就是一个家庭，我对我眼前所见艳羡不已，我又一次想起了我妈妈。

他们正在吃晚饭。我闻到了秋葵汤和馥馥白糕的香气，就好像它们都摆在我面前一样。我看见男主人望向女主人时眼中闪烁的目光，明白了他虽然渴望她，却不爱她。我几乎都能感觉到孩子们的长发辫有多毛糙。要是他们其中一个朝我看了一眼，他们会看到什么呢？也许我看起来像是用水浇铸而成的样子。也可能什么都看不到。我靠在一棵闪耀着蓝色能量的荒野树上，躲避着我生父怒火中烧的凝视。这棵树给我的感觉又柔软又凉快。我就这么陷了下去，想等到自己完全回到物质世界再说。

我一闭上眼睛，就有什么东西抓住了我。我的整个身体都发麻了，因为这棵荒野树的两条树枝紧紧地缠在了我的左臂和脖子上。

我抓住绕在我脖子上的树枝拼命拉扯。可它却缠得更紧了，我痛苦地喘息着。这树枝太结实了。

但我比它力气更大。还要大得多。怒火涌遍我全身，我的蓝色能量燃烧了起来。我一把就把树枝从脖子上给扯了下来。树惊声尖叫起来，不过并没有能够阻止我。我扯下了缠在胳膊上的另一条树枝，举起来，又扯下了想攀上我腿的那条。然后我站了起来，几乎要咆哮出声，握紧了拳头，双腿微微弯曲，眼睛圆瞪。我差点就要把整棵树都给撕成碎片……这时荒野却开始从我身边撤退了。当我的存在和我的身躯完全融入物质世界的那一刹那，所有的力量都离我而去。我重重地跌坐在地上，无声地喘息着，不敢去碰我酸痛的脖子。

那家的一个小女儿正和大家一起吃饭，忽然转过了头来。她看见了我，朝我挥挥手。我也虚弱地向她挥了挥手，尽量挤出一丝微笑来。我缓慢地站起身，假装刚刚的一切都没有发生过。“你想和我们一起吃晚饭吗？”她用她天真稚嫩的小女孩声音问道。现在他们一家都看向了我，朝我招手致意。

我微笑着摇了摇头。“谢谢你们了，不过我还不饿。”我说，在能够承受的范围内尽可能快地移动着我受创的身体。这家人看起来普通，纯洁，身家清白。我绝对不会去玷污他们的餐桌。

等我回到我的帐篷时，法纳西正坐在他的帐篷前面，看起来闷闷不乐。我当时心情不好，所以也没打算问一句他怎么了。不过答案已经很明显了。因为蒂缇和露羽又不见踪影了。姆维塔也不在，当我躺进帐篷里的时候，我很庆幸他不在这儿。我不想让他知道我……病得这么厉害。我不想让任何人知道。瓦赫族人已经把我看作深受某物折磨的一个人。而且某种程度上我确实是。我接近他们中的任何一个人，都会迸出一连串的火花，让他们遭受针扎般的剧痛。我觉得我已经受够了当一个弃儿，更别说我都还没把我不舒服的事情公之于众。

我把这一切都告诉了露羽。不过这只是因为她碰巧是一个小时之后走进我帐篷的人，那时我又陷入了一半在荒野里，一半在物质世界的状态。我太累了，只能坐在那里，其他的什么都做不了。等到荒野终于从我身边退去，她就在我帐篷门口瞪着我。

我原本以为她会马上头也不回地从帐篷里爬出去，不过露羽又一次出乎我的意料。她爬了进来，坐下，一动不动地盯着我看。我躺了下来，等待着她的提问。

“所以，你是怎么回事？”她最终开口问了。

“怎么了？”

“你就像……就像水一样。”她说，“就好像是用固体水做成的……不过确实是水，就算像石头一样，也还是水。”

我笑了：“是吗？”

她点了点头。“就跟我们十一岁仪式那天发生的事一模一样。”她抬起头，“那是不是就是你进入……亡者世界的时候？”

“不是亡者世界，是荒野。”我说，“就是精神世界。”

“但你不可能活着去到那里，”她说，“所以就是亡者的世界没错了。”

“我……”我又叹了口气，背起了阿洛给我上过的一节课，“就算有些东西确实没有活着，也不代表它已经死了。你必须得先活着，然后才能说死的问题。”我闭上眼睛，向后仰着，“荒野是全然不同的另外一个地方。那里既没有肉体也没有时间。”

“那我们十一岁仪式上为什么会发生那样的事呢？”她问。

我大笑起来：“那就说来话长了。”

“欧妮，你到底怎么了？”过了一会儿她问，“自从……自从那个面具鬼魂对你做了那件事之后，你看起来就一直很不对劲。”

我还没回答，她就凑近了，“还记得一开始离开家的时候我们都聊过些什么吗？”

我只是看了她一眼。

“我们都同意了要相互分担，我们两个。”她说。她握住我的手，一个大火花闪过。她脸上掠过痛苦的神情，慢慢放下了我的手。她朝我笑了笑，但没有再尝试握住我的手。“你就说说吧。讲给我听。”

我移开了目光，强忍住想哭的冲动。我不想因为我的那点事给别人带来负担。我望向她，留意到了她深棕色的皮肤，即使我们经历了这么多事，她的皮肤却还是完美无缺。她厚厚的嘴唇坚定地抿在一起。她大大的杏眼深深地凝望着我的双眼，毫不退缩。我坐了起来。“好吧，”我说，“跟我一起走走吧。”

我们沿着索鲁村的边缘漫步，与沙尘暴和最后一排帐篷都隔了有半英里远。只有成群的牲畜聚在这里。珍珠鸡和小鸡崽们都远远地保持着距离。所以就在骆驼和山羊之间，我把整件事都讲给露羽听了。

“你应该告诉姆维塔。”听我说完之后她说。我不得不停下来，向前弓起腰，一种饥饿造成的疲乏感从我身上掠过。

“我不想……”

“这不仅仅是为了你。”她说。她走上前来想帮我站起来。不过她很快又退了回去。

“你还好吗？”

“不太好。”

“我能不能……”

“别。”我慢慢地站起了身子，“说吧。想说什么就说什么。”

“嗯，有件事……”她停下来，看着我的眼睛，“还有几天，你就要去清修了。不过我觉得，呃，你可能已经知道了。”

我点点头：“肯定会发生些什么，但我不知道究竟是什么。”

“我觉得姆维塔会让你好受点。”她说。

“也许吧。”我嘟囔道。

它就掉在我脚边。是一只黄色蜥蜴，大头上覆满鳞片。它翻转过身体，开始慢慢地爬走。我自顾自地笑了，以为它和其他很多生物一样是被沙尘暴卷起来甩进索鲁村的。我现在只想坐在沙地上，看着它爬走。

但又一阵怪异的极度警觉感席卷了我。我看了露羽一眼。她正在仔细观察我。我能看清她脸上的每一个细胞。

“你看见了吗？”我问。我无力地指了指地上的蜥蜴，它转过脸看着我们。我这样是想转移露羽的注意力。她肯定想跑去找姆维塔；我知道她肯定会这么做。

露羽皱起眉。“看什么？”

我摇了摇头，我的眼神被蜥蜴带走了。我倒在沙地上。我太虚弱了，根本就站不住。

又一阵清醒的感觉席卷了我，我听到一声轻柔的呻吟。我不确定这声音是我发出的，还是从我四周又一次升起的荒野里传来的。露羽旁边出现了一棵荒野树。然后一切又都闪烁起来，变回了物质世界。我想呕吐。

“你待着别动。我去找姆维塔。”露羽说，“你刚刚又变透明了。”

我没力气再去回应她了。那只蜥蜴朝我慢慢走过来，当露羽跑开的时候，我把注意力集中在了它身上。

“让她去吧。”一个声音说。这是一个女人的声音，不过低沉有力，就像男人的声音一样。这声音是从那只正在接近我的蜥蜴身上发出来的。在我听来倒有些似曾相识。

“我没打算阻止她。”我露出一个微弱的笑容，“你是谁？”我想知道这个声音是不是我想象出来的。但我知道并不是。我患上了一种病，而这种病是荒野里一个庞然凶灵害我染上的。它来找我就是为了这个。然后它就走了，去见了萨库，这是阿婷后来告诉我的。我遇到那个面具鬼魂之后发生的所有事都不是源自我想象的虚构。

“你已经走了很远。”它说，无视了我的问题，“而我会带你去到更远的地方。”

“你真的在这里吗？”我问。

“当然。”

“你还会把我带回来吗？”

“有人能让你与姆维塔分离吗？”

“没有。”我说，“你要带我去哪里？”现在我只是单纯地想说几句话了。我真的已经不在意答案。我需要做些什么来保持冷静，而这只蜥蜴已经开始变高变大变颜色了。

“我会带你去到你需要去到的地方。”它说，它越变越大，声音也变得洪亮饱满了。它的声音听起来就像三种一样的声音合在一起。“我将会把你需要见到的东西展现在你眼前，欧妮桑乌。”

所以它认识我。我眯起眼睛：“你对我的命运知道多少？”我问。

“你知道多少，我就知道多少。”

“你知道我的生父吗？”

“他是个极端邪恶的人。”

我忘记了我接下来要问的问题。我什么都忘记了。因为我面前站着的这位，我只能把它称作“科邦农戈”，喷火蜥蜴。它的个头足有四头骆驼那么大，身上是每一道火焰交相辉映的灿烂颜色。它的身体像蛇一样精瘦结实，圆圆的大头上长着盘绕的角，巨大的下巴上满是锋利的牙齿。它的双眼就像两只炙热的小太阳。它身上冒出的汗水变成了一股薄烟，闻起来就像被炙烤的沙地上的蒸汽。

我和妈妈还在沙漠里流浪的时候，每到一天中最热的时候，我都会坐在帐篷里，听她讲有关这些动物的故事。“科邦农戈蜥蜴喜欢和旅者交朋友。”她说，“一天中最热的时候就是它们最活跃的时候，就像现在这会儿。它们会从干涸已久的海洋中爬出来。要是你跟其中一只成了朋友，就永远都不会孤单了。”

我妈妈是我认识的人里唯一的谈起过海洋的，就好像海洋真的存在过一样。她总会在我吓坏的时候讲故事给我听，比如在我看到了腐烂的骆驼尸体之后，又或者天空乌云密布的时候。对她而言，科邦农戈蜥蜴是善良而威严的生灵。但在现实生活中碰到一种东西往往会和在故事里听到这种东西不太一样。比如说现在。

我没什么好说的了。我已经明白了，它是真真切切的就在这里，站在我面前。而索鲁村的所有人都在半英里之外干着自己的营生。过路人可能会注意到我站在这里盯着什么看，不过他们不会停下脚步。在他们眼里，我是不可触碰的，我是个怪人，是个女巫，就算他们喜欢我，也只能对我敬而远之。他们能看见站在我面前的这只科邦农戈蜥蜴吗？也许能。也许不能。就算他们能看见，留我在这儿听天由命可能也是他们的习惯吧。

我现在有了一种熟悉的感觉，一种抽离的感觉，然后是一种源自内心深处的移动感。我又一次“灵魂出窍”了。这次是在全镇人旁边发生的，姆维塔也没有陪在我的身侧。我孤身一人，任由这生物将我带走。当我飘向空中的时候，科邦农戈蜥蜴就在我身侧飞翔。我能感觉到它身上的热度。

“我这样的生物和鸟类并没有多大区别。”它用它奇怪的声音说道，“你也可以变成我这样。”

当我像这样“旅行”的时候，我真的能够变形吗？我从来都没有想过这一点。但它说得对。我确实曾经让自己变成过一只蜥蜴，和变成一只麻雀甚至一只秃鹫都没什么分别。我伸手去触碰科邦农戈蜥蜴粗糙的皮肤，然后又急忙把手收了回来，感到一阵突如其来的恐惧。

“没事，摸吧。”它说。

“你……你身上会不会很烫？”

“你自己试试看。”它说。它脸上并没有什么表情，不过我知道它被逗乐了。我慢慢地伸出手去，碰到了一块鳞片。我竟然真的听到了我皮肤被烤焦的刺刺声，还闻到了气味。

“啊！”我痛呼一声，赶紧摇晃起我的手。尽管发生了这种事，它还是把我带向了更高的高处。我们现在已经升到了索鲁村上空五十英尺的地方。“我是不是……？”我看了看我的手。看起来没被烤焦，也没有想象中的那么疼。

“就算在荒野里，你也还是你。”它说，“但你有能力可以保护你自己，我也一样。”

“我会就这样死掉吗？”

“从某种程度上来说，是这样没错，”它说，“不过你死不了的。”它说话的同时我也说了，“不过我死不了的。”

“那好吧。”我咕哝道。我又一次伸出了手。这一次我忍受了疼痛，忍受了皮肤灼烧发出的声音和气味。我折下了它身上的一块鳞片。烟从我手中升腾而起，我真想尖叫，但即便是透过升腾的烟雾我也能看见我并没有受到伤害。

因为我们正越飞越高，所以我很难集中精力。不过我手里有了那块鳞片，想变成一只科邦农戈蜥蜴就不是什么难事了。我伸展了一下自己流畅优雅的新身体，享受着自己身上散发出来的热度。我真想赶紧飞下去，挖个深坑将自己埋进沙地里，我的身体是如此炽热，就连沙土也会被熔化成玻璃的。不过我还是抵挡住了这股冲动。我自顾自地笑了。就算我这么想，我也不能这么做。我并不是控制这趟旅途的人，这只科邦农戈蜥蜴才是。我想知道这是否就是我的身体不能像它一样长那么大的原因。我就算伸展开来也只有它的四分之三大小。

“干得漂亮。”等我伸展完身体之后它说，“现在让我带你去一个你从没见过的地方吧。”

我们朝着沙尘暴墙猛冲过去，一头扎进了里面。不到一秒钟的时间，我们就从另一边穿出来了。太阳的位置告诉我我们正在向西飞行。我们绕了半圈，又向东边飞去。“这里是辛爸爸镇。”一分钟后它说。

那个邪恶的地方我几乎一眼都没看，那些人残忍地夺走了宾塔的生命，并将永远遭受失明的命运。一代接一代都将如此。我已经诅咒了辛爸爸镇和所有在那里降生的人。当我们经过辛爸爸镇的时候，我又诅咒了一次。

“这里是你的贾瓦黑尔镇。”它说。

我想放慢速度尽量看清楚，但它把我拉走了。我只是远远地看见了建筑模糊的影子。虽然我们眨眼间就经过了贾瓦黑尔，我却仍然感觉到了故乡的呼唤，它正呼唤着我踏上归途。我妈妈。阿洛。智者娜娜。还有艾达。她的儿子芬塔是不是已经到了贾瓦黑尔，给了她一个惊喜？

我和这只科邦农戈蜥蜴一起飞越了辽阔的土地；四处一片干旱，一如我所知。沙漠。硬土。矮树。枯草。我们的移速太快，我看不清偶尔出现的骆驼、沙漠狐狸和鹰，不过我们经过的路上肯定有一些。我想知道我们要去哪里。我不知道我是否该感到害怕。我没办法分辨出时间过去了多久，也说不清我们走了多远。我既不感到饥饿也不感到干渴。不需要小便也不需要大便。也不用睡觉。我不再是人类，不再是为身体所困的野兽。

我时不时会瞥它一眼。它是一只发光发热的巨蜥。但它也不止于此。我就是有种这样的感觉。它究竟是谁呢？它也看了我一眼，好像对我所想已经了然于心。但它什么也没说。

我们又走了很长的一段时间和很长的一段路，这时候下面的土地突然有了变化。我们所经之处的树变得更高了。我们飞得更快了。这速度让我只能看到下面的一片浅棕色。然后变成了深棕色。然后就变成了……绿色。

“瞧。”它说，终于放慢了速度。

绿绿绿绿绿色！我还从来没见过如此青翠的绿地。我连想都没有想象过。我和姆维塔第一次“灵魂出窍”时见到的那片绿色田野跟这幅景象一比真的什么都不算了。从地平线到另一处地平线，地面上长满了茂密的葱茏高树。这真的可能吗？我想知道。这个地方是真实存在的吗？

我对上了科邦农戈蜥蜴的双眼，它们闪烁着更深邃的橘黄色光芒。“是真实存在的。”它说。

我的胸口隐隐作痛，不过这是种善意的疼痛。这是种……故土带给我的疼痛。这地方太远了，永远都到不了。但也许有一天会不再这么遥不可及。也许真的会有这样的一天。这片乐土的广阔程度让奥克克族人和努鲁族人之间的暴力和仇恨显得那么微不足道。这地方一直在不断地向前延伸。我们飞得很低了，都能碰到树梢。我抚摸了一棵奇怪的棕榈树的叶子。

一只像鹰那么大的鸟从附近的树上飞了起来。另一棵开满亮粉色硕大花朵的树上全是蓝色和黄色的大蝴蝶。其他树梢上坐着毛茸茸的野兽，它们都长着修长的手臂和好奇的眼睛。它们注视着我们飞过。微风在树梢上漾起涟漪，就像风吹过水洼一样。树林发出了一种我永远不会忘怀的低语声。如此的青翠欲滴，充满活力，水分十足！

它让我们停了下来，我们在一棵宽大的树上盘旋。我笑了。这是一棵伊罗科树。就跟我第一次展现出埃舒能力变成一只麻雀飞上去的那棵树差不多。这棵树也结着气味苦涩的果实。我们降落在了一根巨大的树枝上。不知怎么回事，它承受住了我们两个的重量。

一家子毛茸茸的野兽坐在树梢的另一边，一动不动地盯着我们。它们这副样子也实在太可笑了。它们究竟会把眼中所见的理解成什么呢？它们见过两条像太阳一样发光而且闻起来就像烟和水雾的瘦长巨蜥吗？我持怀疑态度。

“我一会儿就会把你给送回去。”它说，并没有理会那些长得像猴子一样的茸毛动物，而它们还一动不动，“现在，好好看看这个地方吧，把它存进你的脑海里，千万不要忘记。”

我印象最深刻的就是它在我内心深处种下的那片希望。要是真有一片森林——一片真正幅员辽阔的森林——还存在于这个世界的某个地方，那就算它离得再远也好，这一切也都不会走向万劫不复的结局。这意味着除了《圣典》里描述的那些，别处还有别样的生活。这感觉就像获得了祝福，得到了净化。

尽管印象如此深刻，当科邦农戈蜥蜴把我送回索鲁村，我也重新变回人形之后，我还是不得不拼命努力才能记住这些。我一回到自己的躯壳里，病痛的折磨就立刻像我生父派来的一千只蝎子一样涌了上来。

46.

但这一切与我生父无关，反而都是那个找上门来的面具鬼魂搞的鬼。至少巫师萨库是这么说的。当我游览完那些绿地回到自己身体里的时候，萨库、阿婷和姆维塔都在等我。我们在我的帐篷里面。帐篷里燃着熏香，萨库正哼着一首凄凉的曲子，姆维塔在盯着我看。我一躺回我的身体里，他就微微一笑，点了点头，说：“她回来了。”

我也对他笑了笑，但立刻就畏缩了一下，因为我意识到我身体的每一块肌肉都在紧绷。

“把这个喝了。”姆维塔说着，把一个杯子递到了我的嘴边。不管杯子里装的是什么，都让我的肌肉在短短的一分钟内放松了下来。等到我和姆维塔独处的时候，我才告诉了他我都看到了些什么。我没机会听他说起他的看法，因为我一讲完就又进入了荒野里，对他来说，我几乎完全消失了。等我重新回到物质世界的时候，痛苦的肌肉痉挛又一次发作了。

这种病不会让你呕吐，发烧，或者腹泻。这是种灵魂层面的病。食物只会让我觉得难以下咽。荒野和物质世界在我周围争抢着想要占据上风。我的意识也在清醒和迟钝之间起伏不定。去沙漠里清修之前剩下的那几天，我大部分时间都待在帐篷里，哪儿也没去。

法纳西和蒂缇时不时会往我帐篷里偷看几眼。法纳西给我带来了面包，但我吃不下。蒂缇想跟我说说话，但我连一段完整的对话都完成不了。他们看起来就像正在等待合适时机逃跑的老鼠。一定是面具鬼魂那一幕让他们明白了我不仅仅是一个女巫，而且还和神秘危险的力量有所联系。

有时姆维塔不能陪在我身边，露羽就会代替他来陪伴我。当我消失的时候，她在我身边，而当我再次出现在同一个地方的时候，她也还在这里。她看起来害怕极了，但她还是会守在那里。她没有问过我任何问题，每当我们有机会聊天的时候，她总会给我讲些她交往过的男人或者别的鸡毛蒜皮的小事。她是唯一能逗我一笑的人。

47.

第十天早上，姆维塔不得不把我叫醒。我一直都辗转反侧，直到最后一个小时才勉强入睡。我还是吃不下东西，又饿得睡不着觉。姆维塔努力把我搞到筋疲力尽了。即使处在我这种状态下，他的抚摸也远比进食或者饮水要让人宽慰得多。尽管如此，我还是止不住地思考要是我怀孕了会有多少人因此死去。我也没办法摆脱我去清修的这几天一定会有坏事发生这个念头。

“我听到她们在唱歌。”姆维塔说，“她们已经集合了。”

“嗯。”我说，我的眼睛还是睁不开。我已经听她们唱了有一个多小时了。她们唱的歌让我想起了我妈妈。她也经常唱这首歌，虽然她拒绝和贾瓦黑尔的女人们一起去进行神圣对话。“自从怀上我之后，她就再也没有去过。”我喃喃自语，睁开了眼睛，“我又为什么要去呢？”

“起来吧。”姆维塔轻声说，吻了吻我光裸的肩膀。他站起来，将绿色的拉帕裙裹在腰上，走了出去。回来时他手上多了一杯水。他把手伸进了我那堆衣服里，拿出了我的蓝色上衣。

“穿这个吧。”他说，“还有……”他找出了我的蓝色拉帕裙，“还有这个。”

我撑起自己，被子从我身上掉了下来。当凉爽的空气接触到我的身体时，一阵清醒感涌了上来。我好想哭。我把蓝色的拉帕裙裹在自己身上。他把手里的水杯递给我。“坚强点，”他说，“起来吧。”

我走出帐篷，惊讶地发现蒂缇、露羽和法纳西都坐在那里，穿戴整齐，吃着刚烤好的面包。面包的香味让我的肚子咕咕叫。“我们差点就以为你们俩太……累了，走不了了。”露羽眨眨眼说。

“你是说你们都在营地里面，都听到了？”我问。

法纳西苦笑一声。蒂缇看向别处。

“我来得比较晚，不过确实听到了。”露羽奸笑着说。

等我洗完澡换好衣服，那群女人已经在往外面走了。她们步履缓慢。想要追上她们是件很容易的事。似乎没有人介意姆维塔和法纳西，虽然他们是队伍中仅有的两个男人。阿婷也在队伍里。“我代表萨库去。”她说。我发现她和姆维塔之间飞快地交换了一个眼神。

走到沙尘暴的西部边缘并不是很远的一段路，大约只有一英里半。但我们走得太慢了，所以花了将近一个小时才到。我们向阿妮唱诵赞歌，有些歌是我知道的，更多的我并不知道。等到我们停下来的时候，我饿得头晕目眩，很高兴能坐下来歇一会儿。风很大，很吵闹，还有点吓人。你能看到风在你眼前变成了旋风，就在只隔了几码远的地方。

“帮她解开头发。”阿婷对姆维塔说。他从我头上取下了我用来绑头发的棕榈纤维，任它被风吹走。现在大家都安静了下来。默默祈祷。有很多都跪了下来，头抵在沙地上。蒂缇、露羽和法纳西仍然站着，盯着沙尘暴看。露羽和蒂缇家里都只是偶尔才会向阿妮祈祷几次。她们的母亲从来没去清修过，她们也一样没有。我没办法不去想我自己的妈妈，还有她遭遇的那些事情，当那些摩托车逼近的时候，她就像这些女人一样正在祈祷。阿婷站在我身后。我感觉她在往我脖子上涂抹什么东西。但我太虚弱了，阻止不了她。

“你在涂什么？”我问。

她凑近我耳边。“是一种混合物，里面有垂死老妇人的眼泪、婴儿的泪水、经血、男人的奶、乌龟脚上的皮肤和沙。”

我打了个寒战，感觉一阵恶心。

“你不懂纳西比迪语，”她说，“这是一句刻写咒语。用它来标记某种东西是为了实现改变；它能直接与灵魂对话。我给了你一个十字路口的标记，所有的你都可以在这里相会。向前跪吧。向阿妮虔诚叩问。她会恩赐你的。”

“我不信阿妮。”我说。

“那也还是跪下祈祷吧。”她说，推了我一下。

我跪下来，把前额贴在沙地上，风声在我耳边回荡。几分钟过去了。*我真的好饿*，我想。我开始觉得有什么东西按住了我不让我乱动。我转过头凝视着天空。我看到太阳落山了，又升起来，又一次落下。很长的一段时间过去了，就是这么回事。

突然，我一下就掉进了沙子里。它就像一只野兽的血盆大口一样吞噬了我。世界爆炸之前，我最后记得的一件事就是一个女孩说：“没事的，姆维塔。她正在释放。从她来到这里开始，我们就一直在等待着这一刻。”

每一部分的我都还是我。我高大的伊乌身体。我的坏脾气。我冲动的想法。我的记忆。我的过去。我的未来。我的死亡。我的生命。我的灵魂。我的命运。我的失败。我所有的一切都遭到了毁灭。我死了，破碎了，消散了，被吞没了。这比我第一次变成小鸟的时候还要难受一千倍。我什么也不记得了，因为我什么都不是了。

然后我又找回了自己。

我能感觉得到。我被一点点地拼凑了起来。那么是谁在做这件事呢？不，不是阿妮。它不是那位女神。它给我的感觉很冷，如果它确实能用冰冷来形容的话。而且易碎，如果它确实能用易碎来形容的话。它逻辑至上。掌控全局。我够胆量说它就是造物主吗？就是那位不可触及的造物主？也并不在意是否被触及的那位造物主？对所有巫师而言都不可思议的第四种法点？不，我绝不能说出口，因为这是对神明最深的亵渎。或者至少阿洛会这么说。

但我的躯体和灵魂都已经被完全彻底地毁灭了……这不就是阿洛所说的，要是有任何生灵胆敢接近造物主时都会发生的事吗？当它重新把我组合起来的时候，它用了一种全新的顺序来排列我。这种顺序更合理了。当最后一块的我也被放归的那一瞬间，我就什么都记起来了。

“啊啊啊啊啊啊啊啊！”我深吸一口气。解脱是我感受到的第一种情绪。我又一次想起了我在伊罗科树上的经历。当时我的头就好像是一间房子。而我的感觉就像这间房子的一些门咔嚓一下打开了——钢门、木门、石门。而这一次，所有的门和窗都被猛地炸开了。

我又一次往下坠落，重重地摔在了地上。风吹拂着我的皮肤。我觉得好冷。我浑身湿透了。*我是谁？*我不知道。我没有睁开我的眼睛。我不记得该怎么睁开了。有东西砸中了我的头。还有些别的。我本能地睁开了双眼。我在一个帐篷里。

“她怎么会死？”蒂缇在尖叫，“发生了什么事？”

然后所有记忆都铺天盖地地涌入了我的脑海。包括我是谁，我为什么会成为今天的我，我是怎么成了今天的我，我现在所处的是什么时间。我又紧紧闭上双眼。

“别碰她。”萨库说，“姆维塔，跟她说说话。她就快回来了。帮她完成她的旅程吧。”

一阵停顿。“欧妮桑乌。”他的声音听起来有些奇怪，“回来吧。你已经离开七天了。之后你又从天而降，就像《圣典》中阿妮失散的一个孩子一样。如果你活过来了，就睁开眼睛吧，欧妮。”

我睁开了眼睛。我正脸朝上躺着。全身都痛。他握住我的手。我也抓住了他的手。更多的记忆涌了进来。我更清楚地明白了我究竟是谁。我露出了微笑，然后我大笑出声。

这是一个既疯狂又自傲的时刻，我不能说这完全就是我的错。我意识到那些力量和能力都已经化作了我的一部分，这简直冲昏了我的头脑。我从没有想象过我还能像现在这样强大，一切都尽在我的掌控之中。所以我一回到我的身体里，我就又离开了。我已经整整七天没吃东西了。我的头脑却依然清醒。我感到力大无比。我思考了一下我想去哪里。然后我就去了那里。一分钟前我还躺在帐篷里那张草席上，一分钟后我就已经翱翔天际，既是我自己，也是我的蓝色灵魂。

我要去找我的生父。

我直接飞越了沙尘暴。只感觉到了它轻微刺痛的触碰。我冲过了沙尘形成的那道墙，来到了炙烤的烈日下。现在是早上。我飞越了数英里的沙地、村庄、沙丘、城镇、干枯的树木和更多的沙丘。我飞过了一小块绿色的田野，但我全神贯注，一点也不在乎这点小事。我来到杜尔法，直接飞到了一幢有一扇蓝色大门的大宅前。穿过门，我来到一个房间，房间里散发着花朵、熏香和蒙尘书籍的气味。

他站在桌子边上，背对着我。我潜入荒野深处。当阿洛拒绝我太多次的时候，我就是这么对他的。我也对辛爸爸镇的巫医做了同样的事。而这一次，我更强大了。我知道要攻击哪里，知道要撕咬破坏什么地方。层层深入他的背脊，我能看出他灵魂的颜色。他的灵魂竟然也是深蓝色的，和我一样。我被这件事吓了一跳，不过它并没有能阻止我。

我像饿虎扑食一样朝他猛扑过去。我太急于复仇，甚至都没注意到虽然他背对着我，他的灵魂却没有背过身去。他只是一直在等待着我的进攻。阿洛从来没有告诉过我当我攻击他的时候他是什么感觉。而辛爸爸镇的巫医直接暴毙了，他倒下的时候身上连一道伤痕都没有。现在，与我生父缠斗在一起的这一刻，我明白了那是什么滋味。

这种痛苦是连死亡都无法终结的。我生父全力将这种痛苦施加在了我身上。他一边唱歌一边撕扯、吞噬、刺戳、扭曲着我的每一部分，而我连自己身处何地都不清楚了。他坐在他的桌子上，背对着我。他唱歌用的是努鲁语，但我还是听不懂歌词。我就像我妈妈一样，但也不全像。当他伤害我的时候，我不可能像我妈妈一样听见、记住。

我心中有些什么东西突然觉醒了。是生存本能、责任和记忆。这不是我的结局，我想。我立刻就拖着我的残躯逃开了。我撤退的时候，我生父站起身，转了过来。他盯住我的眼睛，抓住我的胳膊。我想抽回手臂。但他比我强壮太多了。他把我右手的手掌翻过来，将他的拇指指甲挖进去，在那里刻下了某种符号。他放开我的手说："既然你是在沙漠里出生的，那就滚回去，死在沙漠里吧。"

回去的路我就像走了一辈子，我哭泣不已，痛不欲生，逐渐消逝。当我接近那堵沙尘之墙时，整个世界都被灵魂的光芒所照亮，沙漠里钻出来各种各样五颜六色奇形怪状的荒野树。我彻底消逝了，什么都不再记得。

我又死了一次，这是姆维塔后来告诉我的。我变得透明然后完全消失了。当我再次出现在同一个地方，我的肉体又回来了，我浑身浴血，衣服都被血染透。他没办法叫醒我。有整整三分钟，我都没有一丝脉搏。他把空气吹进我胸膛，用了一些想让我好起来的法术。但这些都不起作用，他只好坐在那里，静静等待。

等到第三分钟，我开始呼吸了。姆维塔轰走了帐篷里所有人，让两个路过的女孩去帮他拿了两桶温水过来。他帮我从头到脚擦洗了一遍，冲洗干净我身上的血迹，帮我包扎了伤口，按摩我的身体让我的血液循环起来，还把不少美好的念想送进了我耳中。“我们还有好多话要讲呢。”他一遍又一遍地说，“醒过来吧。”

两天后我醒了，看到姆维塔坐在我身边，正一边编篮子一边自言自语。我慢慢地坐起身来。我看着姆维塔，想不起来他是谁了。*我有点喜欢他*，我想。*他是谁呢？*我浑身都痛。我呻吟了一声，肚子也咕咕叫了起来。

“你不肯吃东西，”姆维塔说着，放下了手里的篮子，“但你还是喝了些水。不然你就又要……再死一次了。”

我认识他，我想。然后仿佛是外面的风声带来的低语，我听到了他对我说出的那个词：*伊夫那尼亚*。“姆维塔？”我问。

“如假包换。”他走过来对我说。尽管我身上哪儿都痛，腿上和躯干上都还缠着绷带，但我还是伸出双臂抱住了他。

“我想起了宾塔，”我对着姆维塔的肩膀说，“啊！还有戴布！”我把姆维塔抱得更紧了，紧紧闭上双眼，“他真不是人！他……”记忆淹没了我的种种感官。我想起来我去了西边，看见了他的脸，他的灵魂。*好痛！*我被打败了。我的心沉了下去。我输了。

“嘘，别说了。”他说。

“他应该杀了我才对。”我低声说。就算被阿妮重新创造了出来，我也还是打不倒他。

“不是这样的。”姆维塔说，用双手捧起我的脸。我想转开我这张写满耻辱的脸，但他哪儿也不让我去。他吻了我。一个漫长又饱含情意的吻。我脑海中叫嚣着失败和挫折的声音平静了下来，尽管它还是没有闭嘴。姆维塔结束了这个吻，我们凝视着彼此的双眼。

“我的手。”我低声说道。我举起了那只手。我生父留下的那个符号是一条自我盘绕的蠕虫。它是黑色的，上面起了硬皮，我想把这只手握成拳头的时候感觉很痛。你输了，我脑海中的声音低语道。被打败了。死了。

“我还没注意到这个。”姆维塔说，他皱起眉头，把我这只手拿到他脸前。他用食指碰了碰它，立刻就“嘶”了一声，把手缩了回去。

“怎么了？”我无力地问。

“它好像会放电。我就像把手指伸进了电源插座里。”他说着，揉了揉自己的手，“我的手都被电麻了。”

“是他给我刻下的。”我说。

“戴布？”

我点了点头。姆维塔的脸色沉了下来：“其他呢？你感觉还好吗？”

“看我这样子，”我说，但我其实一点也不想让他看我，“我怎么会感觉好……”

“你到底为什么要那么做？”他再也控制不了自己了，于是问。

“因为我……”

“能活过来也没见你有一点高兴。甚至连能再见到我们几个也没见你有一点宽慰。唉，你的名字真是适合你，唉！”

我又能说些什么呢？我都没想过这些。去找我生父是本能使然。然而你还是失败了，我脑中的声音低语道。

萨库进来了。他的穿着看起来就像要去远行——一件卡夫坦长衫，厚重修长的绿布长袍完全遮住了他的裤子。他一看见我已经醒了，严肃的脸就变得温和起来。他夸张地摊开双手。“嘿！她醒了，她用她的美丽给我们带来了恩典。欢迎回来。我们都很想你。”

我试着挤出一丝微笑。姆维塔嘲笑了一声。

“姆维塔，她的情况怎么样？”萨库问，“汇报给我听吧。”

“她……伤得很重。大部分开放性伤口都被她自己治好了，但她没办法用她的埃舒技能来治愈所有伤病。这些肯定和她是怎么受伤的有关系。她身上有很多很深的瘀伤，看起来就好像有野兽挠了她胸口一爪子。她背上还有烧伤……至少表面看起来是烧伤。她的手脚关节都扭伤了。没有骨折。从她告诉我的情况来看，我怀疑她连呼吸都会很痛。而等她月经来的时候，也同样会很痛。”

萨库点点头，姆维塔就继续说了。

“每种伤我都用了三种不同的药膏来治疗。这几天她应该避免活动脚踝和手腕。等她来了月经，就得接连一周都吃沙漠兔肝做成的饭菜，因为她到时候会大出血。她受到的这些创伤会让她今晚就月经来潮。我已经拜托了阿婷去找几个女人收集一下兔肝来做一锅炖菜。”

我这时候才第一次注意到姆维塔看上去是那么的憔悴。“还有个问题，”姆维塔说，他抓起我的右手，把它翻过来掌心朝上，“就是这个。”

萨库接过我的手，仔细看了看上面的刻纹。他厌恶地咂了咂嘴。“啊，是他给她下的这个咒。”

“你——你怎么知道是……是他呢？”我问。

“要不然你还会急着去找谁呢？”他问。他站了起来。

“这是什么咒？”姆维塔问。

“阿婷可能知道。”他说，“两岁大的时候，那女孩就会说奥克克语、瓦赫语和西波语了。她应该读得懂这个咒语。”他拍了拍姆维塔的肩膀，“真希望我们这里能有个像你一样的小伙子。你对物质世界和精神世界都如此精通，实在是种难得的天赋。”

姆维塔摇了摇头。“我对精神世界了解得并不多，先生。”

萨库笑了笑，又拍了拍姆维塔的肩膀。“我等会儿回来，”他说，“姆维塔，休息一下吧。她会活下来的。现在你也该好好照顾一下自己了。”

萨库离开才几秒钟，蒂缇、露羽和法纳西就都跑了进来。蒂缇尖叫着把一个吻印在我的额头上。露羽热泪盈眶，而法纳西只是站在那儿望着我。

“阿妮太伟大了！”蒂缇号啕大哭，“她一定非常非常爱你。”

看她这么多愁善感，我差点就要取笑她了。

“我们也非常非常爱你。”露羽说。

法纳西一言不发，转身离开了帐篷。出去的时候他差点撞上了阿婷。她绕过他，径直走到我面前。“让我看看。”她说，从露羽和蒂缇中间挤了过来。

“怎么了？”露羽说着，想越过阿婷的肩膀看看是怎么回事。

“别出声。”阿婷怒斥了她一句，牵起我的手，“我需要安静。”她把脸靠近我的手掌，盯着看了很长一段时间。她摸了摸那个符号，然后也“嘶”的一声抽回了手，瞥了一眼姆维塔。

“这是什么？”我和姆维塔同时问。

“一个纳西比迪符号。算是吧。不过是个很老很老的符号了。”阿婷说，“它的意思是‘缓慢而残酷的毒药’。看看，这几条线已经开始生长了。它们会沿着她的手臂而上，伸向她的心脏，然后将它挤压致死。”

我和姆维塔也仔细看了看我的手。烙印的符号还是一样黑，但现在边缘上有些微小的细丝正在生长。“能用阿古根或者青霉素吗？”姆维塔问，“如果它看起来像感染的话，说不定……”

“你心里很清楚，姆维塔。”阿婷说，“这是符咒。”她停了停，“欧妮，你变形试试？”

就算我受了这么多伤，这个提议也还是很诱人的。我能感觉得到我想要变形的冲动。我没办法变成以前我没变成过的生物，不过举例来说，我可以变成一只秃鹫，而且就算一直不变回人形我也不会忘记自己是谁。我试着让自己变形。感觉很顺利，很容易……直到那只被刻下符咒的手挡住了我变形的脚步。它就是不肯变。我更努力地尝试了。真不知道我在蒂缇和露羽眼中是什么样子，尤其是露羽，她还从来没有见过我变形。

我在掉落的绷带周围跳来跳去，我全身都已经变成了秃鹫，就差右边翅膀还是那只手的样子，没变过来。我愤怒地尖啸着，从我的衣服里跳了出来。我怎么可能用这只手飞起来呢？我战胜了幽闭恐惧，试着变成另一种形状，一条蛇。结果我的尾巴还是我的手。我甚至没办法让自己身体的其他部分变成一只老鼠。我又试了变成猫头鹰，变成隼，变成沙漠狐。我试的形状越多，我的手就变得越来越烫。我最终放弃了，变回了自己。我的手里冒出一股难闻的烟味。我用拉帕裙把自己裹了起来。

“还是别再变了。”阿婷赶紧说，“我们都不知道会引发什么样的后果。不过我估计我们还剩下二十四小时。给我两个小时吧，我去和萨库商量一下对策。”她站起身。

“二十四小时之后会怎样？”我问。

“它就会杀死你。”阿婷说，匆匆离开了。

新仇旧恨交织在一起，我忍不住浑身发抖。“不管我是生是死，我都一定要消灭那个人。”*你还是会失败的*，我脑海中的声音低语道。

“瞧瞧你变形的时候都发生了什么。”姆维塔提醒我。

“我是欠考虑，”我说，“下一次，我一定……”

“你说得没错。你确实欠考虑。”他说，“露羽，蒂缇，去给她弄点吃的吧。”

她们跳了起来，很高兴自己有事可做了。

“别把别的东西混进去了。”他说。

“我们都知道，”露羽说，“你才不是她唯一的朋友呢。”

“我是怎么做到的？”她们一走我就开口问姆维塔，“阿洛从没有提到过类似这样的灵魂漫游能力。”

姆维塔叹了口气，控制住了他的火气。“我觉得我知道是为什么。”出乎我的意料，姆维塔说。

“嗯？”我说，“真的吗？”

“但现在还不是说的时候。”他说。

“我只有二十四个小时可活了，”我生气地说，“那你打算什么时候告诉我？”

“二十五小时之后。”他说。

48.

阿婷花了三个小时才回来。在这段时间里，那些有毒的细线已经长长了三英寸，我的手开始痒得难受。乌森酋长和塞萨酋长带着他们的女儿艾西过来了。艾西跳到了我的膝盖上。我藏起我的痛苦，让她在我的嘴唇上印上了一个大大的吻。“你永远都不会死！”她叫道。

其他人也都走上前来祝福我，他们带来了食物和精油。每个人都紧紧地拥抱了我，握了握我的手，当然是没有被刻上符号的那只手。没错，虽然我被我的生父给下了慢毒，但自从我把身体里堆积的东西都“释放”出去之后，我就不再是不可触碰的了。他们还带来了沙子做成的小人偶。如果你把这些小人偶放在耳边，就会听到轻柔甜美的乐声。

我第一次死去时发生的那些事所造成的后果开始逐渐显现了。我周围的世界变得更加生机勃勃。每当姆维塔碰到我，我都会发抖。每当有人想拥抱我，我都能清楚听到他们的心跳声。一位老人拥抱了我，他的心跳声听起来有如大风刮过。我胸中涌起一股强烈的冲动，想要触碰他。我不需要经受多少痛苦就能治好他，但我听从了阿婷的警告，不准备再尝试任何事。想要坐着不动实在是太艰难了。但即便是有了所有这些工具，戴布也还活着，而我却快死了，我想。

“再休息几个小时吧。”姆维塔说，“要是现在就站起来，对你是不会有任何好处的。”

“看来我们得冒点风险了。”萨库走进来说。在他身后，阿婷也进来了，有两个人跟着她，从衣着判断，这两个人是镇上阿妮女神的女祭司和男祭司。

“我可能有办法阻止你毒发。”阿婷说。

我和姆维塔握住了彼此的手。然后他又猛地把手抽了回去。“啊，我太恨这玩意儿了！”他怒视着我那只刻了符号的手说。

“对不起。”我说。

“不会很容易的，”阿婷说，“不管发生什么，都将造成永久的影响。”

突然间，我既想尖叫又想大笑。当她说到永久的时候，我豁然开朗。一部分的谜团被我解开了。我去到未来，目睹自己身处混凝土牢房等待行刑的时候，我低头看了看自己的双手。我手上覆满着部落的符号……原来那就是纳西比迪文字。

“会由你来帮我解咒，对吗？”我问阿婷。

她点点头。“萨库会监督我。解咒过程中两位祭司会为我们祈祷。用语言文字来对抗语言文字。”她顿了顿，“你父亲的法力非常强大。”

“他不是我父亲。”我说。

她拍了拍我的肩膀：“他生了你。不过他没有把你养大。”

为了给解咒过程做准备，我不得不去洗了个澡。姆维塔找来了一个棕榈纤维做成的大浴缸。它是用天气凝胶处理过的，因此跟金属或者石头做成的浴缸并没有什么差别。姆维塔和其他几个人从蓄水站里取了些水来，煮过了，倒进浴缸里让我洗澡。慢慢走进热气腾腾的水里时，我感到身上的伤口一阵刺痛。被刻了符咒的那只手痒得要命，我只能拼命忍耐抓破手上皮肤的冲动。

“我得在水里待多久才行？”我呻吟道。这水闻起来有股香味，里面混合了阿婷给我挑选的好几种草药。

“再待三十分钟吧。”姆维塔说。

等我洗完这个澡，我的身体都在热水的刺激下发红了。我低头看了看胸口三道深深的抓痕。正好在我的双乳之间。就好像戴布是想要提醒姆维塔他的存在。除非我活下来，我想。

我真的恨死戴布了。

我和姆维塔回到萨库的帐篷里，发现所有人都准备好了。两位祭司已经在向阿妮祈祷。我觉得很恼火，又想起了那位重新创造我的造物主，所谓的阿妮女神只不过是无助的人们制造出来的一个概念而已。但我什么也没说，想起了丛林技艺的黄金法则：让鹰和隼有枝可依。萨库拉上了我们身后的帐篷门，只见他挥一挥手，噪音顷刻间就被隔绝在了外面。阿婷坐在草席上，旁边摆着一碗浓黑的糨糊。还有两张草席上面画着符号。

“坐那儿吧，”阿婷说，“欧妮，直到我们完成之前，你都不能起来。”

坐上去的感觉就像坐在了爬来爬去的金属蜘蛛上。我真想放声尖叫，要不是姆维塔也在，我恐怕真的会尖叫出声。

“这些符号跟其他东西一样，都是活物。”阿婷说，“把手给我。”她仔细看了看，“它扩散了。老师，我需要两小时的防护。”

“我会帮你防护两小时。”萨库回答说。

“防护什么？”我问。

“感染。”阿婷说，“防止我在帮你刻写符咒的时候你受到感染。”

“如果我提供不了防护了，我会说出来的。”萨库说，“我已经警告过大家了。我想他们中有一些应该还是很想趁沙尘暴消失的时候出去探索一番吧。”

看来萨库没办法一边帮我防护一边维持沙尘暴。

“这个过程是会痛的，”阿婷说，她停顿了一下，看起来有些紧张，“如果成功了，你以后就再也不能用你的右手来疗伤了。”

“什么？”我惊叫道。

“你以后都必须用你的左手来疗伤。”阿婷说，“我——我也不知道你要是用了右手会怎么样。这只手已经充满了他的仇恨。”她牵起姆维塔的手。“按住她。”她说。

姆维塔用左臂搂住我的腰，右手环住我的肩。他吻了吻我的耳朵。我做好了准备。原来我已经经历过这么多了。不过我还是竭力让自己保持了冷静。阿婷握住我的右手，用她又长又尖的拇指指甲戳进了我的手背。一阵剧烈的疼痛爆发出来。我痛得大叫，同时又要强迫自己把注意力集中在她的脸上。她用指甲蘸了些黑色糨糊，开始在我手上刻画。

顿时，阿婷就好像进入了恍惚状态，被别人接管了她的身体。她边画边笑，享受着每一个圆圈、旋涡和每一条线，忽略了我的咕哝声和沉重的呼吸声。沁出的汗珠从她额头上滚落下来。烟从我手上升起，帐篷里弥漫起了一股气味，就像烧焦的花。然后我的手又开始发痒了。是那条蠕虫在反击。

她把我的手掌翻过来，开始在蠕虫符号旁边刻咒。我低头一看，吓了一跳。只见那条蠕虫颤抖盘绕着要慢慢远离她画下的符咒。这幅景象真是太恶心了。不过它已经无处可逃。随着阿婷的刻画围住它，朝它渐渐逼近，它也开始褪色了。我手面上的每一处都被符咒所覆盖。戴布的蠕虫符咒也消失不见了。阿婷在蠕虫原来所处的地方画上了最后一个符号，是一个圆圈，中心点了一个点。她的双眼又恢复了澄澈，她坐了下来。

“萨库？”阿婷问道，用手背擦了擦脸。

萨库没有回答。他的眼睛紧紧闭着，脸绷得很紧，汗流浃背，卡夫坦长衫的腋窝下面都已经被汗水浸透。

我的左手却突然开始发痒了。阿婷看到我脸上的惊恐，忍不住低声骂了一句。两位祭司都停下了祈祷。

“成功了吗？”女祭司问道。

阿婷把我的左手翻了过来。那个符号现在跑到我左手上了。“它跳过来了，像只蜘蛛似的，”她说，“等我三分钟。姆维塔，给我拿杯棕榈酒来。”

他马上站起来，给阿婷拿来了一瓶棕榈酒和一个玻璃杯。她抓起酒瓶，直接对着瓶子喝了一大口。她的手在发抖。“那人真是个魔鬼，”她低语道，又喝了一大口，“他给你刻下的这个符咒……唉，说了你也听不懂。”她牵过我的手，“姆维塔，好好按着她。千万别让她跑了。我必须现在就把这条虫给赶走。”

她又开始刻画了。我咬紧了牙关。当她把这条蠕虫追赶围困在我的手心时，它做了一件事，让我想猛地跳起来挣脱束缚跑出帐篷，就好像不跑我就会没命了一样。它潜入了我手掌更深的地方，然后释放出强烈的电击，一时之间我甚至都控制不住自己的肌肉。我全身上下所有神经都炸裂了。我尖叫起来。

“按住她。”阿婷说，她用尽全力抓住我的手，睁大眼睛继续刻写。我猛烈挣扎惊声尖叫的时候姆维塔按住了我。真不知道那段时间我是怎么熬过去的，不过阿婷最终还是画完了最后一个圆圈。蠕虫符号被赶走了，它从我手上跳了下来，“砰”的一声落在地板上。它长出许多黑色的脚，跑了。

“祭司！”萨库大喊一声，重重地跌坐在地板上，极度疲倦地长出了一口气。帐篷门帘自己打开了。外面的噪音滚滚而来。

男祭司跳起来朝那条蠕虫追过去。他左奔右闪。终于，“啪”的一声！那条虫被他重重一脚踩在了凉鞋下面。当他把脚移开，下面就只剩下了一团炭色的污迹。“啊哈！”萨库欢欣鼓舞地大喊一声，还在喘着粗气。阿婷也坐了下来，看起来累极了。我倒在地上不断地喘气，身下的草席感觉起来仍然像金属蜘蛛。我从草席上滚下来，凝视着天花板。

“再用你的手变形试试。”阿婷说。

我现在能把它变成秃鹫翅膀了。只不过它的羽毛除了黑色，还掺杂了星星点点的红色。我笑了，躺回到地板上。

49.

我和姆维塔在萨库的帐篷里过了一夜。萨库有一个重要的会议要开，要到早上才会回来。

“那沙尘暴怎么办？”姆维塔问阿婷，“它是不是还……”

“你自己听吧。”她说。我能听到远处风在呼啸。“就算在别处有事要办，他也可以控制沙尘暴。这对他来说只是小菜一碟。不过我觉得大家在沙尘暴消失的时候都玩得很开心。我经常告诉他，他应该时不时就让沙尘暴歇一歇才对。”她准备走了，“有人会给你们俩端来一顿大餐的。”

“哦，可惜我什么也吃不下。”我抱怨道。

“你也得吃点，姆维塔。”她看了看我，“上次他吃东西的时候还是上次你吃东西的时候，欧妮。”我惊讶地望向姆维塔。他只是耸了耸肩。“我忙着，没空吃。”他说。

阿婷走后几分钟，我们就睡着了。露羽把我们叫醒的时候已经过了午夜。“阿婷说你们必须得吃点东西。”她说，又轻轻拍了拍我的脸颊。她把一顿超级大餐摆在我们面前，有烤兔肉、一大碗炖兔肝、仙人掌糖、咖喱炖肉、一瓶棕榈酒、热茶，还有一些我自打出生在沙漠里就没吃过的东西。

“阿库他们是在哪儿找到这些的？”姆维塔问，他从那盘油炸昆虫里挑了一只放进嘴里。我咧嘴一笑，也照做了。

露羽耸耸肩：“一群女人把这些盘子交给了我，不过那盘菜真的让我很不舒服。它看起来就像……”

“不是像，它就是。”我说，“阿库就是白蚁。你可以用棕榈油把它们炸来吃。”

“哇。”露羽呕出了声。

我和姆维塔狼吞虎咽地吃着这些东西。他督促我把所有炖兔肝都吃完了。

“真不该吃这么多的。”等我们终于吃完了，我呻吟着说。

“可能吧，不过这个风险值得冒。”他说。

露羽坐了下来，伸直双腿，一边看着我们，一边喝着杯子里的棕榈酒。我躺在了地上。“蒂缇和法纳西去哪儿了？”我问。

露羽耸了耸肩。“在附近吧，我猜，”她爬到我身边来，“让我看看你的手。”

我把手伸出来。它们就像艾达创作的一件艺术品。这些刻画真是完美无瑕。完美的圆圈，直线，错落有致的起伏。我的手就像某本古籍的书页一样。右手上的符咒比左手上的更小也更紧密。因为左手上的画得更紧迫。我活动了一下我的右手。不疼了。不疼就说明不感染了。我笑了，非常非常高兴。

“我能盯着它们看上一整天。”姆维塔说。

“但这只手已经没用了。”我说，用右手握了握拳，“或者该说太危险了。”

“那你觉得我们什么时候应该，呃，再上路呢？”露羽问。

“露羽，我还连路都走不了呢。”我说。

“但你很快就可以走路了。我了解你。”她说，“我倒是真的不着急。这地方不错。不过话又说回来，我还是有点着急的。我……我跟一些男人聊过天。他们告诉了我一些事，关于西边的情况。”她停了停，“我知道你身上发生了很多事。”她深吸一口气，让自己镇定下来，“我祈祷，我向阿妮祈祷，我向阿妮发誓，你最好真的就是那个人。你必须就是预言里的那个人才行。”她又停下了，睁大眼睛看着姆维塔，然后又看向我，“对不起！我不是故意说出来……”

“没事，”我说，“我已经告诉过他了。”

姆维塔仰起头，盯着我：“你告诉我之前先告诉她了？”

“这不重要，”露羽说，“重要的是这个预言必须是真的，因为发生在西边的事，那些等待着你去终结的暴行，真的就是最古老的邪恶。我以前还自以为了解努鲁族人呢。我以为他们只是生来就长相丑陋，高人一等……但那里发生的事远不止人性丑恶这么简单。”她擦了擦眼睛，“我们不能一直待在这里。我们还有很多事要做！”

姆维塔握住露羽的手，捏了捏：“换我来说也不可能说得更好了。”

萨库的帐篷温暖舒适。我们周围摆满了吃光的空盘子。我们还活着。这一刻，我们身处的地方就是我们该去的地方。我抛开越来越多的疑虑，伸出手去握住姆维塔和露羽的手，我们都低下了头，不知不觉地祈祷起来。

然后露羽放开了我们的手。“我要走了……去参加一些社交活动。如果你们要找我，就到辛和姚斯的帐篷里来。”她坏笑一下，“进来之前先喊一声。”

我很快就陷入了一次补充能量的睡眠里，这一觉睡得又暖又沉。直到阳光透过帐篷门帘洒在我眼睛上，我才醒转过来。身体的疼痛就是它对我说的早安。姆维塔的手臂还紧紧地搂着我。他在轻声打鼾。我想把他的手移开，结果他只是抱得更紧了。我打了个哈欠，举起了我的右手。我把它放在阳光下，让它长出羽毛来。不费吹灰之力就做到了。我转身面向姆维塔，迎上了他睁开的眼睛。

“已经二十五个小时了吧？”我说。

“你就不能再等一个小时吗？”他问，把手伸向了我的身体。当他发现手指上沾了血的时候，他有些失望。我的月经来了。就好像我刚刚意识到这一点，我的子宫就开始痛了，而且我突然感觉到一阵恶心想吐。

“躺着吧。”姆维塔说，他跳了起来，把拉帕裙裹在腰上。他走了出去，回来的时候带了一包衣服和一条崭新的拉帕裙。

“给你这个。”他说着把一片小小的干叶子放进我嘴里，“有个女人给了我一小袋。”

叶子好苦，不过我还是嚼碎咽下去了。我站起来，收拾了一下自己，然后又躺了下来。恶心难受的感觉已经在逐渐消退了。姆维塔倒了一杯剩下的棕榈酒给我。酒是酸的，不过我的身体欣然接受了它。

“好点了吗？”

我点点头：“现在把你要讲的那个故事讲给我听吧。”

“在我讲之前，你要先注意我们两个一直都在保守秘密。”姆维塔说。

“我知道。”我说。

“那就好。”他停了下来，拉扯着他的短胡子，“你能像那样灵魂漫游是因为你有阿路的能力。你是个……”

“阿路？”我说。这个词听起来很熟悉，“你是说阿路西吗？”

“听着就是了，欧妮桑乌。”

“你知道多久了？”我发疯般地问道。

“知道什么？你连你自己在问什么都不知道。”

我皱起眉头，不过还是闭上了嘴，看着我的手。也就是说，“灵魂出窍”其实是叫“阿路”，我想。

“你妈妈和艾达关系很好。”姆维塔说。

我皱起眉：“所以呢？”

姆维塔抓住我的肩膀：“欧妮桑乌，安静一点。让我来说。你听就是了。”

“我只是……”

“嘘。”他说。

我叹了口气，用手捂住脸。

“你妈妈和艾达关系很好，”他冷静地说，“她们会聊天。艾达又是阿洛的妻子。他们也会聊天。你也知道阿洛就像我父亲一样。我们也会聊天。我就是这么听说了你妈妈的事。事情发展到这一步也好，因为我现在可以告诉你了。”

“你之前怎么不告诉我？”我问，“我妈妈为什么也没告诉过我？”

“欧妮桑乌，我是不是让你别说话来着？”

“那你就讲快点嘛。”我说。

“我仔细思考过这件事，”他没理我，继续说下去，“当你妈妈请求只要你生下来是个女孩就让你成为一个女巫的时候，她很清楚自己在做什么。这就是她的复仇。”他低头看着我，“你妈妈也能灵魂出窍漫游去其他地方，她可以阿路。我们所知的那个神话生物阿路西，它真正的来源其实就是巫师的术语‘阿路’，意为‘灵魂出窍’。你妈妈，她……”

我举起一只手。“等一下。”我说。我的心怦怦直跳。这样一切就都解释得通了。我想起了那只带我阿路的科邦农戈蜥蜴。它的声音听起来很耳熟，我却不知道为什么。因为那就是我妈妈的声音啊，我从来没有听到过的，她真正的声音。她很喜欢科邦农戈蜥蜴，我想。我怎么会不知道呢？“那只科邦农戈蜥蜴就是我妈妈？”我低声对自己说。

姆维塔点点头。我又冒出来一个想法：她带我阿路的时候，我始终不能变得和她一样大，这可能就是原因吧。也许在阿路的时候一个孩子是不能超过自己父母的。

“所以我是从她那里继承了这种能力？”

“没错，”他说，“而且……这可能还导致了……”他摇摇头，“不对，这样说不对。”

“别卖关子了。”我坚持要听，“直接告诉我吧。把所有事都告诉我。”

“我不想伤害你。”他静静地说。

我嗤之以鼻：“我很能忍受痛苦的，你难道还没注意到吗？”

“好吧。”他说，“呃，实际上，你妈妈是能够通过入学测试的。阿洛也确信这一点，这是他和你妈妈以及艾达都讨论过之后得出的结论。这跟你的外祖母有关。你知道你外祖父母的事吗？”

“没怎么听过。”我说，揉着我的脸。他告诉我的这些事让我感觉很不真实，却又能解释得通。“真的不太了解。”

“好吧，阿洛也是这么想的。”他说，“还记得你遇到阿婷和萨库的时候是什么感觉吧？就是那种既排斥又吸引的感觉。你们这种人之间的相互碰撞总是充满了能量。”他停了停，“这就是为什么你妈妈发现她怀上了你的时候，她选择了活下去。这也就是你和你妈妈关系非常亲密的原因之一。这可能也是戴布为什么会选择让你妈妈怀孕。你妈妈可以变成两种不同的生命形态，她自己，或者一个阿路西——她可以分裂自己。”

“阿洛没有告诉过你，是因为他觉得没必要再给你多添些意外惊喜了。再说了，那时候你也丝毫没有表现出你可以阿路的迹象。

我想他从来都没有想过，你的这种能力竟然这么强大。”

我向后靠去，惊讶地张大了嘴。

“既然我都告诉你这些了，”姆维塔说，“不如把我对你妈妈剩下的了解也都告诉你吧。”

我真希望姆维塔接下来要说的这些是妈妈亲口告诉我的。我真的很想听她讲。但我妈妈总是藏着很多秘密。这是受她阿路西那一面的影响吧，我猜。就连她想带我看看那片绿色乐土，她也更愿意先对我隐瞒自己的身份再带我去。我妈妈也没怎么对我讲起过她的童年。

我只知道她和她的几个兄弟，以及她父亲沙毕夫的关系很好。和她母亲萨伊达的关系就没那么好了。我母亲的族人是盐族人。他们主要的生意就是贩卖从一个巨坑里面提取出来的盐，这个巨坑以前是个盐湖。我母亲的族人是唯一一群知道该怎么找到这个地方的人。她父亲以前经常带着她和她哥哥一起进行为期两周的旅程，先去收集盐，再把盐带回来。她喜欢这条盐路，而且她也受不了跟父亲分隔那么长时间。

据姆维塔说，我外祖母萨伊达也有着一个向往自由的灵魂。就算她再爱自己的孩子也好，当妈妈对她来说也实在太难了。时不时让她的孩子们在外面待上几个月在她看来非常合适。对她丈夫来说也很合适，因为他很轻松就适应了父亲的身份，而且他爱着自己的妻子，也给予了她足够的理解。

在盐路上，我妈妈学会了热爱沙漠，热爱道路，热爱露天的环境。她以前经常一边喝着奶茶，一边和父兄一起吵吵闹闹地交谈。但旅途的意义还远远不止这些。只要她身处沙漠，无论何处，她父亲都会鼓励她禁食。

“为什么？”一开始她问。

“你会明白的。”她父亲回答道。

我想知道她会不会在这里遇到过一只从盐层里冒出头来的科邦农戈蜥蜴。

当姆维塔把这些事讲给我听的时候，我闭上了眼睛。这些事妈妈对艾达讲过，却从来没有告诉过我。

“也就是说，就算是那时候，我妈妈也能完全掌控她的阿路能力？”我问。

“阿洛告诉我你妈妈都去过多少地方的时候，就连他脸上都有了嫉妒的神色。”姆维塔说，“尤其是她去过的那些森林。”

“噢，姆维塔，森林真的是太美了。”

“我连想象都想象不出来。”姆维塔说，“里面还充满了各种生命。你妈妈……这一切一定触动了她。”

“我妈妈……我也不知道。”我低声说，“可又是谁的祈求让她拥有了这种能力的呢？要是她有能力通过入学测试，那肯定是有人为她祈求过了。”

姆维塔耸耸肩：“我猜是她父亲为她祈求的吧。”

“那肯定是发生了什么很可怕的事，他才会为她祈求。”

“也许吧。”他握住我的手，“还有最后一件事。我们离开贾瓦黑尔的时候，阿洛正考虑要收你妈妈为徒。”

“什么？”我坐了起来。我胸前刚愈合的伤口和腿上的瘀伤都突突跳动起来。

“而且你知道她会答应的。”姆维塔说。

50.

一早上我皮肤下面都感觉怪怪的。我的身体因为戴布惨无人道的殴打疼得厉害。我对自己的能力和目标充满了怀疑。月经来潮让我的子宫就像石头营火一样烫得要命。我手上覆满了符咒。我的右手可能会带来危险。我妈妈和她遗传给我的能力远比我想象的要复杂很多。我生父也一样。但生活还是要继续。

“我很快就回来。”姆维塔说，“你一个人可以吗？”

“可以。”我说。我觉得很难受，但我也想一个人待会儿。

过了几分钟，我正在慢慢伸直我的双腿，露羽突然跑了进来。

“他们走了！”她惊叫道。

“什么？”我说。

“沙尘暴停下来的时候他们就走了，”露羽急得都口齿不清了，“他们带着桑迪走了。”

“停一下，等等，你说谁?！”

“蒂缇和法纳西。”露羽叫道，“他们的所有东西都不见了。我只找到了这个。”

这封信是蒂缇用歪歪扭扭的字迹写在一块撕下来的白布上的。

吾友欧妮桑乌：

我非常爱你，但我不想再参与其中了。自从宾塔死后，我就有这个想法了。法纳西也一样。既然沙尘暴停了，我们就干脆把它当作逃跑的信号了。我们不想像宾塔那样死掉。我和法纳西已经认清了我们之间的爱情。还有露羽。没错，我们已经圆房，婚姻也圆满了。我们准备回到贾瓦黑尔，阿妮保佑，我们将会过上我们注定要过的那种生活。欧妮，谢谢你。这趟旅程永远地改变了我们，让我们变成了更好的人。我们真的只是想活下去，不想像宾塔一样白白送命而已。我们会把你们的消息带回贾瓦黑尔去。我们也希望能听到你的伟大事迹流传到贾瓦黑尔。姆维塔，好好照顾欧妮。

你们的朋友，

蒂缇和法纳西

“桑迪觉得比起我们，他们更需要它。”我低声说，泪水顺着脸颊流了下来，“真是头有情有义的好骆驼。它甚至都不怎么喜欢他们两个。”

我抬起头来看着露羽。

“我会陪你到最后。”她说，“我就是为这个来的。”她停顿了一下，“宾塔也是为这个来的。”

阿婷冲了进来。“萨库回来了，”她说，“你们都穿着衣服的吧？很好。”她又赶紧出去了。过了一会儿，她和萨库一起回来了，神情紧张的姆维塔也跟着他们一起。他身后还跟着一个穿黑色长袍的人。我的腿软了。

51.

索拉派头十足地走了进来，而露羽偷溜了出去。他的个子比我想象的要高很多。我只见过他两次，一次是在入学测试的时候，一次是在离开贾瓦黑尔之前，这两次他都是坐着的。现在一看，他居然比我还要高多了。虽然有他那件又长又厚重的长袍遮着，我看不出来，但我还是觉得他和阿婷一样有双大长腿，就连阿婷坐下来的时候都显得比他矮多了。

“欧妮桑乌，给我们倒几杯棕榈酒来。”索拉坐下来命令道。

“棕榈酒就在外面。”萨库说，“你出去就看见了。”

我很高兴能找个借口逃出这里。蒂缇和法纳西走了。他们俩都走了一天了。他们带上了桑迪，不过我也不敢肯定它能不能保障他们两个的安全。要是他们中有一个生病了……我甩开了这个想法。不管他们是生还是死，他们都已经走了。我也不想去考虑我是否还想再见到他们。

棕榈酒就放在萨库的骆驼旁边，和其他物资装在一起。我拿出两个绿色瓶子。回到帐篷里的时候，阿婷起身去拿玻璃杯。“跟我来。”走过我身边时她对我低语一句。她递给索拉一只杯子，由我倒酒，然后是萨库，然后是姆维塔。接着她又递给我一个杯子，我帮她也倒了酒，最后是我自己。我们围成一圈坐在草席上，两腿交叉。姆维塔坐在我左边，阿婷坐在我右边，萨库和索拉坐在我们对面。有很长的一段时间，我们都只是坐着喝酒，盯着彼此看。索拉只啜饮了几小口酒。跟之前一样，他长袍的兜帽罩在他头上，遮住了他的上半张脸。

“让我看看你的手。”索拉终于用他干巴巴的声音开口说话了。他先是看了看我的左手，在握住我的右手之前稍稍犹豫了一下。他用拇指指腹轻轻在我满是符号的皮肤上摩擦着，抬起他的黄指甲以免划伤我。“你的学生很有天赋。”他对萨库说。

“我知道之前你就知道了。”萨库说。

索拉笑了笑，他的牙齿洁白无瑕。

“没错。在阿婷出生之前我就知道她了。”他看着我，“告诉我你是怎么回事。”

“啊？”我疑惑地说，“哦……呃，我们本来在外面，在靠近沙尘暴边缘的地方，然后……”我停了下来，“索拉先生，我可以先问您一个问题吗？”

“你可以问两个，因为你刚刚已经问了一个。”

“为什么阿洛不来呢？”

“你为什么在意这个？”

“他是我师父，而且……”

“为什么不问问你妈妈为什么没来呢？这不是更合乎逻辑吗？”

他这话让我不知道该怎么回答。

“阿洛没有这种能力，”索拉说，“他不能靠灵魂漫游飞越这么远的距离。这不是他的主攻方向。他的技能体现在别的方面。所以振作点，少抱怨。把你干的蠢事讲给我听吧。”他用干枯的手指打了个响指，让我接着讲下去。

我皱了皱眉。既然他都给这事定性成蠢事了，我就更觉得难以启齿了。我把我记得的所有事都告诉了他们，除了我对第一次把我救回来的人就是造物主本人的怀疑。

“你知道戴布是你生父这件事有多久了？”索拉问。

“有几个月了。”我说，“姆维塔和我……遇到了一些情况。我们之前就见过他一次。我像这样灵魂漫游已经有三次了。”

“第一次是我主动冲上去攻击他的。”姆维塔说，“那个人是……以前是我的师父。”

“什么？”萨库大声说，“怎么可能？”

“吵。”索拉低语道，“这样一切就都解释得通了。”他笑了笑，“这两个人有着同一位‘父亲’。他们一个是戴布生育的后代，另一个是他的学生。这算是一种比喻意义上的乱伦吧。他俩身上还有一丁点符合道德标准的地方吗？”他又笑了。

阿婷睁大眼睛看着我和姆维塔，眼里满是不可思议。

“戴布都变成什么样了？”姆维塔问，“我和他一起生活了很多年。他既有野心也有魄力。像他那样的人一定会发展壮大的。”

“他现在发展壮大成了癌症、肿瘤。”索拉说，“他就像《圣典》里醉汉为之疯狂的棕榈酒一样，只不过戴布给这些人制造的痴迷只会让他们干出惨绝人寰的暴行。努鲁族人和奥克克族人都跟他们的祖先如出一辙。要是我能把你们所有人都消灭干净，让红族人可以在这片土地上自由驰骋、繁衍生息的话，我真的会这么做。”

我想知道索拉的族人是哪族人，他们又是否比奥克克族人和努鲁族人更高贵。但我持强烈怀疑态度。毕竟就连红族人也并不完美。

索拉继续说了下去：

“让我把你们那个……所谓‘父亲’的事情告诉你们吧。他就是那个会把死亡带去你们所珍视的东边家乡的人。他召集了成千上万的人，而这些人还在为轻易就抹杀了西边这么多奥克克族人而狂热不已。他让他们相信，必须要四处散播杀戮，才能铸就一个伟大的民族。戴布自诩为军事巨人。父母们都以他的名字给长子命名。他也是一个强大的巫师。他的存在真是一个可怕的坏消息。

“他的话并不是虚张声势。他是会成功的，而他的追随者们也将品尝到胜利的果实。他会先剿灭剩下的几伙奥克克族叛军。这些人死前也会腐败堕落。他们会身携恶名死去。姆维塔就能把已经发生的事情告诉我们，对吧？

“他们袭击的村庄里有一些是很有价值的。比如有些可以种植玉米或者棕榈树之类的农作物。这些奥克克族庄稼人能靠好收成累积一点点财富。但他们一死或者一逃，这些就全都毁于一旦。我们谈话的时候，戴布就正在干着这种事。奥克克族人会就这样一步步地从七河王国的领土中被抹去。唯一剩下的就只有身心俱残的奴隶。很快，可能是两个星期，也许是更短的时间，戴布就会带领努鲁族大军去往东边寻找并摧毁流亡的奥克克族部落。

“他的这一行动无疑会带来翻天覆地的转变。我从骨头的排列里看到了这一结果。一旦东征开始，这群努鲁族孩子和男人全副武装离开他们的国土时，你就没有办法再阻止这一切了。到时候就太晚了。”

就好像我现在出手就能阻止他们了一样，我想。我前不久才试过一次，结果差点被杀。

索拉看着萨库：“在这方面你们的想法好像还不错。一直换地方，藏得好好的。”

面对这种侮辱，萨库皱了皱眉头，但什么也没说。阿婷看起来很生气。

“我很了解戴布，”索拉捏了捏下巴说，“我应该讲给你们听吗？”

“说吧。”姆维塔的声音绷得紧紧的。

“他出生在七河王国一个叫作杜尔法的小镇，母亲叫比西。这女人是个努鲁族人，但她生下来就是个‘长发达达’，想想看吧。是不是从来都没听说过？她的头发太长了，到她十八岁的时候都拖到地面了。她是个很有创造力的人，所以她很喜欢用玻璃珠子来装饰她的长发辫。她个子有长颈鹿那么高，声音像狮子一样大。她总是大声疾呼，希望大家关注女性所遭受的不公正待遇。

“就是因为比西，杜尔法镇上的女人们现在都可以接受教育了。正是她创办了那所人人都想进的学校。在奥克克族人暴动期间，她也曾秘密帮助过不少奥克克族人逃跑。她是极少数不承认《圣典》权威性的人之一。她的成就丝毫不比她头上的长发辫更逊色。达达往往是一群思想自由的人。

“没人知道戴布的父亲是谁，因为从来没有谁看到比西和哪个特别的男人在一起过。有传言说她有很多很多情人，但也有传言说她一个都看不上。不管怎样吧，有一天，她的肚子忽然大了起来。戴布出生的那天是再普通不过的一天。天空中没有巨大的沙尘暴，没有电闪雷鸣，也没有掉落燃烧的玉米芯。我知道这一切，因为这个人曾经是也永远都是我的学生。”

我像被一脚踢中脊椎一样跳了起来。我旁边的姆维塔大声骂开了。

“他十岁的时候，比西带着他来找我了。我怀疑她能找到我是因为她天生就有追踪的能力。不过我从来没有问过她。我也怀疑当她生下这个儿子的时候，她一定是在深思七河王国的现状。那现状一定是让她感到无比恶心。所以她一心希望她的儿子能让现状有所改变。她祈求她的儿子能成为一个巫师。

“不管是不是这样吧，她只是告诉我她看到这孩子变成了一只鹰，山羊也会跟着他跑，服从他的命令。就是一些这样的小事。

戴布和我之间立刻就有了感应。我一看到这孩子，就确信他将会成为我的学生。整整二十年时间，他都是我的好孩子，犹如我的亲生子。我还是不谈细节了。你们只需要知道一开始一切都顺风顺水，后来却出了差错。所以你们现在一定都明白了。他既是欧妮桑乌的父亲，也是姆维塔的师父，还是我的学生。”索拉说道，然后他唱了起来，“三是一个神奇的数字。没错，它就是。一个神奇的数字。”他笑道，“我跟戴布的母亲也很熟。她有个可爱的翘屁股，还有勾人的微笑。”

一想到他和我奶奶睡过，我就浑身发抖。我又一次怀疑索拉到底是不是人了。“那我又该怎么办呢，索拉先生？”我问。

“重写《圣典》啊，”他说，“你还不知道吗？”

“那我又该怎么做到这一点呢，索拉先生？这不是空口说白话吗！你还说我们只剩两周时间了？你怎么可能重写一本已经写成而且家喻户晓的书呢？再说了，让那些人四处施暴的也不是这本书啊。”

“你确定吗？”索拉冷冰冰地问道，“你读过《圣典》吗？”

“我当然读过了，先生。”我说。

“那你理解书中所说的光明与黑暗的对立了吗？还有美与丑？干净与肮脏？善良与邪恶？昼与夜？奥克克族和努鲁族？你理解这其中都包含的对立了吗？”

我点点头，但我感觉我有必要再读一遍这本书，这样才能把其中的一些问题联系起来。也许我能在书中找到打败我父亲所需的方法。

“算了，”他说，“先别管那本书了。你很清楚你该做些什么。你只是把它放在脑海里，还没想起来罢了。这就是为什么他能像那样羞辱你。不过你最好还是尽快弄清楚吧。我唯一的建议就是：姆维塔，别让她再去阿路了。不然她又会跑到戴布面前去的。

这次他肯定会毫不留情地杀了她。上次他对她手下留情，也不过是想让她多受些苦而已。她和戴布之间终将发生的对决必须在该发生的时候发生，而不是在她阿路的时候发生。”

“但我要怎么阻止她呢？”姆维塔问，“她总是这样，想来就来，想走就走。”

“她是属于你的，你自己想想办法吧。”索拉说。

阿婷用胳膊肘碰了碰我，让我不要出声。

索拉噘起了嘴。“现在，女人，你已经越过了一个非常重要的障碍。你已经解锁了。有很多人都嫉妒我们所拥有的能力，但要是让他们知道我们都经历了些什么，却又很少有人愿意加入我们的行列了。”他看了姆维塔一眼，“很少。”他又看了阿婷一眼，“这个女人已经训练了快三十年了。而你呢，欧妮桑乌，你连十年都还不到呢。你还只是个婴儿，只不过天降大任于斯人。你要小心自己的无知啊。”

“阿婷很早就确定自己的主攻方向了。也就是刻写符咒。而你呢，我觉得你可能会专注于你的埃舒技能这一方面，你可以变形和移形。不过你又缺乏控制。没人能帮得了你这个忙。”他打了个响指，又好像在跟别的什么人低声说话。然后他说：“行了，这场闹剧总算结束了。”他露出大大的笑容，“我不饿，不过还是想尝尝瓦赫菜，萨库。还有你们镇上风韵犹存的老妞们呢？都带过来，带过来！”

他肆无忌惮地笑开了，萨库也一样。连姆维塔看起来都被逗笑了。

“欧妮桑乌，阿婷，去塞萨酋长的帐篷里，把她准备好的食物拿回来给我们。”萨库说，“顺便告诉等在那里的人，我们已经等不及要她们过来陪了。”

我和阿婷赶紧离开了帐篷。我也顾不上我的身体还受不了这么快速的移动，只要能让我赶快从那儿逃出来，我做什么都愿意。一来到外面，我们的速度也就慢了下来，我尽量掩饰自己有点轻微的跛脚。

“依我看，他们是想单独跟姆维塔聊聊。”阿婷说。

“没错。”我说。

“我知道你知道。”阿婷说，“他们确实都年纪大了，也有着同样的问题。不过他们都在改变。”

我哼了一声。

“我第一次去找他的时候，索拉毫不留情地嘲笑了我……直到他扔出了他那些骨头，受到了足够他铭记一生的打击。”阿婷说，“后来索拉还不得不放下颜面去劝萨库收我为徒。”

“你是怎么……找到索拉的？”

“某天醒来，我自然就知道了我想做什么，还有要去哪里找他，我就这么找到他了。那时我才八岁。”她耸耸肩，“你真该看看我走进他的帐篷时他是什么脸色。就好像我是一摊腐烂的山羊粪便。”

“我觉得我也见过这种表情。他的皮肤可真白。他……究竟是不是人类？”

“谁知道呢。”阿婷笑了笑说。

“你……你真觉得只要时机一到我就会明白自己该做些什么吗？就像你那样。”

“你很快就会找出答案的。”她看了一眼我的脚踝，“要不然你还是找地方坐着吧。我去拿食物就好了。”

我摇了摇头：“我没事。你拿重一点的盘子就行了。”

索拉和萨库没有让姆维塔、阿婷和我跟他们一起吃饭。我松了口气。食物一盘盘摆在索拉面前，可他连头也没抬一下。堆积成山的美食，就连埃古西汤都有，有些还是自从我们离开贾瓦黑尔之后就再也没机会尝到的。一见到他们开吃了，又谈论起马上就要过来的老太太们是否前凸后翘的问题，我们就赶紧离开了。

因为我的脚踝受了伤，我们花了将近半小时才回到我们的营地里。我说什么都不愿意靠在姆维塔或者阿婷的身上走回去。回到营地的时候我们发现露羽一个人坐着。她解开了发辫，梳着自己浓密的小短卷发。即使正伤着心，她看起来也楚楚动人。我一动也没动，只是看了一眼姆维塔，而他正看着蒂缇和法纳西的帐篷消失后留下的两块空地。一种彻彻底底的厌恶神情从他脸上一闪而过。

“你不可能是认真的吧，”他说，“他们走了？”

露羽点点头。

“什么时候走的？！就在……就在阿婷救欧妮桑乌的命的时候？他们就趁这时候跑了？”

“你刚一走，我就知道这件事了。”我说，“然后索拉就来了……”

“他怎么能这样？”姆维塔叫道，“他明明都知道了……我告诉了他那么多事……他居然还是掉头就跑了？就为了蒂缇？就为了那么个姑娘？”

“姆维塔！”露羽惊叫着站了起来。阿婷咯咯笑了。

“你们什么都不懂，”姆维塔说，“你们只不过跟他有性关系而已，你们跟一大堆男人都有性关系，你和蒂缇，你们俩就跟两只兔子似的。”

“你说什么呢！”露羽叫道，“这都是男女之间你情我愿的事情……”

“他和我明明聊得那么好，就像好兄弟一样，”他没理她，继续说，“他还说他理解我们的处境。”

“说不定他确实理解。”我说，“但那也并不代表他就变得和你一样。”

“那些杀戮、折磨和强奸的场景让他止不住地做噩梦。他还说过阻止暴行人人有责。他说只要能有所改变，他愿意付出生命的代价。现在就为了一个女人，他就逃跑了？”

“那要是换成你呢？”我说。

他直直地盯着我的脸，眼睛又湿又红：“别扯到我身上。”

“你就是为了我来的。”

“别把我们扯进去，”他说，“你的命运已经紧缚于此了，你会为之付出生命的代价。我也会为你献出生命。这不仅仅是为了我们两个人。”

我僵住了：“姆维塔，你这话是什么意思……”

“行了，”阿婷开口了，“别说了。你们都闭嘴吧。别再吵了。”

阿婷用她温暖的双手捧起我的脸颊。“听我说，”她说，我凝望着她棕色的双眼，眼泪飞快地掉了下来，“答案已经够多了。现在不是再追问的时候了，欧妮。你太累了，太不知所措了。休息一下吧。别管那么多了。”她转向姆维塔，“只剩下你们三个人，这已经是事实了。就随它去吧。”

不知为何，那天晚上我还是睡着了。姆维塔的身体压在我身上，我肚子里塞满了阿婷给我们带来的那一小顿饭。然而，就是在这一次入睡的时候，那些梦境开始逐一浮现。我梦到姆维塔飞离了我身边。在这个梦里，我和姆维塔一起来到了一座小岛上，岛上有一间小屋。我们周围是无边无际的水面。地面软得能踩出水来，上面长满了细小的绿色水植。姆维塔长出了覆着棕色羽毛的翅膀。甚至连一个临别的吻都没有留下，他就飞走了，一次也没有回头。

52.

我们趁夜色最深的时候离开了索鲁。塞萨酋长、乌森酋长、萨库和阿婷来送我们。

“你们只有一个小时的时间，所以要抓紧了。”当我们最后一次走过所有帐篷前面的时候，萨库说，“要是我恢复沙尘暴的时候你们正好赶上了，那就压低身体继续前进。”

我听到一阵小脚丫走路的声音。“艾西！”塞萨酋长低声呵斥道，“快回去睡觉！”

“但是妈妈，她都要走了！”艾西眼泪汪汪地大喊道。她这么大声，旁边帐篷里的几个人都被她吵醒了。阿婷低声骂了一句。

“请大家都回去睡觉吧。”乌森酋长说。

不过大家还是走了出来。“我们就不能跟他们道个别吗，酋长？”一个男人问。乌森酋长叹了口气，勉强同意了。交头接耳间消息传开了，更多人聚了过来。不到一分钟，送别队伍就变成了一大群人。

“我们知道他们要去哪里，”一个女人说，“至少让我们送他们离开吧。”

“欧妮桑乌的到来给我们带来了快乐，”另一个女人说，“尽管她长得有点奇怪。”

大家都笑了。有更多人聚集起来，赤脚踩在沙地上发出低响。

“她美丽的朋友露羽也给我们带来了很多欢乐。”一个男人说。几个男人点头称是，大家又都笑了。有人点起了几支熏香。过了几分钟，就像有人给了提示一样，所有人都开始用瓦赫语唱歌。这首歌听起来就像蛇的合唱，很轻易就盖过了沙尘暴的喧嚣。他们唱歌的时候没有露出笑容。我发抖了。

艾西紧紧抱着我的腿。她哭个不停，最后把脸埋在了我的髋部。如果不是我背上背着很多东西，我早就把她抱起来了。我把一只手放在她背上，让她可以紧贴在我身上。等到这首歌唱完的时候，塞萨酋长不得不把艾西从我腿上扯下来她才肯走。她让艾西给了我一个拥抱，小家伙又在我脖子上留下一个带着口水的吻，然后就被送回去睡觉了。接着塞萨酋长也亲吻了我们每个人的脸颊。乌森酋长握了握姆维塔的手，吻了吻露羽和我的额头。萨库和阿婷陪着我们走到了沙尘暴的边缘。

“看仔细了，”我们站在沙尘暴面前时，萨库对阿婷说，“当你接近它的时候，情况就不一样了。大家都跪下。”

他举起双手，将掌心朝向沙尘暴。他用瓦赫语说了些什么，然后又将掌心向下。当他把沙尘暴的力量压下去的时候，就连地面也随之颤抖。萨库的双手都绷紧了，我能看到他脖子上的肌肉在皱纹下面跳动。空气中所有沙尘都坠向地面。这声音让我想起了瓦赫族人在讲他们的语言时经常会发出的声音。嘶嘶嘶嘶嘶嘶。我们挡住脸，避开了所有沙尘。萨库向前推去。一阵风把沙尘全都吹走了，空气恢复了清新。夜空里满是星星。我已经习惯了沙尘暴造成的持续不断的背景噪音，所以此刻的寂静显得无比深邃。

萨库转过去对阿婷说：“你不用像我这样把咒语说出来，你可以直接写在空气里。”

“我知道。”她说。

“要多学，”他说，“再多学。”他又看向姆维塔，握住他的手，“你要好好照顾欧妮桑乌。”

“一如既往。”姆维塔说。

他转向露羽。“阿婷把你的事告诉我了。从很多方面来说，你的勇敢和你……其他方面的强烈欲望都很像个男人。我又一次怀疑阿妮把一个像你这样的女人送到我面前是不是在考验我了。你明白你要去的是一个什么样的地方了吗？”

“非常明白。”露羽说。

“那就照看好这两个人吧。他们需要你。”他说。

“我知道。”露羽说，“也谢谢你们。”她看了看阿婷，“谢谢你们两位，也谢谢你们这个村庄。谢谢你们所做的一切。”她和萨库握了握手，又给了阿婷一个大大的拥抱。然后阿婷来到姆维塔面前，给了他一个拥抱，吻了吻他的脸颊。阿婷和萨库都没有拥抱我，甚至连碰也没碰我一下。

“小心你的双手，”阿婷对我说，“也要时刻关心他们的安危。”她停顿了一下，眼里充满了泪水。她摇了摇头，向后退去。

“你们都知道路，”萨库说，“走吧，不达目的不要停留。”

我们已经走出了一英里，这时沙尘暴突然在我们身后腾空而起。它翻涌搅动的样子就像一朵活云抓挠着晴朗的天空。我们巫师可真是无比强大的一类人。沙尘暴的猛烈程度和威力更是证明了这一点。姆维塔、露羽和我往西走去。

“我们离水很近了。”姆维塔说。

太阳一出来，我就拉下面纱遮住我的脸。姆维塔和露羽也照做了。天气热得令人窒息，但这是另外一种热。一种更为沉重的湿热。姆维塔说得对。附近有水。

接下来的几天里，为了保持凉爽，我们开始整天都戴着面纱。不过这天气到了晚上还是挺舒服的。我们三个话都不多，脑海里都塞满了沉重的想法。但这也给了我时间与安静，让我可以认真思索一遍在索鲁发生的一切。

我死了，又被重造，又被带了回来。我的双手看起来还是如此陌生，上面布满了暗黑色的符号，而且总是带着一股淡淡的焦花气味。姆维塔和露羽睡着以后，我会偷溜出去，变成一只秃鹫，乘风而行。这是能让黑暗的怀疑情绪远离我的唯一办法。

变成秃鹫的时候，应该说是变成秃鹫阿洛的时候，我的头脑总是超凡、敏锐而又自信。我知道只要我集中精神，鼓起勇气，我就可以打败戴布。我知道我现在非常强大，就连最不可思议的事我也能做到。但每当我回到欧妮桑乌这个由阿妮女神亲自创造的人类身体里时，我唯一能想到的就只有戴布给我的那顿痛打。即使是在已经重塑的状态下，我也不是他的对手。我还不如那时就死了算了。日子越久，我就越想爬进一个山洞里放弃一切。而我还不知道的是，我很快就有机会这么做了。

53.

离开索鲁村四天之后，所见之处仍然土地龟裂，干旱褪色。我们偶尔看到的动物就只有趴在地上的甲虫和空中飞过的鹰。谢天谢地，我们目前还不缺食物，所以没必要吃甲虫或者鹰。这种奇怪的湿热让一切都变得朦胧恍惚，如梦似幻。

“看那里。”露羽说，她在前面带路，手里拿着帮我们指路的便携式电脑。

我一直在低头走路，被有关戴布和我正自愿走向死亡的阴郁想法深深困扰着。我抬起头，眯起眼。从远处看，它们就像是一群瘦高的巨人在开会。

“那是什么？”我问。

“我们很快就能知道了。”姆维塔说。

那是一丛枯死的树。它们距离我们去往七河王国的直线路程偏离了半英里。当时是中午，我们需要找地方遮阴，所以我们就过去那边了。近距离看，它们就显得更奇怪了。这些枯树不仅像房子一样宽，而且感觉起来更像石头而不像木头。我把草席铺在一棵树的树荫底下，露羽敲了敲另一棵棕灰色枯树的树干。

“好坚固。”露羽说。

“我认得这个地方。”姆维塔叹口气说。

“真的吗？”露羽问，“你怎么会认得？”

但姆维塔只是摇了摇头，缓步走开了。

“他今天心情不好。”露羽说，坐在了草席上，挨在我旁边。

我耸了耸肩。“可能他从西边逃出来的时候经过了这里吧。”我说。

“哦。”露羽看着他离开的方向说。我还没怎么告诉过她姆维塔的过去。不知怎的，我总觉得姆维塔并不想让我到处乱说，不管是他父母被杀害的事，还是他给戴布当学徒的耻辱生涯，又或者是他当儿童兵的岁月。

“我没办法想象他回到这里会是种什么样的感觉。”我说。

安安稳稳地休息了两小时后之后，我们继续上路了。大约五个小时之后，它来了。它带着复仇的怒火席卷而来了。暗灰色的乌云在天空中凝结涌动。

“不可能吧。”我们凝视西边的时候，姆维塔喃喃说。它正向东袭来，朝我们袭来。不是沙尘暴。而是一场昂瓦风暴，它不仅会带来可怕的雷电，还会骤降暴雨。直到今天，我们的运气都还算不错，离开贾瓦黑尔的时候是旱季，而这种风暴只会在短暂的雨季里发生。我们已经行进了差不多五个月。算起来贾瓦黑尔正是这种风暴发生的季节。我猜在这里也一样。要是在昂瓦风暴中被困，就有被雷击致死的危险。

在我们四处流浪的那些日子里，遭遇昂瓦风暴是我和妈妈仅有的危险时刻。妈妈说全靠阿妮女神的意志，我们才得以从十次昂瓦风暴中幸存下来。

而这一次昂瓦风暴离得不远，又移动迅速。我们周围都是平坦的旱地。连一棵枯树都没有，不过就算有也帮不上忙。要是我们在那些石头树旁边被风暴困住了，那就更危险了。风势渐起，差点连我的面纱也给吹掉。我们只剩大概半小时的时间想办法躲藏了。

“我……我知道一个地方可以去避一避。”姆维塔突然说。

“哪里？”我问。

他顿了顿。“一个洞穴。离这里不远。”他从露羽手里拿过了便携式电脑，按了侧面的一个键，打开了手电筒功能。就在刚刚，乌云遮蔽了太阳。虽然还是下午三点左右，看起来却像是黄昏时分。“大概只要十分钟就到了……要是我们跑过去的话。”

“好吧，怎么走？”露羽尖叫道，“我们为什么还不……”

“或者我们也可以试着跑到风暴前面，”他突然话锋一转，“我们可以朝西北方向跑，然后……”

“你疯了吗？”我怒骂道，“我们怎么可能跑得过昂瓦风暴呢！”

他嘀咕了些什么，我没听见，因为雷声隆隆。

“什么？”

他冲我皱了皱眉头。一道闪电划破了天空。我们都抬起了头。

“去你说的那个洞穴要怎么走？”我命令他说出答案。

他还是什么也没说。露羽看起来都要气炸了。我们在这里多站一秒钟，就多一分被雷击致死的危险。

“我……我觉得我们不该去那里。”过了一会儿他说。

“那就是说我们该待在外面等死？”我叫道，“你知道会发生什么吗……”

“我当然知道！”他厉声说，“我也经历过！不过那个避难所……那个鬼地方很不对劲，它……”

“姆维塔，”露羽说，“走吧，没时间了。不管那儿有什么，我们去了再说吧。”她怯怯地看了一眼天空，“我们没别的选择了。”

我仔细地看着他。我很少会从姆维塔脸上看到恐惧，不过这次，他真的露出了害怕的神情。

“所以你可以把我推出去面对那个浑身尖刺的面具鬼魂，还要求我直面自己的恐惧，可你自己却不敢面对一个该死的洞穴？”我挥舞着手臂大吼道，“你宁愿我们都死在这儿吗？我还以为你是个真汉子，而我是个小女人呢。”

我的话有点伤人了，不过我并不在乎。雷鸣电闪之际，雨也开始下了。他用手指着我的脸，我也恶狠狠地瞪回去。一声特别响的惊雷吓得露羽惊叫不已。她紧紧地贴在我身后。

“你太过分了。”他说。

“我还能更过分！”我叫道，愤怒的泪水从我眼中涌出，和雨水混在了一起。

在这片茫茫荒漠中，一场昂瓦风暴就要给我们带来灭顶之灾，我们却还站在这里怒视着彼此。他一把拉过我的手，开始牵着我走。他转头吼道：“露羽？”

“我就在你们后面！”

我们并没有跑起来。不过我也不在意。我连害怕都感觉不到了——我怒火攻心，别的都顾不上了。姆维塔拉着我稳步向前，露羽抓着我的肩膀，低着头。我不知道他是怎么能在这么大的雨里看见路的。

我们并没有被雷击中。我猜这并不是阿妮的意愿。这也许是我们自己的意愿。我们花了十五分钟走到目的地。当我们来到这处巨大的花岗岩地层，看到底部张开了一个大洞的时候，我们停了下来。我和露羽立刻就明白了为什么姆维塔不想来这里。

雨下得很大，淌下来的雨水把洞口都遮住了，但每一次闪电划过的时候你都能看清楚洞口的那两个“人”。他们在暴风雨中摇摆。两具人类尸体，就吊在洞口。这两具尸体的年代太久远了，已经被炙热的阳光烤成了干尸，比起尚有血肉的尸首，他们就是两具枯骨。

“他们在这里吊了多久了？”我低声问。露羽和姆维塔都没听见。

雷电击中了我们背后的地面，一声巨响炸开。一阵强风把我们往洞穴里面推去。姆维塔在前面带路，不过他一直紧抓着我的手不放。是我要求我们来这个洞穴里的，所以我们只能硬着头皮进去了。

我们走进洞穴的时候，从入口上面淌下来的雨水打湿了我的头和肩膀。我的注意力一直放在我右边那两具随风摆动的尸体上。他们是一对男女，至少从被太阳晒得褪色的破烂衣衫上还能看出来。女人穿着长裙、戴着面纱，男人穿着卡夫坦长衫和裤子。看不出来他们究竟是奥克克族人、努鲁族人，还是别的什么人。他们被用粗绳吊在洞顶嵌进去的铜环上。我们不得不紧贴在洞壁上才能不碰到他们。里面太暗了，看不清这个洞穴有多深。

“这个洞穴没那么深。”姆维塔一边说，一边把几块石头堆在一起。我帮了他的忙，尽量不去理会洞穴里面那股刺鼻的近乎金属的气味。我们得生一大堆火才行，更多是为了照明，而不是为了取暖。露羽呆呆地站在那里盯着两个死人看。我没有让她来帮忙。毕竟我和姆维塔都已经经历过自己的死亡了。而露羽还没有。

“姆维塔。”我静静地说。

他向我投来一束愤怒的目光。

我顽强地顶住了他的怒视，喃喃道：“我还是坚持我所说的话。”

“你当然坚持了。”他说。

“你也得面对自己的恐惧才行，”我说，“刚才你还差点害死我们所有人。”

过了一会儿，他的脸色缓和了。“好吧。”他说。他顿了顿，然后说：“我是绝对不会害死你们两个的。我只是需要时间想一想。”他想转过身去，不过我拉住了他的手，让他转回来看着我，

“他们是不是已经在这里了，当你……”

“没错。”姆维塔说，避开了我的眼睛，“不过那时候这两具尸体要……新鲜多了。”

也就是说这两个人已经在这里待了十多年。我想问他知不知道他们做了什么才会被吊死。我还有很多事想问他，但现在不是时候。

“露羽，”几分钟后他开口了，那时我们已经垒起了一大堆石头，“过来吧。别再盯着他们看了。”

她慢慢转过身来，就好像刚刚从恍惚中清醒过来。她的脸被水打湿了。“坐下吧。”姆维塔说。我走过去握住了她的手。

“我们应该让他们入土为安。”我让她坐在那堆冰冷的石头前面时，她说。

“我试过了，”姆维塔说，“我不知道他们是怎么被吊上去的，不过没办法把他们放下来，他们的尸骨也不会掉下来。”他看了我一眼，我就明白了。是有人用法术把他们吊在那里的。他们究竟是谁呢？

“我们连试都不试吗？”她说，“我的意思是，那就是几截绳子而已，再说你不是小时候就来过这里了吗？绳子肯定很容易断的，一下子就能把他们放下来了。”

姆维塔没搭理她，只顾用石头生火。营火发出的光芒足以把露羽的注意力从那两具死尸身上拉回来。我已经感到很不安了，这会儿我简直想直接冲进雨里，就算冒着被雷电击中的危险我也愿意。洞穴后面，被经年累月卷进来的沙子给覆盖了一半的地方，可能摆着成百上千台电脑、显示器、便携式电脑，还有电子阅读器。现在我知道那股金属味是从哪儿来的了。

这些古老的显示器只有半英寸厚，跟你现在看到的显示器完全不一样，那些显示器要薄得多，只不过大部分都被砸坏或者打碎了。台式电脑的体积都太大了，一只手不可能拿得动。这些陈旧又奇妙的古物就这么堆积在荒漠中的一个洞穴里，早已被人们遗忘。我惊恐地看了看姆维塔。

《圣典》里说起过这种地方，堆满电脑的洞穴。当阿妮女神转身望向这个世界，发现奥克克族人的创造已经给它带来了这般灾劫的时候，她震怒了，胆战心惊的奥克克族人为了躲避阿妮的怒火，就把电脑放进了洞穴里。这之后，阿妮女神就从星辰里召来了努鲁族人，让奥克克族人被他们奴役……或者至少那本书上是这么说的。这是不是说明了《圣典》里也有些部分是真实的呢？奥克克族人真的为了躲避愤怒的女神把科技产品都塞进了洞穴里面吗？

“这地方真是见鬼了。”露羽低声说。

“没错。”姆维塔说。

我什么也说不出来。外面致命的风暴正在肆虐，而里面是一个埋葬了人类、机器和思想的墓穴。

“你是怎么找到这个地方的？”我问，“你怎么会跑到这儿来？”

“你又为什么把路记得这么清楚？”露羽补充道。

他走向那两具摇摇晃晃的尸体。我和露羽跟着他。“往上看，”他指着那些铜环说，“谁会像这样把这些东西嵌进石头里呢？”他叹了口气，“我永远都不可能知道这里发生了什么，或者这两个人是谁了。我来的时候，这两个人肯定刚刚才被吊死不久。他们身上的……血肉还没有腐烂。要我说，他们和我们现在的年龄差不多大。”

“奥克克族人还是努鲁族人？”露羽问。我发现她并没有考虑到这两个人可能是伊乌或者红族人。

“努鲁族人。”他看着两具尸体说，“真不敢相信他们还在这里……不过话又说回来，不然还能怎样呢？”

过了一会儿，他说：“就在奥克克族叛军把我留在乱葬坑里等死，我趁机逃走之后的几天，我找到了这个洞穴。”他指指自己的左边，“我靠着墙坐了下来，吃了些我自己采的草药，向阿妮祈祷它们能奏效。”

露羽看起来对姆维塔的故事特别感兴趣，尤其想知道他说的“留在乱葬坑里等死”是怎么回事。幸好她还有点脑子，没有问出口。对付一个心情不好的姆维塔，最好的办法就是由他说下去。

“我那时候真的已经半疯了。”他继续说道。他伸出手来，真的碰到了那个死去的男人的腿。我浑身发抖。“我失去了我唯一认识的亲人。我失去了我的师父，尽管他是个大恶人。在被迫为奥克克族叛军效力的那段日子里，我不仅目睹了惨状，也亲手干出了暴行。我还是个伊乌。而且我只有十一岁。”

“我当时随身带着物资。有食物和水。我既不会饿死也不会渴死，而且我知道该怎么找吃的。是炎热的天气把我逼到这里来的。这两个人都已经死了，但他们并没有发臭……”他走到那个女死者身边，“她身上爬满了螃蟹那么大的白色蜘蛛，除了她的脸上和手上。”他接着说，“它们互相借助彼此的身体爬上去，不过如果你盯着她看得够久，就像我当时所做的那样，你就会发现它们在她身上形成了一个图案。我记得她的指尖是蓝色的。就像蘸了靛蓝染料一样。”

他又停顿了一下。“就算是那时，我也明白蜘蛛是在保护她。它们爬动着组成图案让我想起了戴布教过我的仅有的几个纳西比迪符号之一。那是标记所有权的符号。我想我在那里站着看了可能有二十分钟。我脑中能想到的就只有我的父母，虽然我从来没有见过他们。他们没有被吊死，不过也是被处决的……因为他们生下了我。我站在那里的时候，那些蜘蛛开始慢慢地从她身上落下来，移动到洞穴两边。等它们全都落下来了，它们就待在边上不动了。就好像在等我做些什么。”

“我什么办法都试过了。我试过把尸体拽下来。我试过割断绳子。我试过点火烧尸。在他们下面架起了一大堆火，想帮他们火化。我还试过用法术。结果都不起作用，我只好从他们的尸体旁边走过去，靠在那些电脑上哭了起来。过了一会儿，那些蜘蛛……又爬回到了她身上。我在这里待了两天，假装自己没看见那两具尸体和爬在女死者身上的蜘蛛。等我病好了，也有力气了，我就走了。”

“那个男死者呢？”露羽问，“他有什么特别之处吗？”

姆维塔摇了摇头，他的手还放在男死者蒙尘的腿上：“你知道这么多就够了。”

一片沉默。我有一肚子问题，相信露羽也一样。除了这些，还有什么呢？

“你觉得他们是巫师吗？”她问。

他点点头。“杀他们的人明显也是巫师。”他皱着眉头停了下来，“现在他们只剩骨头了。”他突然抓住男死者的腿，猛地往下一拉。绳子咯吱作响，尸体上扬起了灰尘，但就仅止于此了。那具只剩骸骨的尸体还是原封不动。我想知道女死者身上的蜘蛛都去哪儿了。

那天夜里，一层悲观、沮丧、绝望的阴影笼罩了我的心灵，雨越下越大，雷电轰击着地面，我的心情也随之越来越沉重。露羽选择了洞穴另一头一个尽量远离尸体和电脑的地方。姆维塔给她生了一小堆石头营火。我不确定她是自己想要一点隐私还是想给我和姆维塔留一点隐私，不过不管怎样，这个效果都达到了。

我和姆维塔躺在我们的草席上，身上盖着他的拉帕裙，我们的衣服叠好了放在旁边。石头营火给了我们足够的温暖，不过我需要的既不是温暖也不是和姆维塔做爱。这是这么久以来第一次，我一点不介意姆维塔睡着时会紧紧搂着我。我真的不喜欢待在这个洞穴里。我能听到外面雨声飞溅，雷声隆隆，两具尸体也在风中摇来晃去，嘎吱作响。

就算周遭环境这么恐怖，姆维塔和露羽也还是睡着了。大家都太累了。虽然我把眼睛闭上了，但我连一秒钟都没睡着。就算有姆维塔抱着我，石头营火也散发着热量，我却还是止不住地发抖。那些念头像蝙蝠一样在我脑海中飞来飞去：我绝对没办法打败我父亲。我肯定会害得我们三个人白白送命。他是在守株待兔，我想，还记得那次我找上门的时候，他背对着我的样子吗？

“欧妮桑乌。”我听到姆维塔说。

但我不想回答他。我不想张嘴睁眼。我不想呼吸，也不想说话。我只想沉浸在自己的痛苦之中。

“欧妮桑乌，”他轻声重复了一遍，手臂绷紧了，“睁开眼睛，但不要动。”

他的话让我肾上腺素一阵飙升。我的注意力集中了。我的身体也不再发抖。我睁开了双眼。不知道是因为我的痛苦太甚还是因为我想要证明自己，反正当我看到成百上千只白色蜘蛛眨着无数双眼睛朝我一拥而上的时候，除了深深的恐惧，我竟然也觉得……自己准备好了应战。领头的一只蜘蛛慢慢抬起一条腿，然后就保持这个姿势不动了。

“看来这些蜘蛛还在这里。”我一动不动地说。

我们都没说话，似乎能读懂对方的心思。我们都在仔细听露羽是不是醒了。但是暴风雨的声音太吵了。

“它们爬满我全身了，”他说，声音只有些许颤抖，“我背上、腿上、后颈……”总之他身上没有接触到我的每一处，都被蜘蛛爬满了。

“姆维塔，”我轻声说，“那个男死者身上发生了什么，你还没告诉我们的？”

他没有立刻回答。我开始感到非常非常害怕。“他身上布满了蜘蛛咬痕。”姆维塔说，“他的脸因为疼痛而扭曲了。”我想知道它们是不是在凶手把男死者吊起来之前就开始咬他了。

我的脸紧贴在草席上。那只蜘蛛还抬着腿。一千种想法掠过了我的脑海。我怀疑它们是想要姆维塔。我绝不会把他交到它们手里。抬起腿的蜘蛛是在等待时机。好吧，我也要等待时机。

它放下了腿。我感觉我身后的蜘蛛一拥而上爬到了姆维塔身上。我也看到它们从前面朝我冲过来。我能闻到它们的气味，那是一种发酵的味道，就像浓烈的棕榈酒。就算暴风雨依旧喧闹不止，我也能清楚地听到蜘蛛腿踏出的脚步声。从什么时候起连蜘蛛腿踩在沙地上的声音也变得这么响了？就像金属互相敲击一样。我就只需要知道这么多了。我第一次利用了我全新的对自己能力的控制，把荒野拉到我身边来，跳了进去。

在荒野和物质世界里它们都长着蜘蛛的样子，只不过在荒野里它们要大得多，而且是由白色烟雾变成的。它们争先恐后地冲过来，想挤进我的蓝色身形里。我对它们做了阿洛多次拒绝教我的那天我对他做的事。我抓挠，撕扯，破坏，肢解。我变成了一头野兽。我把这些蜘蛛都撕成了碎片。

我猛地把一只脚踏回了物质世界里，踩扁了一群想逃跑的蜘蛛，还看见了姆维塔睁大的眼睛。他仍然躺在草席上，浑身赤裸，身上爬满了拒不退让的白蜘蛛。在他周围，成百上千的蜘蛛尸体散落在洞穴地面上。它们之中哪怕只有一只咬了姆维塔一下，我也会对它们赶尽杀绝，而且还会去荒野里面继续追杀它们，把它们再统统消灭一次。它们没有一只逃得过我的复仇。

我朝露羽的方向看了一眼。她站在她那团火后面。我摇摇头，她点点头。很好。外面一道闪电划破夜空。那一刻我的精神状态无比敏锐。这个坐在这里和你谈话的我可远远比不上那时候的我。我想象不了在火光的映照下我看起来会是一副什么样子，赤裸，愤怒，狂野，因为我所爱之人受到了威胁。它们还以为我不敢冒险让姆维塔死掉，所以只能乖乖让它们带走他，我想。我露出了恶毒的笑容。

又一道闪电划过，一秒钟后雷声滚滚而来。雨下得更大了。臭氧的气味也越来越浓。你都能感觉到空气中的电荷。我等待着，祈祷着，像念诵咒语一样在脑海中反复重复我的名字。轰隆一声，闪电劈中了洞口右边。爆炸的火焰砸向地面。我向姆维塔扑过去，抓住他的腿，然后把雷暴扔下的火焰给拉了过来。我把它送到了姆维塔身上。他身上的每一只蜘蛛都像火中的棕榈仁一样爆开了。羽毛燃烧的气味弥漫在洞穴里。

还活着的蜘蛛迅速窜进了洞口的火焰里。我永远也不会知道这究竟是一次集体自杀，还是它们只想逃回它们原来的地方。当闪电劈下来的那一刹那，我就已经完全从荒野中退回来了，所以我也没看到它们是不是回到了荒野里。

“姆维塔？”我轻声叫道，无视了他周围横七竖八的蜘蛛尸体。我浑身都被汗水浸透了，但我还是冷得发抖。露羽跑了过来，把一条拉帕裙披在我们身上。

“我没事。”他说，爱抚着我的脸颊。

“是我把火引过来的。”我说。

“我知道。”他笑着说，“别担心，我一点感觉都没有。”

“那是些什么东西？”露羽问。

“我也不知道。”我说。

姆维塔的目光被什么吸引过去了。我也转过头朝他凝视的方向看去。露羽也一样。“噢。”她说。

那两具尸体已经掉下来了，吊起他们的绳子被爆炸给烧断了。现在，两具干枯的遗骸上燃起了明亮的火焰。这两位惨遭处决的神秘巫师终于得到了他们应有的火葬堆。

到了早上，风暴还是没有停歇。我们看了露羽便携式电脑上的时间，才知道已经是早上了。露羽煮了一些米饭，拌进去一些羊肉干和香料，姆维塔用一个平底锅在洞穴另一边挖了一个墓穴。他坚持要自己一个人动手。

我走到洞穴后面那些电子设备旁边。我们对尸体的避讳还赶不上对这些东西的避讳。它们是一堆早已灭亡的古人留下的老物件。经过昨晚那件事后，从我脸上也能看出毁天灭地的坏心情了。

“你在干什么？”露羽一边翻动着米饭一边问我，“昨晚的事你还没受够吗……”

“别管她了。”姆维塔说，停下了手里挖掘的工作，“我们总得有个人去看看吧。”

露羽耸耸肩：“好吧。反正我是不会靠近那堆该死的垃圾的。”

我自顾自地笑了。我理解她的感受，我觉得姆维塔可能也有同样的感觉。但是对我来说，这不正是《圣典》在书本之外呈现的一页吗？如果我真的要想办法重写《圣典》，那我自然也就有理由来看一看这堆东西了。

离得越近，旧电线和坏主板散发出的刺鼻金属味就更加浓烈。键盘上的按键散落一地，沙土里全是来自破损显示器和电脑外壳的细薄塑料碎片。有些电脑外壳上有图案设计——褪色的蝴蝶，圆环和旋涡，或者一些几何形状。不过大多数都是统一的黑色。

有一个电子设备引起了我的注意，它看起来就像一本非常薄的黑封皮小书。它被夹在两台电脑之间，我把它取出来，惊讶地发现打开之后它竟然有一个屏幕。它看起来也很破旧了，不过比起其他东西，它还算比较新的。它就和我的手掌差不多大，背面是用一种极其坚硬的材料做成的，样子看起来很奇怪，像一片黑色的叶子。它的屏幕上没有刮痕。

前面所有的按钮都是空白的，字迹早就被蹭掉了。我按了一个按钮。什么也没发生。我又按了另一个，结果这东西就发出了水一样的声音。“噢！”我惊叫一声，差点就松手让它掉了下去。

屏幕亮起，上面显示出一个有植物、树木和灌木丛的地方。我发出一声轻呼。就跟妈妈带我去过的那个地方差不多，我想。那片充满希望的乐土。我的胸口臌胀起来，我坐在了从另一个时代流传下来的这堆腐烂无用的硬件旁边。

图像滚动前移起来，就像有个人在走路，而我正透过她的眼睛注视着这一切。它小小的扬声器里传来了鸟儿和昆虫的鸣唱声，还有踩过草地和推开植物与树叶时发出的声音。然后标题在屏幕下方缓缓浮现，我明白了这是一个稍大些的便携式电脑，还能用它来看书。这本书名叫《禁忌绿林指南》，而写书的团体自称为“知识与冒险之伟大探索者组织”。

忽然间，图像不动了，声音也停止了。我按了更多的按钮，却也无力回天。它自动关机了，不管我再怎么按那些按钮，也没有再发生什么。

算了。我把它扔到了一边。我站直身体，露出了微笑。几个小时后，天空也放晴了。风暴终于过去了。我们在黎明前离开了洞穴。

在接下来两天的旅程中，脚下的路变得更崎岖了，地面也从沙地变成了混合了沙子与一丛丛干草的地面。我们在这里抓了些蜥蜴和野兔来吃，时机把握得相当好，因为我们的肉干正好快吃完了。我们见到了一些树干粗壮的树，我叫不出名字来，还见到了越来越多的棕榈树。这里的气候仍然是晚上凉，白天相对暖和。谢天谢地，我们没有再遇到过昂瓦风暴。当然了，我们遇到的都是些更糟的事。

54.

《圣典》里有一部分内容是大多数版本里都找不到的。就是传说中的“失落之页”。阿洛手里就有一份。“失落之页”里详细记述了奥克克族人在他们日渐溃烂的黑暗世纪里如何堕落成了一群疯狂的科学家。“失落之页”探讨了他们是怎么发明的那些旧技术，譬如计算机、蓄水装置和便携式电脑。他们也发明了复制自己的办法，还能让自己在死前永葆青春。他们不仅能让干旱的死地长出食物，还治愈了一切疾病。在黑暗世纪里，神奇的奥克克族人真是充满了狂野不羁的创造力。

可熟悉“失落之页”内容的奥克克族人却反而以它为耻。因为每当努鲁族人想要指出奥克克族人有根本性缺陷的时候，都喜欢引用“失落之页”里的内容。黑暗世纪里的奥克克族人也许是有问题，但现在他们的处境已经远不止这么糟糕了。

这可不是只糟糕了一点，而是糟到了凄惨可悲、难以想象的地步，当我们接近七河王国边界许多村庄中的第一个时，我想。我能理解这里居民的感受。就在几天前，我还有过同样的感受。比绝望更绝望。要是我们没有发现那个吊着尸体，爬满蜘蛛，还堆着破烂电脑的洞穴的话，我说不定还真的想要加入这些村民的行列。

这是一些全是奥克克族人聚居的村庄，村民们都太害怕了，不敢战又不敢逃。他们都是些眼神游移躲闪的人，要是我生父挥军东来，不费吹灰之力就能把他们消灭干净。他们走路都低着头，连自己的影子也害怕。他们从河边运来泥土，种些可怜的瘪洋葱与西红柿。他们的黏土砖小屋前后种着蜡一样的栗色植物，他们把这种植物晒干后加以熏制，抽了之后就能让自己忘却所有。这东西让他们眼睛变红，牙齿变黄，皮肤闻起来有一股粪味，而且一点营养价值都没有。当然了，这种毒草却偏偏很容易在这片土地上生长。

这里的孩子都四肢小肚子大，脸上一副吓呆的表情。长疥癣的狗在街上跑来跑去，看起来跟人一样可怜；我们还看到一只狗正在吃自己的屎。时不时风向会发生改变，我就能听到远处传来的尖叫声。这些村庄都没有名字。只有这种令人作呕的景象。

这里的每个人，甚至包括小孩子，左耳的上半部分都戴着缀有黑珠与蓝珠的垂坠耳环。这就是这些人所拥有的唯一一点文化和美的感受了。

我们经过第一排小屋的时候，并没有人注意到。在我们身边，奥克克族人正百无聊赖地踱来踱去，为鸡毛蒜皮的事情吵架，随便往路上一躺就睡起了觉，要不然就在以泪洗面。我们看到有些男人没有了四肢。其中一些靠在小屋旁边，伤口溃烂流脓，濒临死亡或者已经死了。我还看到一个怀孕的女人坐在小屋前面，一边把泥推到一个土堆上，一边歇斯底里地冲自己狂笑。我的手发痒了，内心一阵紧张不安。

“你觉得这个地方怎么样，欧妮桑乌？”当我们走过最后一间小屋的时候，姆维塔问我。半英里外就是另一个村庄了。

“这里的欲望没有那么强烈。”我说，“我觉得这些人也并不想找人把他们治好。”

“我们就不能在这里转转吗？”露羽问。我只是摇了摇头，没有解释给她听。我也不知道该怎么解释。后面一排棚屋也是同样的情况。只有凄惨可悲的一群人。不过接下来另一个村庄在一座山的山脚下，我们从山上走下去的时候能够一窥其全貌。当我们经过第一间小屋的时候，一位脸上布满未愈伤口的老妇人就停下了脚步，盯着我看。她又看了看姆维塔，咧开牙齿掉光的嘴，露出了大大的笑容，但之后老太太的笑容又垮了下来。“你们还有几个人去哪儿了呢？”她问。

我们互相看了一眼。

“你，”老太太指着我说，我往后退了一步，“你虽然遮住了你的脸，但我还是认出你来了。噢，我简直太认得你了。”然后她就转过身大喊道，“欧欧欧欧欧妮桑乌乌乌乌乌！”

我后退蹲下，做好了战斗准备。姆维塔抓住我，把我拉到了他身边。露羽挡在我面前，拔出了一把刀来。人们从四面八方跑过来。黝黑的脸庞。伤痕累累的灵魂。穿着脏乱的拉帕裙和破旧的裤子。他们聚过来的时候，血、尿、脓、汗的味道也跟着一起围了过来。

“她来了，噢！”

“她就是那个会终结这场大屠杀的女孩吗？”

“那女人说的是实话，”老太太接着说，“快过来看，快过来看啊！欧欧欧欧欧妮桑乌乌乌乌乌！！！*伊乌，伊乌，伊乌！*”

我们被包围了。

“把面纱摘掉吧。”老太太走到我面前说，“让我们看看你的脸。”

我看了姆维塔一眼。但我没从他脸上看出任何东西。我的手好痒。我摘下面纱，人群中传来一片惊诧声。

“*伊乌，伊乌，伊乌！*”他们反复喊着。我右边的一群男人猛地向前一冲。

“别动！”老妇人叫道，阻止了他们，“我们的话还没说完呢！将军现在肯定害怕了！他的对手来了！”

“那儿的那个人，”一个女人走上前来指着姆维塔说，她的侧脸肿了，而她肚子里的孩子看起来都足月了，“是她丈夫吧。那个女人不就是这么说的吗？欧妮桑乌将会到来，而我们都能见识到最真挚的爱情？还有什么是比这对能够相爱的伊乌恋人更加真挚的呢？他们两个竟然都有爱人的能力！”

“闭上你的臭嘴吧，努鲁族人的小妾，人类的道德一沦陷，娼妓就跑出来耀武扬威了。”一个男人突然吐了口唾沫，“我们真该吊死你，把你肚子里面那个杂种也给剖出来。”

人们安静了下来。接着有几个人高呼同意，人群就开始骚动起来。

我一把推开姆维塔和露羽，朝那个声音走过去。挡在我面前的每个人都赶紧跳开了，包括那位老太太。“刚刚那话是谁说的！”我叫道，“出来啊。露个脸！”

一片沉默。不过他还是被推了出来。是个三十岁左右的男人，可能更老也可能更年轻。我看不出来，因为他有半张脸都被毁掉了。他上下打量着我。“你就是一个奥克克族女人在诅咒中生出来的东西。真希望阿妮能行行好，取走你的性命，帮帮你妈妈的忙。”

我浑身都绷紧了。姆维塔握住我的手。“控制好自己。”他在我耳边说。

我克制住自己的本能，没有把这个人剩下的半张脸也给撕下来。我开口时声音颤抖：“你都遭遇了些什么？”

“我是从那边来的。”他指着西边说，“他们又卷土重来了，这一次他们会彻底消灭我们的。他们中有五个人强奸了我的妻子。然后把我的脸毁成了这样。他们不但没杀我，反而放我和我妻子走了。他们还大笑着说他们很快就会追上我。之后我发现我妻子怀上了他们中某个人的孩子。怀上了一个像你们这样的伊乌。所以我杀了她，还宰了她肚子里那个杂种。就算死了，她肚子里那个东西看起来也还是人不像人鬼不像鬼。”

他走近一步。“在将军面前，我们连蝼蚁都不算。听我说一句吧大家，”他高举双手，转向人群，“我们的日子已经到头了。看看我们现在的样子，居然还盼着这个卵杂种来拯救我们！我们应该……”

我挣扎着从姆维塔手里抽回我的胳膊，用左手抓住了那人的手，紧紧地捏住了他。他挣扎着，紧咬牙关，咒骂不已。不过他并没有打算伤害我。我专注于自己内心的感受。这感觉和我之前帮别人复苏时的感觉很不一样。我不断地汲取，汲取，再汲取，就好像一条蠕虫正在吞食着一条逐渐腐烂却仍然活着的腿上的腐肉。我觉得痒，痛，又……很神奇。

“快走……所有人……退后。”我咬着牙咕哝道。

“退后，退后！快走！”姆维塔喊道，推着大家往后。

露羽也照做了。“你们还想要命的话就快走！”她叫道，“往后退！”

我的身体放松了下来，跪倒在地，而那个男人也跌倒在地上。然后我松开了手，屏住呼吸。眼看着并没有什么意料之外的事发生，我才吐出了这口气。“姆维塔。”我虚弱地说，伸出了手臂。他帮我站了起来。人们又你推我挤地回来，都想看看那个人怎么样了。一个女人跪在他身边，抚摸着他那张已经痊愈的脸。他坐了起来。

没人说话。

“你们看到了吗？奥杜乌现在能笑了！”一个女人说，“我还从来没见他笑过呢。”

奥杜乌缓缓站起身，更多人窃窃私语起来。他看着我低声说：“谢谢你。”一个男人扶着奥杜乌走了。

“她真的来了，”另一个人说，“该换将军逃跑了。”大家都欢呼起来。

他们都围了上来，我尽我所能帮助了他们。我从来没有试过一次治愈这么多人，有男人、有女人、有孩子，有疾病、有痛苦，有恐惧、有创伤……要是我在遇到红族人之前就敢尝试我现在所做的哪怕一小部分，我也会为此付出生命的代价。那几个小时里每一个来找我的人，我都让他们好了起来。是的，和那个给辛爸爸镇的居民降下诅咒的我相比，我已经是一个完全不同的人了。但我永远都不会后悔我对那些人做出的事，因为他们对宾塔做的事有过之而无不及。

姆维塔为大家调配了草药，还检查了孕妇的肚子，确保一切无恙。就连露羽也帮上了忙，她和痊愈了的人们坐在一起，给他们讲起了我们的这趟旅程。这些人已经迫不及待要把女巫欧妮桑乌、治疗师姆维塔和美人儿露羽的东行故事给散播到别处去了。

我们离开的时候，一个男人朝我跑了过来。他没有缺胳膊少腿，但走路的时候跛得很厉害。他没有开口求我治好他。我也没有主动提出来。“那边，”他指着西边说，“如果你真是那个女人的话，就去那边种玉米的村庄吧，他们又从那边开始袭击了。看起来迦迪就是下一个目标。”

我们在离迦迪不远的一处旱地扎了营。

“他们说有个虽然什么也不吃但看起来依旧丰满的奥克克族女人在四处‘低声诉说消息’。”我们坐在黑暗里的时候露羽说，“她预言一个伊乌女巫将会终结他们的苦难。”天气很冷，但我们并不想生火引来不必要的注意，“他们说她说话轻声细语，而且说的是一种奇怪的方言。”

“是我妈妈！”我说。我停顿了一下。“要不是她，那些人肯定会杀了我们。”我妈妈正四处问路，她来到这里把我的故事讲给了这些奥克克族人听，所以他们才会欢欣鼓舞地期盼着我的到来。也就是说，阿洛真的开始教她了！

我们沉默了一会儿，思考着这件事。附近有只猫头鹰在叫。

“他们都遍体鳞伤了。”露羽说，“我们又怎么能怪他们呢？”

“怪他们不争气。”姆维塔说。

我同意姆维塔的看法。

“他们不断地提起那个将军。”露羽说，“他们都说他就是造成这场惨剧的幕后黑手，至少过去十年间他都是。他们把他叫作‘议会扫把星’，因为清剿奥克克族人就是由他负责的。”

“原来自从我当了他的学生之后，他都变得这么‘成功’了。”姆维塔苦涩地说，“我甚至都不明白如果他早就铁了心要做出这些事来，又为什么还要收我为徒呢。”

“人是会变的。”露羽说。

姆维塔摇了摇头：“他一直都对奥克克族人的一切抱有极端的仇恨。”

“也许那时候他的恨意还没有这么强烈。”露羽说。

“好多年之前，他的恨意就足够强烈了，别忘了他强暴了我妈妈。”我说，“他们那个时候……就好像永不疲倦似的。戴布肯定是在他们所有人身上都施了法术。”

“再看看瓦赫族人。”露羽说，“他们就是一个公开接受法术的民族。艾西出生在一个抱有这种想法的社群里，就算她永远不会成为一个巫师，她也绝对不会对巫术有所畏惧。再说戴布，一个土生土长的杜尔法人，在那种地方他所见所知全都是奥克克族人生而为奴，理应受到比骆驼更糟糕的待遇。”

“也不是，”我摇摇头说，“那他妈妈比西呢？她也是土生土长的杜尔法人。可她却帮助了不少奥克克族人逃走。”

“那也确实。”露羽皱着眉头说，“而且戴布还曾是索拉教出来的学生。”

“有些人天生就是邪恶的。”姆维塔说。

“但他也不是一直都那么邪恶。”露羽说，“还记得索拉说过的话吗？”

“我才不管这些，”姆维塔说，他的手紧紧地攥成了拳头，“要紧的是现在他变成了什么样子，还有他必须要被阻止的事实。”

我和露羽不得不同意他的话。

那天晚上，我又做了一个梦，梦到我在那个岛上眼睁睁地看着姆维塔飞走了。我醒了过来，看到他还在我身边熟睡。我拍了拍他的脸，叫醒了他。我不需要告诉他我想要什么，他就很乐意地为我效劳了。

早上，当我从帐篷里走出来的时候，差点就被一溜篮子给绊倒。篮子里装着变形的西红柿、粒状盐、一瓶香水、几瓶精油、煮好的蜥蜴蛋，还有一些别的东西。“他们把能带来的都带来了。”露羽说。肯定是有人拿来了一支眼线笔，因为露羽在她眼睛上画了亮蓝色眼线，还用这支笔在脸上点了一颗蓝色的痣。她还戴上了两只绿珠手镯，一只手腕上戴了一个。我拿起一瓶精油闻了闻。它散发着一股强烈的仙人掌花香味。我往脖子上抹了些，然后来到了我们的蓄水装置前面。我把它打开了。

“希望我这样不会引来任何人。”我说。

“可能会的。”露羽说，“不过这附近的每一个人，甚至可能连七河王国所有镇上的人，都已经知道了昨天你做了什么事。虽然他们听到的版本可能有所区别。”

我点了点头，看到蓄水装置里的袋子已经装满了清凉的水。“这算是坏事吗？”

露羽耸耸肩。“这是我们最不需要担心的事情。再说了，是你妈妈早就把消息传开的。”

55.

七河王国有七座城镇，分别叫恰萨、杜尔法、太阳城、撒哈拉、朗西、瓦瓦和津，对这些腐化堕落的地方来说，这些名字起得可真是如诗如画。每一座城镇都拥河而建，所有的河流又共同汇聚到中心，形成了一个巨大的湖泊，就像少了一条腿的蜘蛛。这个湖没有名字，因为没有人知道湖底究竟生活着什么生物。要是在贾瓦黑尔，肯定没人会相信这么庞大的一个水体真的存在。而杜尔法，我生父生活的那座城镇，就坐落在离这个神秘湖最近的地方。从露羽的地图上来看，杜尔法将会是我们遇到的第一个七河城镇。

七河王国的边界并没有竖起围墙或者用法术围起来，它和其他地方也没有明确的界限。你来到了这里，自然就会知道你来到了这里。你立刻就会注意到那些审视的目光和注视的眼神。不是来自士兵或者类似的人，而是来自普通的努鲁族人。警察会在这一带巡逻，但百姓们时刻都在注意自己的安全。

以前这些城镇之间和沿河的地方会有一些规模不大的奥克克族村庄。但当我们来到这些地方的时候，这些奥克克族村庄几乎都已经空无一人了。就算还有一些剩下的奥克克族人，也正在被赶离家园。七河王国西边，所有这种村庄都已经被占领了。而奥克克族人缓慢的大举迁移发生在七河王国东边，就在恰萨和杜尔法的东部，这两座城镇是最富有的，也是最负盛名的。讽刺的是，就是这两座城镇对奥克克族劳动力的需求最大。奥克克族人走了，来自津或者朗西这种贫困城镇的努鲁族劳工就可以接替他们的工作了。

还没有看见努鲁族人袭击的惨景，我们就先听到了烧杀抢掠的声音，因为我们不得不先爬到了一座小山上面，准备翻过去再进村。迦迪，这座阿洛生长于斯的村庄正面临着惨遭毁灭的命运。我们踏过一丛干草，来到了最高处，结果就目睹了一场惨剧。在我们右方，一个女人正在两个努鲁族男人的手下挣扎，他们把她踢倒在地，动手撕扯起她的衣服。我们左方也发生着同样的事。一声巨响传来，一个正在逃跑的奥克克族女人应声倒地。一个努鲁族男人和一个奥克克族男人正在地上翻滚搏斗。但局势是由努鲁族人控制的。这一点再明显不过了。

我们面面相觑，眼睛圆睁，鼻孔张开，张口结舌。

我们立刻就抛下了所有随身携带的东西，冲向了眼前这片混乱的战场。没错，就连露羽也冲了上去。至于接下来发生了些什么，我的记忆已然出现了断层。我记得姆维塔飞奔过去，而一个努鲁族人把枪口对准了他的后背。我扑过去撞倒了那个人。他手里的枪掉了。他想抓住我。我狠狠地踢了他一脚，把自己推回到荒野里，就像进入了水中一样。我能看到他正朝我身体所在的地方挥动拳头。姆维塔跑开了。我跳起来追上他，仍然身处荒野之中。那个差点杀了姆维塔的男人也追了上去，我还没有杀死他。

姆维塔和我曾经讨论过我们永远都不能完全屈从于本能，变成只会使用暴力的人，这方面努鲁族人和奥克克族人有着一样的看法，他们都相信伊乌容易沦为被本能驱使的动物。但我们这次使用暴力的原因并不是来源于我们伊乌的本性。露羽也和我们抱有同样的目的。要是从《圣典》所写的内容来看，她还是一个最纯正的奥克克族女人，理应流淌着最温顺的血液呢。

我记得我把我的衣服递给了姆维塔，然后变身成某种怪物，长出了利爪和老虎的牙齿。我还记得我在物质世界和荒野之间来回穿梭，就像跃入水中又回到地面一样。我把趴在女人身上的男人们都给掀翻了，和舞刀弄枪的人厮杀在一起。这里还有不少努鲁族士兵和一些奥克克族士兵，他们都是我战斗的对象，而我要帮助的是手无寸铁的平民。我把子弹吸附到身上，再把它们全部发射出去，接着再换一个地方继续战斗。我身上的刀伤和咬伤都自己愈合了。我闻到了血、汗、精液、口水、眼泪、尿液、粪便、沙子的气味，还有冲进鼻孔里的烟味。我就只记得这些了。

我们没能阻止那里发生的一切，但我们还是让不少奥克克族人逃走了。我尽我所能，把我能制服的努鲁族人都按在地上，治好了他们的伤，也让他们的头脑清醒了起来。然后这些人都畏缩在角落里，对他们刚刚所犯下的暴行感到无比震惊。再过几分钟，他们就会开始帮助伤员，不管对方是努鲁族人还是奥克克族人。他们会扑灭火焰。然后他们就会试图阻止其他兴高采烈地残杀奥克克族人的努鲁族人。但那之后，这些得到了治愈的努鲁族人也照样会被他们嗜血成狂的同胞给杀掉。

我清醒过来的时候，发现自己正把露羽往一间小屋里面拉。小屋的茅草屋顶着火了。不一会儿，姆维塔也闯了进来。他把我的衣服递给我，我很快就穿好了。他和露羽手里都拿着枪。就在前面不远处，屠杀还在继续——尖叫，厮打，杀戮。我们看着彼此，呼吸沉重。

“我们阻止不了这一切。”姆维塔最终开口了。

“我们必须阻止这一切。”露羽也在同一时间开口。

我闭上眼睛叹了口气。

附近有个男人在大吼，另一个男人在尖叫。我们头上的屋顶火势正在蔓延。“我想只要我们能找到戴布，就会知道该怎么办。”我说。

那之后，我们就溜了出去。想保持不被发现是件难事。努鲁族人已经镇压了力量微弱的反抗，现在他们只是在折磨剩下的人。痛苦的尖叫声混杂着行刑者的笑声和咕哝声，让我忍不住一阵反胃。但不知怎么，我们还是穿过了这些地方，这时我们发现面前出现了一片壮丽的奇观。

最后一排棚屋后面是一片高大翠绿的玉米秆。成百上千，种满了整片土地。虽然不像妈妈带我去看的那片森林一样令人叹为观止，但在我眼里仍然惊艳不已，毕竟我是在沙漠里出生的。我们还在沙漠里的时候，妈妈种过一些玉米，贾瓦黑尔也有玉米园，不过规模没有这么大。一阵微风拂过，玉米丛窸窸窣窣。这声音真是悦耳极了。听起来就像是和平、生长、富足，还带来了一丝希望。所有玉米秆上面都结着完美的沉甸甸的玉米棒子，亟待收获。这可真是努鲁族人前来扫荡的好时机啊。不用说，一定是戴布将军的主意。

我们把一路上带过来的所有东西都抛在身后了。幸好露羽的便携式电脑还装在她口袋里。我们靠着上面的地图穿越了玉米地。杜尔法就在另一边。我们速度很快，途中只停下来一次，掰了几个玉米棒子吃。走了半个小时之后，我们听到前面有人声。我们赶紧蹲了下来。

“我去看看。”我说，抖动肩膀脱掉了衣服。

姆维塔抓住我的手臂。“小心点，”他说，“在这片玉米地里你会很难找到我们的。”

“那就把我的拉帕裙挂在玉米秆顶上。”我说，我抓紧时间变成一只秃鹫飞走了。玉米地很大，不过我很容易就找到了声音的来源。就在不到半英里的地方，玉米地中间有一间小屋。

我尽可能安静地落在了茅草屋顶的边缘。我数了数，总共八个奥克克族人，他们都衣衫褴褛。其中两个背上背着油腻的黑色长枪。

“我们还是走吧。”一个人说。

“我们还没有接到离开的命令。”另一个坚持说，看起来很沮丧。

我又飞了起来，飞得很高，以便摸清这个地方的情况。玉米地的西边是杜尔法，东边是迦迪，南边是那个无名湖泊。我高高飞起，看到了我想要确定的情况。没有山丘了。从这里开始就全都是平地。

有了挂在玉米秆顶端的拉帕裙，我很容易就找到了露羽和姆维塔。“是叛军，”我一边把衣服穿回去一边告诉他们，“就在不远处。他们也许能告诉我们在哪里能找到戴布。”

姆维塔看了看露羽。然后又回头看着我，脸上露出了担忧的表情。

“怎么了？”露羽问。

“我们应该自己想办法找过去。”他无视了露羽的问题，只是对我说，“我不相信叛军，就像我也不相信努鲁族人一样。”

“噢，”我想起了姆维塔被迫加入奥克克族叛军的经历，“好吧，我……又欠考虑了。”

“那我呢？”露羽说，“我可不可以……”

“不行。”他说，“太危险了。我们还能做点什么，可是你……”

“我有枪。”露羽说。

“他们有两把枪。”我说，“而且他们还知道怎么用枪。”

我们站在那里思考着。

“要是没必要的话，我真的不想杀死任何人。”姆维塔叹了口气说。他擦了擦脸上的汗。然后他突然把手上的枪扔进了玉米地里。“我痛恨杀戮。我宁愿死也不愿意再杀下去了。”

“但这不止关系到你我啊。”露羽看起来惊呆了。她想去把那把枪捡起来。

“别捡了。”姆维塔斩钉截铁地说。

她僵住了。然后她也把手上的枪扔掉了。

“要不然这样吧，”我说，“姆维塔，我们两个先隐身。这样露羽就可以去接近他们，要是他们轻举妄动的话，我们也可以出其不意。告诉他们……告诉他们你带来了欧妮桑乌已经来到的好消息，就类似于这样的。如果他们真是叛军，那他们肯定还心存一些希望。”

我们慢慢地走向小屋，姆维塔走在露羽的左边，而我走在露羽的右边。我还记得露羽脸上的神情。她下巴紧绷，黝黑的皮肤上汗水闪闪发光，她脸上还溅上了血滴。她的爆炸头发型歪向一边。她现在的样子看起来跟那个生活在贾瓦黑尔的女孩已经大不一样了。但她身上有一种特质还是从来没变过——那就是她的勇敢无畏。

叛军们有几个坐在凳子上，有几个坐在地上，其中三个人在玩瓦里游戏。其他人或站着，或靠在小屋旁边。他们脸上全都用红颜料画了条纹。他们中没有一个人看起来超过三十岁。当他们看到露羽的时候，两个拿枪的人立刻就用枪瞄准了她。她一点也没有退缩。

“喂，你是谁？”一个士兵放下手里的游戏，站起来低声问道。他从口袋里掏出一把看上去很钝的刀。“稳住，你！别开枪。”他举起一只手说。他向露羽身后看了看。“去检查一下小屋周围。”除了一个持枪的士兵，其他人都跑进了玉米地里。他端着枪对准露羽。领头的士兵上下打量着她。“还有多少人跟你一起？”

“我给你们带来了好消息。”

“说来听听。”他说。

“我的名字叫露羽。”她直视着他的眼睛说，“我来自贾瓦黑尔。你听说过巫师欧妮桑乌吗？”

“听说过。”领头的士兵点点头说。

“她和我一起来了。还有她的同伴姆维塔。”露羽说，“我们刚从那边那个村子过来。”她指了指身后。当她迈步开始走动的时候，持枪的士兵畏缩了。

“村子已经沦陷了吗？”领头的士兵问。

“是的。”露羽说。

“那她在哪儿呢？他又在哪儿呢？”

有几个士兵回来了，说周围没有情况。

“你们会伤害我们吗？”露羽问。

他看着露羽的眼睛。“不会。”他的自制力再也坚持不下去了，一滴眼泪从他眼中落下，“我们永远都不会伤害你们。”他伸出一只手，平静地说，“放下武器吧。”持枪的士兵放下了枪。于是我和姆维塔就现身了。他们有四个人大叫着跑开了，其中一个晕倒了，还有三个跪倒在地上。

“你们要什么都行。”领头的士兵说。

他们中只有三个人肯跟我们交谈：这一队人的领袖，他叫亚奈，还有两个士兵分别叫班克和塔默。其他人都离我们远远的。

“十天前，他们又卷土重来了，这一次整支军队都在杜尔法集结。”亚奈说，他转身吐了口唾沫，“他们再次进军了。也许这次就是最后一次。还好我终于把我老婆、孩子和丈母娘都送到东边去了。”

我生了一团普通的火，我们烤起了玉米棒。

“但你们也没看到有真正的部队经过吗？”露羽问。

亚奈摇摇头：“我们接到的命令是在这里等待。但我们已经有两天没收到来自任何人的消息了。”

“我想你们不会再收到任何人的消息了。”姆维塔说。

亚奈点点头：“你们是怎么逃出来的？”

“靠运气。”露羽说。亚奈也没有追问下去。

“没有骆驼你们是怎么走了这么远的？”班克问道。

“我们曾经有过一段时间的骆驼，不过它们是几匹野骆驼，而且它们有自己的打算。”我说。

“还有这种事？”他说。

亚奈和塔默轻声笑了。“真奇怪啊。”亚奈说，“你们真是一群奇怪的人。”

“我觉得我们已经在路上走了有五个月了。”姆维塔说。

“为你们鼓掌，”亚奈说着拍了拍姆维塔的肩膀，“一路上这么辛苦，你还得领着两个女人。”

我和露羽相互看了一眼，翻了个白眼，不过什么也没说。

“你们看起来都很健康。”班克说，“多亏女神保佑。”

“没错。”姆维塔说，“是这样了。”

“你们对将军这个人了解多少？”我问。

在旁边听我们谈话的几个人都惊恐地望着我。

“他就是个魔鬼。”班克说，“快到晚上了。还是别提他了。”

“他只不过是一介凡人而已。”塔默说，他看上去很生气，“你想知道什么？”

“我们在哪儿能找到他？”我问。

“什么！你疯了吗？”班克吓坏了。

“你为什么想知道这个呢？”亚奈问道，他皱起眉头，向前倾身。

“你确实不想知道答案的问题就别问出口了。”姆维塔说。

“拜托了，就告诉我们在哪里能找到他吧。”我说。

“没人知道将军住在哪里，甚至连他在这个世界上到底有没有家都不知道。”亚奈说，“但他有一幢平时工作的大楼。那里从来就没有过守卫。他根本就不需要人保护。”他停顿了一下，以示强调，“那是一栋普通的建筑。你们要先去对话区——就是杜尔法镇中心一个宽敞的开放空间——他那栋楼就在北边。大门是蓝色的。”他站了起来，“明天我们要到迦迪去，不管有没有收到命令。今晚你们就和我们待在一起吧。我们会保护你们的安全。杜尔法离这里很近。穿过玉米地就到了。”

“我们能进城吗？”露羽问，“还是说杜尔法人会袭击我们？”

“你们两个不行。”亚奈指着我和姆维塔说，“他们一看到你们的伊乌脸，就会立刻动手杀了你们。除非你们……隐形了再过去。”他转向露羽，“我们可以给你你所需要的一切，让你明天进杜尔法城的时候尽量少些麻烦。”

56.

他们坚持要把小屋让给我们过夜。就连不肯跟我们说话的士兵们也同意睡在外面。有了守卫，我们就安心多了，也可以合一合眼了。呃，起码露羽是睡着了。她蜷在地板上，几秒钟之后就发出了鼾声。姆维塔和我却没能入睡，这有两个原因。第一个原因是在我躺下不久后发生的。我在想戴布的事。*只要他死了，一切就都结束了*，我止不住地想。*就像砍掉了蛇的脑袋一样*。

就在姆维塔躺在我身边伸出手来搂住我的腰的时候，我突然飘浮了起来。我穿过他的手臂，我的身体也变得缥缈了。“怎么回事？”他惊呆了，大叫一声，“哦，不，你不能去*阿路*！”他伸手抱住我的腰，把我拉回到地上。我又一次飘浮起来，还在专注地思考着戴布的事。然后，随着一声闷哼，他把我重新按在地板上，让我回到了自己的身体里。我猛然从我愤怒的灵魂出窍状态中清醒过来。

“你是怎么……”我喘了口气。戴布真该杀了我。一切都该像那样结束才对。“你不是巫师，”我说，“你怎么能……”

“你到底是*怎么回事*啊！”他喊道，努力把声音放低，“还记得索拉都说了些什么吗？”

“我不是故意的。”

我们互相瞪着对方看，心里都存了太多不确定的事，两个人都震惊不已。

“我们这样算什么情侣？”姆维塔嘟哝道，翻过去仰面躺下。

“我也不知道。”我说着，坐了起来，“不过你到底是怎么做到的？你又不是巫……”

“我不知道也不在乎。”他生气地说，“别再提醒我我不是什么了。”

我大声咂咂嘴，背过身去不看他。我听到外面有个士兵在低声说话，另一个自顾自地笑了。

“我……我很抱歉。”我说，停顿了一下，“谢谢你。你又一次救了我。”

我听到他叹息一声。他把我翻了过来，面对着他。“这就是我来这里的目的，”他说，“为了救你。”

我捧起他的脸，贴在我自己的脸上。这种饥饿感是我们两个怎么也填不满的。等到太阳升起的时候，我们浑身都在痛，但又心满意足。一整晚的放纵不仅没有让我们疲惫不堪，反而让我们精神百倍。他紧紧抱着我，深情地看着我的眼睛。“真希望我们还有更多时间。这笔账我可还没跟你算完呢。”他边说边笑了。

“我也和你没完。”我咧嘴一笑。

“最好能有间漂亮的房子，”他说，“在沙漠里，远离尘嚣。两层楼，多些窗户。不需要用电。四个孩子。三个男孩，一个女孩。”

“只要一个女孩？”

“她会比三个男孩加起来还要麻烦得多，相信我。”姆维塔说。

小屋外面传来一阵脚步声。一张脸从门口伸进来往里看。我把身上的拉帕裙裹得更紧了。“只是例行检查。”士兵说。姆维塔围上一条拉帕裙，出去跟士兵交谈了。我躺在那里盯着烧焦变黑的天花板，在黎明前微弱的晨光中它看起来就像一张深渊巨口。

姆维塔回来了。“我们走之前，他们要对露羽做点什么才行。”他说。

“做什么？”露羽昏昏沉沉地问，她刚刚才睡醒。

“没什么大不了的。”姆维塔说，“先穿好衣服吧。”

姆维塔站在亚奈身后，而亚奈正跪在火堆前面，把一根金属拨火棍放进火里。其他人在收拾行装。我拉起露羽的手捏了捏。一阵轻风吹过，玉米秆都西斜了。

“那是什么？”露羽问道。

“过来坐下。”姆维塔说。

露羽拉着我一起过去。姆维塔递给我们每人一小盘面包和烤玉米，还有一种我自从离开贾瓦黑尔之后就没再吃过的东西：烤鸡。烤得没什么盐味，不过还是很好吃。等我们吃完，两个不肯跟我们说话的士兵拿走了盘子。

“这里的奥克克族人都是奴隶，你们是知道的。”亚奈说，“我们可以自由地过日子，不过必须听从任何一个努鲁族人的使唤。我们大多数人白天都为努鲁族人干活，要到晚上才有一些人能为自己工作。”他自嘲地笑了笑，“虽然我们的长相和努鲁族人明显不同，但他们还是觉得有必要给我们留下奴隶的印记。”他拿起那根烧红的细拨火棍。

“天啊，不要！”露羽惊叫道。

“怎么回事！”我说，“没这个必要吧？”

“有这个必要。”姆维塔平静地说。

“越早动手，你就越不需要像这样想东想西。”亚奈对露羽说。

班克举起一个小小的金属耳环，环上有一串黑色和蓝色的珠子：“这个以前是我戴的。”

露羽看了一眼那根拨火棍，深吸了一口气：“好吧，动手吧。快动手！”她痛苦地捏着我的手。

“放松点。”我轻声说。

“我放松不了。我怎么可能放松呢！”但她还是保持了一动不动的姿态。亚奈动作迅速，一下就用锋利的拨火棍刺穿了她右耳顶部的软骨。露羽发出一声尖锐的高分贝惨叫声，不过这样就没事了。我差点笑了。这反应跟她受十一岁割礼的时候一模一样。

亚奈给她戴上了耳环。姆维塔给了她一片叶子放在嘴里。“嚼吧。”他说。我们看着她嚼那片叶子，她的脸因疼痛而扭曲。“你还好吗？”姆维塔问。

“我觉得我快要……”她转过头去，吐了起来。

57.

告别的时刻很快就来到了。

“我们的计划有变。”亚奈告诉我们，“我们会先绕着迦迪转一转。我们在那里估计也找不到什么东西了。然后我们就会回来等。”

“等什么？”姆维塔问。

“等你们三个的好消息。”亚奈说。

我们就这样分开了。他们往东，我们往西，去我生父的城镇，杜尔法。我们沿着一排郁郁葱葱的绿色玉米地前进。

“好看吗？”露羽仰着头，把她的耳环给我看。

“你别说，戴在你耳朵上还真挺好看的。”我说。

姆维塔咂咂嘴，不过什么也没说，只是几步走到了前面去。我们身上现在只有可以蔽体的衣服和露羽的便携式电脑。这感觉倒还不错，几乎要让人感叹一声解脱了。我们身上的衣服都已经沾满沙尘。亚奈说这里的奥克克族人都穿着破衣烂衫走来走去，所以这样穿有助于露羽融入其中。

走到玉米地的终点，一条平整的黑色大道出现在我们眼前，路上挤满了人、骆驼和摩托车。据那几个叛军所说，摩托车在七河城镇叫作“奥卡达”。有一些奥卡达上面坐着女性乘客，但我却没看到一个女性司机，在贾瓦黑尔也是这样。穿过这条路，就是杜尔法了。这里的建筑就像阿苏格博之宅一样坚固而古老，不过远没有后者那么活跃。

“要是有人让我过去帮他们干活呢？”露羽问。我们还躲在玉米地里没出去。

“那你就应一声，然后继续往前走。”我说，“要是他们坚持让你去，那也没办法，你就先去吧，然后再找机会悄悄溜走。”

露羽点点头。她深吸一口气，闭上眼睛，蹲了下来。

“你还好吧？”我蹲在她身边问。

“就是有点害怕。”她眉头紧锁。

我碰了碰她的肩膀：“我们都在你身边。要是有人想伤害你，他们会付出相当惨重的代价。你知道我有能力做到。”

“那你也不可能跟整个城镇的人作对吧？”她说。

“我以前就这么做过。”我说。

“我的努鲁语说得不太好。”露羽说。

“反正他们也会把你当文盲对待的。”我说，“放心吧，你肯定不会有事。”

我们一起站起来。姆维塔吻了吻露羽的脸颊。

“你记住，”他对我说，“我只能隐身一个小时。”

“知道了。”我说。我倒是可以坚持隐身三个小时不被人发现。

“露羽，”他说，“四十五分钟之后，你就去找个可以让我们藏身的地方。”

“好。”她说，“准备好了吗？”

姆维塔和我戴上面纱遮住脸，然后屏息静气开始隐形。我看着姆维塔渐渐变得难以看见。要是盯着一个隐形的人看，你就会感觉你的眼睛变得干涩又疼痛，没办法从一团模糊中聚焦。你只能移开眼神，而且再也不想回头看上一眼。隐身之后我和姆维塔也就没办法再对视了。

我们踏上了这条大路，感觉就像被吸入了野兽的肚腹。杜尔法是个生活节奏很快的城镇。我很快就明白了它为什么会成为努鲁族文化和社会的中心。杜尔法人勤劳而活跃。当然，这在很大程度上要多亏了每天早晨从奥克克族村庄拥入城镇的奥克克族人。这些奥克克族人承担了所有努鲁族人不愿意干或者觉得干了有失身份的工作。

不过情况正在改变。变革正在发生。努鲁族人正在学着自力更生……之前奥克克族人付出的劳动足以让他们高枕无忧，不用考虑自食其力这种事情。所有丑恶的杀戮都发生在七河王国的郊外，杜尔法人对此尤其漠不关心。尽管种族灭绝的惨剧就在几英里之外上演，这些人却仿佛相隔千里。他们眼中最多只能看出奥克克族人的数量明显减少了。

露羽还没走到镇上的第一栋建筑，就有人找上了她。她正沿着大路走着，这时一个秃头努鲁族胖子朝她背上拍了一巴掌，对她说："到我家去，"他指了指她身后，"就是路那头那个男人站着的地方。去给我妻子和孩子做早饭！"

有那么一会儿，露羽只是盯着他看。我屏住呼吸，希望她不要跳起来扇那人的耳光。"是的……先生。"她终于还是顺从地说。

那人不耐烦地朝她挥动着他的肥手背。"那就赶紧去啊，女人！"他转身大步走了。他太笃信露羽会按照他的吩咐去做了，都没注意到露羽只是在继续往前走。她还加快了脚步。"要是我这副样子看起来是急着要去什么地方，那就最好了。"她大声说道。

"来帮我搬这个。"一个女人说着，粗暴地拉住了露羽的胳膊，这一次露羽没办法了，只能帮她把她的纺织品搬到附近的市场上去。那人是个身材瘦高的努鲁族女人，一头黑色的长发垂在背上。她穿了一条拉帕裙和一件配套的上衣，只不过她的衣服是明黄色的，而且只穿了一次。露羽背起了沉重的布匹。至少我们都安全地进入杜尔法镇了，也没惹上什么麻烦。

“天气还不错，是吧？”女人边走边问。

露羽含糊地咕哝了一声以示同意。那之后，露羽就好像凭空消失了一样。那女人在路上跟好些人打了招呼，他们都衣着光鲜，谁也不愿意承认露羽的存在。那女人没有跟过路的人讲话时，就把一个黑色的方形设备放在嘴边，对着它说话。每当她或者那头的人说话，那东西都会在他们之间制造出很多静电声。

我从女人这里听说了她邻居的女儿成了“荣誉谋杀”的目标，为的是安抚被这女孩的哥哥入室盗窃过的一位户主。“瞧瞧将军都把我们变成什么样了？”女人问道，摇了摇头，“那人干的事真是太出格了。”我还听她说起了奥卡达摩托车的玉米燃料价格一路走低，甘蔗燃料价格一路走高。想想这件事？我还了解到这个女人膝盖不好，钟爱她的孙女，而且是某个男人的第二任妻子。她可真能说啊。

跟在露羽身边的时候，我和姆维塔不得不在路上绕来绕去。贴得太紧就意味着会撞上很多人，会给露羽招来麻烦。我们想跟上不太容易。不过露羽干的活儿还要艰难很多。

女人在一个小贩面前停了下来，给露羽买了一个用熔化的沙子做成的戒指。“你这小姑娘的模样还挺标致。戴上这个肯定好看。”女人说，然后她又开始对着自己的设备喋喋不休了。露羽接过戒指，用努鲁语低声说了句“谢谢”，然后就戴上了。露羽举起戴戒指的手，在阳光下转动着戒指。

二十分钟后，我们终于来到了这个女人位于热闹集市上的大型摊位。“就放这儿吧。”女人说。露羽把布匹放下，女人朝她挥了挥手，“你可以走了。”就这样，露羽自由了。然而没过一会儿，她又被人叫去搬一捆棕榈纤维，然后又打扫了别人的摊位，当模特试穿了一条裙子，还去铲了骆驼粪。我和姆维塔找了几个能休息的地方休息，躲在桌子下面或者摊位之间，让我们自己显形几分钟，然后再一次隐身。

当她被人叫去给奥卡达摩托车倒燃料的时候，燃料气味和疲劳带来的双重压力让她昏了过去。姆维塔不得不打了她几巴掌让她醒过来。这项工作的唯一好处就是她可以一个人待在帐篷里，我和姆维塔就能帮上她的忙，也能趁机休整一下。

到了这时候，太阳已经高挂在空中了。我们已经在杜尔法待了三个小时。给摩托车倒完燃料之后，露羽终于有了机会逃跑。她以最快的速度冲进了两栋大楼之间的一条小巷。小巷中间晾着衣服，我听到一个婴儿的哭声从其中一扇窗户里传出来。看来这些都是住宅楼。

“赞美阿妮。”露羽低声说。

我和姆维塔重新现身了。“唉，我真是累坏了。”姆维塔把手搭在膝盖上说。

我揉了揉太阳穴，然后又揉了揉我的头侧。我的头又痛起来了。我们都已经汗流浃背。“露羽，我对你真是刮目相看。”我说着，给了她一个拥抱。

“我真恨这个地方。”她埋在我的肩膀上说，忍不住哭了起来。

“我知道。”我说。我也恨这个地方。看着奥克克族人拖着脚步走来走去，而露羽也不得不这样做，我真的恨死这个地方了。这里的每个人……都很不对劲。奥克克族人在卖力干活的时候看起来并不恼火。努鲁族人也不会公开虐待他们。我没看到有人挨打。而且那个女人还说露羽很漂亮，还给她买了个戒指。这一切也太迷惑太诡异了。

“欧妮桑乌，飞起来看看你能不能找到对话区吧。”姆维塔说。

"那我要怎么回来找你们？"我说。

"你都能把死人复活了。"露羽说，"肯定能想出办法的。"

"去吧。"姆维塔说，"快点。"

"你回来的时候我们可能已经不在这里了。"露羽说。

我耸耸肩，脱掉了衣服。露羽把我的衣服卷起来，放在靠小巷墙边的地方。姆维塔把我紧紧搂在怀里，我吻了吻他的鼻子。然后我就变成了一只秃鹫，飞了起来。

午间的气流引诱我越飞越高，但我还是保持在了一个较低的高度，靠近建筑物和棕榈树顶低空飞行。变成秃鹫之后，我真的就能感觉到我生父的存在了。他确实在杜尔法。我闭上眼睛翱翔了一会儿，又睁开眼睛朝我感觉到他所在的方向看去。那里就是那个开放的对话区。我的眼神被北边的一栋建筑吸引过去了。我知道它有一扇蓝色的门。

我绕着圈子飞，把路线铭记在脑海中。一只鸟总是清楚自己的位置。我笑了，声音发出来变成了一声尖啸。*我怎么会觉得我没办法找回姆维塔和露羽身边呢？*我想。在我飞回小巷的时候，一道一闪而过的金光映入了我的眼帘。我转身向东飞去，来到了一条宽阔的街道上，这里似乎正在举行一场游行活动。我落在一栋房子的屋顶，装出一副秃鹫平时弓着背的样子。

我低头一看，看到的不只是一晃而过的金光，而是有成百上千的圆形金盘缝在黄棕色的军装上。他们每个人都背着一个同样颜色的大背包。看上去已经万事俱备。士兵行进的时候，人群发出了欢呼声。他们聚集在一个我看不见的地方。*我们来得太晚了*，我想，记起了索拉的警告。不管我要做的是什么，这些军队绝不能在我完成之前就出发。

我从士兵们头顶上飞过，高度低到足够让他们注意到我。我得跟随他们前进的路线。我瞥见了他们的脸，他们都是一群神色坚定的年轻小伙子，有着金黄色的皮肤，和我妈妈族人的深棕色皮肤大不相同。他们正朝着一栋由金属和砖块砌成的巨型建筑迈进。我没有注意到这栋建筑牌子上的名字。我已经看得够多了。他们还没有向外进军。不过也快了。也许只剩几个小时了，不过现在还没有。

我飞回小巷里。姆维塔和露羽已经不在这里了。我骂了一句，变回了人形。穿衣服的时候，我大汗淋漓，双手颤抖。我刚把衬衫套在头上，就发现了一个努鲁族男人站在巷口盯着我。他刚刚正好看到了我的胸部，现在又看到了我的脸，他的眼睛睁大了。我戴上了面纱，让自己隐身，从他身边跑了过去。我回头一看，他还站在那里盯着巷子里看。就让他以为自己见鬼了吧，我想。最好能把他吓疯。

我又找了他们几分钟。运气真差劲，没找到。我就站在那里，站在一大群努鲁族人中间，时不时也会有几个奥克克族人经过。我对这个地方真是深恶痛绝。我朝着自己骂了一句，结果有个从我身边走过的努鲁族人皱起眉头四处看了看。我要怎么才能找到他们呢？我绝望地想。恐慌让我很难集中注意力。我闭上了眼睛，做起了一件我从来没有真正做过的事。我向阿妮女神祈祷，向造物主祈祷，向爸爸祈祷，向宾塔祈祷，无论是谁，只要肯听，我都祈祷。

求你们了。我一个人做不到。我不能一个人。

求你们照看露羽吧。

我也需要姆维塔。

宾塔要是还活着该多好。

阿洛，你听到我的祈求了吗？

妈妈，我真希望我还能回到五岁的时候。

我语无伦次，只是一心祈祷着，如果这也算祈祷的话。不管究竟算什么吧，它还是让我平静了下来。我的脑海中浮现出了阿洛教给我的圣秘法点的第一课。“一个修补匠，”我站在那里大声说，“会用手里所有必备的东西去做必要的事。”

我又过了一遍四大法点中的三项。穆莫法点可以移动和塑造荒野。阿路西法点能与灵魂对话。乌瓦法点可以移动和塑造物质世界，包括身体。我需要找到的就是姆维塔和露羽的身体。我发现我能找到姆维塔。我身体里还留着他的一部分。他的精子。这就是我们之间的连接。我站定，潜入身体内部。穿过我的皮肤、脂肪、肌肉，进入我的子宫。它们就在那里游来游去。“他在哪儿？”我问它们。它们就告诉我了。

“伊乌！”有人喊道，“快看啊！”

有不少人发出了惊诧的声音。集市上每个人的目光突然间都落到了我的身上，他们纷纷从我身边跑开。我太专注于自己的身体内部了，居然连自己又显形了也不知道。有人抓住了我的胳膊。我一下把胳膊抽回来，重新隐形，在朝我拥过来的人群中挤出了一条路。我又一次怀疑起了这些努鲁族人，他们平时看起来是如此的满足和平静，可是一旦他们“无菌的努鲁环境”出现了污染，哪怕只是轻微的一丁点，他们也会因此兽性大发变成怪物。他们疯狂地寻找着我，场面一片混乱。消息很快就会传开，尤其是在这么一个到处都是通信设备的地方。

我们快没时间了。

我跑了起来，与其说是在用眼睛看，还不如说是用内心去感受。我在那个宽阔的对话区外面发现了露羽。她正和另一个奥克克族女人一起站着。她们在照看一群努鲁族孩子，这些孩子的父母都去祈祷区祈祷了。露羽看上去一副可怜样。

“我来了。”我走到她身边说。

她跳起来四处张望。“欧妮？”她问。

站在露羽旁边的奥克克族女人看了她一眼。

“嘘。”我说。

露羽笑了。

“姆维塔？”我叫了一声。

“在这儿呢。”他说。

“我看到士兵们准备出发了。我们没多少时间了。”我低声说。

一个约莫两岁大的努鲁族女孩拉住了露羽的衣袖。

“面包？”女孩问，“面包？”

露羽把手伸进旁边的书包里，撕下一块面包递给这小姑娘。小姑娘朝她笑了笑：“谢谢你。”

露羽也朝她笑笑。

“我们得走了。现在就走。”我尽量压低声音说。

“嘘！”露羽小声说，“要是我就这么走了，那个女人会叫人来抓我的。真不知道这些奥克克族人都有什么毛病。”

“他们都是奴隶。”我说。

“你还是跟她说说吧，”我听到姆维塔悄悄地说，“抓紧时间！”

露羽转向那个女人：“你听说过女巫欧妮桑乌吗？”

她茫然地看着露羽。没想到她接着又环顾了一下周围，然后走到露羽身边，让我大吃一惊。“听说过。”

露羽也很惊讶：“那好，你……你怎么认为？”

“我希望是真的，不过就算我许愿也不会成真。”女人低声说。

“那就再许一次愿吧。”我对她说。

女人尖叫一声，看着露羽。她迈步走开了，双眼圆睁，双手紧紧地捂住胸口。露羽跟我们走的时候她没有尖叫也没有叫人过来抓她。她一句话也没说，就只是站在那里，双手捂着胸口。

我现出身形，戴上面纱遮住了脸。露羽和姆维塔必须得看到我才行。只有我才能把我们带去那栋蓝色大门建筑。我们跑了十五分钟。因为我手上的皮肤颜色很浅，第一眼看到我的人都会以为我是努鲁族人，而露羽是我的奴隶。而且因为我们一直在奔跑，别人还没来得及停下来打量我，我就已经跑开了。我们避开了高速行驶的奥卡达摩托车和脾气暴躁的骆驼，从穿校服的努鲁族孩子身边跑过，还经过了卖力干活的可怜的奥克克族人和忙碌的努鲁族人身边。然后，我们终于来到了那扇蓝色大门前。

58.

这座建筑真的让我想起了阿苏格博之宅。它是用石头砌成的，厚厚的外墙上雕刻着图案，散发出一种神秘的权威感。那扇蓝色大门上其实是一幅画，上面画着泛起白色浪花的蓝色波涛，是来自一处水体的景象。是那个无名湖泊吗？大楼前立着一块石碑，还竖着一根旗杆，上面飘扬着一面橙色旗帜。石碑上深深地镌刻着这样一行字：

将军府

戴布·雅古布

七河王国议会所在地

“我先进去看看吧。”露羽说，“他们只会以为我是个无知的奴隶。”

我们都还没来得及回答，她就窜上台阶，打开了那扇蓝色大门。门在她身后“砰”的一声关上了。姆维塔握紧我的手。他的手很凉，我的手可能也一样。我想朝姆维塔看一眼，但我们两个都还在隐身状态。几分钟过去了。我们身后，人们或步行或骑着骆驼和摩托车经过。没有人进入这栋楼，也没有人从里面出来。我敢说都没人往这个方向看一眼。是了，这栋楼确实很像阿苏格博之宅。

“要是再过一分钟她还不出来，那她很可能已经死了。”姆维塔说。

“她会出来的。”我喃喃说。

又过了一分钟。

“你觉得会不会就是戴布把那两个人吊死在了洞穴里？”他说。

我还没这么想过。而且我现在并不想花时间思考那件事。不过杀掉一个人然后确保尸体不会腐烂？确实像戴布干出来的事情。

“那那些蜘蛛又是谁放的呢？”我问。

他笑了笑。“我也不知道。”

我也笑了，捏了捏他的手。蓝色大门又“啪”的一声甩开了。露羽出现在门后，大口喘着气。“里面没人。”她说，“如果他在这里的话，那他肯定在二楼。”

我和姆维塔连一眼也没往后看，就直接现出了身形。“他在等我们。”姆维塔说。我们走了进去。

里面很凉快，就好像旁边有个打开的蓄水站一样。不知哪里有台机器在嗡嗡作响。这里的桌子都有深蓝色桌面，还配有深蓝色椅子。看来是办公区。每张桌子上都放着一台脏兮兮的旧电脑。我还从没见过一个地方有这么多的纸张。地板上堆着纸，垃圾桶里扔着纸，还有很多书籍。这地方可真够浪费的。大厅的另一头有一段向上的楼梯。

“我没有上去。”露羽说。

“很明智。”我说。

“你就待在这儿吧。”姆维塔对她说，“要是有人来了你就大声喊。”

她点了点头，把手放在其中一张办公桌上撑起自己。她睁大的眼睛里泪光闪闪。“你们一定要小心。”她哑着嗓子说。

我和姆维塔隐身上楼去了。我们在二楼的楼梯口停了下来。眼前这个大房间和楼下的房间很不一样。它还是我记忆中的样子。墙壁是蓝色的。地板也是蓝色的。房间里充满了熏香和蒙尘书籍的气味。里面安静得出奇。

他坐在办公桌前等着我们。他身后有一扇大窗，阳光透过窗户洒了进来。它既在戴布的脸上投下阴影，又映出他桌上篮子里小磁盘跳跃的反光。他身上既有光明也有黑暗……不过大部分是黑暗。他的一双大手愤怒地攥着椅子扶手。他穿着一件光彩照人的白色卡夫坦长衫，领口绣着一圈刺绣，他还戴着一条细金链。他那花岗岩般坚硬的黑胡子垂在胸前，羊毛般蓬松的黑发上戴着一顶白帽子。他只是继续盯着我们看，我和姆维塔明白了他的暗示，于是就现出了身形。

“姆维塔，我丑陋的学徒。”他说。他看了我一眼，我立刻吓得浑身发冷，我想起他在给我手上刻上那个缓慢又残酷的剧毒符号之前，曾经带给我那么大的痛苦。我的信心开始逐渐瓦解。我太可悲了。他自顾自地笑笑，就好像他知道我已经失去了所有勇气。“而你呢，你真该一直保持失踪或者死了的状态，或者不管你是什么东西，都滚回你原来所在的地方吧。”他说。

姆维塔大步走进房间里。

“姆维塔，你……你要干什么？”我低声问。他没有理会我，而是径直走到戴布跟前，抓起那一篮子奇怪的磁盘。“你脑子真的有病，”他说，在戴布面前摇晃着那只篮子，“你这房子里所有的一切都已经没救了！而你却不知道出于什么心态把这些保留下来了！你别以为我不知道你这些恶心的收藏！我帮你擦桌子的时候早就发现这些了。在暴乱发生之前，我曾经把其中一个放进了你的便携式电脑里；结果我亲眼看到你把一个男人活活打死！你一边打还一边笑，你甚至还……勃起了！”

戴布往后靠去，又咯咯笑了起来。“我年纪大了。有时候男人需要一点帮助才行。我的记忆力也经常不管用。要是失去了这些东西，那跟失去了我头脑的一部分又有什么区别呢。”他仰起头，“所以你这么大老远跑过来就是为了跟我说这些吗？这就是为什么你要用你那些幼稚可笑的荒唐行为来搅扰我的安宁吗？”他从姆维塔手里一把夺回篮子，把手伸了进去。里面所有的磁盘看起来都一样，但他却能在几秒钟内就找出他想要找的那一张。他把那张磁盘举起来。“就为了这个？为了你女人的名誉？”他把那张磁盘朝姆维塔扔过来。磁盘没砸中他，掉在地上，滚到了我脚边。我把它捡了起来。它比我的指甲盖大不了多少。姆维塔看了我一眼。他又回头看着戴布。

“滚出去。”戴布吐了一口口水，“我还有计划要完成。我要实现拉那的预言——‘一个高个子留胡子的努鲁族巫师将会来到，迫使《圣典》重写。’一旦我消灭了剩下的所有奥克克族人，这本书将会变得多么不同啊。”他站了起来，确实是个高个子留胡子的努鲁族人。而且是个拥有治疗能力的巫师。正如拉那所预言的那样。我皱起眉头，对我究竟为什么会一路来到这里产生了怀疑。先知拉那所说的是不是就是真相呢？预言中的人会不会就是一个男人，而不是一个女人？也许“和平”真的就要以所有奥克克族人的死为代价。

“噢，阿妮，救救我们吧。”我轻声说。

“不过你，丫头，我也必须消灭你。”戴布继续说道，“我还记得你母亲。”他皱起眉，“我本该杀了她。我让我的手下们去强奸那些奥克克族女人，并且放她们大多数人一条生路。把她们放走就像把病毒散播到了所有的东部社区一样。这些丢脸的女人都一股脑地跑到东边去生她们的伊乌孩子了。我亲自把计划中的这一部分递交给了七河王国议会的议长。我是她最出类拔萃的将领，我的计划也完美无缺。她当然要听我的了。她就是个软弱无能的傀儡。”

他笑了，看来说这些话让他感觉很享受。“想在士兵们身上施点法术真是再简单不过了。他们都变成了奶牛，一直不停地‘产奶’。而我呢？我宁愿上完一个奥克克族女人之后就砸烂她的头。除了你母亲。”他的微笑消失了，眼神也望向了远方，“我很喜欢她。我一点也不想杀她。她本来应该给我生下一个继承我伟大事业的伟大儿子。你怎么偏偏就是个女孩呢？”

“我……”我叹了口气。

“因为这是早已写就的。”姆维塔说。

戴布慢慢地转向了姆维塔。第一次拿正眼看他。戴布的动作太快了。这一秒，他还站在桌子后面，下一秒，他就来到了姆维塔身边，用他那强有力的手掐住了姆维塔的喉咙。我的身体瞬间就有上千种行动想要爆发出来，但它们都没能让我动起来。有什么东西阻止了我。然后它紧紧地缠住了我的身体。我呼哧呼哧地喘着气，要不是这东西还缠着我，我就要一头栽倒了。

我眨了眨眼。现在我能看见它了。是一根蓝色细管，像蛇一样缠在我身上。一棵荒野树。它冰凉、粗糙，而且非常结实，虽然它是透明的，我一眼就能看穿。我越挣扎，它就收得越紧。它都快把我给挤得喘不过气来了。

“总是这样，太无礼了。”戴布说道，他一边咬着牙，一边掐着姆维塔，“你的血管里流淌着肮脏的血液。你的出生就是个错误。”他更用力地掐下去，“阿妮女神为什么要给一个像你这样的孩子这么出色的天赋呢？我真该割断你的喉咙，把你烧成灰烬，这样阿妮才能把你重造一遍。”他把姆维塔扔到地上，朝他吐了一口口水。姆维塔咳嗽着，拼命喘着气，还想再站起来。但他还是摔倒了。

戴布转向我。荒野植物放开我的时候，我的脸已经被泪水和汗水给浸湿了。我周围的世界失去了颜色，然后又重新变得明亮。我张开嘴大口吸气，颤抖着站了起来。

“你是我唯一的孩子，可阿妮却把你造成了这样。”他上下打量着我说。

荒野在我们身边升起。有更多的荒野树环绕了我们，就像一群吃惊的看客。我能看到姆维塔就在他身后，他黄色的灵魂正猛烈燃烧着。

“亏我还一直在荒野里看着你。”戴布咆哮道，“姆维塔活不过今天了。你也一样。而且我不会就此罢休。我会继续追杀你的灵魂。你就尽管躲藏吧。我会把你找出来。然后再毁灭你一次。等我带领努鲁族军队实现预言之后，我会再去找你母亲的。我一定会让她给我生出个儿子。”

他的每一句话都会让我失去一部分的自我。一旦我对预言的信任开始崩溃，我的勇气也就随之消失了。我挣扎着保持呼吸。我想求他。恳求他。哭着求他。我会爬到他脚边求他，只要他肯放过我妈妈和姆维塔。我的这趟旅程完全就是白费工夫。我什么都不是。

“还有什么遗言吗？”他说。

我跪倒在地上。

在胜利的狂喜中，他接着说：“我没想到……”

姆维塔大叫一声，向戴布扑了过去。然后他嘶吼了些什么，听起来像是瓦赫语。他一掌拍向戴布的脖子。戴布惊叫一声，转过身去。无论姆维塔对他做了什么，现在都已经起效了。姆维塔跌跌撞撞地向后退了几步。

“你干了什么？”戴布吼道，想把手伸到后面去挠他的脖子，“你不可能……！”我感觉房间里的气氛变了，压力也减轻了。

“那你就来报复我吧。”姆维塔说。他的目光绕过戴布，落到了我身上，“欧妮桑乌，究竟什么是真什么是假，你心里其实早就清楚了。”

“姆维塔！”我尖叫的声音太大了，感觉血冲进了喉咙里。我开始朝他们跑过去，几乎都没注意到荒野树在我身上留下了深深的瘀伤和撕裂伤。我还没来得及跑到他们跟前，戴布就像猫一样朝姆维塔扑了过去。他们双双摔倒在地上，戴布的衣服裂开了，他的身体凸起变厚，长出了橘色和黑色相间的皮毛，还有巨大的牙齿和锋利的爪子。他变成了一只老虎，撕破了姆维塔的衣服，剖开了姆维塔的胸膛，把牙齿深深地扎进了姆维塔的脖子。紧接着戴布也变得虚弱了，他跌倒在地上，喘息不已，浑身发抖。

“**放开他！**”我尖叫着抓住了戴布的皮毛，把他从姆维塔身上掀开了。好多血。姆维塔的脖子都被扯开了一半。他的胸口在汩汩地往外冒血。我把左手放在他身上。他颤抖着想开口。“姆维塔，别说，别说了，”我说，“我会……我会把你治好的。”

“不——不，欧妮桑乌。”他虚弱地握住我的手说。他怎么还能说得出话呢？“这是……”

“你早就知道了！**这**就是你在参加入学测试的时候看到的结局！”我尖叫着，哭了起来，“噢，阿妮！你早就**知道**了！”

“是这样吗？”他问。随着他每一次心跳，都会有血从他脖子里喷出来。血流到我身边变成了一摊血泊。“又或者……正是因为知道了……所以才会……发生？”

我哭个不停。

“去找。”他用微弱的声音说，“去完成。”他费力地吸进一口气，充满痛苦地开口，“我……知道你究竟是什么样的一个人……你也应该明白。”

当他在我怀里垂下手的时候，我真想就这么随他去了。我把他紧紧地搂在怀里。我不在乎他说了些什么。我一定要把他救回来。

我不断地寻找着他的灵魂。但它却不见了。“妈妈！”我大喊道，边哭边发抖，我喊得口干舌燥，“妈妈，帮帮我吧！”

露羽进来了。当她看到姆维塔的时候，她也一下子跪倒在地上了。

“妈妈！”我尖叫着，“他不能就这么把我抛下！”我听见露羽站起来跑出去下楼了。但我一点也不在乎。一切都结束了。

戴布躺在那里，又变回了一个赤身裸体的人，流着口水，浑身打战。他脖子上还粘着一块写满符号的布。这个符咒一定是阿婷给姆维塔的。她肯定是用了乌瓦法点，针对物质世界和身体的法点。对埃舒降生最有效也是最危险的一个法点。我抱着姆维塔尸体的时候，忽然想到了一个主意。我抓住这个想法，立刻就开始了行动。我丝毫没有考虑到后果、可能性或者危险。

姆维塔和我昨天一夜没睡。我回想起了他是怎么进入我的身体并且释放在里面的。他还在我身体里。他还活着。我能感觉到它们在我的身体里游来游去。我不在排卵期，不过我让它提前了。我移动了我的卵子，让它接触到了我能寻找到的姆维塔余下的那部分生命。但让它们融合的并不是我。我能做的只不过是给了它发生的可能性。是另一种力量做出了剩下的选择。这种力量完全独立于人类，与我们毫不相干。在我怀孕的那一刹那，一个巨大的冲击波从我身上炸开，就像很久很久之前我在爸爸葬礼上爆发出的那个冲击波一样。它崩碎了我四周的墙壁和头顶的天花板。

我就这样坐在那里，怀里抱着姆维塔的尸体，身边散落着一地的尘土和碎片，我只希望能有什么东西掉下来砸中我，结束我的生命。但我并没有如愿以偿。很快，一切又都安定下来了。只有楼梯还是完整的。我能听到外面街道上和建筑里传来了尖叫声和嘶吼声。声音都那么高亢刺耳。都是女人的声音。我发抖了。

“醒醒！”有个女人尖叫道，“快醒醒啊！”

“阿妮，您也杀了我吧，啊！”另一个女人哭喊道。

我想起了那个女学徒桑奇，她还是学生的时候怀孕了，整个镇子都因此而毁灭。我还想起了阿洛对训练小女孩和女人们都持保留意见。我怀里抱着姆维塔。他已经死了。我真想把头向后仰去，一边尖叫一边大笑出声。这是不是因为我想到了我肚子里的孩子？也许吧。是不是因为我终于对我刚刚所做之事的后果感到了震惊？可能吧。是不是因为吃得太少睡得太少又承受了太多痛苦，我的头脑又变得异常清晰起来？说不定。不管是因为什么，总之我脑海中的迷雾已经散去，我来到了那个有姆维塔的梦境之中。我见到了那个岛屿。

有人跑上楼梯。

“欧妮！”露羽叫道，跃过了一块砂岩和一箱砸在戴布身上的书。“欧妮，发生什么了？哦，赞美阿妮，你没事。”

“我知道我们要做什么了。”我直截了当地说。

“什么？”露羽说。

“去找先知。”我说，“那个预言了我的人。”我眨了眨眼，想起来了，“拉那，他的名字叫拉那。”

索拉在我们离开贾瓦黑尔之前就提到了拉那这个名字。“这位先知，拉那，他是一份珍贵文件的守护者。这一定就是他得到这则预言的原因。”索拉是这么说的。

外面的女人们还在继续放声尖叫和号啕大哭。“那……那就向他道别吧，我们要出发了。”露羽把手放在我的肩膀上，“他已经不在了。”

我看着她。然后看看姆维塔。

“站起来吧。”露羽说，“我们得走了。”

我最后一次吻了他可爱的嘴唇。我又看了看戴布赤裸颤抖的身体，嗤笑一声。我嘴里已经没有唾沫了，不然一定会朝他吐一口。

我没有杀他。我也把他留在了那里。姆维塔会为我骄傲的。

你是不是觉得砂砖烧不热？那你就错了。我是绝对不会把姆维塔的尸体留在这里任人发现然后再损毁的。绝对不会。一切都可以燃烧，因为万物必将归于尘土。我让这座将军府燃起了熊熊烈焰。把戴布留在里面，我是不是做错了呢？但我并不觉得姆维塔会气我烧掉这栋楼，而戴布又碰巧躺在里面无助地等死。

戴布的将军府会一直燃烧下去，直到它化为灰烬。不过当我们站在这栋楼前面的时候，我还是看见了一只大蝙蝠就像一块烧焦的碎片一样费力地飞出了火场。它飞出几码远，往下掉了几英尺，又稳住身形，继续飞走了。我生父已经瘸了，但他还活着。我也不在乎了。如果我成功地完成了我必须做的事，那他就会在自己一手建立的时代里迎来自己的终结。

我们快步走过街道，女人们都在疯狂地跑来跑去。没人多看我们一眼。我们朝无名湖边走去。

59.

“我觉得不太舒服。”露羽说。然后她就跑到河边吐了起来，这是今天第二次了。

我站在那里等着露羽吐完，没有费心遮住我的脸。没人在意我。人们可能听说我这个伊乌疯女人的事了，不过发生在杜尔法镇上的事情取而代之成了他们关注的焦点。至少暂时是这样。

杜尔法镇中心每一个有能力让女人怀孕的男人都死了。是我的那一行为杀死了他们。我看到过的那些军队，他们每一个人都当场暴毙了。走去河边的路上，我们看到男人们横尸街头，听到房屋中传来恸哭声，经过震惊不已的孩童和女人们身边。我又战栗起来，忍不住想起了戴布……*他是我的生父，而我是他的孩子，我想。我们都在觉醒时留下了尸骸。满地尸骸。*

“你吐完了吗？”我问。我的脸发热，我觉得我也要吐了。

她咕哝着，慢慢站直身体：“我肚子有点……我也不知道是怎么回事。”

“你怀孕了。”我说。

“什么？”

“我也一样。”

她瞪着我：“你是不是……”

“我让自己怀孕了。因此引发了一些事。一些……很糟糕的事。”我看了看自己的手，“索拉说过，我最大的问题就是缺乏控制。”

露羽用手背擦擦嘴，又摸了摸肚子：“也就是说……那就不只是我一个人了。所有的女人都这样。”

“我不知道这个影响范围有多广。我觉得并没有影响到其他城镇。不过只要男人死了的地方，女人们就都怀孕了。”

“什么——究竟发生了什么事？为什么那些男人都死了？”她问。

我摇摇头，看着眼前的河流。她还是不知道比较好。附近有个女人在尖叫。我也想尖叫。“我的姆维塔。”我轻声说。我的双眼被泪水灼痛了。我不想抬头看那些失去亲人的女人们在街上狂奔乱跑。

“他死得其所。”露羽说。

“一个弑父的儿子。”我说。*但戴布还没死，我想。*

“一个弑师的学徒。”露羽疲惫地说，“戴布恨你，姆维塔爱你。姆维塔和戴布，他们是一荣俱荣一损俱损的关系，也许就是这样。”

“你这话说得真像个巫师。”我嘟囔道。

“我身边已经有够多巫师了。”露羽说。

“我的姆维塔。”我又轻声说。然后我就想起来了，把手伸进了我拉帕裙的褶皱里。我希望它不在那儿。但它在。我举起那个小小的金属磁盘。“露羽，你的便携式电脑还在身上吗？”路对面一栋房子里，有个女人一直在尖叫，连嗓子都喊哑了。露羽畏缩了一下。

“还在。”她说，她眯起眼睛，“你是从哪儿弄来的磁盘？”

我靠近一步，看着她小心翼翼地把磁盘塞进便携式电脑里。我的心跳得太快，不得不紧紧捏住胸口。露羽皱起眉头，把我搂在怀里。随着一阵轻柔的嗡嗡声，一个小屏幕从底部升起。露羽把它转了过来。

我妈妈正躺在沙地里，直直地注视着我们。我生父把一把银刀插进了她头侧的沙子里。我发现刀柄上装饰着一些符号，和我双手上刻画的符号非常相像。阿婷肯定知道它们是什么意思。他拉开了我母亲的双腿，然后就传来了咕哝声、喘气声和唱歌声，还有那些他在唱歌间隙咆哮出来的话。只不过这一次我看的是一段录像，而不是我妈妈的一段幻觉。这次我不是站在我妈妈的角度听他说的努鲁语。所以我能听懂了。

“我找到你了。你就是我的真命天女。女巫。女巫！”他唱起了一首歌。“你一定要给我生个儿子。他一定会是个天之骄子。”又唱了一首歌。“我会把他养大，让他成为这片土地上最璀璨的明珠。”他突然又唱起一首歌。“这是已经写就的！我亲眼见过了！”

一个用玻璃做成的东西从马路对面的窗户里飞了出来。它撞向地面，摔成了碎片。紧接着传来一阵孩子的哭声。我对这一切都麻木了；我妈妈被努鲁族巫师强暴的画面灼痛了我的眼睛，我的思绪也昏沉起来。我想到了我周围那些痛苦的女人、孩子和老人们，他们悲痛欲绝，痛哭流涕；但也正是他们任由这种事情发生在了我妈妈身上。他们是不会向她伸出援手的。

要是戴布袭击我妈妈那天，她已经遂外公心愿成了一位女巫，那又会发生些什么呢？他们之间一定会斗个你死我活吧。可那天的情况却正好相反，她能用来保护自己的就只有她阿路西的一面。

“够了。”露羽终于开口说。她从我手里抢走了便携式电脑。

街道上挤满了人。他们或奔跑，或艰难地挪着步子，四处奔走，来到路的这一头，去往一些我并不在意是哪里的地方。现在的他们都只是过去自己的鬼魂，他们的生活已经永远回不到当初了。我站在那里，眼神涣散。我生父还真的很珍视这张磁盘，竟然把它保存了二十年。

“我们得继续上路了。”露羽说着，拖上我走了。但我们一边走着，她的眼中也落下了泪水。“等等。”她说，抓着我胳膊的手仍然没有松开。她把便携式电脑扔到了地上。“踩吧。”她说，“用尽全力踩下去。把它踩成一摊烂泥。”

我低头看了它一会儿，然后竭尽全力踩了下去。它破碎的声音让我感觉好多了。我捡起它，拿出了里面的磁盘。我用牙把它咬碎，丢进了河里。

“我们走吧。”我说。

到达湖畔之后，我们花时间在这里站了一会儿。我以前是见过这个地方没错，但在我的幻象中我并没有机会停下来好好看一看它。在湖中的某个地方有个岛屿。

我们身后一片混乱。街上全是女人、小孩和老人，他们跑来跑去，跌跌撞撞，哭号着：“怎么会这样！”其间爆发了不少冲突。女人们撕扯着自己的衣服。许多人跪下来高声祈求阿妮救救他们。我敢肯定在镇上的某些地方，剩下的奥克克族女人都被他们给拖出来撕成了碎片。杜尔法患病已久，而我的举动让它的病像一条发热的眼镜蛇一样毒发了。

我们对身后的一切置之不理。这里的水草是如此丰沛。在明媚阳光的照耀下，浅蓝色的湖面风平浪静。这里就连空气也湿润怡人，我想知道这是不是就是鱼和其他水生生物闻起来的味道。这种金属般甘美的气味让我疼痛的感官如沐春风。在贾瓦黑尔的时候，我和露羽都不可能想象到此情此景。

几艘船开到岸边停了下来。他们打破了水面的平静。总共有八艘船。全都是用抛光的黄木制成的，船头绘着方形蓝色标志。我们赶紧往山下走。

“你们站住！”一个女人的喊叫声从我们身后传来。

我们走得更快了。

“是那个伊乌女孩！”女人说。

“抓住那个恶魔！”另一个女人叫道。

我们跑了起来。

这些船都很小，每一艘只勉强坐得下四个人。船上都装着马达，搅动水的时候会冒出黑烟，还会发出巨大的噪音。露羽朝一个努鲁族年轻人开的船跑过去。我能看出来她为什么会选择他；他看上去和其他开船的人有一点不同。他看起来很惊讶，而其他人盯着我们看的样子都是又惊又恐。我们跑到他身边时，他脸上的神情还是一点没变。他打开了船舱的门。我们上了船。

“你……你就是那个……”

“是的，我是。”我说。

“快开船啊！”露羽朝他喊道。

“那个女人杀死了全杜尔法的男人！”一个从山上跑下来的女人朝这个年轻人高喊，“抓住她，杀了她！”

年轻人及时把船开动了。烟冒了出来，马达发出一阵尖锐的噪声。他抓起一根操作杆，船就猛地向前冲去。其他船夫纷纷手忙脚乱地跑向他们的船边。他们离得太远了，没办法跳到我们船上来。“舒库！”其中一个喊道，“你在搞什么鬼？”

“唉，他已经被蛊惑了。”另一个船夫说。

有一群女人从山上跑下来。一块石头砸中了船，紧接着，在我转身的时候又有一块石头砸中了我的背。

“去哪里？”这个名叫舒库的船夫问。

“拉那的岛。”我说，“你知道在什么地方吗？”

“知道。”他说，把船向南开去，一头扎向水体腹地。

我们身后，那些女人正在叽叽喳喳地把事情告诉那些船夫。他们发动马达，飞快地追了上来。

“把船停下！”一个男人喊道。他们离我们大概有四分之一英里远。

“舒库，我们不会伤害你的！”另一个人喊道，“你把那个女孩交给我们就好了。”

舒库转头看着我。

我凝视着他的眼睛。

“别停船。”我说。

我们继续向前开去。

“那么谣言都是真的吗？”他问，“是不是所有男人……杜尔法究竟发生什么了？”他是从湖对岸来的，可能来自太阳城或者恰萨。消息传得很快。他过来湖这边冒了很大的风险。可我又能跟他说些什么呢？

“你为什么要帮我们？”露羽充满怀疑地问。

“我……不相信戴布。”他说，“我们很多人都不相信他。我们这些每天祈祷五次，热爱《圣典》，心灵虔诚的人都不相信戴布的那一套会是阿妮的愿望。”他看着我，审视着我的脸。他打了个寒战，把目光移开了。“况且我见过她了。”他说，“那个没人能触碰的奥克克族女人。谁又能恨得了她呢？她的女儿也绝不可能做坏事。”

他说的是我妈妈阿路的事，她给这么多人讲了我的故事就是想帮助我。原来她也在努鲁族人面前出现过。她告诉了每一个人我是一个多么好的人。一想到这个，我就差一点笑了。差一点。

尽管他们的船上载满了人，我们的船还是跑不过他们的船。

他们身后，我又看见了五艘载满人的船。“他们会杀了你的。”舒库说，他指了指右边，“我们刚从恰萨过来，那边一切都好。求你了。告诉我杜尔法究竟发生了什么事？”

我只是摇了摇头。

“把我们带去那个岛就行了。”露羽说。

“真希望我做的是正确的事。”他喃喃道。

他们一边靠近一边大声咒骂和威胁。

“还有多远？”露羽发狂地问。

“朝那儿看。”他说。

我能看见了，那个岛上有一间盖着茅草屋顶的砂岩小屋。但是船上的马达运转起来却越来越吃力，还喷出了更多油腻的黑烟。它开始发出一种很不对劲的突突声。舒库骂了一句。“我的燃料快用完了。”他说，他抓起一个小葫芦，“我去加满……”

“没时间了！你走吧，”露羽抓住我的肩膀说，“变成秃鹫飞过去吧。别管我了。我来跟他们斗。”

我摇摇头：“我不会丢下你一个人的。我们一定能开到那里。”

“我们做不到的。”露羽说。

“我们一定能做到！”我吼道。我跪在甲板上，靠在船边。“快帮忙！”我开始用手臂划水。露羽也靠在船的另一边开始划水。

“用这些。”舒库说着，把两支大桨递给我们。他把发动机调到最大功率，但也并没有起到什么作用。我们慢慢地靠近那个岛。我脑子里已经没有什么别的想法了，除了快去那儿，**快去那儿！**我的蓝色拉帕裙和白衬衫都被汗水和无名湖的冷水给浸透了。头上阳光灿烂。一群小鸟从我们头顶飞过。我拼了命地划着桨。

“快走！”眼看我们靠得够近了，我就大声吼道。露羽和我跳下船，踩着水一路跑上小岛，这地方真是小，只是勉强容纳一间小屋和两棵矮树。离小屋只有几码远的距离。我停顿了一下，看到舒库正疯狂地划着船离开。

“谢谢你！”我喊道。

“只要是……阿妮的……意愿。”我听到他气喘吁吁地喊道。努鲁族人的船正在靠近。我转身跑向小屋。

我和露羽一起在小屋门口停了下来。这屋子没有门。里面拉那的尸体倒在地上，已然没有一丝生气。角落里摆着一本蒙尘的大书。我不知道拉那怎么了。他可能是我的受害者之一，但我不小心造成的死亡真的扩散到了这么远的地方吗？我永远也不可能知道了。露羽转身朝我们来时的方向跑了回去。“快动手！”她转头对我说，“我来拦住他们。”

我在小屋里的时候，外面那些跟着我们的男人看见她出去了。露羽是个美丽而坚强的女人。当她看到那些人走下船的时候，她一点也不害怕。现在他们的脚步已经变得不紧不慢了，因为他们知道我们已经无路可逃。我觉得我听到了她大笑一声，说：“那就来吧！”

那些努鲁族男人眼中所见的是一个美丽的奥克克族女人，她只有一腔责任感和一双赤手空拳来保护自己，而即使是这两只手，也在过去几个月的不断使用中变得粗糙了。他们朝她扑了过去。他们撕开她的绿色拉帕裙、她已经弄脏的黄色上衣，还扯掉了她的珠链手镯，这是她昨天才从礼物篮子里拿出来的，可现在却像已经过去了一辈子。然后他们就把她撕成了碎片。我不记得有没有听到她的尖叫声了。我正忙于别的事。

我几乎立刻就被那本书给吸引过去了。我在它旁边跪下来。封面很薄但也很结实，是用一种我叫不出名字的耐磨材料做成的。它让我想起了我在洞穴里发现的那个电子阅读器的封皮。上面没有标题也没有图案。我伸出手来，但又犹豫了一下。什么……算了，我来不及问那么多了。

我触碰到这本书的时候，发现它是温暖的。甚至有些发烫。我把手放在硬封皮上。很粗糙，就像砂纸一样。我想思考一下，但我知道已经没有时间了。于是我把它拽到我的膝盖上打开。顷刻间我感到好像有人狠狠地在我头上打了一下，让我的视线变得模糊不清。我几乎都看不到书页上的文字，我的双眼和头脑都被搅得乱七八糟。但我还是让自己专注起来。毕竟我来到这里就只为了那一个目的，就是在这个小屋里被预言的那个目的。

我翻动着书页，停在比别的页面更烫的那一页上。我把左手放在上面。我这一举动没有任何意义，但我又确实想这么做，这本书让我感觉真恶心。我又停了一下。不对，我想。我换了一只手，想到阿婷说起过我的手："我们都不知道会有什么后果。"这本书里充满了仇恨，这就是造成它病态的原因。而我的右手里也充满了戴布的仇恨。

"我不恨你。"我轻声说，"我宁愿自己身死。"然后我就唱起了歌。我唱起了我四岁时编的那首歌，那时候我还和妈妈一起生活在沙漠里。那是我生命中最快乐的一段时光。每当沙漠满足、平静、安乐的时候，我都会对它唱起这首歌。而现在，我也对膝上这本神秘的书唱起了这首歌。

我的手开始发热，我看到我右手上的符号裂开了。一模一样的符号滴进书中，融入其他符号之间，变成了一句我仍然看不懂的文字。我能感觉到这本书从我身上吸取着什么，就像一个孩子吮吸着母亲的乳汁一样。它吸取着又吸取着。我感到子宫里传来咔嗒一声。我不再唱歌了。我睁着眼，书变得越来越暗淡，但还没有暗到我看不见的地步。当那些人冲进来找到我的时候，它已经好好地藏在角落里了。

60. 谁惧死亡？

改变还需要时间，可惜我已时日无多。

我放下这本书的一瞬间，有些事就开始发生了。在这些事发生的同时，我起身就跑，却发现自己已经被抓住了。我能告诉你的就是，这本书和它所触及的一切，这一切和接下来再触及的一切，以及之后的一切，所有东西都从那间砂岩小屋里开始改变了。我将去到的地方不是荒野，荒野是不会让我害怕的。我要去的是别的地方。我敢说那是一个时间口袋，是一道时空裂隙。那是一个只有灰白黑三种颜色的地方。我真的很想站在原地再看看。但那时候他们已经拽着我的头发把我拖过露羽残存的尸体旁边，来到了一条船上。他们都太盲目了，看不出眼前发生的究竟是什么事。

我就坐在这里吧。他们会来带我走的。我没有理由反抗。也再找不到活下去的意义。姆维塔、露羽和宾塔都死了。我妈妈又远隔千里。不，她是不会来看我的。她很清楚最好不要这么做。她明白命运必须顺其自然。而我肚子里的孩子，这个我和姆维塔共同孕育的孩子已经注定了难逃一死。虽然就算只活三天也是活。她会理解的。我不该孕育她。我太自私了。但她也会理解的。待到时机成熟，她的时代将会和我的时代一样再次到来。不过你所熟知的这个地方，这个王国，从今天起就会发生改变。去读你的《圣典》吧。你不会注意到它已经被重写了。现在还不会。但它确实已经被重写了。一切都改变了。奥克克族人身上的诅咒已然解除。可笑的是，它从来就没有存在过，吵。

尾声

那几个小时里，我一直和她坐在一起，有时打字记录，有时只是聆听，不过大部分时间我都在聆听。欧妮桑乌。她看了看自己覆满符号的手，然后用手捂住了脸。终于，她哭了出来。“讲完了。”她哭着说，“你走吧。”

一开始我还不肯离开，但紧接着我就看到她的脸变了。我看到她那张脸变得就像老虎的脸，生出了老虎的条纹、皮毛和利齿。于是我抱起笔记本电脑逃了出去。那天夜里我辗转反侧，难以入睡。有关她的想法一直纠缠不散。她本来是可以逃走的，她可以飞走，让自己隐形，去到荒野再逃跑，或者就像她说的“遁入”。但她什么也不肯做。就因为她在入学测试中目睹了这个结局。她就像一个虚构角色，在自己的故事里画地为牢。真是太让人难过了。

我再一次见到她的时候，她被他们拖进了地上的那个坑里，土埋到她的脖子上。他们割掉了她浓密的长发，她剩下的头发都倒竖起来，就像她一样誓不低头。我站在这群男人和少数几个女人之间。每个人都高喊着要血腥复仇。“杀了这个伊乌！”“把她撕成碎片啊！”“伊乌恶魔！”人们又笑又闹。“奥克克族人的救世主怎么比奥克克族人还丑！”“还真是个女巫啊，她唯一的能力就是把我们都给丑瞎了！”“伊乌杀人狂！”

我发现了一个留胡子的高个子男人，他脸上有一块烧伤，一条腿看上去严重受伤了，而且只剩一条胳膊。他站在靠近前面的地方，拄着一根棍子。和其他人一样，他是个努鲁族人。和其他人不一样的地方在于，他很冷静，只是默默观察。我从来没有见过戴布，不过欧妮桑乌把他描述得很清楚。我很肯定那就是他。

当那些石头砸中她的头的时候，究竟发生了什么事？我至今还在问这个问题。光芒从她的身躯里涌了出来，那是一种蓝绿混合的光芒。埋在她身体周围的沙子开始熔化。还发生了更多事，只是我不敢再提罢了。我们这些目击者在现场目睹的那些东西不足为外人道。

然后就连大地也随之震动，所有人都开始四散奔逃。我想就是在那一刻，每一个人，我们所有努鲁族人都明白我们错在哪里了。也许是她的重写终于开始了。我们都十分肯定阿妮这次是来把我们碾碎成泥的。毕竟已经发生了那么多可怕的事。欧妮桑乌说的是实话。整个杜尔法镇，有生育能力的男人都被消灭了，有生育能力的女人都呕吐不已，怀上了身孕。

年幼的孩子们都不知道该怎么办。七河王国上下陷入了一片混乱。有很多剩下的奥克克族人都拒绝再为努鲁族人当牛做马，这就造成了更多的混乱和暴力。那位曾经预言过会有大事发生的先知拉那已经死了。戴布的大楼也被烧成了灰烬。我们都很确信，一定是末日到了。

所以，我们就把她留在那儿了。留在那个坑里。留她死在那里。

不过我和我妹妹并没有跑远。十五分钟之后我们又折返了。我妹妹……没错，我是双胞胎中的一个。我妹妹，我的双胞胎妹妹，她用了我的电脑。她一直在读欧妮桑乌的故事。她跟我一起去了行刑现场。而等到一切都结束的时候，我们是唯一回到现场的人。

因为我妹妹已经知道了欧妮桑乌的故事，也因为她和我是一体双生，所以她一点也不害怕。作为一对双胞胎，我们一向觉得我们来到这个世界上是有责任要去做善事的。正因为我是恰萨的双胞胎之一，他们才会允许我去监狱里探望她。这也是驱使我把她的故事记录下来的原因。将来我为这本书奋力争取出版的时候，也可以凭借这一身份帮我和我妹妹在激烈的反对中安全渡过难关。我们的父母是为数不多的一对清醒的努鲁族夫妇，他们认为不管是我们的生活方式、行为举止还是《圣典》里所写的内容，这一切都是错的。他们不信神。所以我妹妹和我长大之后也不信神。

我们正朝着欧妮桑乌的埋尸处走去，我妹妹忽然尖叫了起来。我看到她竟然飘了起来，浮在离地面一英寸的地方。我妹妹会飞了。后来我们才发现，她不是唯一获得异能的人。所有的女人，不管是奥克克族人还是努鲁族人，都发现自己身上有了一些变化。有人能把酒变成新鲜甘甜的水，有人能在黑夜里发光，还有人能听见死者说的话。有一些人回忆起了《圣典》之前的过去。而另一些人可以在保持肉身生活在物质世界里的情况下去荒野细细探索。成千上万种异能，都是赋予女人的。是的，没错。这就是欧妮的礼物。她和孩子已经身死，但她却给了我们重生的机会。这个地方从此变得不再一样了。奴隶制已经不复存在。

我们把她的尸体从坑洞里搬了出来。这不是件易事，因为她周围的沙子都熔化成了玻璃。我们不得不打碎玻璃才能把她弄出来。我妹妹一直在哭，她的脚几乎没有碰到地面。我也哭了。但我们还是带走了她的尸体。我妹妹摘下了自己的面纱，把它盖在了欧妮被砸得面目全非的头上。我们用骆驼把她的尸体带到了东边的沙漠里。我们又带着另一头骆驼搬来了木头。我们在她应得的火葬堆上焚烧了她的尸体，把她的骨灰埋在了两棵棕榈树附近。埋葬她的时候，有只秃鹫落在了树上看着我们。等我们埋葬完之后，它又飞走了。我们为欧妮桑乌说了几句话，然后就回家了。

这就是我们能为她做的所有事了，这个女人拯救了七河王国的所有人民。

61. 孔　雀

62. 索拉的话

啊，不过《圣典》的确被重写了。用纳西比迪语重写了。

杜尔法的最初几日，变化无处不在。有些女人遇到了鬼魂，他们是那些被欧妮桑乌的……冲动行为所杀的男人。有些鬼魂又变成了活人。没人敢问这怎么可能。真是明智的举措。其他的鬼魂最终都消失了。在远方的欧妮桑乌可能会对这一切很感兴趣。不过话又说回来，她还有着别的顾虑。

回想一下，我那位行差踏错的学生的这个女儿是个埃舒，一个具有基本能力的变形者。欧妮桑乌的本质就是改变与反抗。戴布必须明白这一点，即使他从燃烧的将军府邸里飞了出来，而欧妮桑乌死去的挚爱，姆维塔的尸体则在里面化为了灰烬。现在戴布已经瘸了，眼睛再也看不出颜色，也没办法再使用圣秘法点，否则就会遭受前所未有的剧烈痛苦。看来这个世界上果然是有比死亡更可怕的活法。

没错，欧妮桑乌确实是死了，因为有些东西一定要先写下来，然后才能被重写。但现在，看看这个孔雀的标记吧。欧妮桑乌在她牢房的沙土里留下了这个记号。这个符号是一个相信自己蒙冤受屈的巫师所写。偶尔也会有女巫把它写下来。它的意思是“我将会采取行动”。她想要活在自己帮忙重塑的世界里，这难道还不容易理解吗？那也的确是一种更合乎逻辑的命运。

01. 重　写

“那就让他们来吧。”欧妮桑乌低头看着她画在沙地里的符号说。那是一只骄傲的孔雀。这个符号代表了不满、争论与坚持。她低头看着自己，紧张地揉了揉大腿。他们给她套上了一件粗糙的白色长裙。这衣服穿起来就像又一座监狱。他们还割掉了她的头发。他们居然还敢割掉她的头发。她凝视着自己的双手——圆圈、旋涡和线条编织而成的复杂图案缠绕着她的手腕。

她把头向后靠在墙上，在阳光的照耀下闭上了眼睛。整个世界都随之变红。他们就快来了。随时都会进来。她知道。她见过了。好多年前她就见过了。

有人粗暴地抓住了她，她痛呼一声。她的眼睛猛地睁开，痛苦的怒火席卷了她的身体与灵魂。毒辣阳光炙烤下的一切都呈现出一片鲜红。她治愈了一切，但也是在这个过程中，她的朋友们纷纷搭上了性命，还有她的姆维塔……噢，她最爱的姆维塔，她的生，她的死。她怒火中烧。她听到了肚子里的女儿也在怒吼。这女孩的怒吼声就像狮子。

六个全副武装的年轻人挤进她的牢房里要带她走。其中三个人带着砍刀。另外三个人可能是太自负了，觉得对付她都不需要武器。他们也可能以为这个名叫欧妮桑乌的邪恶女巫已经认命了。她能理解他们为什么会犯这种错误。她非常理解。

然而当一股奇怪的力量把他们全部猛推回去的时候，他们又能做些什么呢？其中三个跌出了牢房。他们全都坐着，躺着，站着，目瞪口呆又充满恐惧地看着欧妮桑乌脱掉了身上那条丑陋的裙子，然后……变成了另一副样子。她变幻，生长，包裹，伸展，长出了她的新躯体。欧妮桑乌是个中好手。她是个埃舒。她变成了一只科邦农戈，喷火蜥蜴。

轰！她喷出一团烈焰，火势猛烈到把周围的沙子都熔成玻璃了。还留在她牢房里的三个男人在极度痛苦中被活活烧焦，就好像连续几天他们都躺在沙漠中的烈日下等待死亡一样。然后她飞向天空，就像一颗准备回家的流星。

不，她不是一个神创的牺牲品，注定要为世上的男男女女，或奥克克族人或努鲁族人的利益付出自己的生命。她是她自己。她已经重写了《圣典》。一切都结束了。她绝不会任由她的孩子，姆维塔仍然活着的那一部分死去。*伊夫那尼亚*。他曾经对她说过这句古老而神秘的话语，比爱情更加真挚也更加纯洁。他们之间所分享的感情足以改变命运。

她想起《圣典》里的那个棕榈酒醉汉。他活着的意义就是喝起泡的甜棕榈酒。有一天，他的棕榈酒专业调酒师从树上掉下来摔死了，他都要发狂了。不过紧接着他又意识到，如果他的调酒师已经不在人世，那他一定是去往人世外的某个地方了。于是这位醉汉就踏上了他寻找的旅途。

欧妮桑乌一边思念着她的姆维塔，一边思考着这个故事。忽然间，她就知道该去哪儿找他了。他会在一个充满生机的地方，连死亡都只能避其锋芒……虽然仅仅是暂时。她母亲曾经带她去看过的那片绿色乐土。远在沙漠之外，那里的大地上长满了茂密的树木、灌木和其他植物，还有各种生灵繁衍其间。他一定就在伊罗科树上等着她。她飞得更快了，几乎就要欢喜地尖叫起来。科邦农戈蜥蜴也能流泪吗？至少她可以。

但是宾塔和露羽呢？她怀着一丝希望期盼着。她们也会在那里吗？唉，可惜命运是冷酷而易碎的。

索拉、阿洛和娜吉芭，我们三个不约而同地露出了微笑。我们（她的导师、师父和母亲）都是巫师，虽然有些经验丰富，有些还在训练，但我们都能用巫师的眼光去看待这一切，并且总能从中发现事物之间更深层次的联系。我们都不知道还能不能再见到她。她会变成什么样子呢？他们终将重逢，那么在她和姆维塔重聚之后去往那片乐土的路上，他们那个在母亲肚子里喜悦大笑的小女儿又会变成什么样呢？

要是欧妮桑乌用她那双敏锐的科邦农戈蜥蜴眼睛往南边地面上望上最后一眼，她就会看到一群穿着校服的努鲁族孩子、奥克克族孩子和两个伊乌孩子一起在校园里玩耍。在东边，她会看到漆黑平整的大道上挤满了男男女女，既有奥克克族人也有努鲁族人，他们都骑着摩托车或者骆驼拉的车，一直绵延伸展到远方。而在杜尔法镇中心，她会看到一个会飞的女人和一个会飞的男人正悄悄地在最高那栋楼的屋顶上相会。

但此刻变革的浪潮还没有席卷到她的正下方。在那里，成千上万的努鲁族人仍然等待着欧妮桑乌，他们所有人都尖叫着，大吼着，高喊着，狂笑着，怒瞪着……等待着舌尖舔舐到欧妮桑乌鲜血的那一刻。就让他们等下去吧。他们还将继续等待漫长的一段时间。

致 谢

感谢祖先、魂灵和那个总是被叫作“非洲”的地方。感谢我的父亲，正是他的去世使我开始追问“谁惧死亡？”感谢我的母亲。感谢我的女儿安妮雅戈、我的侄子欧尼迪卡，还有我的侄女奥比奥马，他们总在我写到这部小说令人心情低落的部分时给我带来快乐。感谢我的兄弟姐妹们（伊菲、恩戈齐和埃梅齐）长久以来的支持。感谢我的大家庭，你们永远是我坚实的支柱。感谢帕特·罗斯福斯在2004年就阅读并评论了《谁惧死亡》的故事雏形。感谢珍妮弗·史蒂文森，很抱歉这本书的情节让你做了噩梦。感谢我的经纪人唐·马斯，你的远见与指导让我获益良多。感谢我的编辑贝齐·沃尔海姆，多谢你的想法、看法和跳出固有思维的清醒认识。感谢大卫·安东尼·杜拉姆、阿玛卡·姆巴努戈、塔拉·克鲁萨克和吉恩·怀德曼教授一路上的精彩反馈。